宮原一成　著

ウィリアム・ゴールディングの読者

開文社出版

目次

【凡例】

引用した語句や文章中にある傍点箇所は、すべて原文どおり再現したものか、あるいは欧文原文においてイタリック体などで強調されていた部分を示すものである。
ゴールディングの作品から語句や文章を引用する際は、本書本文中に括弧つきで該当ページ番号を示すことにするが、単行本作品については、括弧内では題名を以下の略記によって表示する。

LF：『蠅の王』(*Lord of the Flies*) 一九五四年
I：『後継者たち』(*The Inheritors*) 一九五五年
Pin：『ピンチャー・マーティン』(*Pincher Martin*) 一九五六年
FF：『自由落下』(*Free Fall*) 一九五九年
Sp：『尖塔』(*The Spire*) 一九六四年
Pyr：『ピラミッド』(*The Pyramid*) 一九六七年
DV：『可視の闇』(*Darkness Visible*) 一九七九年
RP：『通過儀礼』(*Rites of Passage*) 一九八〇年
Pap：『ペーパー・メン』(*The Paper Men*) 一九八四年
EJ：『エジプト日記』(*An Egyptian Journal*) 一九八五年
CQ：『密集』(*Close Quarters*) 一九八七年

FDB：『底の燠火』（*Fire Down Below*）一九八九年
DT：『二枚の舌』（*The Double Tongue*）一九九五年

引用に際しての邦訳はすべて筆者によるものである。ただし、筆者が翻訳に携わった『尖塔』と『可視の闇』に関しては、既存の邦訳書（いずれも開文社出版刊）を参照した。

各種研究書を引用する場合は、原典が英文であるときには、既刊の邦訳書を利用することもあったが（その際は引用ページ番号を漢数字で明示してある）、原則としては筆者による拙訳を使用した。

また、ゴールディング研究者の名に言及する際は、初出時にフルネームを記載し、その後は姓のみを書くという手順を踏んだが、著名な文学理論家や思想家などについては、はじめから姓だけの表記とした。

序　読ませる、読まれる、読まされる——再読するゴールディング

1

本書は、英国人作家ウィリアム・ゴールディング（William Golding）の小説作品を考察する単行本形式の日本語の研究書としては、第六番目のものである。一九八三年出版の坂本公延著『現代の黙示録―ウィリアム・ゴールディング』を嚆矢とし、阿部義雄著『ウィリアム・ゴールディング研究』（一九九二年）がそれに続いた。一九九八年には、はじめてゴールディングの全小説作品を考察した論文集『ウィリアム・ゴールディングの視線―その作品世界―』（吉田徹夫・宮原一成編著）が編まれ、そして、やはり全作品を視野に入れた安藤聡のモノグラフ『ウィリアム・ゴールディング―痛みの問題―』が二〇〇一年に、さらに坂本仁の単著論文集『ゴールディング作品研究』が二〇〇三年に出版された。本書は、本邦では約十五年ぶりのゴールディング研究書となる。

右に挙げた著者・編者を含む先行研究者たちが感じているように、ゴールディングは、とにかく読み応えのある小説を書く作家だ。本書がまずもって自らに課したのは、その読み応えにできるだけしっかりと向き合って読むという作業である。中身の濃いずっしりとしたテクストを丹念に読むことの醍醐味。そのシンプルな楽しさを

いくらかでも伝えられたら、そして、これまでのゴールディング研究にわずかでも何らかの上乗せができれば、と願っている。

2

一九五四年の小説『蠅の王』で鮮烈な文壇デビューを果たし、一九八〇年には『通過儀礼』で英国・英連邦における最大の文学賞とされるブッカー賞を受賞、さらに一九八三年にはノーベル文学賞受賞という栄誉に輝いたゴールディングだが、彼に関する昨今の研究状況はというと、残念ながら活況とは言いがたい。今世紀に入ってからのゴールディング作品研究において、目を惹く成果といえば、英語圏ではポール・クローフォード（Paul Crawford）による二〇〇二年の『ウィリアム・ゴールディングにおける政治と歴史―転覆した世界』（*Politics and History in William Golding: The World Turned Upside Down*）と、杉村泰教の二〇〇八年の『無とメタファー―ウィリアム・ゴールディング作品の新しい読み方』（*The Void and the Metaphor: A New Reading of William Golding's Fiction*）が上梓され、本邦では、先ほど触れた安藤と坂本仁の研究が世に出ている。だがこれらを別にすると、率直に言って状況ははかばかしくない。

一方、伝記的な研究においては、二一世紀になってから飛躍的な進展があった。フェイバー・アンド・フェイバー出版社（Faber and Faber）から二種類の伝記が相次いで出版されたのである。一つはジョン・ケアリ（John Carey）による二〇〇九年出版の伝記『ウィリアム・ゴールディング ―「蠅の王」を書いた男』（*William Golding: The Man Who Wrote Lord of the Flies*）で、もう一つは、ゴールディングの実娘ジュディ・カーヴァー（Judy Golding

[Carver]）が二〇一一年に出版した回想録『恋人たちの子ども』（*The Children of Lovers*）だ。

待望されたこれらの伝記からは、小説を読んでいるだけではわからない、作者ゴールディングの生身の人間像がいくつか浮かび上がってくるのだが、なかでも強い印象を残すのは、自分の作品を読む読者との関係のあり方について、一生涯にわたり気に病み続けた人間ゴールディングの姿である。

デビューにこぎつけるまでの長いあいだ、意に染まない教員稼業で生計を立てながら苦節を味わったせいか、ゴールディングは自分の作品の読まれ方や読者の理解度、そして世評を極度に気にかける作家だった。ケアリによる伝記には、小説を出版するたび、直後の書評を恐れてびくびくする臆病なゴールディングの様子や、妻アン（Ann Golding）や昵懇の編集者モンティース（Charles Monteith）が、好意的な書評だけを一生懸命ピックアップして彼に見せてやる姿が克明に描かれている。一九五九年出版の『自由落下』が「過去最悪の書評」（Carey 233）に晒された後は怯えがひどくなり、そして一九六四年の『尖塔』がラジオ番組で無理解なコメントを受けてからというもの、ゴールディングは「間歇的な舞台恐怖症（intermittent stage fright）」に苦しみ、「初期の驚嘆すべき作品群を生み出してきた思考の自由や〔中略〕自分の想像力に、強い恐れを抱くようになった」（Judy Golding, *Children* 188）そうだ。さらに、一九六七年に『ピラミッド』を発表した後などは、「ゴールディングは引きこもってしまって、アンによれば、彼は書評にまったく目を落とすこともなく、電話にも出ないなど、かなり神経過敏な状態になっていた」（Carey 310–311）という。

またゴールディングは、脱稿した原稿を出版社にいったん渡してからも、読者からの反応を予想してはくよくよ考えて、何度となく原稿を手許に送り返させていた。このこともケアリの伝記に詳述されている。ゴールディングは、出版前、いな執筆の最中から、強迫観念に駆られるように読者からの反応をあれこれ想定し、そしてある意味で自虐的と言えるほど、読者との仮想〈対話〉をしてしまう作家だったと言っていいだろう。

自分の物語がどう読まれるのか、そしてその読まれ方が作者たる自分の意向から逸脱してはいないか。ゴールディングにとってこれは、精神の安定を損ねかねないほど重大な問題だったのだ。

3

読者の存在感と、自作の読まれ方とを苛烈に意識して苦悩するゴールディング。伝記的研究をとおしてその姿を知ったことは、かなりとりとめなく進めてきた筆者のゴールディング研究に、目標を与えることにつながった。重厚なテクストを虚心坦懐に読むという目標の他に、ゴールディングの作品と作家活動を、〈読む行為〉――〈読ませること〉と〈読まれること〉と〈読まされること〉――という観点から検証する、ということを研究目標にしようと思うに至ったのである。

これは単に、小説家の個人生活に対する興味というだけの問題にはとどまらない。彼の作品群をいま一度振り返ってみると、この〈被読〉の意識が、ゴールディングの書く作品のかたちや内容に大きく影響していたことが見えてくる。ゴールディングは作家人生を通し一貫して、いくつかのテーマを追い続けている。たとえば、根源的な利己性や我執という人間心理の闇、また、その闇をいくらかでも制御しようとする倫理の力（あるいは倫理の無力）、日常体験を超越する幻視体験の可能性などといったテーマである。だが、加えて、〈読まれる（そして〈誤読〉される）〉という体験もやはり、ゴールディングの作家人生を貫く主題だった――より正確に言うと、作家人生の半ばから直面させられるようになった一種の裏テーマだった――と考えられるのではないだろうか。

この裏テーマが気配を漂わせ始めるのは、年号で言えば一九五九年以降のことである。「初期の驚嘆すべき作品群」すなわち『蠅の王』、『後継者たち』、『ピンチャー・マーティン』の三作品を矢継ぎ早に発表し、そして『自由落下』を世に送り出した一九五九年一〇月前後の時期。この時期がいわば分水嶺をなした。この頃、ゴールディングの作風に大きな変化が生じている。端的に言うと、『自由落下』は彼にとって、〈読者に読ませる〉時代と、〈読者に読まれる〉時代との境界をなした作品である。第三人称語りの形式のなかで、読者の視点や時間的視座を自信に満ちた手腕でほしいままに操作する書き方は、この頃から鳴りをひそめるようになる。その代わりに、第一人称語り形式のなかで語り手・書き手が迷いや不安を洩らす、という構成が採用されることが明らかに増えていくのである。

もう一つ見逃せない点として、登場人物が何らかのテクストあるいはテクスト相当物を〈読む〉という行為——別の見方をすれば、ある登場人物が残したテクストが別の登場人物に〈読まれる〉という構図——を、小説のなかに描き込むことが、やはり『自由落下』を境に増加していることを指摘しておこう。さらにまた、ゴールディングが小説制作において、自身の人生のなかで体験した過去の出来事を、翻案して小説の材源とすることが多くなっていく、という点も注目に値するだろう。みずからの実人生を、回想し語る〈物語〉というテクストと見なせるなら、人生体験を語るという行為を行う場合、その前段階として、人生という〈物語〉を〈読む〉〈解釈する〉というステップが必然的に存在することになるはずだ。そしてそのステップにおいては、自分によって自分が〈読まれる〉〈解釈される〉という構図がおのずと起ちあがることになる。この構図は、元々の体験をした体験者の解釈と、その体験を後から読む〈読者〉の解釈のずれ、という問題を連れてくるわけだが、ゴールディングはこの構図を自分の眼前に立ち上げるという、ある意味では自傷的にもなり得る営みを繰り返すようになるのだ。どれも、〈読む〉もしくは〈読まれる（誤読される）〉、そして〈解釈する〉もしくは〈解釈される〉といった問題に対する、彼の新たな偏執がにじみ出た結果と見て差し支えないだろう。

本書は、このような作家ゴールディングの営み全体を視野に捉えつつ、個々の小説作品を順に検証していくことにする。ゴールディングは、『自由落下』に始まる作家活動中期以来、〈読む行為〉や〈読まれること〉という問題、なかんずく、作者の意図や権威の力と、読者の自由解釈の勢力という力学構造に苦しみ続けた。『自由落下』以後の諸作品は、その苦闘の記録として読むことができる。本書は、その苦悩の連続であったゴールディングの作家人生が生みだした作品を詳細に読み、そして、その苦悩に出口はあったのかどうかという問題に対し、一つの解答を提示することを試みるつもりである。

4

じつは本書には目論見がもう一つある。ゴールディングが過剰なまでに意識した〈読むこと〉〈読まれること〉に対する問題意識のありようを、彼が作家生活を送った時代の文脈に置いて検討する、というものである。〈読むこと〉の意味が、彼の生きた時代においてどう捉えられてきたのか。また、今の目で読み直した場合、その捉え方にはどのような価値づけをするのがふさわしいのか。こうした問題への答えになりそうなものを、ゴールディングという一作家をいわば揺れる鏡と見立てて、そこに映し出すかたちで示してみたいのだ。

一九九三年六月に急逝したゴールディングがこの世に生を受けたのは一九一一年九月一九日だが、小説家としてのデビューは遅咲きで一九五四年、あと二日で彼が四三歳になるというときだった。そして没年においても、未完成の小説原稿――『二枚の舌』と題して一九九五年に死後出版される――を抱えていたというから、出版作家としての彼のキャリアは、二〇世紀後半のほとんどをカバーしていたことになる。

この期間は、英国文学においてどのような意味をもつものだろうか。ポストモダニズム文学の時代。ポストコロニアル的諸問題が文学的関心を集めた時代。あるいは、二〇世紀初頭に萌芽したフェミニズムの高まりと先鋭化の時代。さまざまな見方ができようが、読者と作者の関係に大きなうねりが生じた期間だ、と定義することも可能だろう。周知のように、二〇世紀後半という時代は、読書および意味解釈の場において、作者の権威が失墜し、読者の自由と権利意識が、英国を含む西洋諸国において高まっていった時代である。ゴールディングが苦闘する人生の背景には、いわゆる受容美学や読者反応理論が脚光を浴び、その影響の余波が続く時代の趨勢があった。本書は、ゴールディングという一作家を前景に置いた研究ではあるが、ときにその前景と時代背景を入れ替えることも試み、この時代を席巻した読者中心の〈読み行為〉理論について、系統立てた総ざらいとはいかないまでも、少なくとも多角的なやり方で、その功罪や長短を洗い出してみようと思うのである。

読者中心の読み行為理論についての詳細な議論は本書第五章以降に譲るけれども、ここでもごく簡単に流れをまとめておさえておこう。

まず、一九三〇年代のいわゆるニュー・クリティシズムの影響があった。テクストの自律性を主張するニュー・クリティシズムにおいて、作者が作品を書いた際の意図を最も尊重するような姿勢は、白眼視されるようになった。そして一九六〇年代が終わる頃、バルト（Roland Barthes）がかの有名な〈作者の死〉宣言を発し、作者の権威に真っ向から挑戦すると、その後、読者の自由に立脚した受容美学や読者反応理論が花盛りとなったのである。バルトは、「現代の文化に見られる文学のイメージは、作者と、その人格、経歴、趣味、情熱のまわりに圧倒的に集中」し、「作品の説明が、常に、作品を生みだした者の側に求められる」（バルト、「作者の死」八一頁）という状況に異議を申し立てた。[1] そして、テクストの意味を創出するのは、作者ではなく読者の〈読み行為〉の役割であるとし、しかもその読み行為は、テクストを単一の意味に固定するのではなく、多方向に解釈を開くのだ、と唱えた。その際のスローガンが〈作者の死〉宣言である。「作品に対して恐るべき父性を発揮」（バルト、『テクストの快楽』八三頁）していた作者は葬られ、その「『作者』の死によってあがなわれ」るかたちで、真の決定権者たる読者が誕生する（バルト、「作者の死」八六頁）、というのがバルトの言である。

これに対し、たとえばブース（Wayne C. Booth）のように、読者が解釈の自由を振り回すことに懸念を示す動きも、一部には確かにあった。だが、〈作者〉の存在意義を疑問視するフーコー（Michel Foucault）による論考「作者とは何か」といった後押しもあって、一九七〇年代以降、テクストの意味や読み方を決定するのは作者ではなく読者、あるいは読者とテクスト間の相互作用の場である、とする考え方のほうが一般に受け入れられるようになっていった。

バルト派の〈作者の死〉や読者の完全な解放という旗幟[2]を急進的に受け継いだのは、おそらくデイヴィッド・ブライヒ（David Bleich）だろう（Harkin 416参照）。そのブライヒをいわば最左翼として、ノーマン・ホーランド（Norman Holland）やヴォルフガング・イーザー（Wolfgang Iser）、スタンリー・フィッシュ（Stanley Fish）、ルイーズ・ローゼンブラット（Louise Rosenblatt）ら、中道派から慎重派まで態度を異にする諸家が、読者個人の読みにどの程度の自由存立を与えるかについて盛んに議論を戦わせるようになり、ロバート・デイル・パーカー（Robert Dale Parker）のことばを借りれば、「読者反応理論の流行の短い燃え上がり」（Parker 317）の時代が到来したのだった。

5

そうした時代の潮流のなかに置いてみたとき、ゴールディングの〈読むこと〉〈読まれること〉に関する意識のありようは、どのような位置づけを受けることになるだろうか。本書の第二の目的はこの問題の考察である。この目的に応えるため、本書第六章以降の各章には、ゴールディングの作品検討に加え、読書や解釈という行為に対する当時の思想的状況を素描する部分も含めることにした。それゆえ、本書中盤以降の数章は、一章の長さがかなり膨らんで、それ以前の章とは分量の面でバランスをかなり欠くことになってしまった。不調法な始末だがご寛恕いただきたい。

読者と作者――あるいはこれに第三項として〈テクスト〉を加えることもできようが――の関係という視点から、ゴールディングを本格的に論じた研究は、これまでほとんどない。筆者はかつて、研究論文集『ウィリアム・ゴールディングの視線』収録の「William Golding 関連文献書誌」の作成を担当し、英語圏および日本で一九九六年度末までに発表された単行本や論文を、網羅的に調査したことがある。その書誌を再度見渡し、さらにその後の研究史を新たに瞥見もしてみたが、二〇世紀後半期の読者論の立場からゴールディングを論じた研究は見つからない。

ゴールディング作品に着想を与えた材源についての調査や、ギリシャ悲劇や古典的キリスト教文学とのテクスト間相互関連性に着目する研究ならば、これは数多く存在する。なるほどこれらも一応は、読んだり書いたりする行為と連関した研究と言えなくもないかもしれない。また、一九七九年の小説『可視の闇』や、翌年発表の『通過儀礼』に始まる三部作を、一種のメタフィクションやメタナラティヴととらえる読みを展開した研究論文も、わずかながらある。前述の書誌には盛り込まなかったが、新聞書評という場でならば、読者論に言及した例もそれなりに見つかる。特に、一九八四年の『ペーパー・メン』に対する書評では、〈作者の死〉概念に軽く触れていく議論が散見される。だが、受容美学や読者反応理論のような読者論の立場からゴールディングを評価するという試みに、正面切って取り組んだ例は見あたらなかった。

考えてみれば相当に重要な論点であろうに、これまでのゴールディング研究はこれにあまり目を向けてこなかったらしい。先人たちが織りなしてきた研究史のなかで、ある一つの欠落・空隙がぽっかり口を開けているというわけだ。本書は、ふと見つかったその空白部の招きに応えて、そこを何らかの〈意味〉でもって充填せずにいられなくなった、一読者の反応の記録でもある。

注

(1) 邦訳で「圧倒的に集中」となっている箇所は、バルトの原文では tyranniquement centrée である。専制君主の圧制がはっきりイメージされていた。

(2) ただしショーン・バーク（Seán Burke）によれば、バルトの作者論には、じつは〈作者の復活〉の余地が残っていて、バルトは全面的な死の宣告を作者に下したわけではないのだそうだ。この〈作者の復活〉という展開——「作者の友好的な回帰」（石川、一〇〇頁）——については、石川美子が要領よくまとめている（石川、七八—一〇一頁参照）。

第一章 『蝿の王』における読者の拘束――〈むき出しの人〉を読ませるために

1

ゴールディングは、あらゆる意味で読み応えのある作家だ。吉田徹夫は、ゴールディングは「読者にとって決して親切な作家ではない」と断じ、「作者が提示する状況説明によって私たち読者は、その状況にいる人物たちよりも事態がよくわかっている筈なのに、説明が出し惜しみされているためにわずかしか有利な位置を占めてなくて、人物たちの視線と殆ど同じ高さにたって、彼らと一緒に事態を把握しなければいけない」（吉田、「小説家Wilfred」二五八―二五九頁）と述べている。まさに然り、ゴールディング作品が備えているずっしりと重い読み応えと、しんどい読書体験の原因の一つは、ゴールディングが読者を掌中に収め、作中人物たちの視線と同じ高さに立たせる、語りの視点の強引とも言える操作ぶりにある。

ウィリアム・ボイド（William Boyd）は、ゴールディングの主要作品は、どれも閉塞した世界を舞台としている、と看破したという（安藤、一三五頁参照）。ゴールディングの常套手段は、あるひとりの特定登場人物の狭い視野のなかに、読者を押し込んで拘留してしまうことである。それは、『ペーパー・メン』や『自由落下』、『通過儀礼』、『二枚の舌』のような第一人称語りの小説で実行されるだけではない。語りの人称の違いによらず、第三人称語り小説——たとえば『蝿の王』や『後継者たち』、『ピンチャー・マーティン』、『尖塔』、『可視の闇』などの作品——でも、同程度に実行される。その結果、ゴールディングを読む読者は、ほぼ例外なく、閉所恐怖症誘発的ともいえるほど強烈な閉塞感を味わわされる。そしてその閉塞感に圧迫されるようにして、読者はごく深いレベルでその作中人物と密着し、体験を共有することになる。その際、読者の感覚神経はきわめて強烈な訴求にさらされる。読むという行為がもつ閉塞した〈没頭〉という側面を、読者はこうして強く惹起されるのである。この体験が、もう一つのゴールディングの常套手段——すなわち作品の結末部における唐突な視点転換と、それによって発動される〈没頭からの覚醒〉、および、〈読む行為〉に従事する自己への客観的洞察の強制作動——と相まって、彼の小説特有の迫力を生み出すのに大きく貢献している。

2

英米文学研究において〈視点のとり方〉という問題を取りあげるのに、ヘンリー・ジェイムズ（Henry James）に言及するのは、いまさらの感が強すぎてちょっと気が引ける。だが、しかしゴールディングの視点操作は、「つながりをもたない別々の窓」という比喩で語られるジェイムズ流の視点観がきわめて先鋭化された、到達点の一つとも思えるものである。

周知のように、ジェイムズは、一九〇一年発表の小説『使者たち』（*The Ambassadors*）で、ひとりの作中人物の視点だけを借りてすべてのことを書く、という方法を考案し実践した。ジェイムズ自身はこれを、一つの視点に固定した「出しゃばらない語り（effaced narration）」という言葉で表現している。これは第一人称語りではなく、あくまで第三人称の語り手なのだが、人間としての存在感を表に出さない「出しゃばらない語り手」が、ある一つの意識のなかだけに身を置き、この作中人物が見聞きできることのみを報告する、という形式である。こうすることが文学としての高い芸術性を生む、とジェイムズは考えた。『ある貴婦人の肖像』（*The Portrait of a Lady* ［1881］）の序文（一九〇七—九年）に付した自著による序文で、彼は次のように述べている。

要するに、小説という家には、窓が一つだけではなくて百万も空いている、いやむしろ、空けられる可能性のある窓は、数え切れないほどあって、家の巨大な前面壁のどの窓も、個人の視野の要請や、個人の意志の圧力によって貫通されたもの、もしくは貫通される可能性をいまだに秘めているものである。これらの開口部は、形も大きさも異なっているが、〔中略〕それでもせいぜい窓でしかなく、のっぺりした壁に空いたただの穴、互いに断絶して〔disconnected〕、高いところにおさまっているだけだ。ちょうつがい付きで人生に向かって開いているドアなどではない。〔中略〕その窓の一つのそばにたたずむ男は、隣の窓に立つ男が見ているのと同じ光景を眺めているが、片方の男にはあまり見えないのにもう一方の男には多くのものがよく見えたり、黒と見えるものが別の男には白と映ったり、大きく見えるものがもうひとりの男には小さく見えたり、粗野と見えるものが別の男の窓からは洗練だと映ったりするものだ。（James, "Portrait" 46）

ゴールディングはこの、作中人物の目という私的な「覗き窓」を借りる「出しゃばらない語り手」の視点、というジェイムズ的な視点観に、その私的な視点がそれぞれに孤立して「断絶している」という、これまたジェイムズ的な視点観を、ジェイムズ本人以上に密接に縫り合わせた視点観をもっている。視点という問題に対することのようなスタンスのとり方が、ゴールディング作品の屋台骨を形成しているのである。

3

たとえば、ゴールディング作品のなかでも、視点転換のショーケースとも言える処女小説『蠅の王』を見てみよう。以下に引用するのは、小説冒頭場面の第一段落途中からとった一節である。旅客として乗っていた飛行機が撃墜され、無人島に不時着した翌朝、金髪の少年ラルフ（Ralph）が、胴体着陸の爪痕が残る地面を歩き回っているシーンだ。

金髪の少年が、蔓草や折れた木の幹のあいだを、のろのろとよじ登っていくと、赤と黄のヴィジョンともいうべき一羽の鳥が、体をきらめかせて飛び上がりながら魔女のような声をあげ、その鳴き声に応じるように別の声が響いた。

「おーい！」とその声は言った。「待ってくれよ！」

地面にできた裂け目の側面に生えている下生えが揺れ、無数の雨だれがパタパタ音を立てて落ちてきた。

「待ってくれよって」と声は言った。「絡まっちゃったんだ」

金髪の少年はよじ登るのをやめ、靴下を引っ張り上げたが、その動きがあまりにも自然だったので、一瞬のあいだこのジャングルが、あたかもホーム・カウンティのような、のどかな景色に見えたほどだった。

先ほどの声がまたしゃべった。

「この蔓草やらのせいで、ぼく、動けやしないんだ」

声の主は、後ずさりの格好で下生えのなかから出てきたが、そのため、油染みのあるウィンドブレーカーが小枝でこすれて、いくつもひっかき傷ができた。むき出しの膝裏のくぼみにはむっちり肉がついていて、そこもとげが刺さったりとげに引っかかれたりしていた。その子は前屈みになると、そっととげを抜き取って、それからくるりとこちらに向き直った。金髪の少年よりも身長が低く、とても太った体つきだった。その子は前に歩み出て、足を置いても安全そうな場所を探し、そして分厚い眼鏡の目でこちらを見上げた。

「メガホン持ってたあの男の人はどこ?」

金髪の少年は首を横に振った。(Golding, *LF* 7–8)

この文章全体における視界の主は「金髪の少年」ことラルフであるが、この一節の前半では、語りはまだ客観性を残してもいる。靴下を引っ張り上げるラルフのまわりの風景が、一瞬ホーム・カウンティに変化して見えるというのも、ラルフの心にそう映っているわけではない。あくまで、ラルフを外部から客観的に観察する語り手の受けとった印象である。

ところが引用部の後段に来ると、語りはラルフの目とすっと一心同体となる。「肥った少年」が茂みから後ろ向きに出てくる様子は、ラルフの網膜が捉えたままの光景である。「肥った少年」の顔、および度の強い眼鏡をかけているという外見的特徴は、彼がこちらへ向き直るまではラルフにはわからない。ラルフの目に見えているのは、慎重に後ずさりして出てくる「肥った少年」の背中と、肉付きのよい膝の裏だけである。「肥った少年」

の正面にぐるりと回りこんで描写するような視点は、ここでは採用されていない(1)。

このようにして、小説開始早々にラルフが視点人物として選抜されたわけだが、引用した一節の最後の文では、語りはまたラルフの目を離れる。そして、「ラルフ」という名が語り手にはわかっていないという前提に立って、彼をまた「金髪の少年」と呼ぶのである。一瞬だけ、語りは読者の目をラルフの目のなかに拘束したのだが、その後はまた、読者を全知の語りのなかで泳がせている。

小説が先へ進むにつれ、語りはさまざまな作中人物を視点人物として採用する。ラルフ以外には、島に不時着した少年集団のなかでリーダーの座をラルフと争う少年ジャック（Jack Merridew）、そのジャックが率いる少年聖歌隊の一員で、夢想癖のあるサイモン（Simon）、そしてジャックがラルフからリーダーの地位を奪った後に、ジャックの片腕となるロジャー（Roger）、それからラルフやジャックたち年長組の少年から軽視されている年少組のひとりであるヘンリー（Henry）などが、入れ替わり立ち替わり視点人物になる。

このように複数の視点人物を用いていることに関しては、興味深い点が二つある。一つ目は、それぞれの視点人物を中心とする箇所において、彼らが何かを凝視する行為に没頭する場面が、必ずと言っていいほど含まれていることである。ヘンリーは、波打ち際で遊んでいるときに、磯だまりの生き物を棒でつつき回しながらじっと見つめ、周囲のことがすっかり目に入らなくなるほど集中する——「自分以外の生き物に対して自分が支配を行使している（exercising control over living things）のだと実感し、彼は単なる幸福感を越えた感情に夢中になった。〔中略〕潮の流れに押し戻され、彼の足跡は湾のようになり、そのなかで生き物たちは虜になって、それが彼に支配権の幻想（the illusion of mastery）をもたせた」（66）。ロジャーは、「肥った少年」ことピギーの頭上めがけて岩を落とす直前に、敵側の少年たちを見下ろしながら、相手を「ぼさぼさの頭だけにまで縮んだ」（194）とか、ただの「脂肪の袋」（199）とか見る心境になる。ジャックは、豚狩りのために自分の顔と体に迷彩を施すが、その顔を水鏡に映したとき、仮面をかぶった「畏るべき他人（an awesome stranger）」（69）へと変貌した自分を見つめて驚愕し、そして異様な興奮を覚える。サイモンは、ジャックたちが豚狩りの後に残していった豚の頭部を凝視しているうちに、その切断された頭とことばを交わし、その「内部の暗黒、拡大する暗黒」（159）を湛えた口の中に吸い込まれる幻覚に襲われる。

もう一つ興味深いのは、これら視点人物の視覚的体験が、視線の先にいる相手とのコミュニケーションが不可能だという状況を強調したり、個人の視覚的体験を別の人間に伝えることの不可能性を示す場面につながっていったりする点だ。ヘンリーやロジャーの視線の先にあるのは、意思疎通の価値もない非人間的な物体である。水鏡がジャックに示すのは、「畏るべき他人」である。一見例外と思えるのはサイモンの場合で、なるほどサイモンだけは視線の先の物体と〈会話〉を交わしてはいる。しかし、普段のサイモンは仲間の少年たちから変人扱いを受けていて、発言をまともに聞いてもらえない。また、サイモンと「蠅の王」——蠅のたかる豚の頭部——は確かに〈会話〉を交わしてはいるものの、その会話において「蠅の王」が言い放つのは、サイモンが孤立し断絶状態にあるという事実なのである——「警告しておくよ。〔中略〕お前は要らない奴なんだ。わかったか？」（159）。はたして、切断された豚の頭と会話と啓示から得られた人間観を仲間の少年たちに伝えようとしたとき、サイモンは少年たちから槍でめった突きにされ、問答無用で殺されてしまう。

『蠅の王』の視点人物たちは、それぞれに凝視の視線を個別に放っているが、それぞれの「窓」から得る視覚的体験は、相互に「断絶」されている。少なくとも、視点人物本人たちは、めいめい自分の視座にとらわれており、それを他人に伝えることはできない。視点の切り替えは、この断絶性を無言のうちに物語る。ゴールディングは、一九八〇年四月に行った講演「信条と創造力」（“Belief and Creativity”）において、以下のような決意表明を行っている——

人間とは何か、天の目から見た人間とはいったいどのようなものなのか、それを私は知りたくてたまらないし、そして、それを知ったあとはその知識に耐え抜く覚悟があります。今のことは、軽い気持ちで口にしたのではありません。私のその目的、そしてその最優先課題から芽を吹いた私の創造力にとって、最も近しい主題とは、その知識に私をちょっぴり近づけてくれそうなたぐいのものでした。その主題というのは、極限状態に置かれた人間、という主題です。そこでは、人間はまるで建築資材のように、実験室に持ち込まれ破壊に至るまで酷使されるという試験に晒されることになります。たとえば、他人から孤立させられた人間や、執着に凝り固まった人間、文字通りの海の中で溺れている人間や、自分自身の無知という海の中で溺れている人間などが、私の主題でした。(Golding, "Belief" 199)

列挙されているテーマのなかでも、〈孤立させられた人間〉〈断絶された人間〉のテーマの比重は、特に大きい。

やがてラルフの味方は脱走や死亡によってひとり減りふたり減りしていき、ラルフは〈孤立〉と〈断絶〉を深めていく。それに伴って物語の視点人物も、ラルフへと絞り込まれていく。ラルフが完全に四面楚歌となり、〈断絶〉が確定した後は、没人格的な第三人称語りの地の文部分を別にすれば、視点はもっぱらラルフの目に固定されてしまい、読者は、ラルフの目を唯一の窓として世界を見るよりほかなくなる。視点の孤立と拘束は、こうしてここに極まる。そして読者が、ラルフという窓から再び抜け出るには、一つの力業——ゴールディングが作者として、そして実験試料を上から見下ろす実験者として、作中人物に対して行使する力業——を待たなければならない。

4

ここで、たったひとりの視点人物という状況の重さを考察するため、『蠅の王』をいったん離れ、ゴールディングの三作目の小説『ピンチャー・マーティン』を見ることにしよう。『蠅の王』と同様に、無人島に漂着するという設定の小説だが、漂着者は彼ひとりのみで、しかも、島といってもたぶん四畳半程度の広さしかなく、草一本生えていない、岩場と呼んだほうがいいような島に流れ着く、という極限状態に主人公は置かれている。さらに悪いことに、島にたどり着く前、海を流されているあいだに右目の横を岩にぶつけてしまい、その負傷のせいで右目の視力はかなり低下している。

小説第六章に次のような文章がある。

彼は海を凝視した。とたんに彼は、自分がまた、一つの窓越しに見ているのだ、と気づいた。彼は自分の内部の、てっぺんのほうの端っこにいるのだ。窓は、上辺が皮膚と両の眉毛の毛が入り交じったぼんやりした境界線になっていて、そして鼻の二つの輪郭あるいは影によって、三つの明るい区画に仕切られていた。だがその鼻は透明なのだった。向かって右側の明かりには靄《もや》がかかっていて、三つの明かりはすべて下辺ではつながっている。岩場を見下ろすと、彼はその岩の表面を、生け垣みたいな無精ひげの生えた上唇越しに見ているのだった。窓は謎めいた暗闇に取り囲まれていて、その暗闇は彼の体中へと広がっていた。窓枠の周りを覗いてやろうと、前にかがんでみたものの、そうすると彼にあわせて窓も動くのである。彼は顔をしかめ、少しのあいだ窓枠を変形させた。彼は水平線をなぞるように三つの明かりをぐるっ

と動かした。しかめ面のまま、彼はしゃべった。（Golding, *Pin* 82）

主人公の視点が窓にたとえられている。ゴールディングがこれを書くときにジェイムズを意識していたのかどうか、確かめるすべはないが、興味深い符合である。また、その視野はまるで、現象学の祖とも言われるエルンスト・マッハ（Ernst Mach）が描いたという有名な絵「内側からの展望」を彷彿とさせるような展望である。

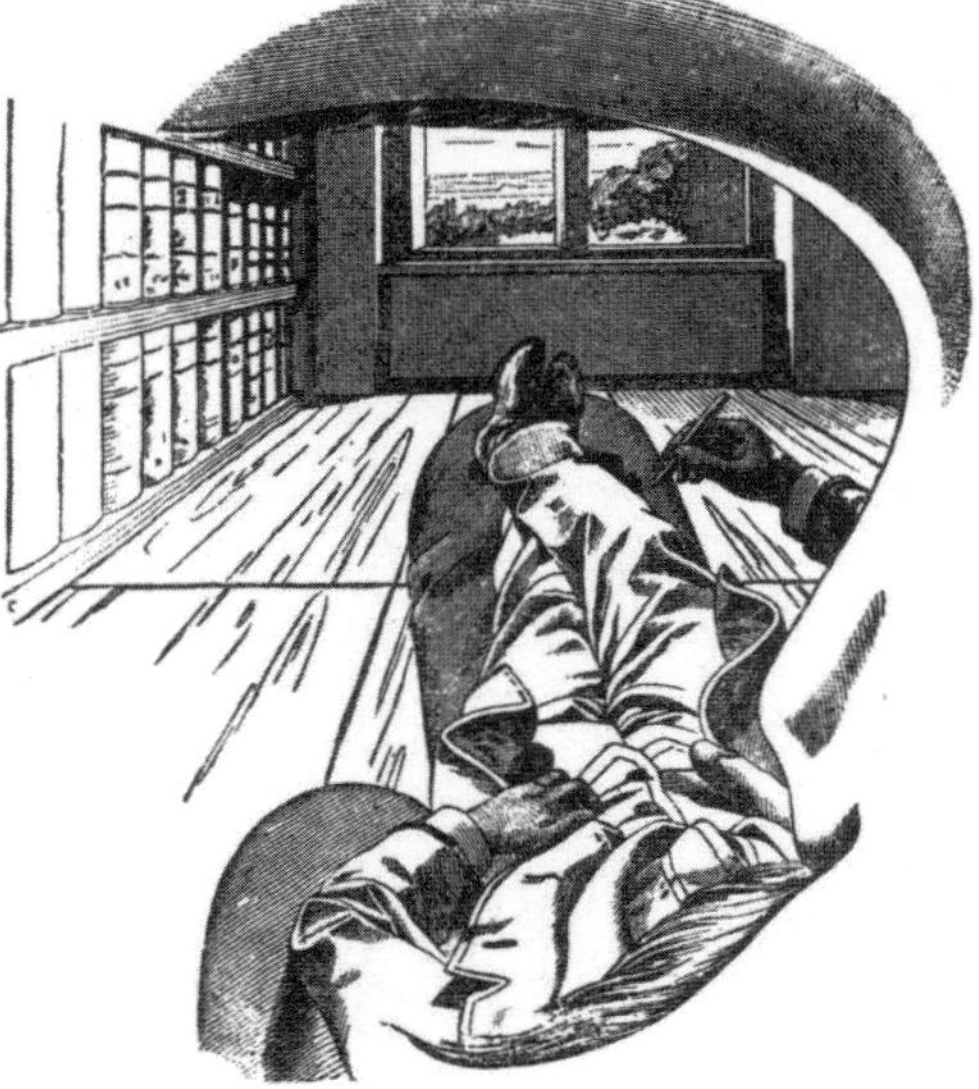

Ernst Mach, “*Innenperspektive*”

　主人公クリストファー・マーティン（Christopher Martin）（愛称クリス、あだ名はピンチャー）のこの状態は、人間が世界を見る際の視点や見え方は、他の人とは決して共有できない独特固有の窓越しのものだ、ということを例証しているのかもしれない。

　しかもその例証のしかたがきわめて先鋭的である。語りの視点は、主人公の目のそばに立っているどころではなく、主人公の眼窩の中に入り込んでいる。『ピンチャー・マーティン』には次のような描写がある――「あらゆる画像と痛みと声の中心に、鋼の延べ棒のような事実、というか、一つのものがあった。そいつは、あまりにも露骨なくらいにすべての中心をなしているので、自身を検分することさえできないものだった。頭蓋骨の暗黒のなかに、そいつは存在し、より暗い暗黒で、他に頼ることなく存在する、破壊不能なものだった」(45)。語り手は、主人公の頭蓋骨の奥に棲みついていて、「頭蓋骨内の暗さよりさらに暗い闇」だ、と表現されている。それが、まぶたの奥から、ちょうど窓枠から外を眺めているようにして、この主人公の肉体の周囲を観察し、報告している。

この語りは、小説を読んでいる読者を、視点人物の眼窩の奥へと道連れにする。視界を縁取る眉毛や鼻梁までにも言及する細かい筆致が、この一節を読む読者を強力に牽引する。読者は思わず、自分自身の視界の縁取りも同じようになっているのを、視界の際に意識を送って確かめたくなる。この衝動は、ほとんど本能的なものと言っても過言ではない。ゴールディング一流のこのような肉体感覚の詳細な視覚的描写は、人間の精神生活の基底をなす感覚器官・感覚神経のレベルで読む者に訴えかけ、共同体験を強烈に促す。

この強い訴求力を、先祖返り的もしくは新生児期回帰的、と評してもあながち間違いではなかろう。発達心理学や進化心理学がいう「注意共有の機構」、あるいは発達心理学者G・E・バターワースとN・L・M・ジャレット（G. E. Butterworth and N. L. M. Jarrett）の用語で表現すれば「共同注視（joint visual attention）」のような、発達成長あるいは進化のきわめて初期段階で人間の心のなかに形成されるという機能や、(2)霊長類の脳内に存在するとされるミラー・ニューロンという神経細胞に、こうした描写は直接働きかけている、と考えてもいいかもしれない。そして、クリスがじつはもう死んでいるのに、自分の死を受け入れるのを断固拒否して、意思の力だけで自分の肉体と意識をゼロから再構築している、という小説の設定を考慮するならば、人間の発達段階の初期に獲得される「共同注視」機能が、ここで活用されるというのも、いかにもふさわしいこととも言えるだろう。

このような、まさに人間の根源的・原初的な部分に働きかける磁力を発揮して、ゴールディングによる視覚的行動の迫力ある描写は、読者を否応なく主人公クリスの頭蓋骨の中に取り込み、拉致してしまう。その結果、読者は、語り手が徐々に感じ始める拘束感とフラストレーションをも、共有することを余儀なくされる。そして、外殻みたいな肉体の壁の内側に、自分も虜にされているという隔絶感が募るにつれ、外界を見る見方のなかに、フラストレーションの要素が忍び込んでくる。

小説読者の先達となってそのフラストレーションを感じ始めるのは、主人公クリスである。『ピンチャー・マーティン』の第九章で彼は、「窓越しに」自分の体や手を眺めてみるのだが、彼はこの状況にだんだん腹を立て、次のように愚痴り始める——

鏡無しで、どうやって完全なアイデンティティが保てるというのだ？　そのせいで俺は変わってしまったんだ。かつての俺は、自分の写真を二十枚は持っている男だった。あの役この役と扮した姿で、写真の右下にはスタンプと封印代わりに署名も書いていた。海軍に入ってからも、俺のＩＤカードには写真があったから、ときおりそれを眺めては、自分が誰かを確認できたんだ。〔中略〕それから、鏡もあった、三面鏡だ、この窓の三つの明かりよりももっとバラバラに別れていた鏡だ。横の鏡をうまく調節して二重反射をさせてやれば、映った鏡のなかに、まるで他人を見るみたいにして、自分を横からとか後ろからこっそり覗き見ることだってできたものだ。〔中略〕体の中にいれば、俺は役柄になることができた。でも今じゃあ、俺はこの内側のこいつ〔this thing in here〕でしかない。〔中略〕俺の窓の三つの明かりは、世の中じゃあ十分役に立つんだろうが、この俺の正体を特定するには、それくらいじゃあ足りやしない。〔中略〕ただ、世の中だったら、俺がどんな風なのかを俺に向かって伝えてくれる他の奴らがいてくれた。俺に惚れたり、俺を褒めそやしたり、この体を愛撫したり、俺のためにこの体を定義づけしてくれた。〔中略〕ここじゃあ、俺には喧嘩相手すらいない。俺は定義を失ってしまいそうだ。〔中略〕自分の顔についても、わかっていることといったら、無精ひげのちくちくする感じだの、かゆみだの、ぴりぴりした暖かみの感覚だの、せいぜいそれだけだ。〔中略〕こんなのは、人間の顔とは言えやしない！　視野だって、まるで懐中電灯で夜を爆破しているみたいにしか見えてないじゃないか。頭のぐるりを全部見渡せるようでなきゃあ――（Golding, *Pin* 132–133）

自分は、自分という現象のなかにとらわれの身になっている「内側のこいつ」であり、自分が障害物になっているため、「内側のこいつ」は、外界や他人をしっかり把握して客観的に理解することができないでいる。そして自分という存在の〈定義を失いそうな危険〉というひりひりするような焦燥と、自分自身からの疎外感にさいなまれている。

そうした〈自分〉体験を、ゴールディングはクリスを通して読者に味わわせる。読者を、自分にとらわれ視界がきかないクリスの視点のなかに拘留し棲み着かせ、クリスの憤懣を共有するようにしむけるのは、そのためである。(3)

その視野狭窄の目の中に拉致された状態から読者を解放し、「三面鏡」の代用品として、「自分の頭の周囲をぐるりと見回す」遠近法を得る機会を読者に提供するために、ゴールディングが重用したのが、小説の結末近くになって唐突に視点を切り替えるという手法である。ギリシャ悲劇に造詣が深く、〈機械仕掛けの神（*deus ex machina*）〉の効果にも詳しいゴールディング自身は（Dick 13 参照）、この手法を自嘲気味に「ギミック（gimmick）」と称したが、じつはこの技法は、ゴールディングにとってまさに本質的な意味をもっている。(4)

第一人称語りの場合のように、完全に視点人物がひとりに固定されているのであれば、視点を鮮やかに切り替えることはさほど難しいことではない。章が変わるのを契機にして別の作中人物を語り手に据え直したり、主人公が他人の書いた手記や手紙を目にするとか、何気ない他人の発言を立ち聞きする、とかいったプロット展開を用意したりすれば事足りよう。実際ゴールディングは、後者の手法も『通過儀礼』や『ペーパー・メン』で採用している。やや手の込んだやり方としては、忘れていたつもりの記憶が不意に主人公の意識に立ち上り、主人公の反省を促す、という場面を描くこともできる。これは『自由落下』に見られる手法だ。

それに対し、第三人称語りの小説では、さらに周到なやり方が必要になる。たとえば、『ピンチャー・マーティン』におけるように、一つの視点しか採れないことが不自然ではない状況を設定し、そこでほとんど第一人称語りかと見紛うほどに、語りをひとりの人物の視点に集中させておいて、最終章で、何の前触れもなく別人の視点を持ち込むという、意表を突いた力業を用いること。もしくは、『蠅の王』のように、複数の視点をとるのも可能である状況において、ストーリーが進行するにつれ、視点が主人公以外へ移住する回数を徐々に減らしていき、読者の居住区域を狭めて主人公の目の中へ追い込んで拘留しておいて、その後一気に読者を主人公の目の外へ引っ張り出すこと。いずれにしても、解放の前の拉致の段階には、極度に限定した読み方でのみ読ませるという、強力な読者操作が要求される。その読者拉致の段階において、感官を鮮烈かつ根幹的に刺激する文体で、見るという行為を描写するという技法を用いるのが、ゴールディングの伝家の宝刀なのである。

5

『ピンチャー・マーティン』における読者拉致と「ギミック」についての詳しい考察は本書第三章に譲り、『蠅の王』に戻ってみよう。本作における最後の「ギミック」に到達するまでの展開は、次のようになっている。不時着した無人島で数ヶ月を過ごすうちに、少年たちはルールに縛られるのを拒否するようになって、ラルフはリーダーの座を追われる。その代わりに隊長になったジャックは、野生の豚を狩るハンティングの興奮という快楽と、暴力と恐怖による独裁という、飴と鞭の使い分けで少年たちを掌握する。ジャックたちの「部族（tribe）」により、ピギーを含む数少ないラルフの味方は次々に殺害され、ついにはラルフが最後の標的になる。ジャングルに隠れたラルフを燻り出すため、ジャックの部族は島のジャングルに火を放つ。大火事になった炎と、槍を持った少年たちに追い詰められ、ラルフが絶体絶命に陥る。結局この火事を発見した英国海軍の船が島に接岸し、ひとりの軍人が上陸して、ラルフはすんでのところで救われる。その瞬間、この海軍士官の視点や、さらに大きな客観的パースペクティヴが持ち込まれるのである。

この「ギミック」の効果は絶大で、マーク・キンケイド＝ウィークスとイアン・グレガー（Mark Kinkead-Weekes and Ian Gregor）の共著によれば、あたかも「劇場の幕が下りきってしまう前に客席照明が点灯し、そして、観客を魅了していた演技から役者たちが急に抜け出てくるかのよう」（Kinkead-Weekes and Gregor, 3rd ed. 45）というほどの、意識転換を読者に迫る構造である。再びジェイムズ流の比喩を借りれば、「ギミック」とは、ゴールディングが建設する〈小説という家〉において、それまで窓越しに外を覗くしかなかった読者を解放するための隠しドアなのだ。

本章第3節で見たように、ゴールディングは講演「信条と創造力」において、自分が創造した作中人物を極限の実験の試料にたとえていた。「ギミック」において発生するのは、主人公に対して行われてきた極限的な実験を唐突に終了し、実験試料だった主人公を、実験室内あるいは顕微鏡のレンズの下から解放する行為である。主人公はあまりの急展開に戸惑うか、もしくは解放された事実さえ認識できないでいるのだが、読者はその主人公の当惑と、客観的で冷徹な実験者——「出しゃばらない語り手」——の観察眼の両方を、いちどきに体験するこことを強いられるのである。視点転換で揺さぶられるだけでなく、解放後には二重の視点をもつことを、急に要求される。ゴールディングが読者に多くを強いるというのは、こういう面についても言えるのだ。

視点の転換に至るゴールディングの下準備は入念だ。救出の直前、敵の少年たちに追い詰められたときラルフは、ジャングルの中の、蔓草が絡まってトンネルのようになった茂みに身を隠す。そのトンネルから、しばらくのあいだ彼は、どきどきしながら外の様子を窺っている——

誰かが大声をあげた。ラルフは地面から頬を上げ、鈍い光の中を覗き込んだ。奴らはもう近くに来てるに違いない、ラルフはそう思い、彼の胸は動悸を打ちはじめた。隠れるか、隊列を突破して逃げるか、木に登るか——結局のところ、ベストの選択肢は何なんだ？　悩ましいのは、チャンスが一回きりということだ。〔中略〕

声が急に近くなったので、ラルフはびくっと体を起こした。体に縞模様を施した蛮人が、緑がもつれたところからせかせかと出てきて、ラルフが身を隠している草の茂みのほうへやってくるのが見えた。槍を持った蛮人だ。ラルフは地面に指をめり込ませて、ぎゅっと握った。準備をするんだ、万一のために。〔中略〕

蛮人はここから十五ヤードのところで歩を止め、合図の声をあげた。

火が燃える音なんか関係なく、たぶんあいつには、僕のどきどきが聞こえてるだろう。悲鳴をあげるな。準備するんだ。

蛮人がさらに前に歩いてきたので、腰から下しか見えなくなった。あれはやつの槍のこじりだな。もう、膝から下しか見えない。悲鳴をあげるな。〔中略〕

あと五ヤードのところで蛮人は立ち止まり、茂みの真横に立って、合図の声をあげた。ラルフは膝を胸に寄せてしゃがむ姿勢になった。両手には棒きれが、両端を削いで尖らせた棒が握られていたが、棒は手に負えないくらいやけに震えていて、長くなったり短くなったり、軽くなって次に重くなってまた軽くなった。

甲高い遠吠えのような声が、海岸からもう一つの海岸まで響き渡った。蛮人は茂みの端にひざまずき、彼の背後の森では光がちらちらきらめいていた。膝が沃土をぐちゃぐちゃにしているのが見える。次にもう一方の膝。手が二つ。槍だ。

顔だ。

蛮人は、茂みの下の、はっきり見えないあたりを覗き込んだ。あいつが、こっち側には光が見えて、あっち側も明るいのに、真ん中の、あそこだけは光がない、と見てとっているのがわかる。真ん中には、暗闇の塊があって、蛮人は眉根を寄せながら、その暗闇の意味を解読しようとしていた。

一秒一秒が長くなっていった。ラルフは、蛮人の両目とまともに向かい合っていた。

悲鳴をあげるな。

君はきっと帰れるよ。

今、見られてしまった。確認してる。とがらせた棒。

ラルフは悲鳴をあげた、恐怖と怒りと絶望の悲鳴を。ラルフの両脚はまっすぐになり、悲鳴は途切れなく、口からは泡が飛んだ。茂みを蹴散らすようにして前に飛び出し、開けたところに出て、悲鳴と咆吼をあげながら、血を流していた。(Golding, *LF* 218–220)

ラルフが身を潜めている蔓草のトンネルの描写は、『ピンチャー・マーティン』においてクリスがまぶたの奥からの外を眺める、あの視点を想起させずにはおかない。狭い穴の中にいて、小さな窓口だけから外の世界を覗くしかないという自分存在のあり方——「内側のこいつ」の感覚、と言ってもいいだろう——と、読者を拉致するというゴールディングの手法の原理が、こうして小説中の印象的な場面に劇化され具現化されている。(5)『蠅の王』冒頭で見た、ピギーが「この蔓草やら」のトンネルから後ろ向きにがさごそと出てくる場面は、ある意味でこの劇的場面の予示となっていたわけだが、この「蛮人」は、はなから背中を向けていたピギーとは違って、まともにラルフと視線を合わせているというのに、そこに意思疎通はない。相互に断絶された関係しかない。ヘンリー・ジェイムズ流に言えば、ここで蛮人と呼ばれる少年の視点の窓と、ラルフの視点の窓は、同じ窓を内と外から見ているにもかかわらず——そして、相手の視界に映っているのはこういう姿だとラルフの側では推察できているにもかかわらず——それでも「断絶されている」のである。本章第3節で触れた、視線を交わす相手との断絶という構図が、ここで最大級の効果をあげている。

ラルフのトンネルから見た「蛮人」は、山火事の光を背にした暗い影だ。同様に、トンネルの中を覗き込む「蛮人」にとっては、ラルフのほうこそ「闇の塊」である。この瞬間においては、双方にとって、相手は視線が到達できない不可解な存在でしかなく、相互理解の余地はない。「蛮人」もラルフも、極端に私的な視野狭窄の内に拘留されている。

ここでゴールディングは読者をもっぱらラルフの意識内に、あるいは頭蓋の中に、拘留するよう手を尽くしている。「準備するんだ、万一のために」「悲鳴をあげるな」「見られてしまった」などといった自由直接話法の使用や、「両手には棒きれが、両端を削いで尖らせた槍が、握られていたが、槍は手に負えないくらいやけに震えていて、長くなったり短くなったり、軽くなって次に重くなってまた軽くなった」というくだりの、息切れしたようなセンテンスの断片化による切迫感の演出、そして、手に持った槍がラルフの動悸に応じて顫動し変形するといった、現実にはあり得ないものの強烈にリアルな肉体的実感を隠喩によって再現した表現などが、非常に高い効果をあげている。が、何よりも、「蛮人」の体が片膝、もう片方の膝、両手、顔、という具合に、部分部分しか視野に入ってこないという視界の狭さを、そのまま描出してみせる技法が、何とも息苦しい臨場感を生み出している。この描出を通して読者の視点取得機構をフル稼働させることで、ゴールディングは、読者とラルフの眼窩の一体化を促している。

これは、次に別の視点を導入する前の、周到な下準備である。いったん読者を強烈な吸引力でラルフの意識のなかに閉じ込め、視覚神経をほぼ完全にラルフと共有させておいてから、ラルフが蔓草のトンネルから外に飛び出すと同時に、読者の視界をぱっと開き、解放する。このラルフの脱出と救出は、拉致されていた読者の救助と解放に直結している。解放されるラルフは、個人の限定的視点から外に出た、人間や物事を立体的に見る客観的パースペクティヴのなかへと、読者をも引き連れていく。このような視線の操作が、初期のゴールディング作品を読む醍醐味の大きな部分を占めているといってもいい。

解放感と開かれたパースペクティヴは、爽快な解決をもたらすとは限らない。むしろゴールディング作品の場合、解放感のなかに、まるで脱皮したての甲殻類生物のような、寄る辺なさの感覚が含まれることが少なくないし、開かれたパースペクティヴも、じつは断絶の構図を再確認するために提供されていることがきわめて多い。

たとえば『蠅の王』の場合、「ギミック」において〈機械仕掛けの神〉として登場したはずの海軍士官は、解放者であると同時に、断絶の構図を決定的にする役回りも帯びている。士官の出現によって命拾いしたラルフだが、この善意の士官にはラルフの視点と内心の絶望が理解できない。士官と視線を交わしても、ラルフは意思疎通のことばをもてないのだ――「ラルフは押し黙って士官を見た」（223）。やがてラルフが「無垢の終わりと人間の心の闇」（223）を思って嗚咽しはじめたとき、士官が感じるのは共感や理解ではなく、「少々当惑した思い（a little embarrassed）」（223）である。そして直後に士官は、視線をそらすという行動をとるのである――「彼はよそを向いて、〔中略〕向こうに浮かぶ準備万端整った巡洋艦に目をやりながら待った」(223)。私たち読者は、人間の心の暗い真実に目覚めてしまったラルフの目から引き離され、その心の暗部の発露である戦争の道具——しかも「全速で出撃できる準備を整えた(trim)」状態の戦艦——を心地よく眺める士官の目へ移動させられる。この視点の転換は解放をもたらすとともに、その解放感とは裏腹な断絶の認識をも連れてくる。その落差の意味は、ゴールディング自身が明快に解説しているとおりだ。

じつを言うと大人の生活も、〔中略〕象徴的に書かれたこの島の少年たちの生活を、網のように包み込んでいたのと同じ邪悪に、包まれているのだ。人間狩りを阻止した士官だが、彼が少年たちを島から連れ出してやるつもりの巡洋艦は、近い将来、その人間狩りと同様の無慈悲なやり方で、敵を狩りに出撃することになる。では、この大人と巡洋艦を救う者はいるのか?(qtd. in Epstein 278)

ラルフの覚醒した視点は孤立した状態に放置される。〈機械仕掛けの神〉までも引っ張り出しておきながら、『蝿の王』は幸せな結末どころか、最後の最後に、視点間の断絶をだめ押しして終わる。キンケイド＝ウィークスとグレガーは、「私たちは、完結した経験から距離を置いたうえで、これまで自分たちがどれほどの道のりを歩んできたのかを測定するように仕向けられる。その測定のために、ゴールディングにはラルフの目が必要だったのだ」(Kinkead-Weekes and Gregor, 3rd ed. 45–46)と指摘している。しかし必要だったのは、読者を拘束するラルフの目だけではなく、そのラルフの目とは未だに断絶しているもう一組の目への、強制移動なのである。

6

有り体に言ってしまえば、〈読ませる〉ための視点操作など、他の作家だっていくらでもやっている当たり前の手法に過ぎない。しかしゴールディングの場合、それは単なる手法ではない。本章第3節で見た、彼が作家人生を賭けて追究しようと志す人間観――「知りたくてたまらない、そして知ったあとはその知識にしっかり耐え抜く覚悟」の人間観――に直結する探究の方法であり、結果であり、彼にとって唯一の表現形象である。拉致と解放という、読者と視点の操作は、ゴールディングという作家の本質そのものだ。その操作と管理の実践の意義を、個別的に考察するだけでなく、包括的方略として捉えることは、この作家が同時代の世界に対してもちうる深い存在意義を、劇化されたかたちで――ヴァージニア・タイガー（Virginia Tiger）のことばを借用して言えば「表意的（ideographic）」（Tiger, *Dark* 16）に――読みとることでもある。

注

（1）目下のところ『蠅の王』の邦訳は二種類出版されており、古いほうの訳には naked crooks of his knees を「裸の膝頭」とした誤訳が見られる。「膝頭」だと、語りの視点は、「肥った少年」の体を正面からも眺めることができていたことになってしまう。だが原文では、このときの語りの視座は、ラルフの目という一点に固定されていた。

（2）彼らの研究によれば、「共同注視」の力は、生後約六ヶ月から一八ヶ月という早い段階で発達するという。

（3）ここでクリスの頭蓋内にある「どす黒い中心」と同じ視点を読者にもたせることには、もう一つの目的がある。人間のどす黒い獣性と同じ側に読者を配置することによって、読者が心の闇を他人事にせず、我が事として捉える内省を促すことである。

これは『蝿の王』のサイモンが口ごもりながら述べた「獣って、もしかしたら、ただ僕たちのことにすぎないのかも」という真理を、読者に突きつけるための工夫である。本書次章第1節を参照されたい。

（4）彼が一九五九年の対談でこの言葉を口にした経緯と、その「ギミック」が彼の全作品においてどのように使用されているかについての議論は、池園宏の論文「Golding の小説における結末のあり方とバランス意識」が詳しい。なお、軽薄なごまかしというニュアンスをもつ「ギミック」という言葉を使ったことを、ゴールディングはのちに大変後悔している。Golding, Interview with Kermode 10 および Kinkead- Weekes and Gregor, 3rd ed. 45 を参照。

（5）ヴァージニア・タイガーは、ゴールディング作品の大きな特徴を、不可解なもの・理解を阻むものと対面する場面の劇的提示だと指摘し、これを「表意的構成（ideographic structure）」と命名した（Tiger, *Dark* 16）。そのタイガーは、本章がここで注目するこの場面を、「表意的構成」の一例と考えている（62）。

第二章 『後継者たち』に見る断絶と架け橋——読ませるための拘束と受け入れ

1

ゴールディングの作品においては、二つの異なる世界・領域のあいだの疎通や断絶が大きな意味をもつ。その状況は、ある作中人物が二領域を往来したり、そのはざまで逡巡したりすることで表現されることが多い。処女作『蠅の王』ではサイモン少年が、人間理解の受容と拒絶のあいだに挟まれて落命する。サイモンは、「蠅の王」と呼ばれている豚の頭に恐怖の呪力を提供しているのは、他ならぬ少年たち自身の内なる精神構造なのだ、という洞察を、森の中の夢幻的領域において獲得する。そして彼は、仲間の少年たちが権力抗争を繰り広げている俗界に戻って、その新たな知識を彼らに少年たちに伝えようとする——「獣って、もしかしたら、ただ僕たちのことにすぎないのかもしれないよ」(Golding, *LF* 97)。しかし少年たちは、自分たちを脅かす魔的存在は自分たちの外にいるのだとする合理論を固持し、サイモンは結局仲間たちの手に掛かって非業の死を遂げる。一九五九年の『自由落下』の主人公サミー(Sammy Mountjoy)は、科学の合理的因果の領域と宗教道徳の精神的な領域のあいだで選択を迫られ、自分がその仲介者になれるかもしれないという可能性——「統計学的確率。〔中略〕倫理的不文律。〔中略〕このふたつは私の内で出会う」（Golding, *FF* 244）――を自覚しながらも、結局のところ「架け橋などない」（253）とうそぶくのだった。『通過儀礼』の舞台となる艦の甲板には、移民や下級水夫たちが住まう領域と、中流以上の階級に属する乗客らが生活する区域を隔絶する白線がくっきりと引かれており、その境界を牧師コリー（James Colley）が踏み越えていく。『通過儀礼』続編の『密集』では、高慢な青年貴族トールボット（Edmund Talbot）が、卑しい移民のイースト夫人（Mrs East）の歌を聴いて感極まり、身分差を越えた感性を示す「理解の涙」（Golding, *CQ* 338）を流す。また、一九九五年に遺稿として発表された『二枚の舌』は、「物理的宇宙《ユニヴァース》と精神的宇宙《コスモス》を仲介できるという適性」（Golding, *DT* 70）を有している――と周囲に思われて当惑している――デルポイの神託巫女の自叙伝、という形式を採っている。

　二世界間のコミュニケーションという問題は、ゴールディングが生涯を通して意識的に追いかけたテーマの一つだと言えよう。そしてこのテーマは、彼自身が「お気に入り」（Haffenden 114）だの「自分の最高作」（Tiger, *Dark* 91）だのと呼んでいる第二作の小説『後継者たち』において最も存分に展開されている。

　そこに観察されるのは、ゴールディングが作者として自信たっぷりに読者の読みを操作する創作手法の冴えである。『後継者たち』は、二世界間の疎通というテーマを〈架橋〉というコンセプトとし、そのコンセプトをまず「丸太（橋）（log）」というライトモチーフによって提示する。しかし、こうしたキーワードの撒布という手法などは序の口だ。〈架橋〉の概念は、主人公が獲得する〈比喩の使い方〉という言語表現・思考様式上の形而上的な〈橋〉というかたちで読者の前に登場する。それでもまだ終わらない。まさに読者の目をつかんでぐいぐい引っ張らんばかりに、〈架橋〉は小説全体の語りの手法や構成、そして読者との関係構築という外枠の次元にまで、読者の思考を牽引していき、ついにはこの小説の包括的な主題の源、すなわちゴールディングの人生観や根本哲学へと読者を連れていくのである。

2

『後継者たち』では、冒頭早々から橋が登場する。主人公のローク（Lok）が[1]、去年までは自分たちネアンデルタール人の橋として機能していた丸太が、今年はなくなっていることを発見するのである。つまり、橋の喪失が物語の起点になっているわけだ。バーナード・F・ディック（Bernard F. Dick）は、このなくなった橋について、「生き残ったネアンデルタール人一家に、橋の喪失に対し、めいめい違った反応をさせることによって、読者にひとりひとりを紹介する方策」（Dick 34）と説明するが、ここには単なる登場人物紹介以上の意味が込められている。本小説の作中人物はすべて、大別すればネアンデルタール人——「人（the people）」と称されている——と、このあと登場する「よそ者（other）」とか「新しい人（the new people）」とか呼ばれるホモサピエンスとに分類されるのだが、橋の喪失は、両者のあいだに厳然たるギャップが横たわっていることを示す、不吉な予兆となっているる。そしてこの予兆は後に現実となる。ロークたちは別の丸太を探してきて新たな橋を架けるのだが、長さが足りず「ギャップ（gap）」（Golding, *I* 17）が残ってしまい、そこから水に落ちた長老マル（Mal）が命を落とす。こうして一家は緊急時に頼るべきリーダーを失うのである。

そもそも橋としての丸太は「危なっかしく」（202）、たとえ橋を架けることに成功しても、できあがった橋は不安定で剣呑なものだ。しかし、ネアンデルタール人が「よそ者」とのあいだに絆を築こうとするなら、この危なっかしい丸太に依らざるを得ない。ネアンデルタール人一家は、強い「紐（strings）」（78）のような絆で生来的に結びついているが、ネアンデルタール人とホモサピエンスのあいだには、そのような絆がないからだ。

また、橋を架ける行為は、ロークたちの側から一方的に行われるのみで、「新しい人」から橋を架けようとすることは一度もない。このことも重要な意味をもっている。「新しい人」にとっての丸太は、燃料もしくは輸送手段としてしか機能しない。彼らは丸太をくりぬいてカヌーを作り、これに乗って水上を移動する。このカヌーは、橋に言及するときと同じ「丸太」という語を使って「うつろな丸太（hollow log）」と呼ばれるが、こちらの「丸太」は、架け橋になるどころか、ロークたちに死をもたらす凶器となるのである。

この作品において、〈流れる丸太〉は死のイメージに明瞭に結びつけられている。ホモサピエンスがカヌーの材料とする丸太は「木の幹、すなわち長年の腐敗をまとわりつかせた、巨大な死んだもの」（103）と表現される。また、ロークの連れ合いファ（Fa）が、「新しい人」の襲撃で仲間が惨殺されたことを悟っておびえたとき、そのファをやさしく抱くロークの目には、滝を流れていく「黒い丸太」（118）が映っている。そのときロークは、母（the old woman）の水死体が不気味に流れてくるのを目撃したときのことを連想し、「おばばが水のなかにいた」（118）とつぶやく。この時点ではロークにはまだわかっていないことだが、彼の母を殺害して、死体をそれこそ丸太でも捨てるように川へ流したのも、「新しい人」の仕業だった。

「新しい人」は、自分の意のままに操ることができるカヌー――〈流れる丸太〉――を、友好を目的とした越境手段としては用いない。カヌーは相手との接触を恐れて避けるための逃亡手段であり、さらには、相手の根絶を目指す侵略の力――「踏査という形で、人類のフロンティアを押し広げるための力」（Kinkead-Weekes and Gregor, 3rd ed. 76）――である。ファが、新しい人は「うつろな丸太みたいに（like a hollow log）あたしたちの上を踏んづけていった」（Golding, *I* 198）と看破したように、カヌーは断絶の道具であり、蹂躙の道具なのだ。(2)「新しい人」は丸太を絆の橋としては使わない。

それに対し、ロークとファは流れてきた丸太さえも橋として使う。彼らは、流れる丸太が偶然つくった橋を渡って「新しい人」の島を偵察しに出かける。流れる丸太と橋とがここで結びついたわけだが、この橋は、流れ去って再びネアンデルタール人の死を招くかもしれない、という危険性を孕んでいる。のちにロークたちが「新しい人」の毒矢に追いたてられたとき、この橋は流れてきた丸太群のせいで、橋どころか「通行不能な障壁」(213) となってしまう。水際で逡巡するファは、流れ出した巨大な丸太の枝に引っかけられて、丸太もろとも滝壺に飲み込まれる。ひとり残されたロークは、愛娘リクー (Liku) の死を確認したのち、異世界への架橋の試みが徒労に終わったことに絶望して、静かに孤独な死を迎える。

こののち、小説中ではlogという語は二度と使用されなくなる。「新しい人」のカヌーもdug-out (224) という具体的名辞で言及されるようになる。物理的な丸太の橋は失われ、二度と回復されることはない。

3

〈橋〉としての丸太には、別のヴァリエーションがあることを付記しておこう。ロークとファは、「新しい人」の野営地を見下ろす朽ち木に登り、そこから「新しい人」の外見、宗教儀式、飲酒騒ぎなどを観察する。この朽ち木に関しては、多くの批評家がエデンの楽園にある知識の木のイメージを嗅ぎとっているが (Green 87–88, Dick 39, Dickson 31など参照)、木の一方の端にロークたちが陣どり、もう一方には「新しい人」がいるというこの構図は、いわば橋を垂直に立てた状態と見立てることもできるだろう。この確固として立つ、流されない〈橋〉を通し、私たち読者は、ロークがこれまで「新しい人」に対して「恐怖交じりの愛 (a terrified love)」(191) を抱いてきたのは間違った姿勢ではない、と知る。ロークはこの〈橋〉を通じて「新しい人」との接点とギャップの両方を見いだすのだ。この朽ち木の下で、すなわち垂直の〈橋〉の向こう側で、「新しい人」の〈人間〉性と〈獣〉性の両方が開陳されることになる。

たとえば、「新しい人」とて談笑し、協調して働くこともあるのだが、その場面をロークは木の上からそれを見て、「彼らに対する愛情の唐突なほとばしり」(144)を感じる。また、さらわれたリクーが、「新しい人」の一員である少女タナキル(Tanakil)と食べ物を分け合い、一緒に遊ぶ微笑ましい姿を見て、ファでさえ表情をゆるめている。この場面には暖かい人間性と共感が漂っている。ここには心の通う架け橋が確かに存在している。

他方、この〈橋〉の向こう側では「新しい人」の恐るべき側面も明らかになる。タナキルの母親は、タナキルがリクーからもらったキノコ——ホモサピエンスからすれば「悪魔」の食べ物——を食べているのを見て、金切り声をあげてふたりの交流を断ち切ってしまう。地面の上でカヌーを引きずって運ぶ重労働に倦んだ「新しい人」のあいだには、不穏な空気が漂い始め、それは族長マーラン(Marlan)に対するリンチにまで発展しそうになる。タナキルでさえ、リクーが自分の思い通りのおもちゃになってくれないことがわかると、リクーをひどく打ちすえるのだ。そして、「新しい人」の獣性開示は、彼らがリクーを殺害して食用に供するところをファが目撃する場面で、クライマックスを迎える。直立する「丸木橋」は、その下方に位置する「新しい人」のほうがより〈堕落した(fallen)〉種であることを図解してもいる。ロークは、〈橋〉の向こう側を見ることによって、「新しい人」のなかには、愛に値する部分と、恐怖に値する部分とが共存していることを確認する。

4

第一〇章の半ばでロークは、恐れるに値する残虐性のほうを前面に出した「新しい人」から狩りたてられるさなか、〈比喩〉という思考様式を獲得する。物語上これは非常に重要なターニング・ポイントになっている。なぜなら、ジャネット・バロウェイ（Janet Burroway）が「比喩は、事実の表明とは違って、単一のテンションのうちに逆説を含みうる」（Burroway 54）ものだと指摘するように、比喩とは、異質な二者のあいだに類似点を見いだし、それを手がかりにその二者を一つの文のなかに結びつけて共存させる、〈橋〉のような機能をもつものだからだ。この点で、比喩は丸太橋と共通する。つまり比喩とは、物理的な丸太橋（log bridge）に通ずる、言語思考の橋（*logos bridge*）なのである。

> ロークは「みたいだ」を発見した。これまで生きてきたなかでも、意識せずに「みたい」を使っていたのだった。木に生えているキノコは、耳だが、耳という言葉自体は同じだけれども、状況によって、彼の頭の横にくっついている感覚器官には決して当てはまらないような、弁別的特徴を獲得するのである。今や、〔中略〕「みたい」は、あの白っぽい顔の狩人たちを手で把握して、新しい世界のなかへ置くことができるようになったのだ。その世界でなら、彼らはもう野放図で他の何とも関係のない侵入物ではなくなって、思考の対象にすることができるのである。（Golding, *I* 194）

本章では既にロークとファが登った木を直立した〈橋〉と見ることができると指摘したが、直喩を示す記号のlikeを強くにおわせる名前をもったリクー（Liku）がその木に紐でくくりつけられ、タナキルたちを相手に「新しい人」の魅力的な面と残酷な面を例示するエピソードを展開するのには、大きな意味がある。リクーは、ネアンデルタール人と「新しい人」とのあいだの断絶と融和を示す表象物、すなわちギャップと橋を表す仲立ちの直喩記号だったのである。

　直喩と隠喩の差は、単に like や as のような単語が発話文中に現れるかどうか、といった皮相的な違いだけではない。これが隠喩であれば、主語の位置に置かれた主旨（tenor）と、述語の位置に置かれた媒体（vehicle）を一体として認識したい、という意識が、そこにはより強く働いていることになる。だが一方、直喩の場合は、類似点を指摘しながらも、あくまで二者は別物であるという前提が、like という隔壁のような語の存在によって厳然と示されている。ではありながら、同時にこの直喩記号 like は、一体ではないことを承知のうえで、それでも隔壁を越えて二者をどうにかして結びつけようという試みをも示している。すなわち、隠喩のほうは、異質な二者の一体化を無邪気に信じている幸福な思考様式であり、それに対し、直喩のなかには、前提としての絶望とともに、絶望することへの抵抗や、一体化への郷愁が共存しているのである。(3)

　以前のロークは「新しい人」も、自分たち「人」と同族だと考え、「人は互いにわかり合えるもんだ」（72）と、一体化の可能を無邪気に信じていた。今やロークは「新しい人」の獣性と人間性の両方を知ってしまったが、それでもなお、「新しい人」との接点を求めようと、意識下で努めている。そのためには、直喩的思考という飛躍が必要だったのである。

　ロークは、この直喩を様々な方向にのばして「新しい人」の正体を「把握」しようと試みる。彼は「新しい人」の攻撃性を「木のうろに潜む飢えた狼のようだ」と表現し、彼らの協調性と慈しみを「岩の裂け目からこぼれる蜂蜜」にたとえ、彼らの知性を「死体と火のにおいがする蜜〔酒〕に似ている」と考え、彼らの侵略・殺戮行為を「なんぴとも抗うことができない川や滝のようだ」と思う。そして最後に、「新しい人」がもつ創造力を思い出して、ロークは「新しい人はオア母神（Oa）のようだ」と、結論めかしてつぶやいている（194–195）。

　だが、こうして比喩を重ねていっても、ロークの思考はなかなか一点に集束していかない。ここが、ファとは違う点だ。ファは後に「新しい人」を「森の火事」(197)や「冬」(198)に喩える。徹底して負のイメージに絞り込んでいくのだ。(4) 隠喩であれ直喩であれ、比喩というものは使い方によっては、ファがやったような分析的「演繹思考(reasoned deduction)」(77)の手段になりうるものだ。(5) しかし、ロークの比喩は、「新しい人」に対する彼のアンビヴァレンスをそのまま映し出している。

結論的に彼がたどり着いた「新しい人はオア神のようだ」という比喩は、じつは「演繹」の役にはまったく立たないものである。ネアンデルタール人一家が信仰するオアという大地母神は、地中からロークたちのために食べ物を産み出してくれる慈母という側面と、山肌に張りついた氷壁のようにロークを畏怖させる「氷女(an ice woman)」(27)の側面を併せもっている。ロークにとって愛の対象でもあり、恐れの対象でもあるオア神に喩えるということは、「把握して、思考の対象にできる世界へ連れ込む」、という当初の目的からは遠く離れた行為なのだ。つまり、この場面にあるのは、「新しい人」がやるような分析的思考をロークが獲得する行為ではなく、むしろ、それをいったん試した後また放棄するというプロセスなのである。

ヴァレリー・シェパード(Valerie Shepherd)は、『後継者たち』を「適者生存」(Shepherd 11)についての物語だと読み、そこにはネアンデルタール人とクロマニヨン人の言語操作能力の差が大きく作用したと述べている。とりわけ比喩は、「未知のものを既知化できるようにして」、「比喩の使い手が、状況や感情をコントロールするのを助ける」する力をもつものとして特に重要であり(19)、ロークたちが比喩操作能力を身につけるのが遅すぎたために、彼らの種族は絶滅の道をたどったのだとしている。しかし実は、ロークの〈不適切な〉比喩の使い方のほうこそ、私たち〈進化〉した現代人も学ぶべき〈架橋的態度〉なのではないだろうか。(6) ロークの直喩は合理的「演繹思考」のためにあるのではない。ロークは、善悪両方の顔をもち恐ろしくもあり魅力的でもある「新しい人」を、多層的な存在としてそのまま受け止めている。つまり、「把握」して支配下に置くのではなく、あるがままの姿を容認し、それを受諾しようという姿勢がここにはある。それは侵攻ではなく、インターフェイスの開放であり、拘禁というよりも受容だ。それは関門開放であり、架橋なのだ。

5

本章はこれまで、ロークが「新しい人」に向かって行う架橋の試みを追ってきた。では、これらの試みを見ている私たち読者は、その橋のどちらの端に位置するのか。その答えは私たちが作品から受ける読書体験のなかにある。

よく指摘されるように、この小説の語りはかなり晦渋だ。ネアンデルタール人のロークという、私たちとは大きく異なるパターンを使って外界を認識する者を、視点人物に据えていることが、難解さの原因である。キンケイド＝ウィークスとグレガーは、「ゴールディングは、ネアンデルタール人たちの視点に自分を徹底的に寄り添わせ、通常の意識から自分を引き離すことを確実にするために最善を尽くす。それによって、ゴールディングは、新しいものを見るばかりでなく、ものを新しく見てやろうと企てている」(Kinkead-Weekes and Gregor, 3rd ed. 50–51) と正しく指摘している。ロークたちが前例のない事態に直面する場面では、読者にとっては自明の現象ですら、まるでまったく未経験の事件であるかのように、驚きを込めて、また詳細に語られるため、読者は、初体験の事物に向かうネアンデルタール人の無理解や驚愕や不安を、実感として共有させられる。

たとえば、小説第一章においてロークたちが新しい丸太を使って橋を架ける場面には、およそ二ページもの紙幅が費やされている。必死で思案する長老マルの漠然とした指示に従って、青年ハア (Ha) は、自分では何をやっているのかわからないまま、水を怖がりながら丸太を向こう岸へさし渡そうとする。その戸惑いがちな行動や、そのときの丸太の動きが、新鮮な驚きをもって細大漏らさず描写されている。その二ページをすべて引用することはさすがにできないので、抜粋で紹介しておく。

皆が水辺のほとりまで来たとき、長老は立ったまま、向こう岸のぐちゃぐちゃに崩れた地面を見て、顔をしかめた。

「丸太を泳がせよ」

これは細心を要する難しい作業だった。そのびしょ濡れの丸太をどんな向きにしてみても、自分たちの足は、水に触れずには済まないのである。ようやく丸太は水面に浮かび、ハアが身を乗り出して、丸太の端をつかんだ。逆の端が少し水面下に沈んだ。ハアは片手で重さを支えながら、もう片方の手で引っ張った。幹の、枝の付いている先端がゆっくりと動き、向こう岸の泥にぶつかって止まった。〔中略〕もう一方の端は、たぶん〔perhaps〕人間の体二つ分くらいの長さが水面下に浸かっていて、しかもそこが丸太の一番細い部分だった。ハアは尋ねるような顔つきで長老を見、長老は再び頭をかかえ、咳をした。ハアはため息を一つつき、片足を慎重に水の中へ突っ込んだ。ハアのやっていることを見て、人たちは共感をおぼえて呻いた。〔中略〕ハアの手は、幹の腐った皮をくしゃくしゃになるまで握りしめた。次に彼は、片手で押し下げ片手で持ち上げた。幹はぐるりと回転し、枝が巻き上げた茶と黄色の泥が、まるで魚の群れみたいな木の葉と一緒に渦を巻いて持ち上がり、幹の先がよろめくように動いて、向こう側の土手に引っかかって落ち着いた。〔中略〕それでもなお、向こう岸のほうには、幹が曲がって水面の下に潜ってしまっている部分が残った。(Golding, *I* 16–17)

このように物体を凝視する描写が、読者の視点と語りの視点の一体化を促進する。読者はもっぱら指定された視点から読まされる。「たぶん」といった認識様態モダリティ（epistemic modality）を示す陳述緩和的な副詞を添えることによって、語りは個人的な人間性もまとうことになり、それが読者の共鳴をさらに誘い、テクストのなかに読者は取り込まれていく。生来水を恐れる種族である彼らの一員が、あえて水に片足を突っ込むときの皮膚感覚の共有は、ロークたちだけでなく、私たち読者へとも広がっていく。

また、「新しい人」の一員が岩陰から頭を出したり木に登ったりしながら、ロークたちの様子をうかがっているという場面も、語り手はロークの側に立ち、「向こうに見える岩の一つが形を変えはじめた。〔中略〕岩のてっぺんが膨らんだ」とか、「棒にくっついた血液のしずくのように、暗黒の塊が、茎の部分の周りに凝固していくようだった。その塊は、伸びて、また厚みを増したと思ったら、再び長くなった」（79）といった、謎めいた表現を用いている。その他、「新しい人」がロークめがけて弓を引き矢を放つところを、「その棒は、両端からじわじわ短くなった。次に、凄い勢いで元どおりの長さになった」（106）と描いたり、[7] カヌーをオールで漕ぐ様子を「ふたりの男が棒を持ち上げたが、棒の先には大きな茶色い葉っぱが付いていて、男たちはその先端を水の中へ突っ込んだ。丸太は安定し、その下を川が流れているのに同じところに止まっていた」（115）と表現したりと、異化効果を狙ったこの種の描写は枚挙にいとまがないほどである。

こういった描写を読者に読ませるという手法は、なるほど確かに、読者を遠ざける一因にもなり得る。ロークたち作中人物と読者の意識・思考パターンとのあいだには明確な相違が厳然として存在する、という距離感をはっきり感じさせてしまうからである。しかし同時にこれは、主人公ロークたちの心理や精神状態を読者に体感させるための、この上なく効果的な手法でもある。難解さに耐えながら読み進んでいけば、私たちはいつの間にかロークと同じような認識パターンを獲得し、ロークに対する直裁的な共感・共鳴を体の底からかきたてられ、ロークにどんどん近づいていく。そこにはやはり、視線を同一対象へ合わせることで他者と本能的に感覚を共有するという、「共同注視」活動の段階にまで戻った働きかけをすることで、深いマインド・リーディングを作動させようという、ゴールディングの戦略がある。(8) まるでクリス・マーティンの場合のように、ゴールディングは読者を作中人物の眼窩の中に拘禁する。「自分はロークたちのようなのだ」と思わせ、ロークたちの眼窩から世界を〈読ませる〉のである。

この語りは、読者と作中人物のギャップを認識させながらも、同時に読者を作中人物の側へ招き入れている。すなわち、これは語りによって読者からロークへ向けた架橋行為を誘っているのだ。物語冒頭における丸太橋づくりの緻密な描写は、そのままロークと読者のあいだの橋作りの開始を意味していた。

6

読者に語りかける力や、読者をコントロールし作者の意向に沿って読ませる力は、なにも作品の描写の質によってのみ発揮されるわけではない。作品構成の妙もまた同様に、読者が作品に向かう姿勢を条件づける力の一つである。(9)

初期のゴールディング作品の特徴である「ギミック」――作品終盤の唐突な視点の転換――は、『後継者たち』でも数回起こっている。ゴールディングはエピグラフにH・G・ウェルズ（H. G. Wells）の『世界史概略』（*The Outline of History*）からの抜粋を引用している。そこで「極端な毛深さと醜悪さ、もしくは、低い額の上部の容貌やせり出した眉、猿のような首、そして劣悪な体格などが醸す不快きわまる異様さ」に読者の注意を向けることで、私たち現代人とネアンデルタール人のあいだに、はっきりとした生物学的境界線があることを、読者にまず確認させた。そうしておいて、そこから十章あまりのあいだゴールディングは、先ほど論じた語り口による架橋の手法を用い、ロークの視点を借りて物語を進行させた。それにより、私たちの心中にネアンデルタール人へ向けた共感を植えつけてきた。従来見落とされがちであったが、エピグラフと第一章のあいだにも、じつは視点の転換があったのである。これを第一の視点転換と呼ぶことにしよう。

丸太が結局は物理的な架け橋にならなかった事実が象徴するように、エピグラフすなわちウェルズのいう「ゴリラのような怪物」の獣的外観を呈するロークたちと、「人間」とのあいだには、肉体的・物理的なつながりは存在しない。それでもゴールディングは、現代人読者とネアンデルタール人のあいだの境界線に、精神的な〈橋〉を築こうとしてきた。十章あまりを読まされてきた私たち読者は、ロークの内的世界に十分なじんでいるはずだ。つまり、私たち読者は、ロークに向けた架橋を成し遂げているはずだ、と期待されている。

ロークの最期の様子が語られる第十一章最終セクションの直前で、視点は再び転換される。語り手は突然ロークのことを、「赤い生き物（The red creature）」（216）という〈獣〉として言及し始め、徹底的に客観的な描写をするようになる。しかし、たとえこの第二の視点転換によってロークが精神性をもたない一匹の動物のように描かれようとも、私たちは彼の精神世界までが消滅したわけではないことを知っている。ロークの精神世界に対する私たちの共感は、タイガーが「緩叙的情感表現（Emotional understatement）」（Tiger, *Dark* 74）と呼ぶこの手法のために、かえって強くなる。ケヴィン・マッカロン（Kevin McCarron）も、「文章のなかでロークが〈それ〉呼ばわりされればされるほど、私たちはますますロークを〈彼〉と見なすようになり、それに伴ってこの場面はいよいよ感動を増す」（McCarron, *William Golding* 13）と指摘している。

もし読者がここでウェルズの視点に戻ってしまって、この〈橋〉を断ち切ったなら、それは『後継者たち』という小説を読む意義を完全に否定することになる。ゴールディングは、ここまで読み進んできたあとでもまだウェルズ的視点に戻ることができるか、と読者に問うているのだ。フィリップ・レッドパース（Philip Redpath）などは、この問いに対し、ゴールディングの犬嫌いを根拠に、「ネアンデルタール人は人間ではなく、〔中略〕私たちがあたかも人間同士のように彼らに対して共感を覚えるとしたら、それは誤りだ」（Redpath, "Dogs" 34）という解答を提示しているが、これは視点共有・共同注視という設定の効果を見くびった、不自然な誤解と言わねばならない。

だが他方、「新しい人」に対して嫌悪しか抱かなくなるというのも、同様に誤った姿勢である。ゴールディングは私たちに、ロークに対する共感をもたせようとしてきたわけだが、そのロークは「新しい人＝獣」に向けて「恐怖混じりの愛」を抱き、常に何らかの「橋」を架けようとしてきた。読者には彼のこの姿勢を受け継ぐ――inheritする――ことが期待されている。

そのことは、第一二章で「新しい人」の一員テュアミ（Tuami）の内的世界が開陳されるところに表れている。つまり、この小説は第一二章に入るところでも、視点の転換を迎えているわけだ。[10] これが第三の視点転換となる。読者は三たび、作者の指定した視点に移らされ、ゴールディングが読ませるとおりの読み方を要求される。

これまで「新しい人」のメンタルな獣性を読者は強く印象づけられてきたが、ここでは「新しい人」の内心にある恐れや迷い、良心の呵責といった〈人間〉性を垣間見せられる。ロークに共感してきた読者が、今度は「新しい人」との連帯を迫られるのだ。この章では、ロークの代わりに私たち読者が、「新しい人」と自分たちとのギャップを乗り越える道を模索していくことが求められている。

これまでロークたちに肩入れしていたぶん、「新しい人」に共感することはかなり難しいことかもしれない。

ロークとは違って、私たち読者は「新しい人」がリクーを殺害したことをファとともに知っているだけに、なおさらそうであろう。リクーの死——そしてそれが象徴する「みたい（like）」という比喩がもつ可能性の喪失——を知ったとき、さしものロークも完全に絶望してしまった。だから、私たち読者にはローク以上の精神的強靱さが求められているわけなのである。

テュアミの内的思考を覗き込んでみると、獣とされる「新しい人」も、じつは結局ネアンデルタール人という〈獣〉におびえていただけだった、ということがうかがい知れる。そして「新しい人」も、他者であるネアンデルタール人（の赤ん坊）に対して、「愛と恐怖の両方において開放された感情の泉」（Golding, *I* 231）を感じはじめていることがわかってくる。これはネアンデルタール人が「新しい人」に対して感じていた「恐怖交じりの愛」と同質のものと見ていい。「新しい人」は、ロークと本質的には違わないのである。

7

獣と同一視してきた「新しい人」のなかにも人間的な部分が見出されたところで、私たちはこれまで半ば意図的に目をそらしてきた事実にきちんと直面しよう。実はロークたちはやはり獣だった。それも、第二の視点転換が焦点とした外見の問題ではない。ロークたちの内面にもやはり〈獣〉が巣くっているのである。

小説の第三章に戻ってみると、そこには、ロークとファが牝鹿（doe）の死体を見つけて、それを食用に解体する場面がある。ゴールディングは、この場面を克明に、きわめて肉感的に描いている。ロークたちは音を立てて肉の腱を引きちぎり、顎をこじ開けて舌を引っこ抜き、頭蓋骨を叩き割って脳味噌を引きずり出す。この血なまぐさい作業に、ふたりは我を忘れたように夢中になっている――「ファは興奮で唸り、ロークは、巨大な手で腱を裂き、ねじり、ちぎりながら、ぺちゃくちゃしゃべった」(53)。また、この作業にあたって、ふたりにはおずおずしたところなど微塵もない。関節を砕き、胃の腑を切り裂いて未消化の内容物を取り除く、彼らの慣れた手際の良さは、彼らが同様の作業を何度も経験していることを暗示しているし、この場面で使われる解剖学用語の正確さは、この場面が第二の視点転換と同じく、ロークの獣性に読者の目を向ける効果を狙っていることを示唆する。この場面は、その場の空気が「暴力と汗、肉の芳醇な匂いと邪悪さ(wickedness)が漂う不気味な(forbidding)もの」(54)だった、ということばで締めくくられる。「邪悪さ」という語は、目のそむけようがないほど明瞭に、この解体作業の性質を物語っている。

ロークはこの作業について「これはよくない」(54)と認めている。情状酌量の余地はあるように思えるかもしれない。(11) しかし彼の行為は、たとえて言えば、ルイス・キャロル(Lewis Carroll)の『鏡の国のアリス』(*Through the Looking-Glass*)のなかでアリス(Alice)が聞かされる詩「セイウチと大工」("The Walrus and the Carpenter")に登場するセイウチのようなものだ。セイウチは大工と共謀して、言葉巧みに牡蠣を海岸までおびき出した後たらふくむさぼり食う。そうして満腹したところで、牡蠣に対する哀れみを示すように目にハンカチを押しあてるのである。このセイウチの姿と、ロークの姿は重なって見える。自分の欲望をさんざん満たしたあとになって、餌食に対して同情したとしても、罪は消えるものではないだろう。

また、このときロークたちが解体したのが牝鹿であったことは、また別の連想を喚起する。「新しい人」が雄鹿(stag)を神と崇め、その像のもとで血に飢えた儀式を繰り広げていたことを、読者に想起させるのである。ロークたちの餌食を牝鹿としたのは――同じ鹿でも雄をstagと呼ぶのはアカシカ(red deer)の場合であり、そのアカシカの牝はdoeではなくhindと呼ぶそうだから、厳密にはstagとdoeは別種の鹿ではあるが――この連想を意図したゴールディングの仕掛けなのかもしれない。

牝鹿解体の場面は、ロークたちの獣性を強烈に暴露し、「ネアンデルタール人＝善玉」という一面的解釈から読者を引きずり出す力がある。こうして人間と獣という振り分けは不分明なものとなり、そして読者は、ネアンデルタール人とホモサピエンスのいずれに共感をもとうとしても、彼らのどちらもが内にもつ〈獣〉に向き合わなければならなくなる。

ロークの内なる獣性は、これまで看過されてきたきらいがあるが、ロークを徹頭徹尾善人にしてしまわねばならぬ理由はない。「新しい人」には、獣性と人間性の両方が見られた。同様に、ロークたちにもその両方があるというだけのことだ。歴史上一度でも完全に無垢な人間が存在したなどと考えるのは「自己欺瞞（Self-deception）」だ、というのがゴールディングの持論である（Biles 40 参照）。獣と同一視してきた「新しい人」のなかに人間性が垣間見えたことを足がかりにして、「新しい人」との架け橋を築くことができるのであれば、豊かな好ましい人間性をもつと考えられてきたロークに獣性が見つかったからといって、ロークたちとの絆に致命的な破綻が生じたとか、その破綻を無視しなければ絆を保てない、とか思いこむ必要はない。むしろ、獣性という闇を心中にもつ仲間同士という共通点があるからこそ、絆の橋を架けることができるはずではないか。第三の視点転換はそう読者に語りかけている[12]。

第一の視点転換は、現代人読者とネアンデルタール人（すなわち肉体的獣）とのあいだの架橋開始宣言であった。第一一章に訪れる第二の視点転換は、現代人読者とネアンデルタール人のあいだの物理的・肉体的ギャップをまたぐ精神的な〈橋〉の強度確認である。そして第三の視点転換は、読者にロークが「新しい人」に向けて努めてきた架橋行為を振り返らせ、その作業を辿らせる。そうすることで、現代人読者・ネアンデルタール間の架橋作業のせいで広がってしまった、現代人と「新しい人」（＝精神的な面における獣）とのギャップに、橋を渡すことを誘っている。この視点転換は、読者がロークたちだけでなくテュアミたちに対しても共感を覚えなければならない、と要請するが、このとき同時に読者は、テュアミたちの獣性と共通するものがロークたちにも宿っていたことを、思い出さなければならない。視点転換を区切りとする小説構成は、こうしてあらゆる〈獣〉——テュアミたちのなかの〈獣〉、ロークたちのなかの〈獣〉、そして自分以外のものに獣性を押しつけてしまいたがる私たち読者ひとりひとりのなかにも宿っている〈獣〉——に向けて、橋を架けるように読者を仕向けているのだ。『蠅の王』のサイモン少年が投げかけた、洞察に富むあの指摘は、ここでも鳴り響いている——「獣って、僕たちのことにすぎないのかもしれない」。

8

小説の最後の場面では、恐怖に駆られてネアンデルタール人たちを殲滅させたテュアミたちの部族が、逃げるようにカヌーで湖を航行している。テュアミが目をやる眼前の湖岸には、「細い線のように、水面上に広がる闇」(Golding, *I* 230) が横たわっている。そして小説は、テュアミが「闇の線に終わりがあるのかどうか」(233) を見極めることができなかった、という結句で終わる。そのため、この場面に、テュアミらを始祖とする新しい人類が、これから底なしの闇へと転落していくことの予言を読みとる向きも多い。

しかし、この「線」という語を見ると、闇に「終わり (ending)」があるかないか、という見極めにおいては、垂直方向の下降あるいは奥行きを云々するばかりではないようにも思われる。むしろ横への伸長にも、強調が置かれているのではないか。この黒い線は、どこまでも延びる境界線をも示しているとは考えられないだろうか。

そして、境界線やギャップが「終わり」をもたず、どこまでも続くというのなら、目の前のギャップを迂回しようとしても、それは無意味だろう。前に進みたいのであれば、いまここで眼前のギャップに橋を架けるより他に手段はない。

ここで線という一次元を面という二次元の世界に広げて考えてみるなら、レヴィナス（Emmanuel Levinas）を引き合いに出すこともできるかもしれない。レヴィナスによれば、自己にとって絶対的な他なるものは、その〈絶対的な他である〉という性質がもつ引力のせいで、私たちの認識の〈壁〉という平面上に、対話を誘う「異邦人」の「顔」というかたちで現出する。その顔の「視線は哀願し、有無を言わせぬ仕方で要求をつきつける。〔中略〕そして、異邦人のこのような視線こそまさに顔が顔として公現することなのだ」（レヴィナス、一〇四頁）。[13]絶対的他というものは、自我とはまったく接点がない。その圧倒的事実があるゆえに、対話という、ことばを介した疎通がそこに強く求められることになる、というのがレヴィナスの理屈だ——「共通平面のこの欠如ゆえに、共通平面を構築することがはじめて必要となるような場で、言語は語る」（九九頁）。『後継者たち』のラストに見える境界線を一つの平面へと転換して見るならば、この境界面は、その向こうにある絶対的他者の「顔」とのあいだに、インターフェイスを構築する努力をするよう読者を誘う力を揮っているのである。ゴールディングは読者をして、この「顔」に直面させ、対話の心構えを迫るように読ませるのだ。

人間の心中に巣くっている獣性を目にして、たとえば「純然たる悲嘆、悲嘆、悲嘆（sheer grief, grief, grief, grief）」[14]にくれるだけにとどまる者なら、この「終わりの無さ」を絶望としか捉えないだろう。だが、他者のみを闇の所有者と見なし、その闇を拒否して自分とのあいだに境界線を引こうとする行為自体、厭わしい闇が自分のなかにもあることを認めずに、闇を自分の外部に投影しようとする暗い心理の所産なのである。だが、その心理をわきまえる者にとっては、闇でできた境界線はむしろ、架橋によって乗り越えるべき対象となり、また、そうしてギャップをなくすことにより、その闇をもう一度自分の内部に取り込んで融和させる作業を誘うものとなりうる。

いまや私たちの視座となったテュアミは、制作途中のナイフを手にしながら、境界線を見据えている。このときのテュアミにとっては、獣性や攻撃性を示す「刃（blade）」よりも、融和や愛を象った彫り物をきざみつける予定の「柄（haft）」のほうが、重要になったと思えている。テュアミは、このナイフを一種の「パスワード（a password）」（233）だと考える。「パスワード」ということばに、境界線を越えるという意味が込められていることは、想像に難くない。作者ゴールディングの共感が、絶望の悲観者と希望の架橋者のいずれに寄せられているかは、自ずと明らかであろう。

境界線というギャップは、いまや〈獣〉という存在について認識を新たにした読者が、自らの眼前の、しかし実は自分のなかに巣くっている〈獣〉に向けて、架橋することで埋めなければならない。ゴールディングは作家として、モチーフと視点操作と作品構成という、自家薬籠中の武器を存分に駆使しながら、読者にそう示し、導いている。

注

（1）ジョン・ケアリとのインタヴューでゴールディングは、Lok という名は smoke と韻を踏むように発音するのだと明言している。Golding, Interview with Carey 188 参照。

（2）ジェイムズ・ギンディン（James Gindin）は、「新しい人」が操る丸太のカヌーに「〈知識の木〉の暗示」を感じとっている。そして、この知識の力によってネアンデルタール人をうち負かしたのだとする（Gindin 36）。一方、アーノルド・ジョンストン

（Arnold Johnston）は、小説冒頭部でロークたちが架けた丸太橋のほうを「知識の木」と解釈する（Johnston 27）。

（3）この、一体化願望の屈折ぶりは、『可視の闇』において表現されている一体化願望の希求と絶望の共存に、比すべきものであろう。本書第八章第2—5節を参照。

（4）ファはここで直喩を使っている。ファの心理にあるのは、比喩の主旨と媒体を一体化させて「新しい人」という存在を早く把握したい、という気持ちと、「新しい人」の恐ろしさは一つの比喩には収めきれないという「一体化への絶望」である。同じように直喩を使っていても、ファの直喩のなかの「一体化への絶望」と「絶望への抵抗」の質と混合比率は、ロークの場合とは大きく異なる。なお、「森の火事（fire in the forest）」というフレーズは、『蠅の王』において少年たちが攻撃性を爆発させラルフを追い詰める、あの場面を連想させる、という点にも注意したい。

（5）バロウェイはファのことを「演繹思考の実践者」（Burroway 64）と呼んでいる。また、名前からして、ローク（Lok）は橋の log につながる存在で、向こう側へ渡っていく可能性を秘めているのに対し、ファ（Fa）にとって〈橋〉の向こう側は、所詮遠い（far）領域なのである。

（6）ゴールディングは、evolution という言葉のもつ progress という含意を嫌い、自分の作品に歴史観的なテーマがあるならそれを「進化」ではなく「変化」の問題と呼んでほしい、と述べている（Golding, Interview with Baker 158）。

（7）この描写には言語学者M・A・K・ハリデイも注目し、この箇所の文章には自動詞が不自然なほど多用されているが、それは、ロークが、目下の状況への関与者が自分ひとりしかいないと感じているからだと説明している（Halliday 122–128 参照）。ここには自分しかいない、として他者の存在を捉えそこねるというのは、人間関係における〈断絶〉の一形態と見なしていいだろう。

（8）「共同注視」については本書前章第4節を参照されたい。

（9）本書前章第5節注5で取りあげた、タイガーのいう「表意的構成」も想起されたい。発想上は通底するものがある。

（10）ハリデイも、ロークを「赤い生き物」と見る一節からテュアミらの視点による一節へという進行には注目していて、「赤い生き物」のくだりには、統語的に見て、ロークらの視点とから「新しい人」の視点へと流れる「移行的」（Halliday 122）特徴がある、と説明している。

（11）キンケイド＝ウィークスとグレガーは、ロークが罪を認識しているからという理由で、ネアンデルタール人に情状酌量を施す批評家の代表格である。Kinkead-Weekes and Gregor, 3rd ed. 60–61 参照。

（12）その共通性の認識を迫る読ませ方は、獣的な貪欲の権化を主人公とする次作『ピンチャー・マーティン』で、さらに深化することになる。

（13）本書前章第3節でジャックが迷彩を施した自分の顔を水鏡に映して、それを他者の顔と捉える場面を紹介したが、これもまた、それまでの自分とは違った「異邦人の顔」が現出したものと考えられるだろう。

（14）これは、「動く標的」（"A Moving Target"）と題した一九七六年の講演のなかで、ゴールディングが自ら『蠅の王』のテーマを表現したことばである。Golding, "Moving" 163 参照。

第三章　読者が捨てきれない／読者に捨てさせない
――『ピンチャー・マーティン』における意味の標識

1

『ピンチャー・マーティン』を初めて読んでいる途中の読者にとって、この小説は、主人公の海軍士官クリス・マーティンが漂着した島でのサバイバル譚である。乗っていた駆逐艦が魚雷攻撃を受け、海中に放り出されたクリスは、海面に顔を出した小さな岩によじ登り、そこで孤独と窮乏の六日間を過ごす。傷ついてぼろぼろの身体をむち打つようにして、笠貝やイソギンチャクなどを採集して食し、雨水を確保しようとナイフで硬い岩に溝を掘り、救助の目印となるように、痛む手足で小岩を運んで積み上げて小ぶりの人像をこしらえる。このクリスの痛々しい苦闘は、読者の同情を、肉体レベルでかき立てずにはおかない。

だが、クリスの回想というかたちでゴールディングは、クリスが過去に犯した悪行――姦通、強姦、殺人計画など――を徐々に暴露していく。それにつれて読者のクリスを応援する気持ちも減縮していく。やがてクリスは孤独に耐えかねて正気を失いはじめ、過去の行状を告発するように立ち現れる幻覚と、岩場での現実の生活との区別がつかなくなり、ついには精神錯乱状態のまま、「絶対的な無（the absolute nothingness）」（Golding, *Pin* 201）に吸い込まれるような死を迎える。読者は、この小説が強力な倫理観に基づいた一種の道徳説話であるという印象を受けると同時に、人間が正気を失っていく様をその人間の内部から克明に描ききったゴールディングの手腕に感心させられる。この小説を第一三章まで読み進めてきた大抵の読者の反応は、およそこのようなものだろう。

ところが、最終章（第一四章）を読んで、読者は驚愕する。この章はクリスの死体をめぐっての、キャンベル（Mr. Campbell）とデイヴィッドソン（Mr. Davidson）の会話が中心になっている。ある島に漂着したクリスの水死体を数日間保管していたキャンベルは、肉体の物理的な死とは別の次元の、形而上的な生の可能性を考えながら、「あなたは私の、いわば、公式の信仰をご存じではないでしょう、デイヴィッドソンさん。でもね、こうして何日も、あの哀れな遺棄物（that poor derelict）と隣り合わせで暮らしていると、思いがわき上がってきてね——ね、デイヴィッドソンさん。いくらかでも、生き残っていたことが、あったとはお思いになりませんか？（Would you say there was any—surviving?）それとも、あれで全部なんでしょうか？」（208）と問いかける。だが、海軍士官デイヴィッドソンは、来る日も来る日も死体処理ばかりやらされて無感覚気味になっており、この問いをごく即物的に捉える。彼の返事は、「あなたがマーティンのことを気にかけて、つまり、死の間際に彼が苦しんだかどうかを気にかけているのでしたら、〔中略〕案ずることはありませんよ。死体を見たでしょう。彼は、ブーツを脱ぎ捨てるいとまもなかったくらいなのですから」（208）というものだ。この台詞が小説の結句になっている。

初めてこの小説を読む読者のほとんどは、ここで虚を衝かれることになる。小説が始まってから四ページ目で、海中でもがくクリスは溺死を免れるためにブーツを脱ぎ捨てていたはずだからである。それなのに、小説の最後になって読者は、ブーツが脱ぎ捨てられる第一〇頁の場面から第一三章末までの約二百ページ弱のあいだ、主人公クリスが実はずっと死んでいたのだということを知らされる。[1] これが、本作品における「ギミック」である。

クリスが初めから死んでいるという点について、小説の結末部で意外感をもたなかった読者もいないわけではない。レイトン・ホドソン（Leighton Hodson）は「はじめからヒントはふんだんにあった」（Hodson 57）とする。また、アンガス・ウィルソン（Angus Wilson）も、「あの結末は、私にはとっくにわかっていた全体の事情に、何かの情報を増やしてくれただろうか?」（qtd. in Biles 69）と問いかける。しかし、数の割合から見ると、小説の結句で不意打ちを食らったと感じる読者・批評家のほうが圧倒的に多い。

クリスが脱ぎ捨てたつもりで実は捨ててはいなかったこのブーツは、小説の読者に対して、クリスの生死の標識という役割を果たしている。ブーツを脱ぎ捨てた（と思った）時点で、クリスは死んでしまった肉体を離れ、強烈な意志力で仮想現実の世界を創り出し、そのなかで「生き残り（surviving）」をはじめたのだった。そして、ブーツを脱ぎ捨てていなかったという事実が判明する時点で、彼の死が厳然たる事実として宣言されるのである。大半の読者が意表を突かれるのは、この〈ブーツ無し〉という標識が、小説の第一章と最終章で、指示する意味を唐突に一八〇度逆転するからだ。そこに一種のアンフェアなごまかしという印象を抱く向きもあるのは、仕方のないことかもしれない。

だが、ここで唐突な逆転という印象が発生するのは、そこまでの語りの視点がクリスにだけ限定されて、読者の目がクリスの視点に同化するよう拉致されているせいである。「海中で溺れかけているとき、泳ぎの邪魔になるブーツはさっさと脱ぎ捨てるのが、生存への第一歩だ」というロジックのもと、なんとしても生き続けたいクリスの意識は、自分はさっさとブーツを捨てたはずだ、と自分を説得した。したがって、クリスの視点から見える自分の両足は、ブーツの無い靴下姿になっている。そしてここから、クリスのこのような意向に添った読み方を読者に強いるゴールディングの力業が進行する。この視点を読者もずっととらされるため、〈ブーツ無し〉という標識は、読者にとってクリスの考えだけを反映したものになっていくわけだ。しかし、クリスの視点が霧散して、読者が客観的な展望のなかに身を置くようになった瞬間、〈ブーツ無し〉という標識自体がクリスの捏造だったことを読者に突きつけるようにして、ブーツありの姿という標識が忽然と出現する、という仕掛けだ。

じつは、このブーツだけではない。小説のなかには、クリスが捨てたつもりでも捨てきれていないもの、捨てた後でも付きまとってくるものが他にも存在する。そして、ブーツが彼の生死に関わる標識となっていたように、これらの〈捨てても捨てきれないもの〉たちも、クリスの〈生〉のありさまを読むうえで、また、この小説における作者の意図と計算を、「表意的構成」(2)として読み解くための指標としても、大きな意味をもっているのである。

2

主人公クリスの性格は貪欲の一言に尽きる。クリスは、過酷な漂流者生活をおくりながら、自分の過去のエゴイスティックな行状を、白昼夢として順不同に回想する。海軍に入隊するまでは俳優であった自分が、首になった劇団に復職しようとしてプロデューサーの妻と寝たこと。友人アルフレッド（Alfred）の恋人を寝取り、それが発覚すると情事の現場をあえて見せつけてアルフレッドをなぶりものにしたこと。片思いの相手メアリ（Mary Lovell）を車の助手席に乗せてセックスを強要し、断ればこのまま助手席側から壁に激突してやると脅したこと。劇団プロデューサーのピート（Pete）は、道徳寓意劇の配役を決める場面で、こんな強欲の権化クリスの顔に「貪欲（Greed）」の仮面をあててみて、「おまえさん、こいつは君そのものだ！」（Golding, *Pin* 119）と、わざとらしく感心してみせた。この明瞭なレッテル貼りにより、ゴールディングはクリスの人物造形を読者の心にしっかり焼きつける。

そのピートはまた別の場面でクリスをたとえて、一つの缶の中に押し込められ、そこで共食いをくりひろげるウジ虫たちのうち最後まで生き残った、「成功して丸々太った一匹の巨大ウジ虫」（136）と評した。じっさい、クリスは〈食べる〉という行為に非常にこだわっている。彼にとって〈食べる〉という行為はまさに行動原理そのもので、貪欲という本質の最大の表現だ。あるときクリスは、漂着して以来自分が一度も排便していないことを思い出しながら、次のような独白をする。

喰うという行為は、奇妙な意味で重要なのだ。〔中略〕殺されて喰われること。そして言うまでもなく、口を使って喰うというのは、ある普遍的なプロセスであるものを、粗雑なかたちで表現したに過ぎない行為だ。ペニスを使って喰うことだって、拳を使って喰うことだって、声を使って喰うことだってできるのだ。鋲を打ったブーツで相手を喰ったり、売り買いしたり孕ませたり寝取ったりして喰うことだってできる——（88）

クリスの〈食べる〉行為は、他者を踏みつけにして支配したい、という自己本位な欲望の比喩である。そして、最後まで他者を食べぬくことこそ、彼のアイデンティティ発露の一つなのである——「あと残り二匹となったとき、その片割れのウジ虫には、相手を喰うこと以外他に、何ができる？　自分のアイデンティティを失えとでも？」（184）。

この文は、クリスの友人ナット（Nathaniel Walterson）を前にして、クリスがかつてつぶやいた言葉である。どこか超然とした宗教家のナットは、折に触れてはクリスに向かって、今のままの罪深い生活を改めるよう何度も諭す——「今のままの僕らなら、天国はただひたすら否定の体験でしかない。形もない、虚無（void）だよ。わかるかい？　黒い稲妻みたいなものが、僕らが命と呼んでいるものすべてを破壊していくだけのことだ」（70）。そしてナットはクリスに「死んだときに天国へ行くための技法」（71）を伝授したいと切望している。その理由は、ナットにはクリスが数年後に死を迎えることが予知できたからだという――「天国のこと、つまり死ぬってことを、理解するのは、君個人にとって大切なことなんだと、僕にはわかっているんだよ、なぜってほんの二、三年後には――」（71）。このダッシュの後に続くことばは、クリス自身が心のなかで補っている――「ほんの二、三年後には、君は死ぬんだ、だと」（72）。

クリスは、「俺は死なない。死ぬわけがない。この俺は。俺は貴重な存在なのだ」（14）と、自分の存在価値を信じきっており、現世での自分のアイデンティティを変える必要など全く感じていない。そのクリスにとって、ナットは何とも煩わしい、しつこい危険な侵犯者だったのである。

3

クリスは相手を〈食べる〉ことで相手を支配しようとする。そして、食べても消化しきれなかったものは、〈排泄して捨てる〉のである。便秘に苦しむクリスは、イソギンチャク類を食べて食中毒になったのが原因だと考え、自ら浣腸を施して、海中に勢いよく排便する。この行為はまさに彼の人生哲学の縮図である。ナットがもたらす脅威も、クリスは食中毒と同様に処理しようとする。ナットがクリスにとって、消化しきれないばかりか危険な毒物であることは、「ナットに向けた愛情だって？　そいつはつまり、この悲しみが憎悪に染み通って溶けていき、そうしてできた新しい溶液が、胸や腹のなかで命取りな代物になっている、ってことだ」（103）というクリスの感想のなかにはっきり書かれている。そこでクリスは、「命取りな代物」のナットを、事故に見せかけて船の甲板から海中へ突き落とす。いわば、〈排泄する〉のである。

そしてナットを排泄するこの行為は、神を捨てる行為に直結する。ナットの正式名であるナサニエル（Nathaniel）の語義は「神が贈ったもの（God's gift）」であり（Dickson 46）、ナットの後ろ盾に神がいることがうかがえるような命名になっている。

ゴールディングは、小説『ピンチャー・マーティン』の解釈を、次のように自ら明白に説明している――

生き続けることに対する貪欲さがクリスの本性の主動力であり、その貪欲さが、死という自己を放棄する行為〔the selfless act of dying〕を拒否するよう、クリスに強いるのです。彼は自分の殺人的本性で創りあげた世界に、隔絶されて存在し続けます。〔中略〕彼は、肉体的に生き続けるために奮闘しているのではなく、彼のアイデンティティをたたき壊して一掃してしまうものに対して立ち向かって、自分の持続的アイデンティティを守るために苦闘しているのです。彼の戦いの相手は、黒い稲妻、すなわち神の憐憫です。（qtd. in Kermode, "Intellectual" 60）

死ぬということは、「個人としてのアイデンティティを失う行為（selfless act）」である。だがその self を保つことこそがクリスの最大の関心事であり、彼は、現在の生がいくら貪欲の罪にまみれたものであっても、これをそのまま保つことを選び、神に連れていかれることを拒否するのである。その結果、本当の最期の時になってクリスが見るものは、優しい手でも光でもなく、ナットが予言したとおりの「黒い稲妻」、つまり、その向こうに「虚無」をのぞかせている「諸事の本性全体に向かって開いた裂け目」（Golding, *Pin* 179）だった。

4

クリスはナットを捨て、神を捨てて、自分のアイデンティティを護ろうとする。では、捨てられたナットや神は、捨てられたまま忘却の彼方に葬られるのかというと、そうではない。最後に神がクリスを消去する「黒い稲妻」として再登場するのは、すでに見たとおりだが、それ以前から神やナットは、捨てられても、クリスの白昼夢や幻影というかたちで彼に付きまとい、彼の世界やアイデンティティを脅かすのだ。

クリスがナットや神を捨てきれない理由は、そもそもクリスにも神やナットに通じる部分があったためである。クリスは否定するが、神もナット的要素もクリスのアイデンティティの一部だったからである。クリスがナットに対して抱く感情は憎悪だけではなく、深い愛着も共存する。ナット殺害計画を回想するクリスは、ナットの存在が消えてしまったところを想像して「驚愕と恐怖(astonishment and terror)」を感じ、「これほどまでに俺はあいつのことが大好きだったのだ!」と叫ぶのだった(183)。また、ゴールディングは、この小説のテーマを説明する際に「神から授けられたクリスの本来の魂、すなわち〈神の燠火(the *Scintillans Dei*)〉は、神から離れた個としての命を望むこの渇望のせいで、絶望的にぼやけてしまっているのです」(Qtd. in Oldsey and Weintraub 83)とも述べている。(3) つまり、罪にまみれたクリスも、人間であるからには、神の要素を生来宿しているると考えているのである。ゴールディングが主人公に「クリストファー、すなわち、キリストを抱き運ぶ人(Christopher, the Christbearer)」(Kermode, "Intellectual" 60)という名を与えた理由はこれだ。

捨てられたはずのナットや神は、クリスが岩場に漂着してからの六日間、何度となくクリスの世界やアイデンティティを脅かしに来る。あるときはクリスの過去の回想のなかでナット本人の姿をとって、あるときは「諦めよ。手放せ」（Golding, *Pin* 45）と呼びかける姿無き声となって、またあるときはクリスの創った世界を空から押さえ込もうとする圧力となって、クリスに付きまとう。クリスは、自分が創った世界の尖った岩の上を裸足で歩く苦痛のため、何度も「ブーツを脱がなければよかった」と後悔するのだが、前述したとおりブーツを履いた姿とはクリスの死体の標示物である。その姿を自ら願うつぶやきを発したということは、「（生を）諦めよ」という神からの働きかけとその効果が、ここにも見られるということだろう。

5

これらの脅威に対抗してクリスは、きわどいところで何とか持ちこたえる。何回かは、防戦に疲れた理性と意志の力が危なく死を容認しかけたこともあった。「生を諦めよ、手放せ」という幻聴を聞き、「死んで天国へ行くための技術」についてのナットの講義を回想したところで、さすがのクリスもアイデンティティ保持の自信が揺らいだのか、首にかけている金属製の軍籍認識票を取り出し、じっと確認するように見つめる。そこには彼の名前と所属、つまりアイデンティティの標識が刻まれていたからだ——

彼は刻まれた文字を、一つずつ、何度も繰り返して読んだ。〔中略〕
「クリストファー・ハドリー・マーティン。マーティン。クリス。俺はこれまでどおりの俺だ！」
そのとたん彼は、自分が自分の球状の頭に幽閉された奇妙な状態を抜け出し、普通に自分が自分の体

いっぱいに広がっている、と思えるようになった。(76)

だが、その後も神の攻撃は続き、アイデンティティの標識も崩壊し、意味を失いはじめる——「クリストファーとハドリーとマーティンはばらばらの断片と化し、中心は、その三つのものが封印で密着されずに勝手に離れて行ってしまったことに、鈍重に憤慨する気持ちをくすぶらせていた」(161)。名前に関してクリスは、「名前を与えられたものは、封印や鎖を与えられたのと同然だ。〔中略〕俺はこの岩場を名前でがんじがらめに縛り上げてやる」(86-87)という考えをもち、岩場の各所に名前をつけてまわっていたのだが、その彼が自分の名前すらコントロールできなくなっているということは、危機的な兆候だといえよう。

それでもクリスは自我を保持するための闘いをやめない——「クリストファーとハドリーとマーティンは、遠く離れた断片になってしまったけれども、中心はまだ自我が存在することを知っていた」(161)。だが、既に死んでしまった頭脳で自分の世界を創造し防衛することには限界がある。白昼夢がクリスに「死を認めよ」と迫る力はいよいよ強くなっていく。そこで彼が考えたのは、食中毒と極度の便秘のせいで、頭が一時混乱しているのだというもっともらしい理由であった。彼は自分に浣腸を施して事態の収拾をはかる。だが、その直後またも幻影を見せられることになる。赤いロブスターが海中を泳いでいるのを見てしまうのだ。茹でて赤くなった、ということはすなわち死んだはずのロブスターが、生きているつもりで動き回っている姿は、そのままクリスの姿のパロディである。このロブスターを見てクリスは驚愕し、いったん死を受け入れかけてしまう——「一瞬、彼は自分が落ちていくのを感じた。そして何者も存在しない暗黒の裂け目が訪れた」(167)。これも、神がクリスに「諦めよ」と呼びかける勧告の一つのかたちだった。

これもまたクリスは聞き入れない。クリスは、自分のアイデンティティに危機が迫ったと見るや、自分にとって都合のいい新しいアイデンティティの仮面を次々に採用する。俳優というキャリアを十分に活用し、彼は新しい自分像を演じてみる。漂流生活を理性の力で乗り切った先達としてのロビンソン・クルーソーに始まって、神の理不尽に挑戦する者としての巨神アトラスやプロメテウス、ギリシャ神話中の英雄アイアース王などに自分を次々になぞらえていく。ついには、幻覚を見るのは自分が狂人になりつつあるからだ、という筋書きまで考えはじめる――「まだ演じられる役柄は残っている――狂人の役だ、『リア王』の哀れなトム役、それで黒い稲妻の兆しを知らないで済む」(177–178)。錯乱状態のリア王の台詞をそらんじてみたり、貴重な飲み水を意図的に台無しにしてみたり、何とか自分の狂気を証明しようとする。ところが、まさにこの「証明しよう」という理性的な意図の存在が証明しているように、彼は正気を、すなわち自分が死人であるという認識を、捨てようとして捨てきれないでいるのである。(4)

クリスが見る幻覚のなかで最も印象に残る形態は、第一三章でクリスと対面して「もう十分だろう、クリストファー?」(194) という問いかけで問答をはじめる男の姿の幻影である。この幻影の最も興味深い特徴は、ブーツを履いていることだ。すでに見たように、ブーツとはクリスにとっては生死を分かつ標識である。ブーツを履いているという事実は、死の刻印なのだ。ブーツ男は、肉体的には既におまえは死んでいるのだということを、クリスに見せつけるためにやってきた神の姿である (Baker, *Critical* 38、Tiger, *Dark* 111、Surette 224 など参照)。そのために、この幻影は、片目を怪我し、一週間分の無精ひげをはやしたクリスの外見を真似ている。また、ナットが不格好な大足 (Golding, *Pin* 51) という肉体的特徴をもった男であることを思い出せば、この神の「黒いブーツを履いた大足」(Tiger, *Dark* 111) は、この幻影がナットの再来でもある可能性を暗示してもいると言える。このブーツ神は、自我を捨てて死を受け入れるようにと、何度もクリスに向かって「とくと考えよ」と呼びかけ、再考を促す。しかし、クリスは「考えたさ。それで選んだんだ、黒い稲妻よりも、〔中略〕あれの方がいいって、苦痛やら何やらも込みでな！　だから帰れ！　立ち去れ！」（Golding, *Pin* 197）と、このときもまた神を捨てる。しかし、神は捨て去られずに、「黒い稲妻」となって最後に再来するのだ。

6

〈捨てようとして捨てきれないもの〉は、私たちの人生のなかでどういう意義をもつのか。文化人類学者メアリ・ダグラス（Mary Douglas）は、人間や社会が汚物や汚れを忌避する行動について、それは「積極的に自らの環境を再調整してそれをある理念に一致させようとしているのだ」（ダグラス、二〇頁）と説明する。「不浄もしくは汚物とは、ある体系を維持するためにはそこに包含してはならないものの謂いである」（八七頁）からだ。汚物や不浄は、「明らかに場違いなものであり、善き秩序に対する脅威であるが故に、厭うべきものと見做されて強く排除される」（二九七頁）。[5] クリスがナットや神を捨て去った行為は、この排除行為にあたると考えていいだろう。山口昌男はこれを「排除の原則」（山口、六四頁）と名付けている。クリスは自分のアイデンティティを後生大事と抱え込み、これを護るため「排除の原則」に従って、神やナットを捨てたのである。

神を「汚物」と同列に考えることに抵抗を感じる向きもあるかもしれない。だが、クリスのなかでは好悪の判断は逆転している、ということを思い出してほしい。クリスにとっての「善き秩序」とは、どんなに罪深いものであろうと現世の生をとにかく維持することなのである。クリス自ら創り出した岩場の上の地獄状態からクリスを救い出そうとする神の「憐憫（compassion）」に対し、クリスは「この、弱い者いじめの親玉め！」（Golding, *Pin* 191）とののしる。クリスにとって神は、排除せねばならない脅威的な汚物なのである。クリスが神に向かって

「吐いた（vomit）」（200）最後のことばは、「おまえの天国に糞をたれてやる！」（200）であった。ここにも神を「糞尿、排泄物、汚物」と同列に位置づけようというクリスの心情が見てとれる。

しかし、「汚物」や「無秩序」を完全に捨て去ることはできない。山口が言うように、「除外され切り捨てられた『混沌』の部分は、〔中略〕知覚の周辺をさまよって、秩序化された意識に対して、幻想、或いは無意識を通して働きかける」（山口、六五頁）。(6) 切り捨てられたはずの神やナットは、異様な過去の幻影というかたちをとりながら、何度もまたクリスのもとを訪れる。そして彼の個人としてのアイデンティティや、彼が作り上げた仮想現実の世界の秩序をおびやかす。ナットや神はクリスに付きまとい、アイデンティティを無に帰する死を受け入れよ、とクリスに迫り続ける。ちょうど、脱ぎ捨てたつもりで結局はずっと足に履いたままであったブーツ――死の標識――のように。

しかし、それでもクリスはナットや神、そして彼らが送り込む白昼夢のなかの幻影たちを捨て続け、自分だけの岩場の世界を創る努力をやめない。仮想現実の岩場を作り自分のアイデンティティを守りぬこうとする際の、クリスの武器はことばであった――「しゃべることこそがアイデンティティだ」（115）。だが、ナットそして神はクリスの独白に干渉する。バフチン（Mikhail Bakhtin）が明らかにしたように、人間の思考や言語やアイデンティティは、その主体となる個人ひとりだけの声だけでできるものではない。そもそもアイデンティティは、他者から自分がどう見られているかという認識を伴って、はじめて成立するものだ。(7) バフチンの思想を欧米に紹介する際にマイケル・ホルクィスト（Michael Holquist）が使ったことばを借りれば、「ダイアロジズム」の原理こそが、あらゆる意味や存在の基盤なのである。クリスが他者の声を捨て去り、缶の中の親玉ウジ虫よろしく、自分の声だけでアイデンティティ世界を構築しようとするのは、いわば〈独話的〉な、自分だけの視点の窓に引きこもり続けようという試みであり、その失敗は宿命的な必然だったのだ。

じっさい、彼の独白はすべて「吸い取り紙」(80) のような大気に虚しく吸い取られていく。クリス自身、「ここじゃあ、俺には喧嘩する相手すらいない。俺は定義を失ってしまいそうだ (I am in danger of losing definition)」(132) と愚痴をこぼしていた。彼の精神は完全に「他に依存しないで存在する (self-existent)」(45) 状態だったのだ。『ピンチャー・マーティン』という小説は、途方もなく貪欲なひとりの男が、「自己の存在には他者の存在が不可欠である」という摂理を知っているくせに、それに逆らい、他者を排除し続けて自己の世界を創り出そうと努力する姿と、やはり自分も他者存在によって創られたものだということを思い知らされ、必然的に敗北する過程を、ドラマとして描いているのだ。(8)

7

では、このおぞましい小説を私たちが読むこと、あるいは読まされることの意義は何なのか。この疑問に対する答えの鍵は、そのおぞましさにある。このように、クリスの物語のおぞましさは、私たちを不快にし、何かしら不安にする。つまり、クリス(の物語)が、私たちの秩序にとっての汚物・不浄・混沌となる可能性がある。そして、クリスが忌むべき存在として書かれ、おぞましさが増していけばいくほど、クリスを排除したいという感情と、クリスを無視できないという気持ちの両方が、読者のなかで募っていく。フランク・カーモード (Frank Kermode) が報告しているように、じっさいゴールディングは、クリスのおぞましさを描写する努力をやりすぎたのではないか、と懸念さえしていたらしい——「じつを言うと、できる限りピンチャーを呪わしい男に描こうとして、筆が走りすぎたのです」。だが、クリスのおぞましさを見て「うんそうだ、私たちもそのような人間だ」と感じた批評家が多いことを知り、ゴールディングは「かなり嬉しく思った」という（Golding, Interview with Kermode 10）。著者の意図がほぼ十全に伝達されたことに、そして自分が読者をうまく操作しおおせたことに、ゴールディングは著者として満足しているわけである。

じっさい、クリスのサバイバル生活の苦痛を克明に書けば書くほど、私たちのなかにクリスに対する同情の念が生まれ、(9)クリスを「捨てきれない」という感情も生じる。私たち個人の、そして私たちの社会の秩序を健全に保つには、クリスのような存在は捨てられなければならない。しかし、捨てられながらもクリスは、同情心を足がかりとしながら、私たちに呼びかける。このおぞましい貪欲や自己本位は、おまえのなかにも本質の一部として、いくらかは宿っているのではないか、と。

もちろん、クリスのことを、あくまで極端な例として、私たちと切り離して排除することは可能である。クリス自身、「俺は自分がしでかしたことのせいで、ひとりぼっちのアウトサイダーになった」（Golding, *Pin* 81）と自覚している。しかし、ゴールディングは、海中に放り捨てられたクリスを捨てられたままにはしなかった。ゴールディングは最終章でクリスの死体をキャンベルの住む島へ漂着させ、キャンベルとデイヴィッドソンの眼に触れさせた。ナットや神が捨てられてもクリスをしつこく訪れたように、捨てられたクリスも読者を再訪するのである。

また、本小説の「ギミック」のことも、ここで思い出そう。キンケイド＝ウィークスとグレガーはこれを、「本を再読すれば、またまるっきり比較的新しい経験と意識が待ち受けている、ということを開陳することにより、私たち読者に挑戦する」仕掛け（Kinkead-Weekes and Gregor, 3rd ed. 129）と説明している。そのとおり、この小説の結末には、小説をもう一度初めから読み直すことを要請し、読書体験の修正を読者に迫る働きがあるのだが、この再読誘導作用もまた、読者にクリスのおぞましい物語を簡単に振り捨てさせないようにする方策だと言える。

捨てても捨てきれず付きまとう存在という性格を、クリスと彼の物語に与え、それによってゴールディングは小説の読み方の方向を強力に指定している。

海中に放り出され、それでもまた私たちの前に戻ってきたクリスの死体に対して、私たちがとり得る反応は、大きく分けて二とおりある。死体のおぞましさに嘔吐感を催すものの、すぐにその死体を片づけて処理する〈捨てる〉よう命令を出し、後は酒でも食らって忘れようとするだけのデイヴィッドソン士官のような態度をとるか。それともキャンベルのように、クリスの死体――「あの哀れな遺棄物」――を身近に置いた体験を契機にして、死生観や人間存在のあり方について深く思いをめぐらせるか。後者の姿勢のほうがゴールディングの希望に近い読みであることは言うまでもない。また、読者がそう読むように、視点の操作によって作品全体をかけてゴールディングが読者を誘導していたことも、はっきり感得できることだろう。

キャンベルは、もちろんクリスの死後の闘いについては何も知らない。そのキャンベルにさえ、クリスというおぞましい「遺棄物」は、右のような思索を誘っている。一方私たち読者は、一部始終を読み、眼窩をクリスと共有することによって、クリスにまつわるあらゆる事情を深く知っている。その私たちに向かっては、クリスは、キャンベルがした以上の思索と内省――どんな人間にも巣くっている罪深い〈貪欲〉と、それを自分とは無関係のものとして切り離しがちな人間の性向への内省――を、〈捨てられても付きまとうもの〉として、迫っているのである。まず、罪深いクリスを一種のスケープゴートとして排除し、私たちのもつ「善き秩序」としての倫理観を強化すること。そして、それと同時に、目を背けて捨てたくなるほどおぞましい人間のなかの罪深さを、捨てずに我が身の醜い一部分として受け入れる覚悟をもつこと。この両面的な体験を、この小説は与えてくれる。

すでに見たように、小説の末尾でキャンベルは、そのためらいがちの訥々とした口調ゆえにかえって強い印象を小説の読者に残す、そんな問いかけを、デイヴィッドソンに投げかけていた――「何か――後に残ったものはなかったのでしょうか？」」。まさにクリスという作中人物の存在のあり方こそは、この小説を読み終えた後にも、「残存する」はずである。

また、食べることと、排泄すること――神をも排泄して捨てること――という一対の行為は、意味の権威者たる作者もしくはテクストが実施する二つのプロセスの比喩とも見ることができるだろう。つまり、食べる行為は、特定の視点に読者を拘禁するプロセスに、そして、排泄や廃棄は、その閉鎖的視界から読者を解放するギミックのプロセスに相当するのである。「缶の中に閉じ込められ、仲間を食らいつくして生き残った一匹のウジ虫」という表現を思い出そう。そこに二つのプロセスの比喩的意味が凝縮されていたのである。缶のウジ虫は拘禁された視点人物を表象する。そしてクリスというこのウジ虫は、あたかも缶の壁に穴を開けてそれを窓として外界を見ているつもりだったのだが、じつは窓などまったく開いていないのである。主体である自分は、既に世界から消滅している。それでもクリスは、外界を見るのに自分唯一の視点が存在している、と自分に思い込ませ、読者に思い込ませようと努めてきた。しかしその思い込みと認識自体が、捏造された虚像でしかない。まさにこの事実を、「ギミック」は、クリスの死の公式宣告の裏で暴露していた。

8

ホドソンやウィルソンのように、クリスの死を「ギミック」以前に看破したという読者にとっては、看破した後なのに視点を拉致され拘束されることになる。彼らは、叙述されている内容に反する事実をあらかじめ知っているのに、拘束の牽引力に抗いきれない、という立場に置かれる。手品のタネを見破ったからといって、席を立つことは認められない。こうした読者にとっては、視点操作のギミックも、ブーツ足という標識も、意図された解放の働きをしないが、それ以外の要素が彼ら専用のギミックとして働いたことになる。この小説が示す作品世界を著作する作者——クリス、そしてひいてはゴールディング——が、なぜここまで執拗な意志をもって、読みの方向を指定し続けるのか。その謎に対する好奇心を、共同注視機構の原始的な力が強力に惹起するのである。最終章が来るよりも前に「ギミック」を体験する読者の場合も、その後の拘束的文体の迫力は働きかける。クリスの死を早めに見抜いた読者も、本を捨てでもしない限り、そのままクリスの苦闘と汚れた人生を読み続ける。それは、拘束の文体がこのクリスを、〈捨てきれないもの〉にするからである。

この小説において、主題の上でも構成の上でも文体の上でも前景化してくる〈捨てきれないもの〉たち。これはゴールディングの、著者としての権威の刻印であり、方向標識である。そして、ここに私たちは、ゴールディングの強力な読者操作とその読ませる手腕の確かさを見てとる。

そしてまた、ここに私たちは、なぜこの小説が第一人称語りではなく第三人称語りを採択したのか、という理由をうかがい知る。『ピンチャー・マーティン』という小説の、少なくとも最終章の一つ前の章までは、クリスが、いわば書き手として〈独話的〉に構築してきた物語である。視点がクリスの頭蓋の中に固定されているのであれば、いっそ第一人称語りこそふさわしいのに、と考えたくなっても当然だろう。ところが、この小説は第三人称語りで綴られる。それは、ほとんど第一人称語り的なクリスの〈独話〉と意味構築作業が進行しているその裏に、別の〈書き手〉が常に存在していることを、小説の読者にうすうす意識させるための方策だったのではないか。

独善的に自らの意図を万物に押しつけるようにして、意味と世界を英雄的に創り上げているつもりの〈書き手〉クリスと、そのクリスの意図に時として反旗を翻し、クリスの非英雄的な本性を読みとって、クリスのパターン構築に皮肉な意味を独自に付与する〈読み手〉としての小説読者。その相互作用の現場を超越した外側に、神に比すべき作者ゴールディングの意図があって、これが〈読み手〉の読みを導いている。こうした構図を示すのが、一見すると第一人称語りが適切に思われる物語に対して、あえて第三人称語りが選択されたゆえんだと思われる。第三人称語りは、陰から読者を操作する作者——神にもなぞらえられる作者——がもつ権威の、見えざる存在証明なのである。

注

（1）オックスフォード英語辞典（*OED*）第二版で die の成句の項を見ると、to die in one's boots や to die with one's boots on という慣用句は、「むごい死に方をする（to die a violent death）」の意味だと解説されている。とすれば、デイヴィッドソン士官の「ブーツを履いたまま死んでいるから、苦しい死に方ではなかっただろう」ということばには、自家撞着的でアイロニカルな響きがあると考えられる。「苦しみながら死んだのではない」というのは、やはり誤りだ。

（2）これは本書第一章第5節の注5で紹介した、タイガーが提唱した用語である。

（3）「神の熛火（*Scintillans Dei*）」という表現は、一九八九年の小説『底の熛火』において、空想的社会主義者プレティマン（Prettiman）が主人公に熱く語りかける台詞のなかに、印象的に再出現する。

（4）ジョン・ピーター（John Peter）もこの狂気が言い訳であることを指摘している——「彼は〈圧倒的で疑問の余地がない無〉におびえるあまり、その無を否定するために狂気という口実にしがみつく」（Peter 43）。

（5）ジュリア・クリステヴァ（Julia Kristeva）のアブジェクシオン論も、これに通底するところがある。アブジェクシオン論も、秩序にとっておぞましいものを棄却するという行為の文化的・心理的効果を論じたものである。

（6）本書第二章第8節で紹介した、レヴィナスの「壁に浮かぶ他者の顔」の概念に連結して考えてみてもいい。考えの方向は共通するものがあるはずだ。

（7）たとえば『ドストエフスキーの詩学』において、バフチンはこう述べている——「言葉と同様イデエも、別の立場に立つ別の声によって、聞き取られ、理解され、《答えられる》ことを期待している」、「イデエの生きる場所は人間の孤立した個人的意識の中ではない。孤立した意識の中にのみ取り残されると、イデエは退化し、死んでしまう」（バフチン、一八〇頁、一七九頁）。

（8）造物主は自分であり、自分は神さえも創造したと豪語するクリスだが、彼は自分が創られた存在であることを心の底ではずっと知っていた。ブーツを履いた神に向かって「俺がおまえを創造したんだ、だから俺は俺用の天国だって創れるんだ」とクリスは言い放つが、ほんの半ページ後には自分の貪欲さについて「俺はあいつらを喰ってやったさ、でもその口を俺に与えたのは誰だ？」（196–197）と問いかけている。貪欲な口をもつ存在として自分が何者かによって創られた存在だということを、クリスはちゃんと認識している。

（9）Oldsey and Weintraub 169 や Babb 67 を参照。

第四章　読み書きの時間——『自由落下』における書く行為の純粋持続《アエウム》と読む行為

1

一九五九年一〇月二三日出版の小説『自由落下』は、本書序でも軽く言及したように、世に出た当初から数多くの無理解な書評に晒された（Carey 233–234も参照）。この、評価が不当なほど低い小説にも、肯定的な批評が与えられることは時折あるのだけれども、その場合、議論の焦点は、本作の特徴的な時間構成に向けられることがほとんどである。

『自由落下』は、主人公である中年の画家サミー・マウントジョイ（Sammy Mountjoy）の自伝的語り、という形式で書かれているのだが、彼の過去の諸場面は、時系列を無視した順序で並べられている。第一章から第七章までは、一九一七年のサミー誕生から、一九四〇年代半ばに彼がナチスの戦争捕虜収容所に収監されるまでの出来事を、ほぼ時代の流れに沿いながら記述していく。だが、第八章になるとストーリーは唐突に一九二〇年代へと戻り、第九章と第一〇章では再び一九四〇年代半ばの頃へ飛び、そして第一一章と第一二章においては、読者はサミーが一九二〇年代から三〇年代にかけての自分の行動と不行状を物語るのを読まされ、第一三章に入ると読者は、一九四七年に、とある精神病院でサミーが昔の恋人ビアトリス・イヴォ（Beatrice Ifor）に面会する場面へと連れていかれる。

自分がなぜこのような非直線的な語り方をするのか、語り手サミーは、その理由を小説の冒頭近くで説明している。サミーによれば、人間の時間認識は二部構成になっているという——

時間とは、煉瓦の列のように果てしなく並べられるようなものではない。しゃっくりみたいな最初のおぎゃあから、最後に引き取る息に到達するまでのあの直線は、死んでいる代物だ。時間は二つのモードである。一つは、鯖にとっての水と同じように、生まれつき備わった、われわれがやすやすと行っている知覚である。もう一つは記憶だ。シャッフルや折り重ね、とぐろの感覚とか、あの日のほうがこの日よりも大切だから距離も近いとか、あの出来事はこの出来事の反映だとか、あるいは今述べた三つをバラバラに置くとか、そういうモードであり、例外的でまるっきり直線から外れたモードである。（Golding, *FF* 6）

大半の読者や研究者たちは、サミーのこの説明を額面どおりに受けとったうえで、後者のモード、すなわち記憶のモードに注意を傾けてきた。それはある意味で妥当な姿勢と言える。論文「物語の構造分析序説」（"Introduction à l'analyse structurale des récits"）においてバルトは、レヴィ＝ストロース（Claude Lévi-Strauss）やグレマス（Algirdas Julien Greimas）、クロード・ブレモン（Claude Bremond）そしてトドロフ（Tzvetan Todorov）に賛同するかたちで、物語における年代記的時間の継起よりも、物語の非時間的な論理のほうを重視してみせた。そして、「物語的連続体を《脱年代化》し、《再論理化》し、〔中略〕年代順的錯覚の構造的記述を達成すること」を、物語分析は目指すべきであり、そして「物語的論理が物語的時間を説明するのでなければならない」と宣言した

（バルト、「物語」二三頁）。『自由落下』を読む従来の読者は、年代順的時間継起よりもサミーの記憶を操作する要素――「論理」――に目を向けてきたわけだが、その態度はバルトの姿勢と共通するものがあるだろう。

しかし、小説の次のページを見ると、サミー自身が、「シャッフルや折り重ね、とぐろ」のモードで自分の過去を回顧するのでは、もう飽き足らなくなっていることがわかる。サミーは、自分の心のなかの限られた空間――これを彼は象徴的に「芝生の区画（lawn）」と呼んでいる――で、取り出しやすい記憶だけをいじくり回すことでは、満足できなくなった、と明言するのである。

> それではなぜ私はこれを書き留めているのだろう？　芝生の区画をぐるぐる歩き回って、意味をなすまで思い出を再構成し、時間の柔軟な流れをほどいては編み上げる、といった活動に、なぜ満足しないのだろう？　この出来事とあの出来事を一緒にまとめたり、時間をひとっ飛びしたり、そういうこともやろうと思えばできるのに。あの芝生を歩き回ることについてのシステムを見つけて、そしてまた次の日には別の新しいシステムを見つける、そんなこともあるだろう。しかし、芝生の中をぐるぐる思案して回ることでは、もはや不十分なのだ。一つには、その芝生が画布の長方形みたいなもので、どれほど絵筆を巧妙に揮ってみても、そこは境界線で区切られた区域に過ぎない、ということがある。人の心は、その区域以上のものを抱えてはいられない。それはそうだが、理解には、回想される時間の全体を取り込んで、それから一瞬止まって待つような、総ざらい〔a sweep〕が必要なのだ。もしかしたら、私の人生の物語を、私に向かって立ち現れるとおりに書いていけば、立ち戻って選択することができるかもしれない。(Golding, *FF* 7)

であるならば、私たちは、自分の記憶を「総ざらい」して取り込むのだと宣言している当の本人、すなわち

〈自伝の書き手〉としてのサミーが存在している時間モードにも、注意を向けねばなるまい。

2

サミー自身は時間を二つのモードにおいて捉えている。だが、私たち小説の読者は、『自由落下』に関しては、時間を三部構造で考えるべきなのだ。まずは、時間が「シャッフルや折り重ね、とぐろ」によってランダムに表象されるモードで、これをサミーは最も重視している。次に、「死んでいる代物」として「煉瓦が無限に並んでいる列」と表現される、時系列どおりに進行する時間のモード。そして三つ目として、自伝作家サミーが執筆に勤しんでいる時間モードである。

三つ目のモードは、換言すれば、語りの現在である。A・A・メンディロー（A. A. Mendilow）が用いたことばを借用するなら、「書く行為の時系列的持続期間（the chronological duration of the writing）」だ。そしてこれは、「小説の主題の疑似時系列的な持続期間（the pseudo-chronological duration of the theme of the novel）」（別名「架空の時間（fictional time）」）とは、明確に区別されるものだ（Mendilow 65–71）。

そしてこれは、ずらりと並んだ「時間煉瓦」の最後の一個でもあるものの、他の「死んだ煉瓦」たちとは、質的にまったく異なる煉瓦である。書き手サミー、すなわち第三の時間モードに属するサミーは、ときとして、自分が回想する過去の意義について思いをめぐらし、そこで考えたことや見解も、自分の語りのなかに記録していく。それは、リクール（Paul Ricoeur）の言うように、「物語を語る行為はすでに、物語られる出来事を〈省察する〉ことである」からだ（Ricoeur 2: 61）。じっさいサミー自身も、あるとき語りのなかにこう書き込んでいる

――「私が今まで書いてきたこのページは、私に多くのことを教えてくれた」（Golding, *FF* 184）。メンディローを再度引用して表現するならば、サミーは、「過去をそのまま機械的に再構築あるいは再現するのではなく、むしろ出来事を感情を込めて解釈する行為であるような回想という行動によって、さまざまな出来事を思い出しているのだが、そのような解釈は、解釈の主体である自己が、時間経過のなかで成長したり自分の解釈によって変化したりするのにつれて、変化し変動するものだ」（Mendilow 31–32）というわけなのである。ここに、〈解釈〉という、読み手が担う役割が混じっていることは、記憶しておきたい。

　そして、当たり前のことだが、『自由落下』という小説は、サミーがペンをとって書き始めたときに始まり、彼が書き止めたときに小説も終わる。ということは、第三の時間モードは、第二の時間モード内においては最後の一個の煉瓦というだけに過ぎない存在でありながら、一九一七年から一九五〇年代にわたる主人公の追憶をつづるこの本全体の長さを覆ってもいるわけだ。すなわち三つの時間モードは、互いに併走するかたちでそれぞれに、小説『自由落下』の全二百四十八ページをカバーしているのだ。

　こうした時間の三層構造を意識化したのは『自由落下』が嚆矢である、などと主張したいわけではない。何であれ自意識的な自伝語りには、時間の三層構造に関する認識は潜在的に取り込まれている。たとえばグレアム・グリーン（Graham Greene）の『情事の終わり』（*The End of the Affair*）などにも、同様の構図や認識は感じられる。しかし『自由落下』は、このような時間構造認識と、それが宿命的に具えている根源的な葛藤を探究する、その徹底ぶりにおいて、他の追随を許さない深さをもっているのである。

3

『自由落下』の時間構図を、三種の時間哲学にしたがって整理してみたい。まずカーモードが提唱する時間理論にあてはめてみよう。「死んだ煉瓦の列」は、カーモードの用語なら「クロノス（*chronos*）」と呼ぶのがふさわしい。カーモードによれば、クロノスとは「単純な時系列性」であり、「人間的関心を呼ばない羅列的継起」（Kermode, *Sense* 46）を指す時間モードである。そのうえでカーモードは、「カイロス（*kairos*）」という時間モードをクロノスに対置する。このカイロスは、「意義を孕み、結末との関係から引き出される意味を負っている、時間のなかの点」（47）であり、これはサミーのケースで言えば、彼がこうして回想して——「取り戻しととぐろ（retake and coil）」（Golding, *FF* 46）をして——拾い上げている思い出の一つ一つに相当している。これら有意義な時間の点たちは、[1] やがて成長して一つのパターンもしくはパラダイムを形成するようになり、そしてうまくいけば、このカイロスは、クロノスを「プレーローマ（*pleroma*）」——換言すると、「達成された時間（fulfilled time）」——へと変容させるのである（Kermode, *Sense* 50–52）。[2]

したがって、サミーの自伝を、カーモードの概念を使って表現するとしたら、サミーが、クロノスにおいて起こった出来事をペンで表現しながら、いつかはプレーローマを作り上げたいという願望に導かれつつ、[3] その出来事をカイロスへと変えていこうとする、その試みをサミー自身がつづった記録、ということになる。そして、その試みが成功した暁に作り出されるだろうプレーローマは、サミーがどうして今のようなサミーになったのかを解明してくれるはずなのである。サミーは「責任がはじまるところ、暗闇のはじまり、私がはじまったところを探す」（47）という活動に携わっている。となれば、プレーローマとは、始原に関わる意味と一致するような、究極にして唯一の解釈を達成することだ、と考えてもいいだろう。はじまりを探すサミーは、自分の半生におけるいくつかの時点へ「立ち戻って選択」できるようになることを熱望している。そうなれば、その時点たちをカイロスへと変容させて、何らかの意義をもつパターンへと織り上げることができるようになる、と考えているからである。

カーモード流の用語を用いてもう一つ言えば、自伝作家サミーは、「アエウム（*aevum*）」に身を置くことを切望している。このアエウムとは、ベルクソン（Henri Bergson）が提唱した「純粋持続（*durée réelle*）」と同一のものだ、とカーモード自身が説明している（Kermode, *Sense* 72）。というわけで、今度はベルクソンの用語でも、ここまでの議論を整理してみよう。

「死んだ煉瓦の列」であるクロノスは、ベルクソンの言う「等質的時間」すなわち「等質な環境という幻影的形態をまとった持続」（Bergson 110）と等しいものである。(4) そこでは「空間における場合と同じように、私たちの意識の状態が隣り合わせに並べられ、中身はバラバラの、一つの多様性を形成する」（90）という事態になる。一方、本章が第三の時間モードと呼んできたものは、「純粋持続」の感覚に相当すると考えられる。純粋持続とは、過去と現在の状況が浸透し合い統合して「一つのメロディを構成する音符群を想起するときに発生するのと同じような、いわば互いに溶け合う一つの有機的全体」（100）となる、すなわち「心的統合」（120）である。(5)『自由落下』の第三の時間モードとは、その純粋持続を発生させようという試みがなされている現場領域、ということになるだろう。さらに別の言い方をすれば、「真の持続であり、互いに浸透しあう非等質の瞬間の集合」（110）を生成しようと、サミーは第三の時間モードにおいて悪戦苦闘しているのである。残った第一の時間モード（すなわちカイロスの領域）とは、目指すべき第三モード「アエウム」（すなわち純粋持続）を生み出そうという努力の結果として出来た、試作品たちの領域、と言えるだろう。

『自由落下』にとって意味深い時間哲学がもう一つある。アウグスティヌスの時間哲学である。これはベルクソンやカーモード、そしてリクールの時間論の礎石になったものだ。アウグスティヌスの『告白』(*Confessiones*)第一一巻第二三―二四章によれば、時間とは、いわゆる学識豊かな者たちが言うような、太陽や月や星などの天体(body)の運行や物体の動きによって測定されるようなものとは、まったく別物である。時間とは心の「延長(protraction)」(95; bk. 11, ch. 20)だ、[6]とアウグスティヌスは言う。なぜなら、過去・現在・未来という時間の三要素は、それぞれ記憶と直観と期待というかたちをとりつつ、[7]現在の心のなかにしか存在していないからである――同書第一一巻第二〇章はそう説明する。時間に対する人間の理解は「分散(distended)」(98; bk. 11, ch. 29)されている。[8]なぜなら、人間の感覚は過去・現在・未来へと分散しているからだ。アウグスティヌス研究家のブライアン・ストック(Brian Stock)の説明を借りれば、自叙伝をつづるという場合だと、書き手の心そのものは「思い出すという人間的行為」であるのに対し、過去の領域のほうへと心が「膨らんでいった(distended)」状態が、「記憶の中身」に相当する。ストックがアウグスティヌスの『告白』第一〇巻第八章を解説して語ったところによると、人間の心が過去を回想する際には――往々にしてサミー流の「シャッフルや折り重ね、とぐろ」という形態をとるわけだが――、「さまざまな時点に発生した出来事の心像を一緒に織り込む」という事情があるため、「あたかもその過去の出来事がいまだに現存しているかのようにして、それらを包む媒体となることができるし、またそれゆえに、回想者の心にそれが及ぼしうる影響について予測することもできる」ということになる(Stock 218)。

話が込み入ってきたようだ。整理のため、本章が検討している三つのモードに関する用語と概念を表にまとめておこう。

	第一モード	第二モード	第三モード
小説構成	サミーが回想した過去の逸話が、時系列を無視した配列で並んでいる	時系列どおりに並べたと想定したサミーの過去（小説では表面化していない）	自伝の書き手サミーが存在する時間、語りの現在。「時間煉瓦」の最後の一個
サミーにとってのイメージ	シャッフルや折り重ね、とぐろ	死んだ時間煉瓦の連なり	ほぼ意識できていない
カーモード	プレーローマへの期待に基づいて構成されたカイロス群	クロノス	アエウムが達成されうる場
ベルクソン	――	等質的時間	純粋持続
アウグスティヌス	心の「延長」	天体・物体(body)の動きに基づき測定される時間	「心」

表1　『自由落下』における三種の時間モード

本章第1節で見たように、サミーは、自分の人生をつづるのに第二のモードは採用しない、と宣言した。第二モードは、無情なまでの直線性に凝り固まっているからである。幼少期のサミーは、寝室でひとりきりにされたとき、時計の時間が「情け容赦のない、〔中略〕有無をも言わさず急き立てるように先を急ぐ」（Golding, *FF* 26）

のが耐えられなかった。サミーは自分の過去に起こった出来事を、第一モードの次元のなかに展示しようと努めている。そしてときおり、その出来事たちに対し、第三モードという高みから論評を加える。その第三モードでは、自分のこれまで全生涯を「総ざらい」する作業をすでに終えているという想定のもと、サミーは自分が、意識にのぼる思い出にせよ、のぼらない思い出にせよ、すべてひっくるめた「信じられないくらい大量の種々雑多な思い出の束」(46)を携えているのだ、と自認しているのである。

だが、私たちはサミーの言い分を額面どおりには受けとらないほうがいい。ベルクソンの時間論にドゥルーズ(Gille Deleuze)の時間論を絡ませ、発展的に敷衍した時間論を呈示した哲学者アリア・アル＝サジ(Alia Al-Saji)は、次のように述べている――

仮想記憶は単一義的なものではない。むしろ、生へ注意を向けることを通して意識が一義性を確立しようと試みるのだ、といったほうが正確だろう。意識が一義性を樹立する方法とは、純粋な記憶がもつ多様性を度外視し、そして、私を喜んでそこに飛び込む気にさせるような過去の次元を現実化してくれる記憶の像(すなわち、「私」の声で物語られるような記憶の群れ)だけを選んで、現在に招き入れるというやり方である。〔中略〕意識は、こういう方法で、流動的で断片的な純粋記憶の全体に対し、一貫性と一義性を押しつけようとするのである。つまり、他の歴史や回想の諸形態を封殺することによって。あるいは、過去に対して効果的な輪郭を与える行為に、私以外のものたちが手を出して、私の試みを妨害したり掘り崩したりすることのないよう、そうした他の試みを抑え込むことによって。(Al-Saji 227–228)

つまり、アル＝サジの言い方を借りるなら、サミーが「総ざらい」したという思い出の束は、じつは、彼自身による「封殺」という、事前スクリーニングを受けた後のものでしかないのである。

4

　サミーが自分の半生を書きつづっている目的は、自分が行動の自由を失った瞬間を特定するためである。(9) 彼は自分の人生において、「制約を受けずになされ、その結果、私が代償として自由を失う原因となった決断」(Golding, *FF* 7) が一体いつなされたのか、という問いに対する、唯一で決定的な解を得ることに血道をあげている。これは、方法論としてはある程度まで理にかなったことと言える。というのも、ベルクソンの論にしたがえば、書くという行為は、自分の人生を書くという目下の行為に、「純粋意識（pure consciousness）」もしくは「熟慮（deliberation）」を通して集中することにより、自由を獲得する方策になり得るからだ——「私たちの行為が私たちの人格全体から出てくるとき、行為が全人格を表現するとき、行為が作品と芸術家のあいだに時おり見られるような定義しがたい類似性を全人格とのあいだにもつとき、私たちは自由である」(Bergson 172 及びベルクソン〔中村訳〕、二〇六頁)。

　画家すなわち「芸術家」であるサミーは、自伝という〈作品〉に今取り組んでいるわけだが、その彼が第三の時間モードと不可分的に一体化していることを考えると、ある興味深い一致が浮かび上がってくる。『自由落下』の三つの時間モードは、人間の心の三つの活動領域に一致しており、その三つの領域がまた、小説の主要な作中人物三人によって象徴されている、と見なすことができるのだ。

　いま見たように、第三モードは、芸術的な創作という精神活動の場を提供する時間モードである。これは、小説の作中人物のうち、画家サミーによって体現されている。他方、「人間的な意味において興味を惹かない」時間の規則的な経過であるクロノスは、合理的な理性の活動に相当するだろう。その体現者は、サミーが通ったグラマー・スクールの親切な理科教師ニック・シェイルズ（Nick Shales）である。ニックは、たとえば星の不変の運行――アウグスティヌスの言った「天体」を想起されたい――や、エネルギー保存の法則、機械的な因果律など、物理学の法則に対し熱狂的とも言えるほどの盲信を見せる。バーナード・F・ディックの言を借りるなら、ニックは、ゴールディング作品に頻繁に登場する、「とっちらかっていることの多い人間の心を整理整頓しようとして、過剰に単純視してしまう者たち」（Dick 3）のひとりである。ニックの明快な論理性にサミーは強く惹かれ、「肉によらない親（parents not in the flesh）」（Golding, *FF* 250）のひとりとまで呼ぶほどになり、長いあいだニックの合理主義をよしとし続ける。

しかし同時にサミーは、スピリチュアルな世界にも憧憬を抱かずにはいられない。精神性の世界は彼にとって、「私が生まれながらに棲み着いている世界、すなわち奇跡が起こりうる世界が、私を強く惹きつける」（217）という次第であるからだ。これを体現するのは、宗教学の教師ロウィーナ・プリングル（Rowena Pringle）である。プリングルは聖書の物語を生徒に語り聞かせて魅了する力をもつ一方で、「物語の不穏当な部分を勝手に改変しながらも、同時にそれでも、話に含まれている教訓の意味は、私たち生徒にはっきり伝えわるように残すという、見たところ不可能にしか思えない両立」（196）という芸当をやってのける女性だ。後に見るように、サミーのカイロスとプレーローマの時間モードは、宗教的神秘へと傾倒すると同時に、それと相反するような、きれいに整った道徳的パターン化にも強く惹きつけられている。よって、プリングルを第一の時間モードの体現者と見なしても差し支えないだろう。先ほどの表に項目を付け加えてみよう。

	第一モード	第二モード	第三モード
小説構成	サミーが回想した過去の逸話が、時系列を無視した配列で並んでいる	時系列どおりに並べたと想定したサミーの過去（小説では表面化していない）	自伝の書き手サミーが存在する時間、語りの現在。「時間煉瓦」の最後の一個
サミーにとってのイメージ	シャッフル・折り重ね・とぐろ	死んだ時間煉瓦の連なり	ほぼ意識できていない
カーモード	プレーローマへの期待に基づいて構成されたカイロス群	クロノス	アエウムが達成されうる場
ベルクソン	――	等質的時間	純粋持続
アウグスティヌス	心の「延長」	天体・物体(body)の動きに基づき測定される時間	「心」
対応する作中人物	プリングル	ニック	サミー
人間の心性	宗教性・道徳性	理性・合理性	芸術的創造性

表２　『自由落下』における時間モードと対応する作中人物

B・R・ジョンソン（B. R. Johnson）は、直線的な語りを「合理思考のモード（the rational mode）」に結びつけたうえで、「時間を行ったり来たりする語り口は、スピリチュアルな洞察に由来している」（Johnson 67–68）と正しく主張している。ジョンソンは、「合理思考」のモードがニックに、「スピリチュアル」なモードがプリングルによって表象されている、とほのめかしており、それも正しい。これに上乗せして言うなら、サミーとニックとプリングルの関係もまた、三つの時間モードの関係に対応しているのである。第三モードは第二モードのなかに（時間煉瓦の最後の一個として）自分の居場所を見いだしているが、それにもかかわらず第三モードは、第一モードへ目を惹かれてしまい、自らの存在についての説明を提供してくれるようなパターンを築き上げることを希望しつつ、第一モードに手出しをせずにはいられない——サミーたち三人は、寓意的人物として、そのような関係構図を表象している。

5

第一時間モードにおけるサミーの調査活動は、ゴールディング研究家から一定の注目を集めており、サミーが自分の「感情を込めて出来事を解釈する行為」を展開する際に用いるテンプレートも、すでにいくつか指摘されている。

その多くは宗教的なテンプレートである。たとえば、キンケイド＝ウィークスとグレガーや、ジョンストン、ディック、マッカロンなどは、サミーの第一時間モードにおけるパターン構築に関して、アダムの堕落の物語やダンテ（Dante Alighieri）の『新生』（*La Vita Nova*）が活用されている可能性を見ている（Kinkead-Weekes and Gregor 3rd ed. 147, 150–152、Johnston 50–60、Dick 61、McCarron, *Golding* 18–19）。これに加えて、ジョンソンやローレンス・S・フリードマン（Lawrence S. Friedman）、インゲル・オールセット（Inger Aarseth）は、『神曲』（*Divina Commedia*）

の名を挙げている（Johnson 60, Friedman 73, Aarseth 326–331）。ギンディンが論文「ウィリアム・ゴールディングの〈ギミック〉とメタファー」（"'Gimmick' and Metaphor in the Novels of William Golding"）で注目するのは、ファウスト（Faust）の物語だ。

デイヴィッド・リオン・ヒグドン（David Leon Higdon）は『自由落下』をアウグスティヌスの『告白』と同じ範疇に分類しており、その主張は本章にとって特に当を得たものである。ヒグドンによれば、サミーは、宗教的な回心の物語という因習的な枠組みを利用し、自分自身もアウグスティヌスばりの「自分だけに固有の〈ダマスコへの道〉体験」（Higdon 55）したのだと主張している、という。[10]

サミーは小説のはじめのほうで、自分の人生行路を解釈するためのありとあらゆるパターン化思考法を、「一列に並べられた役立たずの帽子」（Golding, *FF* 6）呼ばわりし、そのうえで次々にそれらを放棄してみせた――「あのマルクス主義という帽子、〔中略〕キリスト教聖職者のビレタ帽はほとんどかぶりもしなかったが、〔中略〕それから、ニックの合理主義者の帽子、そして小学生の学帽」（6）。しかし今回の自伝執筆にあたっては、現時点のサミーは、いわば「ビレタ帽」――とりわけ、キリスト教的回心物語のパターンという帽子――を、ためしにかぶってみようとしているのである。

『告白』に代表される回心の物語は、三部構成をとるのが定石である。第一パートに、過去の誘惑や罪状についてのエピソード紹介があって、次に、奇跡のような変容の体験が続き、そして最後に、その体験以降の心穏やかな生活の描写で締めくくられる。それが定型のパターンだ。『告白』の例に倣って、サミーは自分の物語の最初の部分を、女性、あるいは女性っぽい作中人物によって扇動された悪行の記述にあてている。こうした女性像はすべて、アウグスティヌスが誘惑女の原型と見なした、創世記のイヴの系譜に連なるものである。アウグスティヌスは『神の国』（*De civitate dei*）において、アダムのことを「罪を犯す前に男の体から創られた女性を通して、罪を犯したのだ」と見なしていたという（Teske 58–59参照）。また、ニール・フォーサイス（Neil Forsyth）がアウグスティヌスの『創世記逐語注解』（*De Genesi ad litteram*）を要約したところによれば、「人類に罪をもたらしたのはイヴである。〔中略〕転落の前には得意満面の状態があるものだ、とするアウグスティヌス自身の道徳体系においては、イヴはすでにして罪深い者なのである」と断罪されているという（Forsyth 435）。

サミーの幼なじみで、どこか妖精めいたところもあるイーヴィ（Evie）は、その示唆的な名前が示すとおりの誘惑的な少女で、年下のサミーを手もなく騙して架空のお話や怪談を信じ込ませる力をもつ「生まれながらの嘘つき」（Golding, *FF* 33）だった。彼女はまた、自分が葬儀に参列を認められ死体に触るという体験をしたことを、得意げにサミーに語り聞かせ、サミーを死ぬほど羨望させる。イヴと同じくイーヴィは、男性パートナーよりも先に、命と死に関わる秘密に関する知識を手にしているのだ。数年後友人となったジョニー・スプラッグ（Johnny Spragg）は、サミーが「かつてイーヴィに捧げていた献身」（39）を捧げた相手で、彼にもやはりイヴらしい性質が与えられている。ジョニーはサミーを誘って、まずは「神聖にして禁断の土地（sacred and forbidden ground）」（39）である空軍飛行場への侵入を敢行し、次に空軍将官の屋敷の庭という「禁じられ、危険（forbidden and dangerous）」な「天国（paradise）」（45）へと忍び込むのである。

サミーは母親の死後、ワッツ＝ワット（Watts-Watt）神父の庇護下に置かれるが、彼もまた「誘惑女」の系譜に連なっている。この神父は同性愛的小児愛の性衝動と必死に戦っている男で、神父にとって自分は「禁断の実（a forbidden fruit）」（76）のように見えたことだろう、と長じたサミーは振り返っている。もうひとりの友人フィリップ・アーノルド（Philip Arnold）は「予想のつかない女性的な権力（unpredictable female strength）」（61）の持ち主で、サミーをそそのかして教会の祭壇に小便を引っかけさせようとする。これもイヴの末裔にふさわしい、神への挑戦行為と言えるだろう。

そしてサミーにとって究極のイヴの生まれ変わりが、ビアトリスである。彼女は、美術の授業中にモデル役を指名されたとき、自分でも気づかぬうちにサミーの芸術創作意欲に火をつける。以来、ビアトリスはサミーの熱烈な執着の対象となる。アダムとイヴよろしく木の根元に腰掛けて、一九歳のサミーは必死にビアトリスを口説く。しかしサミーの頭のなかでは、誘惑者は自分ではなく彼女のほうなのである――彼女には「きっと何かを秘蔵しているはずの、あの謎めいた体の中に潜んでいるに違いない人間のほうへ、僕を否応なく引き寄せる方術」（120）が備わっている、とサミーは確信している。サミーの熱望はときに悪魔的な強烈さを帯びるようになり、いっそビアトリスを殺してでも我がものにしたいと願うほどになるが、たとえそうしたところでビアトリスは、死の秘密を自分より先に知ったあのイーヴィと同様に、「私より先に門をくぐり抜けて、私の知らないことを先に知る」（225）羽目になるだけだ、と思いなおす。すべては、サミーにはまだ手が届かない生と死の秘密に関する知識を、ビアトリスが密かにもう所有していると思われるからである。

回心物語の定石によれば、誘惑の次に来るのは奇跡的変容の段階だ。いったんビアトリスを我がものにした後、サミーは彼女をあっさり捨ててしまう。彼には「彼女はもはや私の上に立つ者（boss）ではない」（119）と思われ、そしてもう自分は「彼女を理解したいとも、彼女が何かの秘密を手にしているとも思わなくなった」（127）と感じたからだ。彼は軍に入隊し、ナチスの捕虜収容所送りになる。そこでサミーはドイツ軍医で心理学者のハルデ（Dr Halde）から、英軍捕虜たちの脱走計画に関して苛酷な尋問を受ける。尋問のさなかサミーは卒倒し、小部屋に監禁される。この、サミーが拷問部屋だと思い込んだ室内で、彼の神経はむき出しになり、サミーは「自分自身の内的なアイデンティティ（own interior identity）」（190）と向き合わされる。

回心の物語パターンにしたがえば、この経験は、サミーの〈ダマスコへの道〉体験となり、失われて久しい無垢の回復へとつながる準備段階を提供するわけである。真っ暗な小部屋の中で、いやが上にも強烈になったサミーの想像力は、人間の死体や蛇のイメージを妄想する。最終的にサミーは、小部屋の床の真ん中に、人体から切断された体の一部が転がっていると思い込む。恐怖のあまりサミーは絶叫し、そうすることで彼は、冷酷な「今ここ」の現実を逃れて、まだ知らぬ未来の死と、その後に待ち受ける再生の領域を選ぶことを余儀なくされるのだ。

小部屋から解放されたサミーは、自分が新世界に「復活を遂げた男（a man resurrected）」（186）として生まれ変わり、聖なるヴィジョンを授かった、と感じている。小説第一〇章には、奇跡的変容のイメージが満載されている。あたりのものはすべて「創造されたときのままの本性が放つ無垢の光」で光り輝き、サミーの目から大粒の涙がこぼれ落ちると、涙が落ちた土埃は「一つの宇宙〔へと変じ〕、その宇宙を形作る光輝ある幻想のような結晶は、生まれた途端にその存在において奇跡によって支えられている」という不思議を産み出し、そして彼は「奇跡的でペンテコステ的な炎の薄片」の訪れを受け、その火が「私を、不可逆的に変容した」した、という具合だ（186–188）。この時点までは、サミーが書くアウグスティヌス的回心のプロットは、順調に進行している。

だが、自伝執筆とは、自己賛美や自己正当化に陥りやすい行為でもある。ノースロップ・フライ（Northrop Frye）が言うように、「大半の自伝は、書き手の人生のなかから、一貫したパターンを構築するのに適した出来事や経験のみを選択したいという、創造的で、それゆえに架空に傾く衝動によって鼓舞されたもの」であり、「このパターンというのは、書き手の実像よりも誇張されたものかもしれず、その誇大な像に書き手は自分を重ねることになるのかもしれない」（Frye 307）という事態につながりがちだ。バーバラ・エヴェレット（Barbara Everett）は、サミーの語り口にある人工的で「手作りのおもちゃ」（Everett 122）のような、粉飾の感触に気づいている。ディックもまた、サミーがハルデ博士を描写する筆致が、あたかも大衆映画で俳優エリッヒ・フォン・シュトロハイム（Erich von Stroheim）が演じたような、典型的すぎるナチス軍医を彷彿させることを指摘する

(Dick 59)。

さらにサミー自身も、この描写については、わざとらしい人為性を白状している。回心物語のパターンにしたがって、罪状を書き連ねる第一段階を構築しようという自身の意に反し、サミーは第三章の終わりで、自分がイーヴィにもジョニーにもフィリップにも悪影響を受けていなかったことを認めざるを得なくなっている――「ここに描き出したどの絵にも、堕落の感化の病根を見出すことはできない」(Golding, *FF* 78)。そしてビアトリスのことも、誘惑者として描き続けることはできなくなっていく。堕落の道へと誘惑したのは自分のほうだと、彼にはわかっているのだ――「彼女はいまだに、拷問台にかけられた犠牲者のままだ」(118)。サミーは自問する――「あれほど長いあいだ彼女のことで苦悶してきた私の人生、私の地獄は、人生のどんな経験にも劣らずリアルなものだったが、でもあれは、私みずからが生みだしたものだったのか?」(122)。

第三の時間モードに身を置く書き手サミーは、自分が自由と無垢を喪失した決定的な瞬間を見つけ出そうとして、自分の過去の出来事を第一の時間モードのなかに再配列し、コントロールする努力を、ここまで続けてきた。しかし、第三モードから書き手サミーが、それらしい瞬間を見つけては「この時点か?(Here?)」と問いかけ、吟味するたびに、その時点ではまだ自分は無垢だった――“Not here”――と認めなくてはならなくなる。このように連発される否定の返答は、第三の時間モードのサミーが、探究作業を続けるあいだじゅうずっと、自分が瞞着行為を重ねているという意識をもっていたことを示しており、そして、やがて自分のプレーローマが破綻を迎えることにも気づいていて、常に不安を覚えていた、という心理を示している。回心物語のパターンの第三段階は常に、そして今なお、実現しないままなのである。

6

留意しておきたいのは、三つの時間モードのあいだには、複雑な心理的相互作用が働いているという点である。第三モードは第一モードの進行を常に促進するが、一方で同時に監視も行っている。第三モードに存在するサミーは、心の底では、あらゆるパターン構築作業とは、「一列に並んだ役立たずの帽子」のように無為で欺瞞的な活動だ、と知っているからである。キンケイド＝ウィークスとグレガーが「サミーは、選択するということは変造することだとわかっているし、いかなるパターンも還元的なものだと知っていた」(Kinkead-Weekes and Gregor, 3rd ed. 143) と看破しているとおりだ。サミーが構築を試みるパターンはすべて、パターンたるものの宿命どおりに破綻していく。

しかし第一二章の末尾において、サミーは一つの重要なエピソードを切り出す。グラマー・スクールを卒業する日、校長がサミーの強烈すぎる執着癖の兆しを懸念して、次のように忠告したというのだ――「もし何かを欲しいと思う気持ちが十分強かったら、それに見合う犠牲を払う覚悟があるのだったら、いつだってそれは手に入るものだよ。〔中略〕けれどね、そうして手に入れたものは、思っていたものとぴったり同じにはならないし、遅かれ早かれ、その犠牲を後悔することになるに決まっているんだよ」(Golding, *FF* 235)。サミーは、校長のことばを頭のなかで響かせつつ、その忠告を逆手に取る。そして、ありとあらゆる犠牲を払ってでもビアトリスを自分のものにする、と決意する――「何を犠牲にする？　〈すべて〉をだ」(236)。このエピソードを書き終えたところで、第三モードのサミーは再度自問する――「この時点か？」。だが、今回に限っては、いつもの否定的な返事が返ってこない。

読者の多くは、ここで“Not here.”の返事がないのを見て、ついにサミーは、小説の劈頭から探し求め続けていた当の時点に今度こそ到達したのだ、と解釈している。すなわち、自分の自由を喪失して罪深い人生へと舵を切ることになった、「自由を犠牲にしようと、自由意志で決めた決断」の瞬間が、サミーの前でいま明らかになったのだ、と考えてしまうのだ。

しかしそれは完全に正しい解釈とは言えない。「ここではない」という返事ができないのは、イエスかノーに決められない優柔不断を表している可能性もあるのだ。サミーの決断は、一九三五年あたりの卒業の日になされたものではあるが、その決断に〈決定的〉という感触をまとわせているのは、一九五〇年代後半という時点に身を置いている書き手サミーである。「自由を犠牲にした決断」は、第一の時間モードで発生しているのではない。執筆行為の即時的現場である第三モードで発生しているのである。だから、「ここか？」「この時点か？」という問いかけに対して出される返答は、〈第一モードではノーだが、第三モードにおいてはイエス〉、というものなのだ。

皮肉なことに、第三モードのサミーは、自分の置かれている実情に気づいていない。彼は自分が第一モードのなかで「責任がはじまるところ、暗闇のはじまり、私がはじまったところを探す」という活動を行っている、と思っている。しかし本来、彼の探究の目は、自分が第三モードで実施している、〈書く〉という現在の行為へ向けられるべきなのだ[11]。だがサミーは、自分の「責任」が生じている時点に向き合うことを、下意識では避けている。第三モードのサミーは、自分がビアトリスに激しく懸想したことを描写しながら、第一モードにおける自分自身とビアトリスを、あらかじめ定められたプロットに従う「自動人形（automata）」（115）にたとえたことがある。だが第三モードのサミーには、その「人形」には操り糸がついていて、そしてその糸を引いているのは他ならぬ自分の手だ、ということが見えていない。

7

キンケイド＝ウィークスとグレガーは、「選択と責任の瞬間を求めてサミーが過去を探せば探すほど、彼のもつ決定論的世界観がいよいよあらわになる」（Kinkead-Weekes and Gregor, 3rd ed. 139）と、正しく指摘している。それと同時に、サミーによる「決定論」の選択は、サミーがパターン構築に奮闘する現場、すなわち第三モードで起こっているということも、私たちは理解しておく必要がある。

先に見たようにメンディローは、記憶とは、「出来事を、感情込めて解釈した結果」と看破した。これはアウグスティヌス以来受け継がれてきた記憶観でもある。『告白』第一〇巻でアウグスティヌスは、回想という行為は、なんらかの一貫性の型を課す行為であるとし、回想は「過去の出来事を、生きたり関係をもったりしてきた物語の一部として、その文脈のなかに入れる」（Stock 223）のだ、という内容の議論を唱えている。「決定論」もまた、〈型〉を課しパターンを押しつけるものに他ならない。サミーの「決定論」は、自分の人生における出来事を押し込もうとしているその〈型〉や〈パターン〉の別名である。ジョンストンは、「ピンチャー・マーティンとは違って、サミー・マウントジョイはパターンを押しつけようというのではなく、パターンを見つけ出したいと切望しているのだ」（Johnston 53）と指摘しているが、それは間違っている。サミーもまたクリス・「ピンチャー」・マーティンに劣らず、パターンを押しつけることに躍起になっているのである。

第三モードのサミーは小説冒頭部で、次のような哲学めかした所見を披露している。

私たちが犯す過ちとは、自分たちが抱えている限界を、可能性の限度と混同してしまい、宇宙を合理思考の帽子か何かの中にさっさと押し込めてしまうということだ。しかし私は、私自身を含められるようなパターンの気配は、見つけられるかもしれないと思う。たとえ、周縁部分はぼやけて無知の領域へと交じり込んでしまうとしてもだ。（Golding, *FF* 9）

サミーは、一貫したパターンを発見する見込みについて、希望と絶望のあいだで揺れ動いている。パターンを放棄するかのような態度をとりつつ、サミーは自分の人生を決定論の枠によって再検討しているのだ。そしてそのことが、第一の時間モードと第三の時間モードの相互作用というかたちで表出するのである。

たとえば第三モードのサミーは、昔下宿していた老人が亡くなったとき、死体の目に置かれたペニー硬貨を、第一モードのサミー少年が盗もうかと一瞬思った、という件を書いたうえで、「もしここで、この二枚の硬貨は、私の霊的視力を失った後の両目に置かれたのだった、というような具合に、この物語を成型して書いたとしたら、それは文学趣味だと誹られるだろう」（25）と続けて書き、因果応報のパターンに従った物語作りを拒否してみせる。だがそのくせ、第三モードのサミーはパターン構築に未練をもたずにはいられない――

今の無知な当て推量を、何かのパターンにはめ込もうという努力を私が即座に払ったことに気づいて、われながら皮肉なおかしみを感じている。しかしそうは言っても、あらゆるパターンは次々に破綻を迎えてきたこと、そして人生とはランダムなものだ、ということを思い出してもいる。〔中略〕では、私はなぜ書くのか？　まだ何かのパターンを期待しているのか？（25）

パターンや予断が無いナイーヴな読みの境地――受容美学の旗手ヤウス（Hans Robert Jauss）が「期待の地平」と呼ぶものを、(12) 出現させずに読むという実践――は、実際に突き詰めるとなると、きわめて困難を伴うものである。

サミーが決定論のパターンに頼ってしまう例をもう一つ挙げよう。終戦後サミーは、ビアトリスに謝罪して赦しを得ようと、行方を捜す。だが見つかった彼女は、早発性痴呆を患って意思疎通ができない状態であった。聞けば、痴呆の発症は七年前で、サミーに捨てられたことが主因であるらしい。サミーは昔を思い出させようと強引に迫るが、問い詰められたビアトリスは、床の上に失禁するという悲しい反応しか返さなかった。

すっかり滅入ったサミーは、思わず「メイジー、ミリセント、それともメアリ、というわけか」とつぶやく（245）。ここでサミーはビアトリスを、幼い頃の同級生で、自分の名前すら答えられない重度知的障害児だったミニー（Minnie）と結びつけている。当時ミニーは、教室で自分の名前を言うよう迫られ、Mで始まるいくつかの名前――「メギー？　マージョリー？　それともミリセント？」（35）――を誘い水として突きつけられたとき、ストレスのあまり教室の床に失禁したのだった。パトリック・オドネル（Patrick O'Donnell）は、サミーが「パターンを創作し、のちにビアトリスと対面するクライマックスの場面において完成を見る、一連の予示を敷設している」（O'Donnell 87）、と正鵠を射る指摘をしている。サミーは、予型論的とも言えるようなパターン作りを、常に念頭に置いていたのである。

ゲーリー・ソール・モーソン（Gary Saul Morson）は、文学手法の一つである「伏線（foreshadowing）」について、これを一種の「逆行の因果関係（backward causation）」だと説明し、さらに、「運命決定論を信じる作家の場合、そういった時間感覚を伝えるのに、伏線は理想的な方策である」（Morson 7）と主張している。まさにこれこそサミーの手口である。自分の人生を書くにあたって「伏線」をフル活用し、自分にまつわる小宇宙（universe）のすべてを運命論的・決定論的な展望――「帽子」――のなかに「さっさと押し込む（clap）」のである。

カーモードの論じるところによれば、人間は詩人と同様に、「誕生するときには〈物事のまっただ中へ＝イン・メディアス・レス〉に飛び込み、死ぬときも〈物事の途半ば＝イン・メディイス・レブス〉で死ぬのであり、そのあいだの道のりについて意味を理解しようとするには、人生や詩に意味を与えるのと同じような、始原と終末との架空の調和が必要になる」（Kermode, *Sense* 7）存在だという。よって、人間は「事実によるよりもパターンに依存して生きるという永続的な必要性」（三）を抱え込んでいる、とする。

よく似たことを、ゴールディングも、『自由落下』のなかに印象的な比喩で書き込んでいる。人間にとって「生きることは何ものとも似ていない、というのも、生はあらゆるものを意味するからである。何の補助も無しで思索するには、あまりに微妙であまりに内容が詰まりすぎている」ので、人は「拳でしたたかに殴りつけてくるその打撃に、日々生きる暮らしの実践でもって対処し、なんとか愛撫という程度にまで和らげる」（Golding, *FF* 7, 162）という行為を求めるのだ、というのである。再びカーモードの言葉を引こう——

> いかなるプロットも決定論的パターンの存在を示唆するのだが、われわれが関わっていくのは、そうした決定論的パターンが、プロット内部で個人が選択を実践できるという自由とのあいだで起こす、その葛藤に対してである。そして、個人の選択の自由は、プロット構成すなわち〈初めと中間部と結末の関係性〉に対して、個人が変更を加える自由につながるものである。（Kermode, *Sense* 30）

ゴールディングとカーモードの考えは面白いほど一致し、呼応している。

ここで、カーモードがカイロスのことを「結末との関係に由来する意味を負わされたもの」と規定していることを想起したい。サミーの場合で言えば、変えようのない〈結末〉として厳然と存在しているものとは、現在のビアトリスの悲しい現状にほかならない。これとの関係性が、サミーのカイロスに意味を付与しているのである。たとえば先ほど見たミニー失禁の挿話の回想も、既定の〈結末〉に説明をつけるのに役立ってくれそうなカイロスを、サミーがなんとか作り出そうとする努力が生んだ結果の一つである。ここにはベルクソンの解説が見事にあてはまる——「ある概念が生まれるとき、その概念は自らの出現を正当化するために、その概念の説明を提供する一連の前触れ的事象をも召喚するのであるが、その事象は、当該の概念の原因のように見えて、じつはその結果の産物なのである」(Bergson 157)。こうして、痴呆のビアトリスは、サミーのパターン構築を、転覆すると同時にまた始動してもいるのだ。

モーソンが提唱した用語にしたがって、サミーの人生物語構築法を「バックシャドーイング（backshadowing）」——「事実が発生した後での伏線」(Morson 234)——と呼んでもいいだろう。そのバックシャドーイング（＝後付けの伏線）にも三種の時間が関わっている、とモーソンは主張する。

> 〈バックシャドーイング〉手法は、意義深い三つの時間に基づいていると言えるかもしれない。第一に、検分の対象となっている時間。第二に、その時間の結果の産物である時間、そして最後に、現在という時間である。その現在において、〈バックシャドーイング〉を実践する観察者は、以前の時間に対する判断を下すのである。〔中略〕第一の時間は、第二の時間を目指す矢印標識を含んでおり、第三の時間を読み込んだのである。(234)

この「意義深い三つの時間」のうち三つ目に相当するものが、本章の分類によれば、第三の時間モードである。サミーによる自伝執筆の試みとは、バックシャドーイングの行為に他ならず、その行為においてサミーは、これまでの人生の現実という「結果の産物」にうるさくつきまとわれつつも、決定論という枠組みにすがることで、自由喪失という出来事に関する自己正当化を試みているのである。

8

サミーは、出来事のうちからいくつかのエピソードを取り出して自伝のなかに再現してきたわけだが、再現されたエピソードが有意義である理由は、「それがふっと出現（emerge）したから、という、ただそれだけ」というもので、しかも「私の物語の直線的進行にはほとんど貢献しない」（Golding, *FF* 46）のだと、そうサミーは明言する。しかしそれはあたっていない。たとえ下意識的にではあっても、そして、たとえ「直線的進行」は志向されていないとしても、彼は、プレーローマという一貫性のあるパターンを構築する材料とするために、特定の出来事をカイロスとして選り抜いていたのである。

しかし、たった一つだけ、彼の心のなかに真の意味で「ふっと出現」してきた記憶がある。それは、例の小部屋からついに解放されたときのエピソードであり、小説のまさに最終ページに、ぽつりと配置されている。

『自由落下』の最終章のほとんどは、成人したサミーがニックとプリングルを再訪したときの様子を描写する内容である。この訪問も、ビアトリスとの再会に負けぬほど陰鬱なものだった。サミーは、自分が今のような人間になった責任は、サミー自身と彼らの双方にあることを告げ、そしてそのうえで、自分がビアトリスからは得られなかった赦しを、今度はこのふたりの教師に与えようという意図を抱いていた。しかし、再会したニックもプリングルも、意思疎通の望めない厚い壁の向こう側にいた。この一つ前の章においてサミーは、ニックの世界とプリングルの世界が「私のうちで出会う（Both worlds meet in me）」（244）という認識を固めていたのだが、この訪問によりサミーはすっかり失望し、二つの世界には「架け橋などない」（253）のだと諦めてしまう。「架け橋はない」というこの発見こそ、サミーが自伝を書くことでこれまでずっと探究してきた人生の結論であり、すべてを包括しうる「私自身を含められるようなパターン」を作ろうと努めてきたその上がりとして、サミーは結局こういう敗北宣言に至ったのだ――と、一見したところ確かにそのようにも思われる。しかし、物語はそこで終わらない。

「架け橋はない」という一文の後には、空白の行が置かれている。この空白行は、サミーがここでいったんペンを擱き、ポケットにしまったことを意味する（Kinkead-Weekes and Gregor, 3rd ed. 166 や Johnson 68 を参照）。これはサミーが、自分の物語の書き手そして操作者であることを止める行為であり、すなわち第三の時間モードの終了である。第三の時間モードは第二モードの最後の一片であるわけだから、ここで第二モードも同時に終了することになる。そして、サミーが人生を再検討して意図的なパターン構築を行う生産物としての第一モードも、やはりここで途切れる。

このように、三つのモードは、まったく同じ時点で終わるわけだが、その三つのモードがそろって終わった後、付け足しのような一節が、湧いて出たかのように続けられる。サミー自身がこれで自分の人生物語を語り終えたと思った後に、一つの記憶がサミーを訪れたのである。実はこれこそが「単にふっと出現するだけ」の記憶であり、この本を書く前にサミーが記憶を「総ざらい」したという、彼のその sweep に引っかからなかった記憶の場面である。アウグスティヌスの表現を借りれば、これこそが、「別のものを欲して探し求めているときに、群をなして飛び出し、あたかも〈ひょっとして私をお捜しですか〉といわんばかりにしゃしゃり出る」（74; bk. 10, ch. 8）というたぐいの記憶の一つだ、と言えよう。[13]

空白行の後の一節が描くのは、アンチクライマックスである。拷問部屋と思われたものを解放後に振り返って見ると、それはただの掃除用具入れにすぎず、床に転がる死骸の肉片とサミーが思い込んでいたものは、他の掃除用具が取り出された後に「忘れられたか〔中略〕あるいは故意に〔中略〕そこに残していったか」(Golding, *FF* 253)の、単なる湿った雑巾であったことが判明するのだ。

> まばゆい光が三角形になって、コンクリートの床を照らしだし、急に見えるようになった床の上を総ざらいする〔sweeping〕ように伸びた。〔中略〕膝をつく姿勢から立ち上がり、私はズボンをたくし上げるようにして押さえながら、覚束ない足取りで裁き人〔訳註：ハルデ博士〕のほうへ歩いた。しかし、裁き人はいなくなっていた。
>
> 司令官が戻ってきた。
>
> 「マウントジョイ大尉。これは起こってはいけないことでした。申し訳ない」〔中略〕
>
> 司令官は尊大な態度で、収容所へ戻るドアを指さした。次に司令官が発したことばは不可解〔inscrutable〕で、まるでスフィンクスの謎かけのように、その後私が頭を悩ませることになることばだった。
>
> 「あの博士先生には、人々たちのことがわかってないのです」(253)

もし時系列を守るなら、この発見は、小説の第九章と第一〇章のあいだに置かれるはずの一節だ。だが、もしそこに配置したとしたらどうなるだろう。雑巾発見の顛末を書く筆致には、きわめて荒涼とした幻滅が込められている。ここから、第一〇章の高揚した文体——「ペンテコステ的」だの「復活した人間」だのの、過剰なまでにスピリチュアルなことば遣い——へと直接続けたりしたら、それはそれは不自然きわまりない流れになっていたことだろう。雑巾発見の一節でサミーは、司令官のことばを「不可解」なものと書いている。その直後に第一〇章が続いたとすれば、他人のことばが「不可解」だと自分が今も悩み続けていることを認めておきながら、直後に「ペンテコステ」体験を得たことになる。使徒行伝第二章によれば、ペンテコステ体験とは、あらゆる言語の壁を打ち砕く力をもつもののはずだ。ペンテコステの後に人のことばが不可解であるはずがないのだ。こうして、サミーが言い張る「ペンテコステ的」変容も、かなり真偽のほどが怪しくなってきた。

右の引用には、光の三角形が「総ざらい」するように差し込んでくる、という描写もあったが、これも、サミーに対してはきわめて皮肉な効果をもつ。サミーは、この本を書くにあたって自分の過去の「総ざらい」を済ませていたつもりだったのだから。しかし自分では本を書き上げた気持ちになったところへ、彼の「総ざらい」を逃れた記憶の断片が、三つの時間モードの全領域の外側から、「明るい光」のように「総ざらい」しながら飛び込んできたのだ。おかげでサミーのペンテコステ体験の信憑性にも、そして決定論を選んだ彼の選択の欺瞞にも、光が浴びせられるのである。

じつを言うと、サミーのうっすらとした懸念は、小説の冒頭からすでに見え隠れしていた。そこには、ちょうど自伝の序章のようなかたちで、〈ペンテコステ的体験〉への軽い言及があった。そのときのサミーの口調には、ヴィジョンに酔いしれる興奮よりも、むしろ幻滅と当惑の色合いのほうが強かった——「炎の薄片が降り注ぐのを感じ、それはまさに奇跡的でペンテコステ的だった。〔中略〕なのに私は不合理で支離滅裂なるものに今も引き裂かれていて、自責の念に駆られ、狂ったように捜索を続けている」(5)。つまり、回想録のまさに劈頭において、あの〈ペンテコステ的体験〉の正当性は、サミー自身の目にとってですら、疑わしいものだったのだ。しかしそれでも、サミーはこの当初の懸念に蓋をして、自分の物語をつづってきたわけである。

9

『自由落下』の末尾に置かれた幻滅体験の一節は、もちろんゴールディング一流の「ギミック」である。本作における「ギミック」利用については、批評家の多くが当然気づいているのだが、その重要性と絶大な効果を十全に理解している批評はほとんどない。たとえばタイガーはこの「ギミック」は「調和的な役割を何ら果たしていない」（Tiger, *Dark* 159）と断じているし、ギンディンに至っては、小説の最後の二章分をまとめて「ギミック」と見なしており、問題の一節が単独で発揮する転覆効果を見損ねている。

だがサミーにはその潜在力がわかっていた。だから彼は、第九章を書き終えて第一〇章へ筆を進める際に、幻滅をもたらすアンチクライマックスを書くことを回避したのだ。自分がせっかく作り上げてきた回心の物語を、この一節が破壊してしまうだろうことを、第三モードのサミーが感づいたからである。

J・デルベール＝ギャラン（J. Delbaere-Garant）は「床の上の雑巾という証拠があるにもかかわらず〔中略〕、ペンテコステ的体験をサミーは確かに味わったのであり、そこで見たヴィジョンは永遠にそのままの姿でサミーのもとにあり続ける」（Delbaere-Garant, "Time" 364）と主張するが、実情はむしろその逆だ。床の上の雑巾は、サミーのパターン構築がきわめてご都合主義によるものだったことを暴露する。「ギミック」場面は、サミーの監禁体験の意味についての再検討を、読者に迫る効果をもっている。というのも、この「ギミック」の効果を理解している数少ない批評家のひとり、小沼孝志が言うように、サミーの「ペンテコステ的」ヴィジョンの信憑性は、サミーが掃除道具入れで味わった恐怖の質と重み次第で決まるからである――「光輝あふれ、歓喜の音楽をかなでる宇宙というヴィジョンは、他ならぬ独房での深刻な苦悩が裏付けとなっている以上〔中略〕、肝心な場面をはさんで見なおすと、その前後のクライマックスはパロディーと化してしまう。〔中略〕ここに作者ゴールディングの意識的な配慮がある」（小沼、一四頁）。「ギミック」部分が描くエピソードは、サミーが企画しているプレーローマにとってはきわめて不都合なものとして、忘れられたか無視された（あるいは、作者ゴールディングが「故意にそこに残していった」）断片なのだが、それが突然表面に「出現」して、サミーの決定論的なパターン構築を壊乱する。くだんの雑巾は、「ギミック」場面を濃縮した縮図的物体だとも考えられるだろう。

この重大な「ギミック」セクションと、三つの時間モードとの関わりを再整理しておこう。「ギミック」セクションが明かす内容は、第一モードが作り上げてきた一貫性のある物語の進行からは隠蔽されていた。そして、一方向に直線的に流れる第二モードからは取り残されていた。第三モードのサミーも、下意識でこれに目を背けていた。「ギミック」セクションは、クロノスの一部になることを拒否し、またサミーにとって都合のよいカイロスになることも拒絶する。このセクションは、サミーの下意識がいくら忘れようとしても、常に直接関与を迫る現在的な厳然たる事実として、ひっそりと存在し続けてきたのである。

目に見えない中心部を秘めた、あの暗い監禁部屋すなわち掃除用具入れは、パターン構築作業が始終続けられている、心のなかのうつろな空間を象徴している。これはまた、サミーが幼少期にワッツ＝ワット神父の牧師館に引き取られ、寝室をあてがわれたときに目にした、部屋の壁に空いたひびを連想させる。サミーの視線を引き寄せるそのひびは、「そこから想像力がいくつもの人の顔を作って引き出してくる生《なま》の素材」（Golding, *FF* 153）だった、とサミーは言う。(14) サミーがのちに監禁された掃除用具入れも、ちょうどそのような存在である。掃除用具入れの描写はこうなっている――

小部屋の暗闇はいろいろな物影で充満していた。そいつらはうごめき、自己増殖するのだ。つっとやって来て、原始の混沌の目の前でゆらゆら漂う。〔中略〕一般化されたのっぺりした暗黒以上のものとなって、小部屋の中央部は、憶測が産む形象〔shapes〕でごぼごぼ煮えたぎっていた。まるで井戸だ。（174–175）

その暗黒のなかで、さまざまな妄想――老下宿人の屍体、蛇、肉片――がサミーを襲うが、それら「原始の混沌」の前に浮かぶイメージや「形象」は、すべてくだんの暗い空虚感に由来するものである。そもそもサミーは、人間の心の普遍的な状態について、「彼の中央部に腰を据え、理解しそして理解されることを絶望的に切望している〔中略〕名状しがたい、計り知れない不可視の暗闇」（8）だと考えていた。「理解しそして理解される」ために、心は一貫性のある何らかのパターンを紡ぎ出そうとする。「ギミック」セクションのサミーの場合、パターンや「形象」を創出することができたのは、あの暴露的な雑巾が目に見えないあいだだけだった。存在が確認された途端、雑巾はすべてを幻滅に追い込む。司令官のことばを借りれば、サミーのパターン創出こそ、「起こってはいけないこと」だったのである。これと同じことが、自分の半生全体を説明してくれるパターンを探すサミーの試みについてもあてはまる。

サミーは、第二の時間モードという、不条理で空疎で「人間的な意味において興味を喚起しない」時間進行によって人生を見ることに耐えられず、いくつものパターンや物語を構築してきたわけだが、『自由落下』には、サミー以外にも、数名のストーリーテラーが登場する。たとえば虚言癖のイーヴィや、被害妄想ゆえにさまざまな虚偽の話をこしらえてしまうワッツ＝ワット神父、学校時代にサミーをいじめておきながら今では画家サミーの形成期に自分が好影響を与えた――「自分がサミーに注いだ厚情が、サミーが世の中に送り出し得る美の数々を、育む役割を負っていた」（252）――と本気で考えているプリングルなどである。だが、サミーに最大の影響を及ぼしたのは、なんと言っても彼の母親である――「すべてのことの奥底には、もちろん、私の誕生や架空の恋人に関して母が捏造した奇想話があるのだった」(162)。

サミーによれば、彼の母親は、その向こうには虚無しかない「後ろ向きのトンネル(the backward tunnel)」を埋めてくれそうな「暖かい暗闇」(15)、と表現されるような、非物質的な存在である。彼女をことばで描写することはできない。なぜなら、「人間の言語なんて〔中略〕、母の暗闇と暖かさに比べれば、数万年も幼い」(16)からである。前述した「原始の混沌」を体現する人物と見ていいだろう。その混沌――「黙ったまま真ん中に存在している母という名の空隙」(16)――が、パターンを紡ぎ出す源泉の原型だった。母親は私生児サミーの父親の正体について、自分でさえ本当だと思えない物語を語って聞かせていたが、それをサミーは喜んで受け入れていた――「私たちふたりとも信じてはいなかったが、そのぎらつく神話は汚れた床の真ん中に置いてあって、ふたりともそれをありがたく受け入れたのだ」(11)。

ゴールディングがここで、「汚れた床の真ん中に置いてある」という言葉を周到に使用していることに、私たちは注目しなければならない。このフレーズによって、母親の虚言は、掃除用具入れの幻滅という「ギミック」セクションへと結びつくのである。サミーはいわば母親に倣って、中心部の空白を恐れつつも活用し、都合のよい「形象」やパターンを捏造し、そのままでは意味をもたない人生を埋めようと、身を削るような努力をしてきたのだ。

「ギミック」が連想の力で暴くのは、サミーのこの捏造行為だけではない。かつてサミーは、ビアトリスへの熱情が急激に冷めた頃、以前彼女をモデルにして描いた絵を見ながら、「心が心自身をだます力」を痛感したことがあった――「むろん、彼女の顔に光など宿っていなかった。皮膚の下にはシミや汚点があるのだった。〔中略〕彼女がもっている唯一の力とは、いまや告訴人としての力だけだ、世間に知られたくない恥ずべき過去を棚に隠していること(the skeleton in the cupboard)を思い知らせてくるのだ」(128)。サミー自身は気づいていないが、第三モードの彼がこのことを記す執筆行為には、皮肉が潜在している。まず、「棚に隠した骸骨」というフレーズが、後に精神病院に収容され世間から忘れ去られる痴呆状態のビアトリスを、うっすら予示しているという点。そしてさらに重要な皮肉は、このフレーズが、掃除用具入れのなかに転がっているとサミーが想像した死体の肉片、つまり、最後にサミーのパターン構築の努力を完全に転覆させるきっかけになるあの虚像を、想起させる点である。

これらの皮肉や相互矛盾を包括する、「床の真ん中に置いてある」忘れ去られた雑巾のイメージは、二つのことを象徴していることになる。第一に、サミーのパターン構築作業を破綻に導くべく、はじめから内在していた瑕疵。そして、それと同時に、自らを埋めるためのパターンを次々に産み出す、創造的で、うつろな「空隙」――無理に名付けるとしたら、バルトがソシュール（Ferdinand de Saussure）やH・フレ（H. Frei）のいう〈ゼロ記号〉やレヴィ＝ストロースの「浮遊するシニフィアン」概念から借りてきて練り上げた、〈ゼロ度の概念〉ならば、当たらずと言えども遠からずだろうか[15]――そのような空虚である。

10

こうして「ギミック」セクションに書かれている内容を吟味した結果、右のような結論が導かれた。しかし、「ギミック」セクションが、サミーが自分の物語を終えたと思った瞬間に自然に浮上する、という現象の面に注意を向けるならば、また別の結論が加わってくることになる。そしてその結論は、サミーを解放し自由の身にする可能性を携えているのである。

「ギミック」セクションは、サミーが設定した物語・パターンの枠の外から、「ふっと出現」したものだ。枠外から、ということは、サミーの執筆行為には何らかの枠線なり境界線なりがはじめから前提されていたことになるだろう。サミーはこの回想録を書くにあたって、記憶された時間のすべてという無限の広がりを「総ざらい」する、という新しい試みを宣言していたのだが、じつはそこは、またもう一つの新しい「芝生の区画」や「有限の空間である画布」に過ぎなかったのである。つまり今回のサミーの自伝執筆も、本人の言に反して、単なる枠組み作りだったのだ。だが、その枠組み作りの完遂を、くだんの「ギミック」セクションが阻止する。唐突な「ギミック」の出現は、物語完結を回避する可能性と必要性を示している。決定論のフレームで形成されてきたサミーの人生物語は、こうして未完に終わるのである。

小沼は、「ギミック」と小説冒頭部を関連づけて精緻に読みながら、「サミーの意図する探究は終りのない繰り返しになるほかないことを暗示している」構成だ、と断じている（小沼、一八頁）。炯眼である。だが、小沼がその構成に、作品の曖昧さとある種の弱さを見ている点については、少々異議を申し立てたい。サミーの物語は、まず周到なパターン構築によって作られ、そして次に、きわめて想定外なかたちで破壊される必要があった。破壊によってサミーはまた苦悩を負うことにはなるのだけれども、しかしその破壊を経ることによってのみ、彼の人生は自らが課した決定論のパターンを脱し、また別のかたちに書きなおされ解釈されなおす可能性に向かってひらかれる。第三の時間モードで、サミーは自分の人生を再度書く行為に没頭することで、その行為のあいだだけとはいえ、自由を取り戻せるのである。それも、「ギミック」セクションが彼に提供してくれる空隙のおかげだ。

アウグスティヌスの『告白』において、放蕩者だったアウグスティヌスに回心をもたらすきっかけになったのは、近所の子どもが歌う遊び歌のなかの「手に取って読め（*tolle, lege*）」という文句に誘われて、聖書を手にとって読むという体験である（第八巻第一二章第二九節）。この「手に取って読め」経験と同様の契機が、サミーにとっては予期せぬかたちで、しかも彼の意図を裏切るかたちで、サミー自身に向かって発動されたのである。掃除道具入れに監禁されたとき、サミーは、第九章では床の上に死体や蛇が横たわっているという妄想を繰り広げたが、じつは興味深いことに、そこでふと「私があらゆる答えを読みとるのを待っている本」（178）のイメージが、サミーの頭をよぎっている。アウグスティヌス的「手に取って読め」体験が、そこに待ち受けていることを、サミーはうっすらと予感していたのである。そのときは、サミーは自分の意図する回心物語パターンを構築する作業を優先して、この予感を封じ込めていたのだが、ふっと立ち上る「ギミック」は、〈手に取って読め〉体験と化し、サミーに自分の回心物語を読んで再確認することを要請し、そしてその物語の枠を打ち砕き、書きなおしを迫る。

書きなおしに携わるあいだ、第一モードのサミーと第三モードのサミーは、自分の人生に対する解釈の重力場において、「自由落下」のような無重力状態のエアポケットに宙吊りになる苦悩を、またもや味わうことになるだろう。しかしそこはまた、書く行為の持つ忘我的アエウム「純粋持続」を体験できる場でもある。そしてその状態でこそ、「立ち戻って選ぶ」という選択の自由も、与えられる可能性が生じるのである。[16]

それは完全な自由ではない。ゴールディングは小説『自由落下』を発表した三年後に、講演原稿「寓話」（"Fable"）を書いた。そのなかで彼は、読み手に自由な解釈をする権利が与えられたため、小説の書き手にも執筆意図を詰問されないで済む自由が与えられたように見えるが、それも「せいぜい、つなぎ紐が長くなっただけ」（Golding, "Fable" 101）というくらいのものだ、と述べた。サミーに与えられる自由もその程度のものであり、〈手に取って読む〉という、〈読み手〉サミーが実行する再解釈行為によって、「純粋持続」は突き崩される時を早晩迎えることになる。しかしそれでも、その〈紐でつながれた自由〉は、書いて読み読んで書くという行為の魔性にとりつかれた者のために、『自由落下』が密かに用意している恩寵なのである。

注

（1）厳密に言えば、*kairos* の複数形を用いて「カイロイ（*kairoi*）」と呼ぶべきなのだろうが、本章では煩雑さを避けるため、カナ表記では単数も複数もすべて「カイロス」と呼ぶことにする。

（2）リクールならプレーローマのことを「人間的時間（human time）」（Ricoeur 1: 3）と呼ぶだろう。

（3）その希望が達成したときの結果は、本章が第一の時間モードと呼ぶ層において顕現することになる。

（4）ベルクソンからの引用文は、F・L・ポグソン（F. L. Pogson）による英語訳から、本書筆者が和訳したものである。なお、該当箇所を中村文郎訳から引くならば、「空虚な空間のうちに並べられた数学的点の系列」（ベルクソン、一〇一頁）である。

（5）ベルクソンは純粋持続の経験を記述するのに、このように〈メロディ〉という比喩を持ち出すことが多い。

（6）この protraction という英訳語にずばりと対応する言葉は、服部英次郎訳『告白』にも宮谷宣史訳『告白録』にも出現しない。

（7）このうち「直観」については、服部訳では「直覚」（下巻一二三頁）、宮谷訳では「直視」（二三九頁）と訳されている。

（8）この英訳語 distended に対応する箇所を、服部訳は「分散」あるいは「飛散」（下巻一四〇頁）とし、宮谷訳は「分解」あるいは「分散」（二六三―二六四頁）としている。

（9）ゴールディングが一九七九年に発表した問題作『可視の闇』に登場するソフィの口調を借りて言うなら、「〈コースどおりの進路〉を進む」生き方にはまり込んだ瞬間、とも言えよう。本書第八章第3節を参照されたい。

（10）「ダマスコへの道」とは、新約聖書使徒行伝第九章に描かれているエピソードの呼称で、キリスト教徒を迫害することを生き甲斐とするサウロが、ダマスコを目指して旅をしている途上で、突然天からキリストの光と声を受け、地に打ちのめされ三日間盲目となった後、回心して改名しキリスト者パウロになる、という内容である。

（11）言わずもがなだが、この行為のなかには〈自分を読んでいる（解釈している）〉〈自分が読まれている（解釈されている）〉という構図がある。

（12）ヤウスによれば、「これまで知らなかった作品を初めて知るという文学的経験にも、『予知』が付随して」いて（ヤウス、三六頁）、それが「ジャンル、様式、あるいは形式の約束によって規定されている読者の期待の地平」である（三八頁）。そして、「新しいテクストは、読者（聴き手）に対して、それより前のテクストで親しんでいた、さまざまな期待とルールの地平を呼びおこす。次いでその期待とルールは変異型を与えられ、修正され、変更され、あるいはまた単に再生産される」（三七頁）。

(13) 本書第一二章第6節で見る議論を参照されたい。小説『底の熾火』の第一四章もまた、いったんは秘匿されかけたが結局明示されることになった断章なのであった。

(14) ここでレヴィナスの言う「顔」の概念を再び連想するのも、的外れなことではなかろう。

(15) バルト、「記号学」一八〇—一八一頁参照。バルト自身の説明によれば、「ゼロ度とは〔中略〕何もないことの意味ではない。〔中略〕ゼロ度とは、ないことが意味（記号作用）を持っていることである。〔中略〕ゼロ度は、すべての記号体系が『無から意味を生ずる』力を持っていることの証拠となる」（一八〇—一八一頁）。

(16) 少々長くなるが、ベルクソンの『存在と自由』結論部から引用しておこう——

> 私たちは深い反省によって第一の自我〔真の自我〕に到達し、この反省は、私たちの内的状態を、絶えず形成途上にある生き物として、測定には従おうとはせず、相互に浸透し合い、持続におけるその継起が等質的空間における併置とは何ら共通点をもたないような状態として、把握させるのである。しかし、私たちがこのように自分自身を捉え直すのは、稀であり、この故に、私たちが自由であるのは稀なのだ。たいていの場合、私たちは自分自身に外的に生きており、自我については、その色褪せた亡霊、純粋持続が空間のなかに投影する影〔注：本章で言う「第二の時間モード」〕にしか気づかない。〔中略〕自由に行動するということは、自己を取り戻すことであり、純粋持続のなかに身を置き直すことなのである。（ベルクソン、二七五—二七六頁）。

また、読者論に関連づけるなら、ここで石原千秋の議論を援用することもできよう。石原は、フィッシュの解釈共同体やヤウスの「期待の地平」概念を参考にしながら、「内面の共同体」という概念を提唱する。これはすなわち、解釈コードを実際に共有するという実感すらなく、「何かを共有している感覚」だけを共有する、という、読者の幻想の共同体である。その上で石原は言う——「間主観的な内面の共同体が、個別的な解釈の更新によって食い破られていく〔中略〕。しかし、もともと小説は解釈の更新を許すジャンルだという社会的な共通認識がある。その結果、内面の共同体は常に未完のまま、来たるべき内面の共同体を待ちこがれなければならない。内面の共同体は、間主観性と個別性とが共存する奇妙にねじれた形で形成されるのである」（石原、二二〇頁）。石原のこの説明は、本節で述べているサミーの状況にかなりよく当てはまる。

第五章　読ませるゴールディングから読まれるゴールディングへ——転機とその後

1

ここまでの各章でたどったとおり、彼の小説には、限定された視座や、読み方の一本の道筋をかっちりと想定し、いわば読者の首根っこを捕まえるようにしてそれを強制してくるところがある。さらにゴールディングは、視点の切り替えを頻用する作家でもある。だから、その一本の道筋が、一本ではありながら、唐突に曲折することが少なくない。読者は、まずある視点への同化を強力に迫られ、そしてその後かなり唐突な仕方で、せっかく慣れたその視点から引きずり出される、という経験をさせられるのだ。ゴールディング研究の代表的な批評家で、私生活においてもゴールディングの夫婦生活に影を落とすことになったタイガーは、ゴールディングの読者操作の手腕を次のように要約している——「ゴールディングのあらゆる小説においては、読み手と書き手双方の反応が入念に考慮され、また先読みされており、それはチェスのゲームに喩えることができる」(Tiger, *Unmoved* 256)。チェスの対戦者の一手一手を見切るようにして、読者の自由を封じ込める。その拘束力が異様なほど高いという点が、ゴールディングという小説家の一大特徴なのである。

だが、本書序で見たように、ゴールディングは読者からの反応を恐れてもいた。読者の反応を支配する反面、読者からの反応にある意味で支配されていた。そんな作家ゴールディングは、彼が生きた同時代の新しい読者論に対し、どのような態度をとっていたのだろうか。対談記録や伝記などの文献から検証が可能な事実を並べてみよう。

作品の著者よりも読者のほうが作品をよく理解できることがある、という可能性について、一九五〇年代のゴールディングは明確に否定的な立場をとっていた。一九五九年八月二八日、『自由落下』があとは印刷製本を待つばかりになっていた頃、ゴールディングはＢＢＣ第三局の番組でカーモードと対談を行った。カーモードが「ここであの、Ｄ・Ｈ・ロレンスが発した有名な警告のことば、『物語を語る者を信用するのではなく、物語を信用せよ』を引き合いに出してもいいでしょうか」と問いかけたのに対し、ゴールディングは「あんなのは、ナンセンスの極みです」と、言下に否定している (Golding, Interview with Kermode 9)。[1] 同対談でゴールディングはさらにことばを続け、「物語を語る人間は、〔中略〕自分が書いていることを当然正確にわかっているものだし、芸術家のことを、天啓を受けるおめでたい夢想家で、〔中略〕自分が地べたに残す足跡がどんな風になっているか本当にはわかっていない生き物だ、なんて考えるようなたぐいのことは、まったくもって真相からかけ離れていますよ」(9) と断じた。

同年九月一二日――『自由落下』出版の約一ヶ月半前――に収録されたＢＢＣテレビ番組『モニター』(*Monitor*) においても、ゴールディングは同様の発言をしている。インタビューアーが「読者のほうがあなた自身よりも、あなたの小説をよく理解している、ということは、起こりうると思いますか」と尋ねたとき、ゴールディングはこう応じている――

読者は、作者とは違った理解の仕方をすることはあり得るでしょうが、よりよく理解することはできない、と思いますね。なぜなら、〔中略〕作者は自分の本を書いているときには、〔中略〕どんな批評家も知り得ないようなほど、たとえ二十回読んでも知り得ないようなほどに、その本を知るようになるからです。芸術家を、自分のやっていることの制御もできないし理解もしていないおめでたい幻視者、というイメージで捉える見方には、私は賛成できません。（qtd. in Biles 53）

だがその後になって、ゴールディングは宗旨替えをしたらしい。ゴールディング自身のことばが、その「宗旨替え」を裏書きしている。一九七六年五月に「動く標的」と題してフランスのルーアンで行った学術講演のなかで、ゴールディングは『蠅の王』着想にまつわるエピソードを語った後、(2) 自分の執筆の意図についてこうコメントしている。

少年や人間が、現実に行動するとおりに行動するところを描く物語を書こうだなんて！　なんたる傲岸！〈作者の神授の権利〔the divine right of authors〕〉なるものを当たり前のように振りかざす、その厚かましさ！〔中略〕では、私はどうやって主題を選んでいるのだろうか？　選んだとして、自分がやっていることの意味を、私はちゃんとわかっていたというのか？（Golding, "Moving" 163）。

ここでゴールディングは、「作者の神授の権利」を当然視していた自分の過去の行状に、自分でもあきれている、という様子を見せている。また、一九八二年時点の対談でもやはり、読者の多様な解釈を容認する姿勢が見える。対談者ジェイムズ・R・ベイカー（James R. Baker）が『後継者たち』に関する独自の読みを示したとき、ゴールディングは「ある時点に来ると、そこからは読み手が意味を読み込むようになるんですよね。物語に何らかの妥当性がある場合、つまり、物語が平板でないような質を備えている場合には、その物語は多様な解釈を必然的に許容するものです」(Golding, Interview with Baker 140) と答えている。さらに、一九八五年に行われた対談においても、ゴールディングは対談者ケアリの読みの鋭さを褒め、それを「たぶん自分の推測よりもずっといい、というのも、そんな読みを思いつかなかったことは確かだから」(Golding, Interview with Carey 173) と認めながら、次のように述べている――

これは、人に説明するのが難しいことだなと感じているものなのですが、私はただ、自分の本を書くことしかできないのですよ。わかってもらえるでしょうか、つまり、そこに生じてくれることなら何でもすべてについて、私は心からありがたいと思っているということなんです。というのも、私のなかに膨大な蓄えがあって、いつ何どきでもそこから引き出してくることができる、というようなわけじゃない、ってことなのですよ。(173)

作家が、作品制作にあたって必要なすべてをあらかじめ頭のなかに取りそろえている、という考えを否定し、ハプニング的に発生する意味――そこには読者の側で発生する意味や解釈も含まれるはずだ――を、ゴールディングは歓迎する心境になっているわけである。これらの発言を読む限り、遅くとも一九七六年の時点以降では、もうすっかり過去の考えから脱皮しているかのようにも思われる。

では、その一九七六年に至るまでの態度の軌跡は、どのようなものだったのだろうか。そして、この年以降には、もう態度の変化は生じなかったのだろうか。

2

読者論の観点からゴールディングを読むというアプローチの事例は、序で述べたとおりほとんどないし、〈作者至上主義からの卒業〉というゴールディングの心境の変化をたどった研究は、筆者の知る限り二点しかない。S・J・ボイド（S. J. Boyd）が、小説『尖塔』を論じる下準備としてざっとおさらいしているのと、あとはベティ・ジェイ（Betty Jay）の論文があるばかりだ。そのボイドとジェイがそろって、ゴールディングが心境の大きな転機を迎えた時と考えているのが、一九五九年である。右で見たカーモードとの八月の対談を経た影響や、一九五九年末に『自由落下』が冷評に晒されたことが原因だというのだ。(3)

じっさい、『自由落下』に対する酷評は凄まじかったらしい。ケアリによる伝記を見ると、この小説によってゴールディングが受けた批評は、「これまでの作家人生のなかで最悪」（Carey 233）だったという。たとえば、ピーター・デュヴァル・スミス（Perter Duval Smith）は「ゴールディングは過剰なほど金切り声をあげて何かを伝えようとしているらしいが、聞いている者は〈何をあんなにわめいているのだ?〉と不思議に思うばかり」と肩を聳やかしてみせ、フィリップ・トインビー（Philip Toynbee）の書評は、「作品が伝えようとしている内容に対し、ことば遣いが不釣り合いなほど大仰でけたたましい」文章でしかなく、小説は「退屈そのもの、しかもその退屈さたるや、この上なく癇に障るような退屈さなのだ」と手厳しかった（qtd. in Carey 234）。(4) こうした反応にゴールディングは大変ショックを受けた。この屈辱の体験が、作品解釈における作者と読者の地位格差に関するゴールディングの考えに強烈な動揺をもたらした。そして一九七六年に至るまでには、ゴールディングは右で見たような宗旨替えの心境へ移行していた。これが、ボイドとジェイの一致した見解である。

ただし面白いことに、その一九七六年より後にゴールディングの姿勢がどのように変化したかについては、S・J・ボイドとジェイは意見を異にしているのである。

ジェイは、一九六四年の小説『尖塔』を、ゴールディングが作者の絶対的権威を最終的に放棄するに至るプロセスを劇化した小説、と読む解釈を提示している。ジェイは、この小説を「書き手の絶対的権威を手放した結果をテクストで記録したもの」と位置づける（Jay 157 参照）。『尖塔』が、キリスト教の教義と半ば対立するかたちで精神分析的な解釈モデルを包含したために、著者の意図までも精神分析的手法によって解体されていく、その様を記録しているのがこの小説だ、というのである（163–164 参照）。小説の主人公ジョスリンは、尖塔建築計画を推進した自らの意図についても、自分でわからなくなっていくということを認めざるを得ない。それと同様に、小説の著者も、自分の意図による作品のコントロールが破綻していっていることを、本作品を媒体として白状しているのだ（168 参照）、と論じている。ジェイによれば、『尖塔』で自らの心変わりについて気持ちの整理をつけた後、ゴールディングは、作者の意図の優越性を否定する立場に身を置くようになったという。その意思が表明されたのが、一九七六年五月の講演「動く標的」であり、以後ゴールディングはもうそこからぶれることはなかった、とジェイは言う。

一方S・J・ボイドにしたがえば、一九八〇年になってもなお、ゴールディングの姿勢は揺れていたのだそうだ。ボイドは、ゴールディングの一九八〇年の講演「信条と創造力」を根拠に立てる。この文章には、「小説家と読者のあいだで続けられなければならない広範囲の協力関係」の重要性を強調する主張があるのと同時に、「神に比肩する著者が、自分の為したことを知悉していることに関する尊大な断言」という、「所有権を声高に申し立てる精神」の表明も併記されている、とボイドは見る（S. J. Boyd, “There” 83–84）。

この勝負は、ボイドのほうに軍配が上がるように思われる。講演「動く標的」にも、じつは姿勢の揺らぎが見てとれるし、ジョン・ハッフェンデン（John Haffenden）を相手に一九八〇年一〇月に行った対談でも、ゴールディングは完全に宗旨替えしたとは思えない発言を残しているのだ。「動く標的」と、この対談におけるゴールディングの発言内容をまとめて言うと、次のようになる――作者は、書きはじめの時点では意図を抱いているのだろうが、その意図に従って書いている最中は、部分部分しか見えておらず、最終的完成形は作者にとって意外なものと化してしまうものなので、作者は書き終えたらその意図を忘却すべきであるから――もしくは書き終えるまでには意図が霧散しているから――その結果、作者自身の読みと読者の読みに優劣が無くなるのだ（Golding, "Moving" 166–167、Haffenden 108–109）。なんとも微妙な言い方である。ゴールディングは、作品の解釈権をすっぱり手放して全面的に読者に譲り渡した、というつもりではなさそうだ、とは言えるだろう。

同時期のゴールディングのスタンスを示す資料を、もう一つ示しておこう。『通過儀礼』を書き上げて間もない一九八〇年、ゴールディングは以前教師を務めていたソールズベリのビショップ・ワーズワース学校（Bishop Wordsworth's School）の学校新聞『ニュー・ワーズワーシアン』（*New Wordsworthian*）紙向けに、インタヴューを受けている。対談者のコリン・プリダムとデイヴィッド・ストーナー（Colin Pridham and David Stoner）から、「人びとは、あなたの本からあなたが意図した以上のことを読みとっているのでしょうか？」と質問されたゴールディングは、次のように答えている――

それは答えるのが非常に難しい問題ですね。というのも、作家がどのくらいを意図に沿って書き、どのくらいを運任せで書いたのか、そのくらいが無意識の産物で、どのくらいが意識的な成果なのか、本人があとから言明することはできないと思うからです。ある意味でそれは、意味のない質問です。しかしその一方で、そんな問題は意味がないと何度も何度も言い続けていると――まあたぶん私もそう言い続けている口ですが――そんなことを続けていたら、文学界全体が音を立てて崩れ落ちてしまうでしょう。なぜなら、そうなったら書くためのタネを誰も全然もてなくなってしまうことになるからです。だから、その質問に対する答えを見つけ出す必要はあるわけですが、ただ、人は私の本を、ちょっとこまかく切り分けすぎているんじゃないか、と思うこともあります。(Rpt. in Cox 22)

ここでゴールディングは、作者の意図を忖度するような読み方の無意味さを指摘しているが、同時に、もしも作者の意図探しがまったく否定されたりしたら、文学研究は成立しなくなってしまうだろうと茶化してみせながら、さらに続けて、読み手が作品をあまりにも細かく分解し分析することに愚痴ももらしている。かなり複雑な心境がうかがえる。

作者の意図の権威について、ゴールディングはこのような正逆入り交じった心情をかかえて揺れていた。じっさい、先に挙げたケアリとの一九八五年の対談においても、作品中の視点を転換する手法から判断して「複数の見方の総計としてしか、ものごとは存在しないと信じているとおぼしい」芸術家の立場と、「宇宙には道徳という基礎があり、それゆえ、究極的には、物事を見る正しい見方があることを、私は信じている、と公言している」人間ゴールディングの立場とのあいだに、「何らかの軋轢」はないのか、とケアリに問われたとき、ゴールディングは「心底わからない」と答えるしかなかったのだ(Golding, Interview with Carey 185–186)。作者の視点の絶対性に関する考えは、一九七六年のあとも、そして一九八〇年のあともずっと、揺れ動き続けていた。

3

さらにつけ加えるなら、一九五九年から一九七六年までの期間においても、ゴールディングの姿勢は一定していたわけではない。一九六二年時点における興味深い事例をケアリの伝記から拾ってみよう。アメリカでの講演ツアーのなかで、ある学生が講演会場で『蠅の王』の独自解釈を述べ立ててきたのに対し、ゴールディングは、作者としての意図と計算の深さを声高に主張した、というのである――

> 自説に自信満々の男子大学院生が、作品の象徴性やイメージ群や主題の展開法について、彼が瑕疵だと見なしている点を指摘しはじめたとき、ゴールディングは、文章やイメージを引用しつつ、その本のありとあらゆる細部や暗示はすべて入念に考え抜いたものだ、と言明して、その学生に反撃した。(Carey 257)

この逸話をさらに興味深くする事実がある。ゴールディングは、この同じツアー用に書き上げた講演原稿「寓話」においては、自分は、作者の意図を至上とする態度を悔い改めたのだ、と、かなりしおらしいことを書いているのである。

> 『蠅の王』を書いたときの立場から、私は少々考えを変えました。もはや私は、著者が頭から誕生させた作品に対して〈父の力〉のようなもの〔a sort of patria potestas over his brainchildren〕をもっているとは思わなくなりました。いったん印刷されてしまえば、その子たちは、成年に達したようなものです。批評家は作品と新鮮なかたちで向き合い、著者がそうなってほしいと願うような姿ではなく作品のありのままの姿を見るものですが、作品が世に出たあとは、著者といえども、そういう批評家以上の権威を作品に対して揮うこ

とはありませんし、批評家よりもよく作品を理解することもないでしょう。ひょっとしたら批評家たちよりもわかっていないようになるのかもしれません。(Golding, "Fable" 100)

しかしその「寓話」の最後には、読者(特に、『蝿の王』についてレポートを課されている生徒たち)が、〈作者の意図〉を教えてくれとしつこくせがんでくることに対する揶揄のことばも添えられている——「私の処女小説のおかげで、私は残りの人生のあいだずっと相変わらず学校教師として扱われるということが決定してしまいました。せいぜい、つなぎ紐が長くなっただけですね(only given a longer tether)」(101)。[5] 実態としてはむしろ、〈作者の意図〉を説明することを皆が望んでいるではないか、というわけだ。作者は、権力の座から退位し自由をもらってなどいない。何かにつけ、読者から(やや長めにしてもらったとはいえ)首縄で引っ張り出される状況は、今後もずっと続きそうだ——と、ゴールディングはそういう憎まれ口を叩かずにはいられないのである。

この点を見ても、一九六二年当時執筆中だった小説『尖塔』においてゴールディングは作者の意図の権威を放棄した、と断じるジェイに与するのには、やはりためらいを覚えずにはいられない。ゴールディングは権力を読者に渡すことに、完全には納得していなかったと考えるのが、自然な見方ではあるまいか。

ゴールディングは長年揺れていた。ゴールディングの姿勢の落ち着かない振幅は、ある意味で、当時隆盛だった新しい読者観を相手にして行われた〈対話〉の軌跡を描いている、と見ることができよう。そして、これが〈対話〉なのであれば、ゴールディングの心理という一方の側をつぶさに検証することは、二つの結果を生むことになるだろう。読者が解釈の自由を謳歌したこの時代において、ゴールディングという作家が、いかに希有な存在であったかがまず見えてくるだろうが、それと同時に、〈対話〉においてゴールディングの反対側に位置するもの——すなわち二〇世紀後半当時の読者論——の性質も、浮かび上がってくることが期待されよう。

4

ゴールディングは、読者論など当時の文学理論そのものに、どの程度まで通暁していたのだろうか。正確に判断することは難しいが、彼が理論に関する研究書を集中的に読んだり、文学理論の研究者と深く交わったりしたことはなかったようだ。ケアリの伝記を通読しても、そのような活動に従事した形跡は見られない。二〇一一年九月中旬に、筆者はゴールディング生誕百周年記念国際学会に出席し、来場していたジュディ・〈ゴールディング〉・カーヴァーら家族にこの点に関する質問をぶつけてみた。やはりゴールディングは、当時の文学理論の精緻な理解にはさほど関心がなかったそうである。

作家ゴールディングが、一九七〇―八〇年代の受容美学や読者反応理論とのあいだに〈対話〉を交わしていたとしても、それは、フランスやドイツ生まれの理論を原語で読んだり、それら理論のロジックや用語定義を精確に頭で消化したりしたうえでの論争というよりも、時代の雰囲気を肌から吸収したうえでの大ざっぱな談義、とでもいうべきものだっただろう。

だがそういう、大つかみなあり方でなされた〈対話〉を考察するのも、決して無意味な実践ではないはずだ。というのも、読者中心の読者論の論争自体が、ある意味で大つかみと呼ぶべき状況へと、急速に変貌していったからである。

作者に死の宣告を突きつけて読者を主役の座につける読者論は、ブライヒに見られたような革命的過激さをまもなく減じ、穏健な中庸派――フィッシュなど――に主流の位置を渡すようになったが、それによって、浸透力はかえって増していった。[6] バルトの友人だったアントワーヌ・コンパニョン（Antoine Compagnon）は一九九八年に、「文学理論の全体は、すべて作者の死という前提条件に結びつけることができるのだ」（コンパニョン、五〇頁）と言い切っている。そして、読者を主役とする受容美学や読者反応理論などの考え方は、現代文芸批評において当然視されるような共通の基盤と化していった。パトリシア・ハーキン（Patricia Harkin）は、やや時代が下った二〇〇五年の時点で、次のように述べている――「今や読者反応理論の諸概念は、実際に言及されるかどうかは別問題として、カルチュラル・スタディーズにとどまらず、パフォーマンス理論やポストコロニアル理論、クィア理論などなど、英語文学研究に従事するためのその他たくさんの方法論においても、ほぼ自明の理として、議論の前提条件という現れ方をしている」（Harkin 412）。二〇一四年出版の『ラウトレッジ・文体研究必携』（*The Routledge Handbook of Stylistics*）において、第四章「読者反応批評と文体論」（"Reader response criticism and stylistics"）の執筆を担当したジェニファ・リドル・ハーディング（Jennifer Riddle Harding）も、まさに同様の指摘をしている（Harding 74）。

ハーキンやハーディングに付け加えるなら、読者反応理論は、理論自体を精緻化・先鋭化するための論争の場を超えて、国語教育や図書館学の現場、聖書研究、認知的・進化心理学的文学解釈、あるいは医療や看護における物語セラピーの研究や医療関係者育成などの実践的分野へも広がり、重要な思想的土壌を提供し続けているのである。

だが、そのようにさまざまな分野に浸透し、それらの分野にとって自明の前提と見なされていくにつれ、読者論は背景化し、意識にのぼりづらくなるという現象が生じるようにもなる――「その考え方は今では完全に規範的なものとなったため、興奮を惹起することもおおかた止んでしまった」（Harkin 413）というわけである。ハーディングも口をそろえている――

二一世紀においては、読者反応理論が専門だと称する批評家に出会うことはまれになっているかもしれないが、そうなった理由はおそらく、読者反応理論が忘れ去られたからではなく、その運動が非常に影響力をもっていたからだろう。注意を読者に向ける営みは、接点を共有しないきわめて多くの興味深い批評方法論のなかに織り込み済みになっている〔後略〕。(74)

ハーキンは、読者論がこのように下火になった時期を一九八〇年代後半とし(Harkin 417-418参照)、衰勢の一因を、文学理論研究家がもつエリート意識に求めている。読者論が教育や医療の実践という現場へ拡散した結果、深遠な理論的構築物が希釈されて大衆化してしまった——「(見かけ上)非常に理解しやすいものになったので、この理論の信奉者が平均的な人間に比べて知識が豊かだとか、本質的に知性がより高いとかいうことを示す指標としては、役に立たなくなった」(415)——ため、教育を研究より下に見たがる知的エリート層が、[7] この読者論自体を、学術的争点とするに値しないものとして捨てた。そのため、「今日の文学理論の営みのほぼすべてが、意味を作るのは読者であるという前提に基づいているにもかかわらず、読者反応理論自体が話題にのぼることはどんどん少なくなった」(420)、というのである。つまり、読者の解釈を作者の意図から解放し一定の自由を与えるという指向が、大同小異な全体傾向として常識化されたわけだ。

ハーキンの推理は一面の真理を突いている。そして、読者中心の読書理論がいまや一門を構えた専門領域限定でなくなった、ということならば、ゴールディングが精緻な理論的知識を携えることなく、大ざっぱな理解のままこの理論に対峙していた、その素人感覚のスタンスをいま考察することにも、むしろある程度の積極的な意義を見てもいいのではないか。

読者中心の読者論の現在の主要な生息地は、教育の現場における応用や医療の実践的現場である。しかし、そのように、（非専門化した）読者中心理論が息づくところには、個々の読者の自由を重視するあまり悪しき個人主義に陥り、個々の読み（あるいは意味創造）へ固執してしまう懸念とか、読みを共有するもの同士の人間力学の問題などといったような、一九七〇年代にすでに顕在化していた昔ながらの論争点もやはり引き継がれていて、古くて新しい問題として存在し続けている。

たとえばワンダ・ブルックスとスーザン・ブラウン（Wanda Brooks and Susan Browne）は二〇一二年に、教育現場でアメリカ人生徒がアフリカ系アメリカ人作家による作品を読む際の〈読み〉を、読者反応理論に読者の民族的・文化的背景への配慮を盛り込んだアプローチを用いて分析したが、彼女らは論文の結句として、「文化や人種や民族といった要素が〔中略〕文学に対する反応を可能にするとともに制約もすること、そうしてそれらが文学の理解を形成すること」（Brooks and Browne 84）について、リテラシー教育学者ローレンス・サイプ（Lawrence Sipe）が二〇〇八年に発した警告をもう一度突きつけている。文学教材を読者反応理論的に扱う方法論を新任前教員に指導した結果を報告するメリッサ・B・シーブル（Melissa B. Schieble）の論文（二〇一〇年）も、着任前の新規採用教員に対して、解釈に関して教師が「権威と権力の座にある」（Schieble 376–377）という事実を指摘しつつも、生徒に向かってそれを上手に発揮するようにしなさいと、かなり無邪気に推奨するのみで終わっている。また、看護師教育において、百年以上昔の看護師にまつわる物語を、読者反応理論を意識しつつ文学教材として使用することの価値を主張するパミラ・J・ウッド（Pamela J. Wood）の二〇一四年の論文は、看護実践という共通の関心をもつ生徒たちが、物語解釈のための背景を共有していることを指摘しつつ、生徒たちの読みをその枠内で「質問やきっかけになる発言を使って、促進し導く」（Wood 5）教育者の役割を強調している。これらの論考の水面下には、生徒個人の自由な読みを（善意をもってではあろうけれども）ある特定の方向に誘導するという、強制力の問題が潜んでいることは明らかだろう。

コンパニョンは、「読書をめぐって提起される疑問は数多いが、それらはどれも結局、自由と拘束の絡み合いという決定的な問題に行きつく」と喝破していたが（コンパニョン、一六五—一六六頁）、その状況は今も変わらない。読書をめぐる拘束や支配の欲望は、現在の読書論の各種実践のなかにも持ち越されている。そして、私見によれば、その秘められた支配欲の抗争を暴き出す批評力が、ゴールディングの中期以降の作品群を今読み直す作業のなかに、潜在しているのである。なぜなら、これらの作品は、ゴールディングが読者とのあいだで主導権争いを展開した軌跡として読めるからだ。

作品の意味が生成される場は、作者の創作意図かそれとも読者の解釈なのか。この問題に関してゴールディングのスタンスは揺れた。先ほどそう書いたし、じっさい対談などでの発言にはその揺れが確かに見えたわけだが、じつは、作家生活中期以降に書かれた各小説を見てみると、ゴールディングは作者中心の立場を結局、最後まで完全には手放さなかった、と言ったほうがよさそうだとも思えてくる。『尖塔』以降の小説群には、作者の創作意図をやはり最重視したい、という気持ちをゴールディングが捨てきれない、そうした未練が描き込まれていることが多い。その未練のさまざまな現れが、当時の読者中心の読書理論が抱える不備を、ゴールディングの自覚の外で、思わぬかたちでつつき出すのである。

以後の各章では、読者中心読書論や読者の解釈行為に自由を与える読書論を前にしたゴールディングの未練を、小説のなかから読みとっていく作業を行うこととする。この作業が導くだろう結論をあらかじめ記すなら、ゴールディングのこうした「未練」とは、文学理論にうとい作家の単なる頑迷さを示すものではなかった。それは、彼が文学者として銘じていた根源的な覚悟の無自覚な滲出であり、また同時に、デレク・アトリッジ（Derek Attridge）らが一九九九年に展望することになる〈作者の失地回復〉や、テクストを〈人間性を備えた他者〉として捉えるというレヴィナス直系のアプローチなどの、〈倫理学的転回（the ethical turn）〉と呼ばれる動向を先取りする、深い胎動の一つでもあったのだ。

注

（1）ジャック・I・バイルズ（Jack I. Biles）との対話でも、この発言は引用されている。Biles 54 参照。
（2）ゴールディングは、ある夜『珊瑚島』のような冒険譚を子供たちに読み聞かせた後、ふと、「少年たちが孤島に流れ着いたとき、現実にとりそうな行動をそのまま描く物語」を書いてはどうかと思いついたのだ、という（Golding, "Moving" 162–163）。また、Carey 149 も参照。
（3）Carey 233 も参照されたい。
（4）私見だが、スミスやトインビーによる論評には、作品が伝えようとしていることの本来的性質を作者より自分たち読者のほうが見抜けている、という暗黙の前提がある。
（5）本書前章末で見たとおりである。
（6）しかし、本書第九章第4節で見るように、穏健な中庸派とされるフィッシュの理論にも、読みを拘束したいという支配欲がじつは潜んでいた。
（7）こうした教育軽視傾向の犠牲にされたのがローゼンブラットで、彼女が主戦場を文学理論から教育論に移したことで、彼女の重要な議論は、その先見性にもかかわらず、等閑視される憂き目をみた。Flynn 53–55 参照。

第六章　『尖塔』における読み手の自負と偏見、そしてその教化

1

『尖塔』は、ゴールディングの作家人生前半期の掉尾を飾る重要な作品であり、自身も「自分のベスト三に入る小説」と評価している（Judy Golding, *Children* 187 参照）。原稿の完成には約三年を要し、(1)一九六四年四月一〇日に発表された。本書の序第2節及び前章第2節において見たように、『自由落下』が酷評を受けたショックもあって、この時期のゴールディングは作者中心の考えに揺らぎを見せていた。そしてその動揺と、それに対する抵抗感のようなものが、作品のなかに〈読み手〉という機能をもつ作中人物を配置する、というかたちになって、『尖塔』に影を落としている。

　　――

『自由落下』では、自叙伝を書きつづる主人公サミーにとって、読み手は実体感の希薄な存在でしかなかった

意志を通わせる行為は、私たちの情熱であり、私たちの絶望でもある。

では、誰を相手に？
あなたとか？〔中略〕
といっても、そもそもあなたは誰なのか？　あなたは内情を知る立場の人間か？　校正刷りを手にしている編集者？　私は、あなたが片付けることになっている仕事だというわけなのか？〔中略〕ひょっとしたらあなたはこの本を、本屋の陳列台で見つけたのかもしれないな、今から五十年経った時点に、だがその時点というのもまた、別の今なのだけれど。（Golding, *FF* 8）

『自由落下』において、〈読む行為〉にまつわる問題意識はとりあえず、〈読まれるのか〉〈読まれているのか〉という、そもそも論に関するかたちをとっていた。そのうえで、畢竟するところ『自由落下』の主人公は、自分の執筆行為に没入することを選択したのだった。だが他方、『尖塔』には、他人が書いたものを読むという行為に携わる作中人物たちが存在する。そして彼らの具体的な読み行為が、問題意識の焦点となっているのである。

2

『尖塔』は中世イングランド南部の聖堂を舞台とした小説で、主人公は聖堂参事会長で主席司祭のジョスリン（Dean Jocelin）である。ジョスリンは神に授けられた幻視（vision）に従って、聖堂の屋根の上に高さ四百フィートもの石の尖塔を、新たに建築しはじめる。尖塔は高さを増すごとに、みずからの重量に堪えきれず徐々に傾ぎ出す。また、工事は金銭的費用のみならず人的犠牲も強いてくる。軟弱な泥しかない地盤を固めるための呪的儀礼として、堂守パンガル（Pangall）が異教徒の職人たちから人柱にされて埋められる。ジョスリンが「神におけるわが娘（my daughter in God）」と呼んで愛してやまないグッディ（Goody）は、パンガルの妻であるにもかかわらず、尖塔工事の現場責任者ロジャー・メイソン（Roger Mason）との不倫の子を宿したのち、産褥死する。ロジャーは酒浸りになり、しまいには職場放棄して逃走、職人人生を絶たれ、捨て鉢になって自殺を企てる。

ジョスリンはこれらの犠牲から目を背け、ひたすら建設に邁進するが、葛藤に苛まれるなかで彼もまた心と体をむしばまれていく。異教徒を工事にあたらせている、というアンセルム（Anselm）神父の内部告発により、ジョスリンはローマ教皇の使者から参事会長の地位を剥奪され、民衆からも面罵されるようになる。しかも、自身は気づいていないものの、ジョスリンは脊椎の結核に罹患しており、急速に憔悴し死に近づいていく。小説内では、こうした複数のプロセスが、迫力ある筆致のなかで絡み合わされている。

本小説については、有力な読みがすでに提示されている。『尖塔』出版後まもなくサミュエル・ハインズ（Samuel Hynes）は、この小説をヴィジョンおよび〈見ること〉全般についての本だと読み、そのヴィジョンの意味が徐々に現出していくプロセスが書かれている、と看破した（Hynes 43）。では、『尖塔』が示すヴィジョンとはいかなるものか。ジョンストンやマーク・キンケイド＝ウィークスら多くの批評家が指摘しているとおり、『尖塔』において展開されているゴールディングの哲学とは、正反対の二極にあるものがじつは分離不可分なのだ、というヴィジョンである（Johnston 80、Kinkead-Weekes 79、Hallissy 330 参照）。不浄な塵埃と神聖な光明。邪教とキリスト教。世俗的肉欲と崇高な愛。罪と無垢。こうした種々の対立する両極構図が、「永久に互いに混じり合った二律背反物の保留状態」（Tiger, *Unmoved* 166）のなかで渾然一体となって交わり合うことこそ、じつは世界の真のありようだというのだ。この認識こそ、小説の結末において臨終のジョスリンを訪れる不可思議な「林檎の木（*appletree*）」の幻が伝えんとする意味だった。今際のきざみになって、聖職者ジョスリンは、聖俗を区別する思考様式から離脱するのである。

この認識が結実したヴィジョンに向けて、ゴールディングは視点の操作により読者を強力に導いていく。しかも、その導き方は、読者にはじめのうちあえて誤らせておいて、後から正道を再発見させるという、きわめて手の込んだやり方なのである。ホドソンやハワード・S・バッブ（Howard S. Babb）、ジョンストンといった批評家たちは、『尖塔』を「自己理解の物語」と読んだ（Hodson 89, Babb 139, Johnston 69）。だが、その「自己理解」は、主人公だけが体験するものではない。この小説を対象にして読みという行為を実践する読者の側においても、発生することなのである。その発生をより確実にするために、ゴールディングが選んだ戦略が、読み手という役割を担う人物を作中に配置することだった。

3

〈読む行為〉は『尖塔』の重要なモチーフである。舞台となっている聖堂自体が、「石で象った聖書」（Golding, *Sp* 51）や「豊かに書き込まれた書物」（192）というふうに、〈読まれるべき存在〉と表現されている点にはじまり、工事のための材木を寄進した功績によって聖堂参事会員に取りたてられた粗野な平民のアイヴォ（Ivo）が、じつはラテン語聖書を一句も読めないことが仄めかされる小逸話（71–72 参照）、さらにはアイヴォだけでなくジョスリン自身もまた、参事会長に就任した当時は「主の祈りさえまともに読めなかった」（201）ではないかとアンセルムになじられる場面にいたるまで、〈読み〉に関する言及はさまざまなかたちで散見される。

〈読み〉に関する言及が散在していると書いたが、当然のことながら、最も頻出するのは、当の主人公であるジョスリンが行う〈読み行為〉である。二つ三つ例を挙げよう。まず第一章には、堂守のパンガルがジョスリンに、軟弱な地盤の上に尖塔を増築する無謀さを、仏頂面で訴える場面がある。このときジョスリンは、面と向かっているパンガルの心中を、あたかも書かれた文字を読みとるように感知する――

> この男と目を合わせているうちに、いらだちがまた突風のように戻ってきた。パンガルの頭の中にある言葉が見えたからだ、まるでそこに文字で書かれているみたいにくっきりと――基礎になる土台がないからな、だからジョスリンの酔狂沙汰は、てっぺんに十字架を据える前に、倒れるだろうよ。(20)

単に表情を見るのではなく、書かれた文字を読みとる行為として描かれている点が、私たちの注意を引く。パンガルに関しては後にも同様の場面がある――

> ふたりの〔訳注:ジョスリンとパンガルの〕あいだの宙には、口にされないままの言葉がぶら下がっていた――職人連中にだって無理な仕事だ、誰にもできるものか。泥やら洪水やら基礎の筏やら高さの問題やらあのか細い柱やらのせいでな。不可能だ。(61)

ここでもやはり、尖塔建築を愚挙だと考えるパンガルの無言の抗議を、ジョスリンが文字として読みとっている。

さらに第二章でジョスリンは、今度はアンセルムと対峙する。ジョスリンとは三十有余年来の旧友で、修道院時代の先輩でもあるのだが、今のアンセルムは聖具保管役の要職にあり、尖塔建設には反対だ。ジョスリンは異を唱え続けるアンセルムにいらだち、参事会長としての地位をかさに着て、アンセルムに上長命令を発して反論を押さえ込む。直後に後悔に駆られ前言撤回を申し出るが、アンセルムは態度を硬直し、命令撤回を正式な文書にするよう、杓子定規な要望を出す。アンセルムは参事会の法規文をわざとらしく諳んじてみせる。

> 四名の主要参事のうち二名のあいだにて決せらるべき案件が定めらるる場合には、書面をもつて証せらるべし——まるで、文面がふたりのあいだに目で読める〔legible〕ように宙にぶら下がっているかのごとく、アンセルムは法規を引用してこの案件に決着をつけた。「書面に書かれしものに変更ある場合には、再度書面をもつて証せらるべし」(49)

ここで、ジョスリンがパンガルに対面した場面と同じ「ふたりのあいだの宙に〔中略〕ぶら下がっている」というフレーズが使用されている点が、二つの場面の共通性を演出している。ジョスリンは、相手とのあいだの空中に引っかかっている「読解可能〔legible〕」な語として、敵対者の心を読みとる。

ただし、心を読むと言っても、ジョスリンが読むことができるのは、尖塔建設に直接的に関与する者たちの心だけである。ジョスリンは、こういった者たちの心なら、完璧に読みとる能力が自分にはあると確信している——「わが住処、わが家、わが民よ。〔中略〕私には、この者たちのことなら何でもわかる。今何をしているのかも、これからすることも、これまでしてきたことも」(8)。この確信は、自分が神に選ばれ神から啓示を受けた特別な高次の存在だという自負——「あの者たちにはわからない、この私に訪れたヴィジョンを伝えてやるまでは、わかりようもないのだ」(8)——から生じている。

その一方、ジョスリンには、尖塔に関わりの薄い人間の心は読めない。これは彼の偏見のせいである。そもそも、そういう連中の心などいちいち読むに値しない、と決め込んでいた。聖堂内の礼拝堂付き司祭であるアダム神父に対する態度が好例である。アダムはおそらく聖堂参事会員ではなく、だから尖塔建設についての発言権をもっていない。そのため、ジョスリンはアダムの顔から何のことばも読みとることがない。ジョスリンの目には、アダムの顔はのっぺりした洗濯物干しピンの先端としか映らない――「この男には顔というものがない。まるで洗濯物干しピンのように、どの角度も同じだ」(26)。アダムのケースと、パンガルやアンセルムのケースを比較すればわかるとおり、ジョスリンの読み行為には高慢と偏見によるバイアスがかかっているのである。

小説のはじまりの部分において、ジョスリンの読みの視野は極度に狭い。この時点のジョスリンは、いわば〈拙い読み手〉である。だが、第一〇章にくると、ジョスリンの読みの能力に劇的な変化が訪れる。一連の屈辱的体験を経たおかげと、また、彼に対するアダムの態度が一変することにより、ジョスリンはそれまで歯牙にもかけなかったアダムの顔の上に、文字を認識するのである。

> アダム神父は頭を上げた。にっこりした。ジョスリンは、この人には顔がないと考えていた者たちがいかに間違っていたかを、即座に見てとった。ただそれは、その顔に書き込まれていることというのが、細かく繊細な書法で書かれていたために、とっくりと傾注する気のない者や、病人がやむを得ず寝床からものを見つめるときの集中力で凝視する覚悟のない者なら見落としてしまうから、というだけの理由に過ぎなかったのだ。
>
> 叫んでしまいそうだと自覚するより前に、ジョスリンはその顔に向かって叫んだ。
>
> 「助けてください！」(196)

同情と理解を示してくれるアダムの前で、ジョスリンは我知らずのうちに謙虚さを獲得し、その結果、それまで気づかなかったアダムの顔の文字を読めるようになる。

ジョスリンの〈読解力〉は、彼の自負と偏見の程度を表示する物差しである。高慢であるうちは、尖塔に関わる事柄——たいていの場合、それは反対者というかたちをとって顕現するのだが——しか読みとることができない。謙遜を身につけ偏見をなくし始めると、ジョスリンの読解の視野は尖塔建設という焦点の外側へと大きく拡がり、もっと人間的な意味で重要なものをも、取り込めるようになる。

4

小説に登場する〈読み手〉はジョスリンだけではない。ジョスリンに読まれる存在だったアダムもまた、〈読み行為〉を実践する登場人物である。じっさい、ジョスリンとともに作品に導入された〈拙い読み手〉というモチーフをフル稼働させるのは、このアダムなのである。

アダムは、ロジャー・メイソンに次いでジョスリンと一緒にいることが多い作中人物で、それだけに、ジョスリンのことを間近で観察できる機会に恵まれている。アダムは、私たち読者と似た立ち位置をとり、小説中ジョスリンのさまざまな行動に立ち会う。工事現場にまでついていくことはなかったが、それでも、ローマからの使者団によるジョスリンの裁判にも臨席するし、市街地で民衆の暴行にあったジョスリンを救出したのもアダムである。そして、病の床についたジョスリンを看護し、病床にやってきたジョスリンの叔母アリスン（Alison）やアンセルムとの会話にもつきそっている。ジョスリンの臨終に際して終油の秘蹟を執り行うのもアダムだ。本章第2節で紹介したように、この小説はジョスリンの自己理解のプロセスを描くものと読める。だとすれば、ジョスリンの自己理解の精度と深度を外から計測する視点として、小説の読者にとってのアダムの存在意義は、決して小さくないはずだ。

そのアダムは〈読み手〉でもある。アダムは礼拝堂付き司祭ではあるが、主席司祭たるジョスリンの秘書的な役割も担っているらしく、ジョスリン宛の公的書簡にも私信にも目を通せる立場にある。アダムがはじめて小説に登場するとき、彼はジョスリン宛てに届いた手紙を携えている。差出人は叔母のアリスンで、彼女は先王の愛妾だった女性である。ジョスリンはアダムに手紙を音読させ、アダムは、アリスン本人（と代書役のゴドフリー（Godfrey））と受取人ジョスリン以外は本来知りようもない手紙の内容を、一言一句正確に知ることになる。第二章でもアダムはジョスリン宛ての手紙を持ってくる。今回はアリスンからではなくウォルター（Walter）司教からの書簡である。このときアダムはジョスリンに向かって「すぐに読みたいとお思いになると考えまして」（46）と前置きしている。ここからは、アダムがジョスリンよりも先に手紙の封を割り、中身を読むことが許されていた、という可能性さえ匂ってくる。このようにアダムは、読む行為を通して、ジョスリンの置かれている状況や心中を知る機会を与えられている人物なのである。

さらに重要なアダムの読み行為が、第一〇章に描かれている。ジョスリンが尖塔建設を着想するに至った経緯と当初の真意を、アダムが知る場面である。

教皇の使者から参事会長職を剥奪されたジョスリンは、アダムの監視のもと役宅に謹慎するよう命じられ、床につく。監視兼看護役のアダムはここで、ジョスリンが尖塔建築の幻視を授かった様子を記録したジョスリンの手稿を読むことになる。これは、尖塔落成のあかつきに、ジョスリンが説教壇から読み上げるつもりにしていた原稿である。

この原稿を目にするまでは、アダムもまた他の者たちと同様に、尖塔建設はジョスリンの自己顕示欲と権勢の愚かしい誇示に過ぎない、と感じていた。ところがジョスリンの手書き原稿を読むことにより、アダムは自分の判断が誤っていたことを知らされる。尖塔建設計画は、「取るに足らぬしもべ」（194）として神から真正な啓示を授かったと純粋に信じたジョスリンの、邪心無き一意専心に由来していた。アダムたちの推測に反して、尖塔計画には、少なくとも最初の段階においては、なんら下劣な要素は無かったのである。[2] アダムは驚愕する——「しかし、これだけなのですか?」（194）。そして心を揺さぶられたアダムは、しばし顔を両手で覆って全身をふるわせながら、「神よ、われらすべてをお憐れみください！」（196）と祈りをつぶやいた後、ジョスリンのほうに向き直って笑顔を見せる。以後アダムはジョスリンに対する考えを改め、大いに思いやりを示すようになる。なお、前述のように、アダムのこの変化がジョスリンの〈読解力〉向上の契機となったのだった。

　このようにアダムは、手紙や私的な文書を読むことによって、隠されていた文脈と、ジョスリンの胸のうちに収められていた内奥の考えを、少しずつ発見する。[3] アダムがこれらを発見するペースが、そのまま、この小説を読む私たち読者の発見のペースとなる。私たち読者も、ジョスリンの説教原稿を目にするまでは、この尖塔建設計画の裏には、自らの権勢を誇りたいというジョスリン個人の世俗的な欲望が潜んでいる、と思っていた。アダムがジョスリンの手稿を音読してくれたおかげで、私たちもアダムと同時に、ジョスリンの真実に気づくのである。いわばアダムは私たち読者を導く案内人のような読み手であり、アダムの読む行為は、私たちにジョスリンの秘密を啓いてくれる。

5

だが、問題点がある。私たちがこの案内役の〈読み手〉を、完全には信用できないという点である。アダムは〈信頼できない語り手〉ならぬ〈信頼できない読み手〉なのだ。アダムもまた、ジョスリンと同じく視野が限られた〈拙い読み手〉である。そしてその視野狭窄の原因も、ジョスリンのケースと同じく、自負と偏見なのである。アダムの自負と根深い偏見は、中世カトリック教会の教条を絶対視し、盲信するところから生じている。このことは、たとえば彼の女性蔑視の姿勢に顕著である。

第一章末尾で、アダムがアリスンからの手紙を朗読し終えた後、ジョスリンは女性全般に対するコメントを求める。答えてアダムは、「女とは危険で不可解なものと呼ばれております」(29)と発言している。アリスンの手紙の内容は、ジョスリンが無心してくる尖塔建築費への寄付金とひきかえに、自分の墓を聖堂内の特権的な位置に確保してくれ、という図々しい要求だったから、アダムがこういう応答をするのも、ある程度納得がいくところではある。

しかし、これを第一〇章のある場面と比較してみよう。謹慎処分中で床に伏せっているジョスリンを、アリスンが唯一の身内として見舞いに来る。ここでジョスリンに邪険な扱いをされたアリスンは癇癪を起こし、意趣返しとして、ジョスリンが異例の出世で参事会長になれたのは、自分の巧みな淫戯に対する王からのご褒美がわりだったのだ、というスキャンダラスな事実をすっぱ抜く。これは確かに、聖職者に嫌悪感を抱かせるに十分な態度ではある。だが同時に彼女は、肉親として心からの情愛をジョスリンに注いでもいる。自分のお墓は聖堂内に特別にしつらえてほしい、という依頼の話のためにここへ来たのか、と問いかけるジョスリンに、アリスンは「まったくもって、そんなことではないのよ！　そんなこと考えないでちょうだい！」(183)と言下に否定する。甥の容態を案じ、疲弊しきった姿に驚嘆し、口づけをした後そっと手を握ってやり、いくら神父が女色を避けるべき身だとはいってもせめてこれくらいの世話はしたい、と言いながら、親身になって頬を優しくぬぐってやる。ジョスリンはアリスンの情愛に戸惑いながらも礼を言う。

一方、アダムの女性嫌いは揺るがない。アダムはジョスリンの監視役として、このやりとりをずっと同じ部屋で眺めていた。それにもかかわらず、アリスンが去った後にジョスリンから意見を求められると、アダムは次のように答えるのみである——「あの女の足はまっすぐ陰府に下っておりますな」(187)。アリスンが示す肉親の情を見た直後だというのに、アダムのこの返答に見られる女性蔑視は、第一章末尾と本質的にまったく変わっていない。アダムは、中世カトリック的女性嫌悪を金科玉条として、後生大事にしているのである。

アダムのことばは、旧約聖書箴言第五章第五節「〔娼妓の〕足は死に下りその歩は陰府《よみ》に赴く」の変形で、これは遊女に惑わされることへの警告文とされている。その後もアダムは、アリスンのような女性たちについて、「寧ろ大いなる碾臼を頸に懸けらるるべき者どもです」(Golding, *Sp* 195) と、これまた聖句(新約聖書マタイ伝福音書第一八章第六節他)を引き合いに出しつつ、苦々しく吐き捨てる。このようにことさら聖句を口にするところは、アダムの女性蔑視が、中世教会の教えによって強固に支えられたものであることを物語る。

だが、アダムのこうした聖句引用は、アダムにとってむしろ皮肉に働く。なぜなら、ジョスリンの頬をぬぐうアリスンの行為もまた、聖書のある挿話を下敷きにしたものと考えられるからである。ルカ伝福音書第七章第三六—五〇節の「罪深き女に香油を塗られるイエス」逸話において、イエスは、娼婦が自分に近づき足を髪でぬぐうのを拒まないばかりか、敬愛の口づけまで受け入れる。それを見たファリサイ派のシモンはあきれ果て、イエスの預言者としての資質を疑問視するが、イエスは女の真心を汲み、女に赦しを与える。福音書において、シモンの姿勢はイエスとの対比において非難されているわけだが、王妾だったアリスンがジョスリンの顔をぬぐう場面では、敬虔なキリスト者を自負するアダム神父が、恥ずべきシモンの役回りを担っている。このように、アダムを〈論語読みの論語知らず〉として描き出しているところを見ても、ゴールディングがアダムの偏狭さを批判するスタンスをとっているのは明らかだろう。

救済という概念に関しても、アダムは教条にとらわれた狭量さから抜け出せない。それは、第一〇章以来、彼がジョスリンに対して思いやりの感情を抱くようになった後でも、依然として変わらない。第一一章でジョスリンは自分の傲岸さをアンセルムに詫び、和解を図るが、アンセルムは相変わらず冷ややかな態度を崩さず去っていく。悲嘆に暮れるジョスリンは、そばに控えているアダムを頼る――

「助けてください、神父！」

するとアダム神父がすぐそばに来て、いろいろなものをほどき始めた。引っぱってはほどく動作を繰り返してくれはするが、役には立たない、なぜなら物はすべて混ざり合って、その混雑のなかから邪悪な植物が伸び、すべてを覆い隠してしまうから。〔中略〕それにアダム神父は理解していないから、キリスト者にあらざる人たちからでも赦しをいただくことが本当に必要であることを、そしてそのためには、そういう人たちを理解することが本当に必要であることを、そしてそういう人たちを理解することが、本当は不可能ではないかということを。（203）

先に見た、アダムの顔に微細な文字を読みとった場面のときと同じように、ジョスリンはアダムに向けて「助けてください」と呼びかけ、救いを求めている。だが、今回もまた、アダムは役に立ってくれない。なぜなら、このときすでにジョスリンのほうは、中世カトリシズムの枠を踏み越えたヴィジョンに向かって歩みを進めていたからだ。ほどなくしてジョスリンは、一つの達観に至る。

地獄の存在を願うとは、あの者たちは何という傲慢な望みを抱いているのだろう。〔中略〕天国も地獄も煉獄も、小さくてきらきらした、祭りの日にだけ身につけようとポケットから取り出す宝石程度のものにすぎない。〔中略〕それに、片手であの男をつかみ、もう一つの手であの娘《こ》をつかんで、そうやって入っていくのでなければ、天国なんて私にとって何の意味がある？（222）

異教の地母神への生け贄に供されたパンガル——もしくは自殺を試みた異教徒のロジャー・メイソン——と、そしてキリスト教道徳からすれば罪深い姦通者であるグッディとを、一緒に連れだって入ることのできる天国でなければ、天国など何の意味もない。そうジョスリンは知るのである。

一方、善意の人ではあるが固陋な聖職者アダムには、非キリスト者であるロジャーたちをも理解し、彼らからも赦しを受けることの切実な必要性は、決して理解できない。ジョスリンに救いを求められても、せいぜいアダムにできるのは、カトリックとしての正しい祈り方の手ほどきを、「いちばん低いレベル」（197）から教科書的におさらいしてやる程度のことでしかない。この圧倒的なまでに太平楽なアダムの無力さは、『蠅の王』の結末において、無人島に漂着した少年たちを救出にやって来た海軍士官が、島で繰り広げられた地獄図の凄惨さと、主人公ラルフの悟りをまったく洞察できないままでいた、あの無理解ぶりにも匹敵する。

6

こうしたアダムの限界を考えると、小説結末で描かれる〈読み行為〉の場面にも、きわめて皮肉な意味がこめられていると見なすべきだろう。結末においてジョスリンは衰弱死を迎えるが、絶命の瞬間に、自分が見た神秘的な林檎の木やカワセミのヴィジョンを何とか言葉にして残そうともがく。その唇の震えをアダムは読み違える。

> 恐怖と歓喜とはいったい何だ、二つはどうして混じり合うのだろう、なぜ二つは同じなのだ？　光が閃くこと、恐慌が放った闇のなかを、水の上を飛ぶあの青い鳥のように飛ぶことと、同じことではないのか？
> 「せめて同意の仕草を――」
> 潮の流れに乗って、青い鳥のように飛び、もがき、叫び、金切り声を発する、飛び立ったあとに、魔術と不理解のあの言葉を残すために――
> い、い、い、い、い、い、
> あれは林檎の木にそっくりだ！
>
> アダム神父は体をかがめていたが、何も聞けなかった。だが唇の震えを見ると、神《ゴッド》よ！　神よ！　神よ！　と叫んだように解釈できそうだった。そこでアダム神父は、慈悲を施用する権限において、死んだ男の舌に聖餅を載せた。(223〔空白行は原文のまま〕)

臨終の床に横たわるジョスリンは、おそらく中世カトリックの教義が解明することばをもたないような、神秘と不可知の領域にすでに入り込んでいる。尖塔のヴィジョンを得た当時のジョスリンは、純心ではあったけれども、キリスト教の教義にどっぷりつかっていた状態だった。そのまま彼は徐々に自負と偏見を身につけてしまったのだが、臨終間近のジョスリンの心は、もはや一宗教にのみ通用するだけの教条とは違う次元――「〈われは信ず、唯一の神〉などという抽象的な信経の陳述のレベルとはまったく異なる、はるかに深いレベル」（Kinkead-Weekes and Gregor, 2nd ed. 199）――にある。しかし他方アダムは、この期に及んでもなお、秘蹟を形式どおりに執り行うことが「天国へ入ることを手助け」（Golding, *Sp* 222）すると信じて疑わない。

間近でジョスリンの行動を観察し続け、そしてジョスリンに関係する文書を独占的に読むという特権を有していながら、アダムは最後の最後にもジョスリンを理解し損ねた。アダムにとって、ある意味でジョスリンは、読むべきテクストそのものでもあり、また同時に、読むべきテクストの著者でもある。〈読み手〉アダムは、このテクストに対して、自分の宗教的バイアスをそのまま持ち込んで、恣意的な読みを行う。上で見た小説の結末部は、読者と作者の関係を皮肉に描いたタブローだと見ることができるだろう。自己主張の強い読者が、「死んだ男」と宣告された作者を見下ろしているという図は、バルト流〈作者の死〉の概念を時代的に少々先取りした戯画、と読むことも可能かもしれない。

すでに見たように、ジョスリンはアダムを生命も顔もない道具――「洗濯物干しピン」――として扱う見方を改め、思考や感情を備えた人間だととらえ直した。ジョスリンは、アダムの内的精神活動を、「微細な書法」となって顔に浮かぶテクストとして認識できるようになったのである。そしてその次に、いよいよ臨終が迫ったとき、ジョスリンはその認識をも踏み越えていく。ジョスリンは、カトリックの狭い教義に囚われているアダムをテクストとして読むことを止める。アダムの顔に「微細な書法で書かれたテクスト」として浮かんでいた教条には、読む価値がないと見切るのである。そうなると、アダムの高慢と偏見の源泉であった宗教的学識のテクストは、ジョスリンの目の中で透明になって消えていく。

穏やかな関心を感じながらアダム神父を見た。〔中略〕〔訳注：ジョスリンの頭の思考力は、〕アダム神父がなんとも途方もない生きものだと知った、ほら、頭から足まで羊皮紙のような皮で被われているし、その皮は場所によって突っ張っていたり、たくし込まれていたりして、てっぺんには奇妙な髪が乗っかってて、骨の組み合わせは奇妙きてれつ、皮をバラバラにしている。すると間を置く暇もなく、自分とその顔のあいだに割り込んできた夢のなかで眺めているみたいに、ジョスリンは、すべての人たちが裸で、明褐色の羊皮紙のような皮に被われた生きものであって、その皮の中に種々の管や支柱が納まっているだけなのだと見てとった。(222)

ジョスリンは、人間存在自体を神秘や驚異としてそのまま受けとっている。人体を覆う皮膚である「羊皮紙」には、元来なにも書き込まれていないものだ、という根源的な認識に、彼は至っている。

こうしたジョスリンの認識の深化とはまったく対照的に、アダム本人は変化しない。いったんはジョスリンから人間として見直されたアダムだが、じつは彼は、中世教会システムの歯車の一つとして盲信的に義務を遂行する機械的な道具のままである。実態は、洗濯物干しピンと大差ないままなのだ。私たち小説の読者にとっての案内人である〈読み手〉アダムは、小説の終結という土壇場で、主人公ジョスリンを読み損ねる。その読み損ないの原因は、アダムが自らの宗教知識について抱いているナイーヴな自負のせいであり、彼の固陋な宗教的偏見のせいなのである。

7

ここで私たち自身の〈読み行為〉に目を向けよう。当たり前のことではあるが、私たち読者は、小説作品の世界の外に位置しており、それゆえ、アダムが最後にジョスリンの唇を読む行為も、外部者の目で観察し、アダムが読み損ねていることを読みとることができる。

本書第一章で用いたヘンリー・ジェイムズ流の比喩に、しばし戻ってみよう。読者はゴールディングの小説を読む際、窓の向こうに拘束されもっぱらその狭い視界のなかで読まされつつ、個々の窓からの視点をつないでいく融和的解釈も進めていくという、二つの作業を課せられている。その後者の作業には、読者の側の主体的な関与と、それなりの読みの手腕が要請される。

たとえば『蝿の王』で、ヘンリーが上から磯辺の生物を見つめた視点と、ロジャーがピギーたちを上から眺めた視点を関連づけて読む。あるいは、ヘンリーが生き物を棒でつつき回す行為に、少年たちが夜の海辺でサイモンをめった突きにする行為との共通性を見いだす（吉田、「光と闇」三六頁参照）。これらは、読者の読解力に対して作者が突きつけた挑戦に、読者が成功裏に応じた成果である。ヘンリーが自分だけの視界内世界に没入して、視界内の諸物に対し権威を夢中で発揮する様子――ジェイムズに倣ってこれを「個人の意志という圧力」と呼んでもいいだろう――に、自分もあわせて没頭しながらも、小説の読者は、一歩距離を置いた視点からヘンリーを第三者的に観察し、ヘンリーのその「支配力（mastery）」が「幻想（illusion）」に過ぎないことも、見てとらねばならない。『尖塔』で読者がアダムの誤読を指摘する。これも、同様の作業を読者がうまくやりおおせた結実である。このとき読者は、自分の読解力の卓越ぶり（mastery）に対し、おのずから自負を抱くようになる。

しかし私たちは自問しなければならない。私たちは、読みの能力において、常にアダムより明確に勝っていると言い切れるだろうか？　たとえば、尖塔建設を計画した当初のジョスリンの意図には、邪な私心など含まれていなかったという事実を、私たちはアダムより先に知っただろうか？　私たちがこれを知ったのは、アダムの音読と同時だった。そしてこの事実を、アダムと同様私たち読者の大半も、驚きをもって受けとめたはずだ。とすれば私たちは、自分で思っているほど優秀な読者ではないのである。

　ところが、この小説は、特にその最初の数章においては、私たち読者が、自分は優れた読者であるという自負を抱くように誘導する。第一章のはじめの部分は、得意満面で宗教的に高揚したジョスリンの姿を描いている。ジョスリンは、高らかに「歓喜」（7）と「聖なる歓楽」（8）を表現する笑い声をあげながら、自分の視界に入ってくる人間に、次々と慈愛をこめた視線を送る。しかし、ある程度の経験を積んだ読者なら、主人公がこれほど極度に無邪気な自己満悦ぶりを見せているからには、この後彼に関する何らかの恥ずべき汚点が曝かれるという展開が待ち受けているにちがいない、と予測するだろう。[4] じっさいS・J・ボイドやタイガーは、笑うジョスリンの顔に、参事会室のステンドグラスから差し込む陽光があたって、アブラハムとイサクの図像を投影している点を手掛かりとし、この後には悲劇的な人間的犠牲の物語が展開されるだろうと推測するのが、当然の読みの道筋だとしている（S. J. Boyd, "There" 84、Tiger, *Dark* 178）。

　また、たいていの読者は、聖堂の建築模型が「仰向けに寝そべっている男」（Golding, *Sp* 8）に喩えられたとき、聖堂中央部に屹立する尖塔の模型に男根のイメージが付せられていることを、読み落とすことはないだろう。工事が始まった聖堂内で、陽光の中を漂う塵埃や建築資材の山積ぶりを見て、ここが「なんだか異教徒の寺院らしきもの」（10）と化したかのような印象をジョスリンが抱く場面は、聖堂を汚す要素がすでにして忍び込んでいる、という読みへと私たちを誘い込む。ふたりの助祭が、「傲慢（proud）」で「無知（ignorant）」で自分を「聖人（a saint）」だと思い込んでいる人物の悪口をささやくのを、ジョスリンが聞きとがめる場面では（13）、小説の読者は、ジョスリンこそが噂の人物だ、と過つことなく読みとり、それに気づかないジョスリンの浅薄さを嗤う。ジョスリンが自らの読解力を誇るのを読み、それが虚栄であることを見透かして嗤うのである。

ポイントは、これらの〈隠された〉事実が正しく読者に伝わるかどうか、ではない。重要なのは、これらを大半の読者がほぼ確実に読みとった結果、自分の鋭敏な読解力に自信と自負を抱いてしまう、という点である。この自負が、読者の読み行為にバイアスをかける。小説を読んでいる途中、しばしば読者はジョスリンのことを、周囲のことも自分のこともまったく見えてない夜郎自大の司祭として捉えるよう方向づけられる。読者は、テクストから汚点の暗示をいくつも読みとり、ジョスリンの虚栄をいよいよ確信する。読者はその確信に励まされ、また別の汚点の暗示を探し出す読みに乗り出す。

小説のテクストは、汚点や醜聞を含んだ〈謎〉を読者の前に次々と繰り出す。パンガルの不可解な出奔（じつは人柱としての生き埋め）やジョスリンの背中に宿る不思議な暖かい天使（じつは結核性脊椎炎）、生ぬるい沼でのたうつ悪夢（じつは夢精）など、書き方が迂言的ですぐには理解しづらい描写を並べてくる。これも読者の眼力についての自負と偏見を助長するための挑戦であり、寄せ餌である。読者の読みはまんまと一定方向に偏向され、私たち読者は、聖なるものの描写を見かけると、その裏に暗く穢れたイメージが潜んでいないかと、その探査にばかり気持ちが向いてしまう。

ところがその読みは、私たちを小説のテーマに近づけるどころか、むしろ遠ざけるのである。本章第2節で見たように、この小説が伝えようとしているのは、聖俗や清濁、正邪などの二律背反の渾然混交であった。そうであれば、作品にとって肝心かなめのこの渾然混交のヴィジョンは、じつは小説の第一章においてすでに提示されていたことになる。尖塔に潜む男根のイメージや、光の中で漂う塵埃が聖堂内に醸し出す異教の寺院のイメージなどは、秘めた汚点ではなく、混交のヴィジョンの予示だったのだ。第一章末尾で、アダムが読み上げるアリスンの手紙に書かれた世俗的な欲まみれのことば（聖堂内の特権的な位置に埋葬されたいという希望）と、聖母礼拝堂から漏れ聞こえる早禱のニケア信経のことばとが交差して聞こえる場面も、同様に読むべきだったのである。

「〔前略〕『本当ならウィンチェスター大聖堂で、王侯たちと枕を並べる墓をちゃんとあてがってやる、とあの人約束してくれたのに、私は追い払われてしまって、でも、私がいっしょに永眠する相手としてふさわしいのは亡王たちだけだということが、連中にもわかる日がきっと来ることでしょう。』」

（生ける人と死せる人とを裁きたもう。）

「〔中略〕『私が天国に入る見込みは低いとおまえは思っているんでしょうけれど、私は望みは十二分だと思ってます。聖歌隊席の南側、プロヴォスト家の礼拝堂と誰だか古い司教の像の間に、日当たりのいい場所があるでしょう〔中略〕。そこなら、主祭壇にも私の墓がちゃんと見えるし、たぶん主祭壇は私の犯した罪について、おまえほどには目くじら立てないと思うのよ、罪と言ったって、それの何を悔い改めよと言われているのか、納得しきれないのだけれど。』」（28）

これは、最終章のジョスリン臨終の場面、すなわち、別次元の悟りを模索するジョスリンの心中のことばに、アダムが聖なる終油の秘蹟を行う典礼の形式的文句がまとわりついている、あの場面との見事な対照において、読まれるべきなのである。

二つの目は滑ってゆき、一緒になった。
それはあの窓になり、明るく、開け放たれている。何かがそれを分けている。その仕切りの周りには空の青さが広がっている。二つに仕切っているものは静止し、沈黙しているが、空の果ての点に向かって上へ突進し、声なき叫びをあげている。それは女の子のようにほっそりしていて、半透明だった。薔薇色の物質でできた種から成長していて、滝のように、上に向かう滝のように、きらきら輝いている。その物質は一つの物で、無限へと向かっていくうちに、狂喜の小さな無数の瀧に分かれて、なにものも拘束することはできない。

恐慌は獲物を求め、忍び込み、窓を打ちつけて、ガラス片が飛び散り、二つの目の前で舞った。恐慌をきたし目が見えなくなったが、それでも恐怖と驚愕は小さくなることはなかった。

「今――私は何も知らない」

だが、渦巻く恐怖と驚愕を、いくつもの腕が下へ抑え込もうとしている、下へ、下へと。思いの狂乱した閃きが闇を引き裂いた。私たちの石たちが大声で叫んでいる。

「われは信ず、ジョスリン、われは信ず、と」

恐怖と歓喜とはいったい何だ、二つはどうして混じり合うのだろう、なぜ二つは同じなのだ？　光が閃くこと、恐慌が放った闇の中を、水の上を飛ぶあの青い鳥のように飛ぶことと、同じことではないのか？

「せめて同意の仕草を――」(223)

アダム神父たちがジョスリンに、ニケア信経を復唱させようと試みているのをよそに、ジョスリンはぐいぐい新しいヴィジョンのなかへと、視点の窓を突破して突き進んでいく。ピンチャー・マーティンことクリスが、頭蓋内に自らを拘禁して眼窩の窓からのみ外界を睥睨していたのに対し、『尖塔』は、ジョスリンを視点の窓から引きずり出す。こうして秘蹟の典礼という閉鎖的な権威の絶対性が否定されていく。ここで「恐怖」と併存している「歓喜」は、宗教的に見て純粋なものである必要はない。この「歓喜」がもしかして、小説第七ページで見たジョスリンの、多分に独りよがりな要素を含んだ「歓喜」であったとしても、それはそれでいい。それこそ、聖俗混交のヴィジョンの意味であるからだ。

これと同じことが、じつは第一章末尾においても、もう起こっていたのだ。アリスンの煩悩まみれの手紙とニケア信経、この二つのテクストを対照的に絡ませる書き方は、下卑たアリスンの財布から出る金が尖塔を支えている、という汚点を際立たせる手法ではない。むしろ、まさに聖俗混交のヴィジョンの表象だったのである。

しかし、私たち読者の大半は、この混交のヴィジョンを初見で読み解くことはできなかった。初回の読書の途中では、私たちは小説から穢れの要素を見つけ出す作業に勤しんでいたからだ。そして、こうしたあら探しの読書が誤りだったということが、小説の最後になって、もしくは再読したときになって、はじめて読者に認識される。この小説はそう設計されている。

私たちが小説を読んでいる最中、私たちはアダムと同様の、視野狭窄の〈拙い読み手〉なのである。ピーター・J・ラビノウィッツ（Peter J. Rabinowitz）が『読みの前に』（*Before Reading*）で提唱した考え方と用語を借りて表現してみよう。ラビノウィッツによれば、作品の執筆意図を探る読み方をする際、読者は読み行為のなかにいくつかの「ルール」を持ち込むのだそうだが、とすれば、『尖塔』の前半部分は、そのルールのうちの「意味作用のルール（rules of signification）」――登場人物の行為に潜む心理を探知する際にテクストの象徴性を理解するためのルール――、とりわけ「手っ取り早い善悪判断のルール（rules of snap moral judgment）」（Rabinowitz, *Before* 84–93）に向けて、強力な働きかけを行っていた、というわけだ。そして大半の読者は、その誘いかけにまんまと乗せられてしまうのだ。

私たちの視野狭窄の原因も、私たちを先導する読み手アダムと同じだ。アダムも私たちも、キリスト教的な意味で神聖であるふうに描かれているものには、全体的な善のイメージを付与したがる傾向をもっていて、ジョスリンは下劣な人間であると決めつけながらジョスリンを読む。そして私たちは、そうした読みの偏向のせいで、作品の究極的ヴィジョンの予兆を読みとり損ねる。

8

小説の後半、特に結末を読むとき、私たちはジョスリンがスピリチュアルな成長をとげ超越的な高みへと歩を進めるのを見て、不意を突かれる。そこで私たちは、ジョスリンに関する偏見と誤解をあわてて翻然と振り捨て、ジョスリンに大きく後れをとることなく視野狭窄を脱しおおせる。アダムと同レベルの読み手に留まることを、すんでのところで免れるわけだ。

なんとか〈拙い読み手〉にならずに済んだ私たちは、自分の読書の過程が、作者ゴールディングによっていかに周到に画策されていたかを、改めて痛感せずにはいられない。後にして思えば、作品の究極的ヴィジョンの予示は、作品冒頭から数箇所に仕掛けられていた、ということなのだから。『尖塔』は、作品の読まれ方を、作者としてかっちり統制する手綱さばきを誇示しているのだ。

『尖塔』という小説は、まず私たちが自分の読解力に自負をもつように、案内役となる作中〈読み手〉まで準備して周到に誘導し、私たちの読み行為に偏見のバイアスをかける。そうしておいたうえで次に、蒙を啓くべき発見を私たちに体験させることにより、〈読み手〉としての私たちの自己認識に変革を迫る。この小説は、私たちの高慢を減少させ、私たちを謙虚な読み手へと成長させる。何のことはない、私たち小説の読者はずっと、ジョスリンが学ぶ読み方のレッスンと同じレッスンを――そしてアダムが落第するのと同じレッスンを――策定されたカリキュラムどおりに、受けていたのだ。

一九八〇年に発表される小説『通過儀礼』で主人公エドマンド・トールボットは、自分の早合点を諌めることばを次のように日記に綴る――「勉強が足りないぞ！　今度はそこでつまずいてしまったな！　最初にうまくいったからといって、その成功体験に独りよがりに浸りきって我を忘れるなんてことは、もう二度とするんじゃないぞ！」（Golding, *RP* 128）。このことば、テクストを書く側の人間トールボットのみならず、『尖塔』を読む私たち読者もやはり肝に銘じておくべき、必修学習項目であるらしい。

注

（1）ケアリによる伝記は、ゴールディングが『バーチェスターの尖塔』（Barchester Spire）という仮題とともに作品の初期構想を得たのが、一九六一年六月から七月のことだ、と報告している（Carey 249–250参照）。

（2）ゴールディング自身も、最初ジョスリンが受けとったこのヴィジョンは真正なものだった、という見解を示している――「もちろん、私の個人的見解は、ジョスリンは尖塔建設のために使われたのであって、もとのヴィジョンは完全に真正のものでした」（Haffenden 109）。

（3）他人の手稿を読むという手段によって他人の心の奥をはじめて理解する、という構図を、ゴールディングは一九八〇年の小説『通過儀礼』で大々的に展開する。

（4）本書第四章第5節でふれた、「転落の前には得意満面の慢心あり」というアウグスティヌスの道徳律は、私たち読者の内心にも深く根づいている、というわけだ。

第七章　『ピラミッド』の非倫理的な読み手から学ぶ〈読むことの倫理〉

1

『尖塔』で採用された、〈読む人間〉〈読まれる人間〉を作中人物として配置するという小説作法は、次作『ピラミッド』でも利用されるのだが、この『ピラミッド』という小説においては、同じ問題意識をさらに深化させる機軸も見てとれる。追加されたのは、ゴールディング自身を〈読む人間〉そして〈読まれる人間〉という観点から意識する、という趣向である。『自由落下』では、これらの役回りを架空の作中人物サミーに託していたのだが、今度はそのやり方を踏襲するとともに、作者自身が体験することにもなるのである。そしてこの趣向のなかでゴールディングは、倫理性の問題を突き詰めてみるという行為に、おそらく我知らず、しかし全霊で突入していった。

『ピラミッド』は一九六七年六月に発表された三部構成の小説である。この小説は、主人公であり語り手も務めるオリヴァー（Oliver）（愛称オリー）が幼少期から中年の社会人になるまでの期間を、三つの部を費やしてカバーするのだが、いわゆる教養小説とは趣を異にしている。教養小説らしい主人公の好ましい成長が見られないのだ。オリーは大学入学と同時に故郷スティルボーン（Stilbourne）を離れ、数回の帰省を別にすると、この偏狭な田舎町とは疎遠になっていく。だが、物語の現時点（一九六二年あるいは六三年）において四〇歳代に達している彼は、結局のところ彼はスティルボーンの影響を脱せていない。故郷の町民たちが共有する頑迷な階級意識の影響に囚われ続けているのである。オリーの心には、階級を超えた人間同士としての友情や同情心を他人に対して抱くような姿勢は根付かない。

この小説の末尾近くには、久しぶりにスティルボーン町へ戻った現在のオリーが、生家の前にある広場の舗道を眺めながら、いくばくかの慚愧とほろ苦い自意識をかろうじて得る場面がある。

僕は立ち尽くし、判読不能な〔illegible〕文字がきわめて微細に刻み込まれた、すり減った舗道を見下ろしていた。すると、そこをいくつもの足が行き交うのが見えた。そのなかには僕の足もあった。僕は脚を伸ばして、生きているこの爪先で舗道を叩き、そのコツコツコツという音に耳を傾けてみた。その刹那、僕は、この見えない足たちに、僕自身の足音を、僕自身の肉体を、未来を選択できる僕自身の力を、せめて貸し与えることが許してもらえるのなら、僕はいくらでも、それこそどんな代償だって、払うつもりなのに、と感じたのだった。しかしその同じ瞬間に、自分は応分の値段以上のものは決して払う気にならない人間だ、と理解もしたのである。（Golding, *Pyr* 216–217）

ディックはこの印象的な場面の意味を要約して、「舗道を足で叩き始めたとき、彼は過去を召喚し思い出しているのである。だが彼は、過去を思い出すには代価が必要であることと、そしてその代価とは自己認識であることを理解する」（Dick 88）としている。なるほどそのとおりの場面だと言えよう。

この町を出ることなく意に染まぬ一生を終えた人たち、あるいは本人が望まないかたちで町を後にすることを余儀なくされた人たちが、かつてこの舗道を往来したときの足あるいは足どりが、幻影となってオリーの前にたちのぼる。それを眺めているオリー自身は、有名大学への進学と立派な就職という、だれからもケチのつけられない経路でこの町を脱出し果せた成功者である。その彼が、〈失敗者たち〉、すなわちオリーほど人生のチャンスに恵まれなかった人たちの悲しい残像に、今ようやく目を向けた次第だが、しかしすぐさま気持ちを転じ、その残像を心から受け入れることは拒否している。

それがこの場面で起こっていることなのだが、ここで注目したいことがある。オリーが、今あらためて認識された決定的な断層の向こう側にいる人々の映像を、あたかも文字を読むときのような表現を用いて、「判読不能」と評している点と、[1] そしてもう一点、「代償を支払う」そして「応分」といった表現を使うことで、この場面の文章が、価値観や価値判断という、倫理性に関わる問題に関与する構えを示していることである。

私見によれば、判読・読解・解釈・読み行為は、『ピラミッド』という作品の屋台骨をひそかに支えている重要なテーマである。L・L・ディクソン（L. L. Dickson）は、オリーのことを「信頼できない語り手」だと指摘した（Dickson 102）。だが、オリーが信頼できないのはむしろ、〈語り〉という行為に入る以前のあり方、すなわち、事象の受け取り方や解釈、読解の仕方においてである、とも考えられよう。オリーは、周囲の人々や自分自身をテクストのように読みとっていく――読み違えていく――〈読み手〉なのである。そして、読み手オリーの胡乱さは、目の前の事象を読み解く解釈能力（すなわち事実の認識能力）もさることながら、読解対象に対面する際の姿勢（すなわち倫理的スタンス）という面に表れる。[2] つまり、読むべきテクストの存在を感知しておきながら、それを安易にすぐさま「判読不能」と断じてしまったり、必要なはずの判読能力を涵養しようとしなかったりする姿勢や、今の自分の価値観を変えずに支払える対価の計算を優先してしまう姿勢に、読み手としてのオリーの倫理性欠如がにじみ出ているのである。

こうした、読み手としての彼の倫理性欠如は、登場人物として行動するオリーの非倫理性と、表裏一体のように対応している。登場人物オリーの行動は、若気の至りの域を超えた不道徳なものであることは言を俟たない。『ピラミッド』の第一部がたどるのは、一八歳で大学進学する直前のオリーが、下層階級の娘イーヴィ・ババクーム（Evie Babbacombe）を性欲のはけ口として利用し、彼女の感情など一切お構いなしに野外セックスにふけるようになる顛末と、その性的関係が彼女の計略によってオリーの父親にばれてしまう不面目な事件、そしてその後日談である。オリーは、イーヴィの人間性をまったく無視し、「人生の便所」（91）扱いして何度も蹂躙する。

さらに第二部と第三部でもオリーの無神経さは顕著だ。性的倒錯者イーヴリン・ド・トレイシー（Evelyn De Tracy）や、報われようのない恋に常軌を逸してのめり込む中年女性シシーリア・ドーリッシュ（Cecilia Dawlish）（渾名はバウンス）といった、世間から蔑視される要素をそれぞれに抱えた異端の人たちに向かって、彼らの傷口に塩をすり込むような無神経な言動を、オリーはとり続ける。行動する登場人物オリーのこうした非道徳性と、オリーの読み行為の胡乱さとは、いわば互いのアレゴリーとして併存している。

2

読み手としてオリーを捉える、という本章の提案は、少々意外な印象を与えるものかもしれない。なにせ、オリーが本なり文章なりを読む行為に従事している場面など、小説中ほとんど見当たらないのだ。せいぜい、第二部の冒頭で、大学生になって初めてのクリスマス休暇を迎えたオリーが、帰省のバスの車中で詩集らしき本とにらめっこするが、結局自分には芸術よりも化学に専念するほうが似合っていると悟って、本をしまい込む、という場面が見られる程度である（Golding, *Pyr* 112–113）。しかし、比喩的な意味あるいは広義でのオリーの〈読解〉〈解釈〉行為ならば、作品中かなり頻繁に散見される。

小説冒頭からしてそうだ。小説はオリーがピアノ演奏にふける場面で幕を開ける。年上で片思いの相手イモジェン（Imogen）が他人の妻になることが決まり、オリーは煮えたぎる未練をピアノにぶつけるのだが、自分の演奏について彼は次のように述べている――「僕は、鍵盤をやたらに叩きまくって無駄な努力を重ねていた。弾こうとしていたのはショパンの練習曲ハ短調。モイセイヴィッチの演奏だと、僕の恋心を、僕の絶望的な心酔の広大さと激しさを、余すことなく表現してくれているように思えた曲だったのに」（11）。演奏家の演奏を〈解釈〉と呼べるなら、小説の幕開けにおいてすでにオリーは、解釈の問題に接していることになる。この場面においてオリーは、ピアノの名手モイセイヴィッチの解釈に比較すると、自分の解釈力はいかにも劣等であることを自覚させられているのである。小説では、オリーは「絶対音感（Absolute Pitch）」（175）の持ち主だという設定になっているが、彼の鋭い「音感」は、自分の解釈力の未熟さを自分で見抜いてしまう皮肉な武器として機能している。このように『ピラミッド』は、自らの内面に対するオリーの解釈力・読解力の不十分さや不適切さを暗示する場面から始まっているのである。

その後もオリーは、目の前の人物その人や、その人物が提示する何らかのサインをも、あたかもテクストのように読み、解釈していく。しかしその読解はたいていの場合、誤読か無理解という結果に終わる。

典型的な事例は、小説第二部の結末近くで起こる出来事だ。大学入学後はじめてのクリスマス休暇で帰省したオリーは、母親が熱中している町の文化行事であるオペラ劇上演に、抵抗むなしくしぶしぶ参加させられる。

この素人オペラをプロデュースするために都会から呼ばれたのが、演出家イーヴリン・ド・トレイシーである。イーヴリンは、口先でこそ出演者全員をやたら褒めちぎるものの、心のなかでは、この出演者たちが文化を愛好するどころかこの劇を単に自己顕示欲の発露の場としてしか見ていないことに、辟易している。イーヴリンは、オリーがやはりこの町の虚飾を嫌悪していることを見抜き、親近感をもってオリーに接近する。酒の勢いもあってオリーは、「真実なんかあるもんですか。真っ正直なことなんて何もないんです。〔中略〕自分の体を人目から隠したり、口に出しては言わないこととか、口にする度胸がもてない話題とかあったりして、ああいう人たちとは親しくなるなとか、それに、町の連中がいけしゃあしゃあと〈音楽〉だなんて宣っているこの代物とか、みんな嘘っぱちだ！　やつらにはわかってないんだろうか？　みんな嘘だ、嘘っぱちなんだ！　ほんとに――へどが出ますよ！」（147）と吐露する。さらに彼は、自分とイーヴィの例の破廉恥な性的関係にも言及し、彼の父親がセックスの現場を双眼鏡で目撃しておきながら世間体のためだんまりを決め込んだことまでイーヴリンに打ち明け、「僕はものごとの真実がほしいんだ」（148）と訴える。イーヴリンは、そんなオリーの告白と訴えに答えるかたちで、女装姿で写っている写真をオリーに見せる。自分の性的倒錯という〈真実〉を明かす意図だった。

しかし、オリーはこの写真というサインの解読・解釈を完全に怠る――「『こりゃあ一体何なんです？』僕は大笑いしながら吠えた」（149）。そしてひとしきり哄笑した後、オリーはこう尋ねるのである――「そういえば、何か僕におっしゃろうとしてたんでしたね、イーヴリン。それって何ですか？」（150）。これほどの無理解な反応はめったになかろう。オリーはこの写真という〈テクスト〉の読解に、そしてその〈テクスト〉を差し出してきた人間イーヴリン――〈テクスト〉の著者、と言ってもいいかもしれない――の意図と心情についての読解に、取り組もうとすらしない。オリーはいわばこのテクストもまた、「判読不能」として受け流してしまうのだ。その後のイーヴリンは、オリーの目には、意味の定着可能な枠組みを外れて漂う物体――「水の中に浮かんでいるみたいな何かの物体」(155) ――として映るばかりだ。[3] 奥に潜在するだろう深く複雑な人間性を、オリーはあえて読みとろうとしない。オリーは浅薄な読み手であり、また、浅薄なレベルにとどまろうとする無意識の傾向をもつ読み手なのである。

小説第一部の末尾には、オリーの読解力が飛躍的に深化しそうになる場面がある。ただし、それも結局は肩すかしに終わり、かえって読み手オリーの稚拙さの根強さを物語る始末である。オリーとの件とはまた別の性的スキャンダルのため、イーヴィは町を放逐される。だが、オリーが大学三年目に入る直前に、帰省した故郷でオリーはイーヴィとばったり再会する。イーヴィは別れ際に、オリーとスティルボーンの町民全体に向けた呪詛と真摯な告発のことばを、吐き捨てるように放つ。そのことばを浴び、オリーはそこでようやく、内面性を備えた人間として彼女を読みとる力を獲得しそうになる――「それはあたかも、この欲求不満と欲望のはけ口が突然、物としてではなく人間としての性質を獲得したかのようだった」(111)。

だがオリーのイーヴィに対する覚醒は、畢竟尻すぼみに終わる。この期待外れの展開をもたらすのがまたもや、オリーの読解力・解釈力の浅薄さという要因なのである。再会時にイーヴィはオリーに、「あたしとパパとの関係をあんたが言いふらして笑ってる、そんな町になど二度と戻るもんか」(110) ということばを投げつける。オリーは「パパとの関係」ということばを「奇妙な言い間違い (her curious slip of tongue)」と捉え、その意味については皆目「五里霧中」の状態のまま「ああでもないこうでもないと気に病み」続け、それで小説の第一部は幕を閉じる (111)。ここでイーヴィの発言を「言い間違い」と決めつけ、「好奇心をそそる (curious)」点があると勘づいているにもかかわらず、深入りしようとしないところが、オリーの読解力の限界を如実に物語る。

二年前、数回目のセックスに及んだ際、オリーは、イーヴィの尻に鞭で打たれたようなミミズ腫れがあるのを発見したことがあった。オリーはこれまでイーヴィから聞いていた話から推理して、これは、彼女に速記を教えている傷痍軍人ウィルモット（Captain Wilmot）が、イーヴィに加虐的性行為を施した際につけたものだと結論、しかもこの謎解きを「不可避の解釈」（89）だとまで確信し、これは「露見であって、当然の不可避性とでもいうような感じで、話の辻褄がぴたり合うようになった」（89）という感覚を味わいつつ、確実に読みとったと思い込んだ。だがそれは完全に読み違えだった。この傷は、実の父親から近親相姦的SM行為を受けているうちについたものだった。「あたしとパパとの関係」ということばは、その秘密を漏らす鍵だったわけだ。

皮肉なことに、かつてオリーは、イーヴィと父親の関係を無意識のうちに言い当てていた。イーヴィを初めてものにしたとき、オリーはこの征服のことを、「僕はババクーム軍曹殿を、いわば間男にしてやったわけだ。間男の意味とは何か、少々あやふやではあったけれど、でもそれが正確な表現だと思えた」（75）というふうに解釈した。「イーヴィの父親を間男にしてやった」というこの解釈は、「パパとの関係」の実態を踏まえるならば、オリー本人が思っていた以上に正鵠を射たものだったわけだ。しかし第一部結末でのオリーは、かつてのこの解釈を想起することもなく、イーヴィの「言い間違い」という浅い解釈で済ませて、いぶかしむばかりだ。こうして、オリーの読解力・解釈力の低さはいよいよ際立つことになる。

3

こうした読みの浅さのため、オリーの周囲の人間たちは、深みを欠いた、きわめて物体に近いフラットなキャラクターという外観をまとうことになる。レッドパースはスティルボーン町民全員について、「この町の住人は、与えられた役割の枠内へ〈死産《ボーン・スティル》〉で産み落とされる。〔中略〕スティルボーン町民たちは、人間性という命のきらめきを失って、ただの物体と化している」（Redpath, *Structural* 102）と指摘し、そのうえで、さまざまな登場人物が他の登場人物を、人間性を欠いた物体として利用する様子を列挙する。だがここでは、人々を物扱いして、決まった役割に貼り付けている人間の筆頭はそもそも誰なのか、という問題にもっと注意を向けるべきだろう。S・J・ボイドは「オリーは語り手であり、イーヴィを徹頭徹尾ただの肉体として提示しているのは、彼なのである。それが、他人を見る際に彼が選んだ見方なのだ」（S. J. Boyd, 114）と正しく述べている。

これに付言するなら、オリーの読み行為には悪循環が働いているのである。自分がそういう浅い読み方をするせいで、周囲の人間が平板で単純に解釈できる物体として見えるようになり、そして、そうとしか見えなくなっていくにつれ、オリーの浅い読みはいきおい正当化されることになるのである。正当化されるがゆえにオリーの読みは元のレベルにとどめ置かれ、[4] オリーは他人を物体的なフラット・キャラクターとして読み続け、その視点から抜け出すのがさらに困難になっていく。こうして彼の読解行為は悪循環の枠内に拘束され続ける。

オリーは他人を読む際、その人物たちに心があることを忘れているような読み方、あるいは心をもつ人間であることに目をつぶるような読み方をする。右で述べた正当化の悪循環のせいで、オリーのなかでは、読む行為を開始する前からそういう心構えが固まっている。

バルトは論考「物語の構造分析序説」において、読み解きのそもそものアプローチは、物語の分類の違いによって変わるものだ、と指摘し、物語分類の一方の極にジェイムズ・ボンドもののような通俗的物語を置き、もう一方の極に「心理」小説を配置、そのうえで、前者は「主として機能指向（predominantly functional）」である一方、[5] 後者は「主として指標指向（predominantly indicial）」で、すなわち、物語中の意味を十全に生じさせるため、別次元に存在する意味を引っ張り込むための窓口となる目印を指向する傾向がある（Barthes, "Introduction" 247）、とした。[6] この言い方を借りるなら、オリーは徹頭徹尾、イーヴィやイーヴリンやバウンスを通俗小説のコンテクストで読むのだと心を決めていて、心理小説として読もうとはしない——と表現できるだろう。イーヴィたちという〈テクスト〉が、通俗小説的関心のレベルを超えた別次元において何らかの価値ある意味をもっている可能性を、オリーははなから寄せつけない読み方をするのだ。テクストの「目印」に目を向けない。そこに読み手オリーの非倫理性が顕現するのである。

4

オリーは第三部の主要登場人物に対しても、真摯な読みとりを門前払いのように拒否したり、あるいは非常に浅薄なレベルにとどまったりする読みを行使している。その相手とは、彼が六歳時から毎週二回ヴァイオリンやピアノを習っていた個人教師で、独身の中年女性バウンスである。

厳格な父親から音楽以外の楽しみを一切禁じられて育ったバウンスは、町の新参者、自動車修理工ヘンリー・ウィリアムズ（Henry Williams）に一目惚れしてしまう。バウンスは、彼がバウンスに接近するのは資産目当てであることにやがて感づくし、ヘンリーが妻子持ちであることも程なくして知ることになるのだが、それでもバウンスは、父親が亡くなった後ヘンリー一家を自分の屋敷に同居させることまでして、ヘンリーの気を惹く努力を諦めない。オリーはそんなバウンスとヘンリーの奇妙な関係を、自分が七—八歳のころにこのふたりが出会ったとき以来、ずっと間近で眺めてきた。オリーは一〇代前半の頃、バウンスがヘンリーに向かって、「私の望みは、私を必要だとあなたに感じてもらうこと、それだけなのよ！」（Golding, *Pyr* 188）と懇願するのを立ち聞きする。しかしこの切ない発言を、オリーは「滑稽な様子ですがっている」（188）としか捉えない。この当時からオリーは、バウンスという人間が行う表現活動に対しては、ずっと変わらず突き放したような距離をとり、遠目に眺めるばかりだったのである。

バウンスは、かなわぬ恋心をヘンリーに向けて発信し続けるが、彼女のメッセージ発信の仕方は、いびつな人間関係の影響を受けたせいか、次第にねじくれたものになっていく。一八歳になったオリーは、バウンスが自宅にこもってむせび泣く声を耳にするが、その泣き方はスムーズな表現をとらない――「バウンスは先の暗がりの左のほうにいて、ブラームスの胸像に睨みつけられながら、ぼんやり火の入った暖炉の前にうずくまり、胸が張り裂けるように泣くにはどうしたらいいのか、教えてくれる人もいないまま、下手くそな独習を試みていた」(200)。それから数ヶ月後、バウンスは、さらに判読が難しいサインを発信する。わざと自家用車を電話ボックスにぶつけて自損事故を起こし、そしてヘンリーに電話で救難を要請することによってヘンリーの注意を惹く、という屈折した作戦である。

後者についてオリーは、両親から説明を受けてようやくその意味を理解する次第なのだが、そのときにオリーがバウンスに対して抱いた感情は、「愉快に嘲り笑いたい気持ち」(206)でしかない。オリーはショックを受けたとも言ってはいるが、そのショックの原因は、スティルボーンの町民同士がスキャンダルの種を求めて互いをいかに監視し合っているかを痛感したせい――「頭のなかで、ある種の激震が起こった。〔中略〕僕らはみんな、互いをお見通しで、互いに相手を食い物にしていて、みんな猫をかぶっているけどそんな外づらを恥じてもいる、そのことを思うと僕の心は、恥辱と憤慨と、それから、舞台に引っぱり上げられてあがってしまうときのような恥ずかしさで焼き尽くされた」(204-205)――である。オリーの動揺はバウンスに対する理解の所産ではない。

他人の不幸は蜜の味、とばかりに舌なめずりしつつ相互監視する、そんなスティルボーン町民たち目がけて突きつけるかのように、バウンスはしばらく後にまた新しく挑発的なサインを発信する。その難読度はさらにエスカレートしている。オリーが大学二年生の最終学期を終えた秋の夕暮れ、初老のバウンスは、落ち着き払った笑みを浮かべながら、手袋と帽子と靴のほかは一糸まとわぬ素っ裸で、公道を歩きヘンリーの仕事場に向かったのである。異様な姿ではある。しかし、淑女性を誇示する数点の衣類を身につけ、その一方他の衣服は「恥ずべき」ものとしてかなぐり捨てて裸体になったバウンスの姿は、単なる錯乱の表象を超えたメッセージを発信しているはずである。少なくともオリーなら――体を人目から隠し外づらを重視する町民たちにはうんざりだ、と約一年前に言い放っていたオリーなら――このメッセージに向き合い、反応してもいいはずだ。だがそのオリーはただ戦慄し、何でもいいから別のものを見つめることで、網膜に焼きついた光景の衝撃を紛らわそうとするばかりだ――「僕は、心の目はそむけていられるよう、何かこの目を釘付けにできるようなものはないかと探していた」(207)。バウンスの発した、奇怪ではあるが明らかに意図のこもった一種の難読なサイン――あるいはテクスト――から、またしてもオリーは目を背けるのである。〈テクスト〉に対する不誠実さここに極まれり、と言っていいだろう。

5

本書第五章で概略を見たように、二〇世紀、特にその後半は、テクストを読むという行為に対する捉え方が大きく動いた時代であった。ニュー・クリティシズムの一派が唱えた「意図に関する誤謬 (intentional fallacy)」という、テクストの著者の意図を正しく忖度することを読書の目的と考えるのは誤りだ、とする考え方を継承するかっこうで、六〇年代後半には、バルトの有名な〈作者の死〉宣言などが耳目を集めた。そして、テクストの意味の制作現場は作者の側にはなく、読者（あるいは読者とテクストの共同作業）の側にある、と考える立場の運動が盛んになった。それが脱構築的読書論であり、受容美学であり、読者反応理論である。

だがその一方で、読者の数だけ異なる解釈がいくらでも放縦にまかり通ってしまうような無秩序を恐れ、作者の意図に一定の重みを置こうとする対抗勢力も、同じ時期に存在していた。ブースや、その意を汲んだジェイムズ・フェラン（James Phelan）などがその代表格だ。彼らに共通するのは、作者の意図を読者が読みとるという行為に、倫理の問題を絡める姿勢である。

フェランは一九九六年の著書『レトリックとしてのナラティヴ』（*Narrative as Rhetoric*）のなかで、ブースの目指す方向を解説して次のように述べている。ブースが向かうのは、テクストの意味を決定するプロセスにおける「制御者（controller）」としての〈作者〉の復権だ、というのである。フェラン自身は、作者の完全復権は難しいだろうと考えているが、それでも〈作者〉のことは、意味決定において相互に影響し合う三要素——作者の主体（authorial agency）、テクストという現象（textual phenomenon）、読者反応（reader response）——のうちの一要素として、その重要性を再確認されるべきであり、その相互影響のかたちはもっと注目されねばならないのだ、と提言している（Phelan, *Narrative* 19）。

フェランは、人がそもそも物語を語る動機は、「想定する聴衆（expected audience）から強い反応を引き出す力が物語にはある、と〈私〉が信じているから」（18）なのだ、と喝破した。物語の発信者は、この動機をできるだけ十全に果たすために、そして「私たちの認知や情緒や欲望や願望や価値観や信条に訴える」（19）ため、物語をどのような形式・形態で語るかを熟考する。フェランは、発信者・作者が構想するこの意味での形式・形態のことを、包括して「レトリック（rhetoric）」と呼ぶ。そして、テクストの作者の招きにしっかり応じ、その「レトリック」に真摯に向き合って読み解くことが、読み手の責任なのだとフェランは考える。「レトリック」読解の手続きとして、読者は「作者が想定する読み手（authorial audience）」と一体化するよう期待されているし、また、作者の側としても、読者を「作者が想定する読み手」のなかへ首尾よく引っ張り込むことができれば、それは、「彼のもつ価値観に関与する――肯定的関与であれ否定的関与であれ――その関与の深度に対する影響力」（102）を得ることに直結するのだ――そうフェランは言う。

そのうえで、作者が熟考して駆使するレトリックの向こうにある発信者の真意や価値観を、読者が読みとり、そしてそれを、読者がこのテクストに持ち込む自身の価値観と比較すること。これが読むことの倫理なのだ、というのがフェランの考えである。

> 作者が想定する読み手と同化することにより、作者からの誘いかけの土台をなす倫理的・イデオロギー的な基盤を認識できるようになる。このような想定された価値観を、私たち現実の読者がテクストに持ち込む価値観と引き比べることによって、私たちはこれらの価値観に関する対話へと引き込まれていくのである。〔中略〕物語の倫理的次元には、三つのものが含まれる。第一に、作者が想定する読み手がものごとを判断する際の基礎となる価値観。次に、この価値観を物語のなかにどう動員するかという手段。そして最後に、作中人物の体験を主題化する営みのなかに暗に含まれている価値観と信条である。（100）

こうしてフェランは、作者のレトリックと価値観に向き合う営みに、読み手の倫理性の問題を接合したわけだが、フェランのこの理論は、オリーがバウンスの裸体徘徊を目撃した場面を読み解くのに大いに役立ってくれる。バウンスの奇行を、バウンスが伝えたいメッセージのレトリカルな表現形態と見なしてみよう。その場合、〈作者〉バウンスがその〈読み手〉として想定している相手とは、第一義的にはヘンリーということになるだろう。

かたやオリーは、作者から想定されている読み手ではない。いわば第三者的な読み手という位置にいる。この三者の構図をフェランに従って読み解けば、オリーにはヘンリー（＝作者が想定する読み手）といったん一体化することが、倫理的に期待されるわけである。そのうえで、バウンスの裸体徘徊という、晦渋で常軌を逸したレトリックを読みとり、レトリックの裏にある、バウンスに常軌を逸しせしめた心理的・社会的諸力の全体図を了解し、そしてそれを鑑《かがみ》として、オリー自身のこれまでの価値観と照らし合わせることが、オリーには求められている。それは、オリーが考える「応分の値段の支払い」など、はるかに超えた反応となって然るべきはずだ。だがそれをオリーは拒絶する。その拒絶の姿勢に、読み手としてのオリーの非倫理性が集約されているのだ。

6

フェランの盟友ブースの議論は、倫理の問題に関してさらに直截な姿勢をとる。一九八八年に発表した『つきあう相手―フィクションの倫理』（*The Company We Keep: An Ethics of Fiction*）においてブースは、ポストモダニズムの過剰な決定不能主義の影響を受けた読者反応理論の、個人主義や主観主義の過熱ぶりに対して警鐘を鳴らした。ある程度の共通価値観を作品評価の普遍的基準とする、いわゆる「倫理批評（ethical criticism）」には、一定の妥当性があることを進んで認めるべきだ、とブースは主張した。彼は、読者反応理論がテクストの意味と価値判断とを切り離して論じていることを利用して、たとえ意味は決定不能だとしても、テクストの裏の価値観や倫理判断まで決定不能とは限らないはずだ、と申し立てている（Booth, *Company* 83–84, n.3）。

ブースがここで問題にしている文芸批評方法上の「倫理」とは、あるテクストの主題やプロット展開が人道上のぞましいものであるかどうかを判断する観点からの読み方、というだけのことを指しているのではない。むしろ、テクスト——そしてその裏に控える〈暗示された作者〉——と読み手との対人関係を、どう結ぶかの問題である。「倫理の低下」は「暗示された作者の倫理基準が、自分の見解を口にするときの言い方をあまり気に留めない人間の倫理基準と同レベルになってしまった、という感覚」となって表出する、とブースは言う（107）。ブースが唱える「倫理」性とは、読み手がテクストに対して、ひいてはそのテクストの制作者である〈暗示された作者〉に対して、誠実に向き合い、そしてその対峙の体験を通して、自分のなかに「今よりもいい欲望をもてるようになりたいという欲望」（485）を涵養することにより、自らの「人格（character）」を向上させようという姿勢をもっているかどうかの問題である。[7] ブースは、暗示された作者が構築した世界に読者が没入し、作者の体験を誠実に追体験するときの様子を、次のように説明する——

> 私たち読者は暗黙のうちに、倫理批評の実践に足を踏み入れているのであるが、その実践は、作家の技芸や手腕に対する私たち自身の判断から切り離し得ないものだ。〔中略〕たとえば、文芸作品とは別種の、何らかの問い合わせに必要なデータの羅列を読むときのような接し方ではなく、ひとりの人間からもうひとりの人間に対して与えられた表現物として、作品に深く関与するという姿勢が前提ではあるが（107）。[8]

テクストの発信者を、単なる雑多なデータとしてではなく、自分と同じ生身の人間として扱い、[9] そして、テクストの向こう側に、そのテクストの制作に要した真摯な努力と意図の跡を感じとり（214参照）、それを「〔物語が成立する文脈として存在する読者である〕私たちが、物語に持ち込むもの」（212）と対話させることによって、自分個人が現実世界において抱いている願望や欲望を、もっと高次のものへと高めようとする。それが読者の倫理だ

――これがブースの主張の要旨であり、特にその後半部分は、フェランに引き継がれた議論であることは明白だろう。

ブースの主張とフェランの主張をあわせてみるとき、それは『ピラミッド』においてオリーが、イーヴリンとイーヴィとバウンスという三つの〈テクスト〉たちに対して実行した読みの非倫理性に対する、直裁的な窘めのことばのように聞こえてくる。オリーが、三つの〈テクスト〉に対峙する際、真摯な責任感に基づく対峙を行っていないこと。三人との対峙を契機として起こりうる自己の人格変革を、望ましいものとしようとする前向きな構えをもてずにいること。読み手オリーの倫理性欠如の最たる顕現がここにある。

一九六七年前半発表の『ピラミッド』は、一九八〇年代のブースやフェランに先んじ、そしてさらには一九六七年後半にバルトの〈作者の死〉宣言が非倫理的でアナーキーな読みの自由に道筋をつける、その時点にも先んじて、すでに〈読みという行為〉の倫理性にまつわる問題を訴えていた寓話だった、と見なすこともできるのかもしれない。

7

ここで、小説『ピラミッド』の内部にのみ向けていた私たちの視線を、作品の外部世界へ転じてみたい。ゴールディングが『ピラミッド』執筆にいたった過程を知ることが、読むことの倫理性の問題について、さらに別の次元の問題を浮かび上がらせるからだ。

ケアリが発表したゴールディングの伝記によって、『ピラミッド』を構成する挿話、特に第一部のエピソード群が、ゴールディング自身の青春期の行状という事実にもとづいて書かれたものであることが明らかになった。具体的に言うと、ゴールディングが大学生の頃に、故郷モールバラで五歳年下のドーラ・スペンサー（Dora Spencer）との間にもった実際の関係に基づいているのである。ゴールディングが彼女に野外でのセックスを何度も強要したこと。ドーラの尻にＳＭ行為の鞭によるミミズ腫れがあるのを偶然発見したこと。彼女との性交の現場をゴールディングの父親が双眼鏡で発見するよう、ドーラが仕組んだこと。数年後再会した折にゴールディングがうっかり「尻」のことに言い及んだのを恨んで、ドーラがパブの客たちの前で、自分は昔この男に強姦されたと言い放ったこと。『ピラミッド』第一部の衝撃的な逸話群は、これらの実話に取材したものだったのである（Carey 53–56 参照）。[10]

ケアリの情報源は、ゴールディングが残した私的な回想録である。ゴールディングは一九六五年中に、『ピラミッド』執筆に取りかかる準備として、『男と女と今』（*Men, Women & Now*）と題した手記を執筆していたのである。[11] ケアリによれば、この未だに非公開の回想録に描かれたドーラ像には、強烈な悪意と恨みがこもっているという――「『男と女と今』での描写は、ドーラを不当に貶めている。〔中略〕彼女は〈生まれつき堕落した〉性格の女だった、とゴールディングは言い張っているのである。」（Carey 56）。ケアリは、「どうしてドーラを怪物的に描く必要があったのか。考えられる説明としては、ゴールディング自身のなかに眠っていたサディズムにドーラが火をつけたことが、彼には許せないのだということが挙げられよう」（56）と、ゴールディングの側にあった一種の責任転嫁行為を感知している。

だがやがてゴールディングは、そういう描き方でドーラを書く自分の利己性と非道さについても、強く自責するようになった、とケアリは見ている――「ゴールディングは、自分の心中にある残虐性に気づいており、そのことがほとほと嫌だった。そしてやがて彼は、もし自分がヒトラー時代のドイツに生まれていたなら、きっとナチスのメンバーに加わっていただろう、と口にするまでになったのである。この自己認識の獲得には、ドーラの件が一役買っていたと思われる」(57)。その自責が、『ピラミッド』をああいうかたちで完成させることになったわけである。

つまり『ピラミッド』を書いたゴールディングは、文字通り身を削るようにして自分の人生――特にその汚点――を作品化した作家なのである。そしてこの後いくつかの章で見るように、この営みは『ピラミッド』執筆についてのみ行われたものではない。じつに多くの作品が、作家自身の過去を作品に起こすという試みの結実だったと言えるのである。

そして今見ているケースにおいては、ゴールディングはいわば、自分の過去という〈テクスト〉に二度向き合ったのだ。一度目は、『男と女と今』を書き殴った時点。二度目は、『男と女と今』にいったん書いたことを再検討して『ピラミッド』へと〈書きなおし〉を行った時点である。最初に自分の過去と対峙した際は、独善的な解釈行為しか実践しなかったものの、二度目のときには、ドーラや自分の過去という素材テクストに、今度は真摯に向き合う倫理性を発揮することができたのだ。その成果が、テクスト再解釈の結果として生まれた小説『ピラミッド』なのである。

8

ブースは前掲書の中で、「作品を書くための〈素材〉として人生の秘め事を利用された人々に対する、作者の責任とはいかなるものか?」という問題設定を立てていた。ブースは、「芸術はすべてを正当化する――じっさい、なんらかの倫理的な世界を構築する行為に心の底から全霊で取り組んでいる（engages wholeheartedly）小説家は、〈その倫理的生活をみずから生きている〉のだから」などという言いぐさをもって解答とする向きを想定し、それに対しては、「もっとましな答えが要求されるだろう」と、はっきり異議を唱えている（Booth, *Company* 130）。「心の底から全霊で」などといっても、それは『自由落下』の「総ざらい」と同様に、本人の真摯な思いのたけにもかかわらず、ただそのいっときの独善的な思い込みにすぎない。そのときそのときの「全霊で」の世界構築や解釈の試みも、じつは不完全なものであり、再構築・再解釈を要求するものだ、という理解こそが、誠実で倫理的なあり方なのだと言うべきだろう。

解釈や試みが、過去の『男と女と今』を通して、過去という素材テクストを再読し『ピラミッド』を制作したゴールディングには、その「誠実な」認識があった。他方、『ピラミッド』のオリーはというと、彼はまだ『男と女と今』の段階にあったゴールディングの写し絵である。そして、今回ゴールディングは、オリーという自画像を、非倫理的で、「心の底から全霊で」〈テクスト〉に向き合うことをしない〈読み手〉として書き込んだわけだが、そのゴールディングのほうは、オリーよりも倫理的に高次の段階に進んだ〈読み手〉となっていると見ていい。

最後に、ブースやフェランとはまるっきり反対側の論陣に位置づけられるヒリス・ミラー（J. Hillis Miller）の議論もとりこんでみたい。(12) ヒリス・ミラーは、ポール・ド・マン（Paul de Man）や自分の脱構築的読みが、多様な読みを野放図に是認するあまりニヒリズムを招いている、という一般的な批判に答えるため、一九八七年に『読むことの倫理』（*The Ethics of Reading: Kant, de Man, Eliot, Trollope, James, and Benjamin*）を発表した。そこでヒリス・ミラーは、脱構築派が前提とする〈テクストの意味の決定不能性〉は、解釈のアナーキーやニヒリズムにつながるのではなく、常によりよい読みに近づこうとして解釈をやり直し続ける努力を招くものだ、と主張した。

ヒリス・ミラーによれば、ポストモダンのスタンスからすると、言語の宿命として、ことばは対象を完全に過不足なく表現することはできないし、従って、いかなる読みという行為も失敗を宿命づけられているのだという

読み損ないというものは、当のテクストのなかで避けがたく生じるものである。読者は、自分の読みにおいてこの読み損ないを再演することを余儀なくされる。正しく読むということが意味するのは、テクストが告発してはそして再び犯してしまうその過ちを、読者が再演するよう強いられる、ということにほかならないのだ。（Miller 53）

読むという行為はそのまま、当該のテクストの意味を「転覆（subvert）」する行為になる。だから、ことばを用いて語ろうとする限り、普遍的に正しい単一的な法や掟などというものは、ことばのなかには現出し得ないし、読みとることもできない。しかしそれでも、よりよい解釈を求めて再読する行為には価値を見出していいのである。なぜなら、意味の決定不能性を逆手にとって考えれば、何度でも読みなおし解釈しなおし意味を生みなおすという営みも、正当化されることになるからだ。(13) その読みなおしの努力の継続こそが読みの倫理だ、とヒリス・ミラーは言う。

ヒリス・ミラーは特に、ヘンリー・ジェイムズなどの作家が実践した、自分の作品を読みなおして修正する行為を、〈読み行為〉全般の範例《パラダイム》と見なしている（2参照）。彼は、過去の自作を読みなおす行為のことを、ジェイムズの用いたメタファーを借りて語る。ジェイムズはかつて、読みなおして修正する行為を「真っ白い雪原に以前自分がつけた足跡を、今同じようにたどろうとするのだが、足跡をあわせるのに大いに苦労する」と表現した。

これを承けてヒリス・ミラーは、「物語の《素材《マター》》を新たな道筋で歩きなおすことを強いられた新しい足跡、というイメージ」(119)を案出した。そして、その自分の読みなおしという営み――新しい「足跡」をつけなおす営み――をこそ、倫理的行為と見るべきなのだ、とヒリス・ミラーは主張している。

ヒリス・ミラーが提示したこの読みなおしの手順は、ゴールディングが自分の過去を解釈した『男と女と今』を再読し、いったんは完成させた解釈を転覆して『ピラミッド』という再解釈を作り上げた、その行為とちょうど重なりあう。ゴールディングは『ピラミッド』を制作するにあたって、ドーラや過去の自分というテクストと倫理的に向き合いなおし、読みなおしを敢行した。そして、その結果を読者の前に晒すべく、あえて『ピラミッド』の主人公の造形に自分を――『男と女と今』時点の解釈からほとんど脱却できていない未修正の不道徳な自分を――不道徳な人間という姿で描き込んだ。

『ピラミッド』という作品は、非倫理的な作者そして読み手が、倫理的な〈読みの営み〉を誠実に遂行した後に残した(あるいは残った)「足跡」である。本章冒頭で引用した場面の言葉を持ち出して言うなら、ここでゴールディングは、自己認識という重い代償を支払って、自分の過去の足跡や「足」に対し、新しい「未来を選択できる力」を与えることを実践したのだった。それはまた、自分という元来の作者の創作意図を絶対視しないという、彼の意に染まぬはずのスタンスを、受け入れるところから始めなければならない作業だったのである。

本書第五章第1節では、ゴールディングが「作家たるもの、自分のつけた〈足跡〉のことはしっかり把握しているものだ」という趣旨のことを述べているところを見た。しかしその作家の〈足跡〉は、本人の意志やコントロールを離れて、かき消され書きなおされるものでもあるのだった。『尖塔』では作者中心の読書論を主張する気分に傾いていたゴールディングは、こうしてこの『ピラミッド』で、読者中心の読書論のほうへと突き返されたのである。

注

（1）これが、本書前章第3節末で見た、ジョスリンがアダム神父の顔に文字を見いだせるようになる最初の悟りとは対蹠的な態度であることは、言わずもがなだろう。

（2）この点に関しては、本書第一二章第2節で詳しく触れる〈信頼できない語り手〉の二面性についての議論を参照されたい。

（3）フリードマンは、オリーが倒錯者イーヴリンに接する最後の姿には、人間を物としてではなく人間として扱う姿勢が見受けられ、しかもその姿勢は、再会したイーヴィとの別れ際にオリーが感得した姿勢の反映であるとしている――「ド・トレイシーに対する接し方において、オリヴァーはイーヴィに教えられた教訓をさっそく活かしている」（Friedman 113）。しかしそれは小説の構成を捉え損ね、時系列に正しく注意を向けなかったがゆえの誤解である。炯眼のアヴリル・ヘンリー（Avril Henry）が一九六九年の論考で作成してくれた物語の時系列表を見れば一目瞭然だが――またオリー自身も第一部に明記しているのだが――イーヴリンとのエピソードのほうがイーヴィとの再会よりも「ほぼ二年前」（Golding, *Pyr* 106）の出来事なのだ。フリードマンの理屈は成り立たない。

（4）目を向ける側面を限定すれば、そうした皮相的な読みが正解にいたることもある。オリーが里帰りの際にイーヴィと再会したとき、イーヴィはロンドンで会社勤務をするようになっていた（上司の情婦というポジションについた、と言ったほうが正確らしいが）。このときオリーは、イーヴィの階級上昇を微細に見極める読解を行っている――「ある一点にかけては、まあその一点しかないのかもしれないけれども、僕はその道のくろうとであり、だからそのとき目の前にあったものも、きちんと解読できた。イーヴィはもう、僕らの社会の恐るべき階段を二、三段のぼったところにいたのだった」（Golding, *Pyr* 103）。オリー自身が認めているように、所属階級を特定する〈読み〉という一点に関する限り、彼はスティルボーン町民の一員らしく、じつに正確な読み行為を実践するのである。

（5）ここでバルトが言う機能とは、ウラジミール・プロップ（Vladimir Propp）が提唱したような、物語最小単位としての「機能」のことである。

（6）ラビノウィッツはこの二極を、「大衆文学（popular literature）」と「純文学（serious literature）」（もしくは「エリート文芸（elite art）」）と呼び直したうえで、読み始める前の心の構えについてバルトと同様の議論を展開している。Rabinowitz 183–188 参照。

（7）ブースは読者反応理論（及びポストモダニズム）の個人主義や「多元論（pluralism）」を完全に否定しているわけではない。読者は、テクストが示す価値観と誠実につきあって、自分の人格形成に資することを為そうとするのだが、その際の反応のしかたは画一的ではなく、個人によって当然違いがある。その点では、「多元的」であり得るわけである。

（8）ブース自身は言及していないものの、引用中の、文学テクストに「深く関与（engage）する」ということばを、ジャン＝ポール・サルトル（Jean-Paul Sartre）流のアンガージュマン概念に結びつけてみるのも、決して的外れではあるまい。アンガージュマンの概念を示しながらサルトルは、作家は「一つの言葉をいう度に状況を自分のものとし、世界に対して私の立場をとる」ものだとし、その上でそうした作家に対する読者の責任を指摘した——「作家は、世界を、殊に人間を、読者に暴露することをえらんだのであり、その裸にされた対象を前にして、読者は全責任をとらざるをえない」（サルトル、五九頁）、そして「この本を机の上に投げ捨てておくことは、まったく諸君〔訳注：読者〕の自由であるが、一たびそれを開けば、諸君はその責任を引受けなければならない」（七八頁）のであり、「作者は、このように、読者の自由にむかって書き、読者にその作品を存在させることを要求する。しかし、それだけでなく、読者があたえられた信用を作者にかえしてくれることを要求し、作者の創造的自由をみとめて、読者の側からの相称的に逆な呼びかけにより、作者の側の自由を喚起してくれることを要求する」（八〇頁）、とした。サルトルによれば、信頼に基づく読者のアンガージュマンが、倫理性の証なのである。それは、テクストと「深く関与する」ことの重要性を述べるときのブースの考え——これをブースは「共導（coduction）」という造語で表現することもある——と、同一線上にある。

（9）ブースは同書で、「友人づきあい（friendship）」の比喩も持ち出している。

（10）ついでに言うと、バウンスにも実在のモデルがいて、ゴールディングが幼少期に音楽レッスンを受けていたソールズベリ嬢（Miss Salisbury）がその人だ、とケアリは言う。Carey 28参照。

（11）ゴールディングの娘ジュディによる回想録によれば、この『男と女と今』は、ゴールディングは女性の登場人物を描くのが下手だという積年の批判に対抗するための練習だったという（Judy Golding, *Children* 195）。なお、ジュディの回想録はドーラの件には触れていない。ちなみに、『ピラミッド』の三つの部のうち最初に書かれたのは第一部で、ゴールディングは第一部の原稿（三回の推敲を経た原稿）を、一九六六年三月一〇日に編集者へ送付し、感想を求めている（Carey 296参照）。

（12）このヒリス・ミラーの議論は、本書第一一章においてもう一度探究する。

（13）言うまでもなく、ヒリス・ミラーはここで、デリダ（Jacques Derrida）の「撒種（dissémination）」の概念を意識している（Miller 120–121）。

第八章　〈一〉を目指す〈二〉――『可視の闇』に見る複製と復元願望としての解釈行為

1

一九七九年発表の長編小説『可視の闇』の主人公のひとりであるマティ（Matty）は、自分が生まれてきた意味について深く思い悩んでいる。小説第四章から第五章にかけて、マティはその問いのかたちを、「ぼくは誰だ？」（Golding, *DV* 51）から「ぼくは何ものだ」（56）へ、そして最終形として「ぼくは何のためにいるのか？」という「灼けるような疑問」（68）へと先鋭化させていく。

これらの問いを、自己理解という〈解釈〉の試みと呼ぶこともできるだろう。ハイデガー（Martin Heidegger）流に言うならば、「理解において企投されたさまざまの可能性を仕上げる」という意味の〈解釈〉、となろう。あるいは、「見廻し（Umsich）」による発見を通じて、「手もとにあるものが、それが『なんのため』のものであるかということに関して、〔中略〕解き明かされ、このようにして眼に見えるようになった解き明かしに従って手もとにあるものが配慮される、という仕方」を、自己理解において実現しようとする試み、と言えようか（ハイデガー、「解釈学的循環」一二〇―一二一頁）。

だが、その試みにおいてマティが向かうのは、自分という存在の目的を自ら考案し創造する、ハイデガー的解釈学的循環――あるいは弁証法によって、自己反省し今の自己を訂正して創り続ける、という道――ではない。『可視の闇』についてマッカロンは、「〈差異性における同一性〉というヘーゲル的原理が（中略）『可視の闇』には充満している」（McCarron, *Coincidence* 50）と指摘する。それは途中までは正しい。しかしマティは、そして『可視の闇』という小説は、「ヘーゲル的原理」ないしは発展的な弁証法としての〈解釈〉を目指さない。マティは「自分は何のためにいるのか」という問いへの答えを宗教的次元に求め、「我らの主」（Golding, *DV* 90）から自分に割り振られたはずの使命としての何か、という唯一の解を見出そうとする。預言者を自任し、神からの託言や指示がなかなか明瞭なかたちで届かないことに、深い「悲嘆や大いなる空虚感」（90）を覚えつつも、それでも毎日聖書をむさぼり読み、あいている時間のほとんどを祈りに費やす。マティは、天から――つまり自分以外の超越的な他者から――課せられ、宗教的運命によってはじまりのときに規定されたと彼が信じる計画を、確実に読みとり、精確に感得し、厳正に復元しようという試みに専心するのである。

『可視の闇』の中身を詳しく読む前に、そして自己理解・自己解釈という限定された話題に絞り込む下準備として、解釈という行為の捉え方について、この小説が書かれた時代の状況を今少し粗づかみしておこう。リクールの説明によれば、二〇世紀後半時点の解釈理論と、その理論における〈理解〉という概念のあり方には、先に見たような初期ハイデガー哲学の影響が強く働いていた。「解釈学的循環」ということばも、従来の意味を離れていて、「存在者が先取の構造を出発点として理解されるという形」（リクール、『現代』六四頁）を指すものとなった、という。オットー・ペゲラー（Otto Pöggeler）も、ハイデガーの解釈学の要諦を、「先視［（Vorsicht）］は、『先行把持』［（Vorhabe）］のなかに取り入れられているものを、一定の解釈可能性に向けて『照準を合わせる』。解釈はつねに或るものを或るものとして把握しようとする。だから、或る『先行把握（Vorgriff）』において一定の概念性を選んでしまっている」（ペゲラー、「歴史と現在」二四―二五頁）と解説している。ハイデガー自身のことばでは、「解釈は、その都度すでに、最終的にか、あるいは留保つきでか、或る特定の概念性に対して態度を決めてしまっている。つまり、解釈は、或る先行把持（Vorgriff）に基づいているのである」（ハイデガー、「解釈学的循環」二二二―二二三頁）、となる。乱暴な単純化とのそしりを恐れずに換言するなら、解釈という行為には、実現形を予測しておいて、そこに重ね合わせるようなかたちで理解しようとする性質を本質的にもっている、という一面があるのだ。

むろんハイデガーは、単にぴったり重ねてそれで終わり、というだけの行為を想定しているのではなく、「その後、この先行把握は個々のものの解釈をとおして分化され訂正される」（ペゲラー、「歴史と現在」二五頁）と考えている。「具体的な状況と企投から出発し、〔中略〕存在の問題を問う一つの存在としての世界内存在にほかならぬ現存在《ダーザイン》の一構成契機として」（リクール、『現代』六四頁）、解釈という行為を捉えているのである。ハイデガーにとって解釈は、解釈者個人の存在の再構築につながっていくはずのものである。「釈意を通して今日的な状況がひとつの根源的な体得の可能性に至るのに手を貸そう」（ハイデガー、『アリストテレス』四五頁、四〇頁）という指向をもった、「事実性の現象学的解釈学」を構想しはじめた頃のハイデガー自身のことばを引くなら、「**理解する**とは、ただ単に何かを確認して知識として承知しておくの謂いではなく、理解したことを自分にとって最も固有な状況に即して、またこの状況からして根源的に**反復する**ことを意味する」のだし、「解釈とは過去を理解しつつ体得することであり、解釈の状況はつねに生きいきとした現在の状況である」、というわけだ（一六頁、一一―一二頁、太字強調は原文のまま）。

大ざっぱに言えばこれは、ガダマー（Hans-Georg Gadamer）の解釈論と通じるものがある。氣多雅子の解説によれば、ガダマーは「解釈者が時間的隔たりをもったテクストを理解する際、時間的隔たりを飛び越えて著者と一体化するのではなく、著者から独立した言説としてのテクストがもつ真理要求と対決し、その対決において解釈者自身の歴史性をともに思索するというところに、『理解』の本質を見る」(氣多、九三頁)のだから[1]。

フリードリヒ・キュンメル(Friedrich Kümmel)も同方向の主張を展開する。キュンメルは、シュライエルマッハー(Friedrich Schleiermacher)の「先取り的前理解(antizipierendes Vorverständnis)」の概念を踏まえ、解釈学的な問題の核心にあるのは、「理解は、持参された前理解(das mitgebrachte Vorverständnis)の閉鎖的世界を打ち破り、そしてその当の人間をして、自分では産み出しえず、手にしていなかった新たな現実へと直面させる力を理解そのものが持っているのかどうか」という問題だ、とする(キュンメル、二二一—二二三頁)。

レヴィナスにも、この方向は共有されている。レヴィナスが考える自我の解釈のあり方もやはり、動的で発展的なプロセスとしてのものであり、自己同定とは、「超越」——あるいは、自我に接合しつくすことが絶対に不可能な「絶対的他」——が自我めがけて「放つ数々の徴しそのものを不断に捉え直し判読する運動」(レヴィナス、『全体性』二六一—二六二頁)を際限なく繰り返す試みなのだ。

二〇世紀後半の解釈学が想定する解釈行為にも、「すでに存して」いる概念性への重ね合わせによる表明化行為という側面がないわけではない。その状況は、先ほど見たとおりなのだが、しかしこれは、先行把持されたオリジナルの意味を復元するだけ、というマティ風の指向とは違っている。いや正確に言えば、マティはそもそも「先行把持」という捉え方すらしていない。マティの心理を、再びレヴィナスのことばを借りつつ説明するなら、「超越」である他者がもつ「絶対的外部性」に——つまり、自我の外に超越的にある他というものは、どこまで行っても自我の枠内に完全吸収することはできないからこそ〈他〉なのだという性質に——マティはどうしても承服しないのだ。

マティは「至高の存在」と宗教的次元で対話しているつもりだが、それはレヴィナスに言わせれば、絶対的他やその絶対的他を迎接して常に自我の解釈を更新する、という自己同定の永遠反復を実践することを拒否し、「分離された存在がその自我中心性のうちに自閉すること」（二六二頁）にはまり込んでしまった姿勢に他なるまい。レヴィナスによれば、「被造物はたしかに〈他〉に従属せる実存である。が、被造物としての実存は〈他〉から分離された一部分として〈他〉に従属しているのではない。無からの創造は体系を破り、一切の体系の外に存する存在をたてるのだが、体系の外とはつまり、この存在の自由が可能になるような場のこと」（一五二頁）であるし、「〈無限者〉からのこの分離は単なる否定ではない。そうではなく、分離は心性としてみずからを成就しつつ、ほかならぬ〈無限〉の観念へと開かれていく」（一五三頁）ことになる。

だが、マティのように「自閉」してしまった者にとっては、不断の更新というかたちで自己同定の努力を永遠に強いられることは、「不可解なもの、非理性的なもの」でしかない。そうした姿勢の者にとっては、「形而上学は分離の抹消、統一化に努めることになろう。〔中略〕形而上学は、分離された存在がその形而上学的源泉へ帰還する途上で辿る一旅程、統一性によって成就されるはずの歴史の一契機とみなされ、オデュッセイアのごときもの、そこで語られる不安、郷愁と化すであろう」（一四八頁）という次第となる。

ところが、そうした〈源泉への帰還たるオデュッセイア〉に対し、ゴールディングは必ずしも否定的ではない。むしろ、更新という自己同定のあり方を、始原の意味から無限後退する営みでしかない、と考えたがっているふしさえある。

『可視の闇』第三部の主要作中人物シム（Sim Goodchild）の慨嘆に、その思いがよく現れている。シムに言わせると、自己解釈とは、「〈存在〉の非情な事実であり、また、彼が実在するものと信じているのは〔中略〕自分自身以外にない、そのわけは、果てしもなく続く意識を自分が感じているのだと自分自身が考えているのを感じているると自分自身が考えているのを感じているからだ、という非情な事実」（Golding, *DV* 200–201）の働きしかもたないものである。自分はこう思うと自分は思うと自分は思う、という主観の無限反射の迷宮に入り込んでしまって、始原の姿には到れないむなしさが、ここには「非情（brute）」という形容詞とともに述べられている。『可視の闇』のなかで展開されるのは、オリジナルの完全な復元、という意味における解釈行為の意義の追究である。そして、ハイデガー流の解釈学的循環をもってしては到達できない始原的存在へ向けた、悲観的で切羽詰まった、そしてそれだけに鬼気迫る迫力をもった回帰願望でもある。リクールは解釈学における初期ハイデガー思想の影響として、真理という概念が「命題学的機能から解釈学的機能へ」、つまり「一致対応としての真理から露呈としての真理へと見方を転換」（リクール、『現代』六五頁）した、と概括する。だが、解釈と真理について、『可視の闇』が実践する思索と希求は、このような時流に真っ向から抗うもののように見える。それはある意味で、「一致対応としての真理」という考え方へと退行することを強く指向する、強烈な「郷愁」に似た解釈論なのである。

2

では肝心の小説の中身を詳しく見ていこう。『可視の闇』は、ゴールディングの全作品のなかで最も謎めいた小説といわれる。その不可解さは、この小説を執筆した経緯や意図についてゴールディングが完全黙秘していることによって、さらに増幅されている。従来ゴールディングは、好意的なインタヴュワーを相手に興がのれば、作品の背景や作者自身のデザインの、かなり突っ込んだところまでを喜んで開陳してきた。しかし、こと『可視の闇』に関するかぎりは拒絶を貫いている（Crompton 11、Crawford 152–153、Carey 364, 383 参照）。それだけになおさら、この小説の読者は解釈行為を自分なりに実践するよう、強力に誘われる。

作品解釈の手がかりを探し求める読者は、この小説が冒頭部からあからさまに、〈二〉という数を印象づけようとしているらしい、と気づくだろう（Dick 96、Crawford 158–159 参照）。第一章第一セクションは、第二次世界大戦時の大空襲の只中にあるアイル・オヴ・ドッグズ地区を舞台としているが、そこには「二軒のパブと二軒の店舗を含むみすぼらしい家が建ち並ぶ二本の街路」（Golding, *DV* 9）がある、と描写されている。いきなり〈二〉という数が連発で読者に突きつけられるわけだ。そして、その二本の街路の先で、投下爆弾が残した巨大な戦火が、「二筋の光る煙の柱」（13）をあげながら燃えさかり、その「鉛を溶解し鉄をぐにゃりと曲げつつある火炎」（13）の中から、奇跡のように、マティ少年が全身を焼かれつつ出現する。

その後も『可視の闇』は、ストーリーのなかで〈二〉や〈二重性〉を極端に重視し続ける。天涯孤独のマティは左半身に重度のやけどを負い、顔が「二色（two-toned）」（22, 175, 265）になっている。マティは長じて聖書マニアになり、日常生活から超然とした精神生活を送りはじめ、霊の訪れの幻視さえ体験するのだが、その霊もふたり連れである。

小説のもうひとりの主人公である少女ソフィ（Sophy Stanhope）も、生い立ちからして二卵性双生児という具合に、やはり〈二〉という数を宿命的に背負っている。ソフィは姉のトーニ（Toni）との関係を、周囲から「ソフィとトーニ・スタンホープという双子は、お互いがすべてという関係」（105）と決めつけられているが、そのことについて、反発と一体願望という、相反する二つの強い感情を抱いている。

ソフィの悲劇は、元来不可能であるはずの一体化の可能性を、感じとってしまったことに由来する。トーニとのあいだに、「本当にお互いがすべてとなり、しかもそれが楽しいという稀な瞬間」（114）を味わえた経験も、皆無ではなかったのである。そのトーニと疎遠になるにつれて、ソフィは、全世界から隠されている闇の世界が自分だけには与えられている、という空想を真剣に抱くようになり、そのトンネル状の闇の世界にもうひとりの自分――「自分専用のトンネルの口の中に座っているソフィたるもの（the Sophy-thing）」（131）――がいるという想定のもと、もっぱらその「ソフィたるもの」との会話に没頭するようになる。ちなみに、自分がふたりいるとソフィが認識するくだりは、ソフィとマティというふたりの主人公を結びつける材料ともなっている。第一章で入院時の少年マティが、彼の看護にあたった看護師に、「マティったら、あたしがいっぺんに二つの場所にいることができると思ってる」「マティはあたしがふたりだと思ってる」そしてついには「マティはあたしが誰かとふたり連れだと信じてる」という、存在のモードの繊細な感覚を与えた、という一件（18–19）を連想させるものがあるからだ。

ソフィにとって、「お互いがすべて」であることを実感できる「双子の片割れ（twin）」を求める願望は、パラノイア化していく。ソフィは、トーニが民族闘争支援の国際テロ活動に手を染めてイギリスから出奔すると、しばらく無軌道な生活を送った後、反社会的な若者ジェリー（Gerry）と恋仲になるが、そのジェリーをソフィは「巡り会った双子の兄（discovered twin）」（154）と表現する。そして、テロ活動をイギリスに持ち込むために帰国したトーニと再会したソフィは、すぐさま姉の活動に協力することを申し出て、嬉しそうにこう呼びかける――「いとしのアントーニアちゃん。また元どおりね！　私たち、お互いがすべてって関係になるのよ」（190）。

この呼びかけにある「元どおり＝元に戻って繰り返す（all over again）」というフレーズが示すとおり、〈二〉という数は、〈再現〉と〈回復〉への期待のニュアンスを帯びている。そしてこの一体の回復を予期したソフィの喜びぶりは、この作品において、〈二〉であるものが統一を目指す志向が、いかに強烈かを物語っている。

3

このように、『可視の闇』における〈二〉や〈一体化を目指す二重性〉は、明瞭なライトモチーフとなっているわけだが、他に明瞭かつ強力なライトモチーフがもう一つある。そのライトモチーフとは、〈解釈という行為〉そのものである。

作品のテーマが解釈という営みだということも（Redpath, *Structural* 56 参照）、小説のはじめからじわじわと読者に伝わっていくように、『可視の闇』は書かれている。第一章第一セクションからして、いろいろな登場人物が解釈行為に携わるさまを描いており、読者の注意を解釈という営みのほうへさりげなくたぐり寄せ、作品の下地を周到に固めている。

まず解釈行為に関わるのが、第二次世界大戦のロンドン空襲のさなかで臨時消防団員を務めているふたりの男である。彼らはそれぞれ、平時の仕事柄を、この戦時下の現状認識に反映させるのだが、そこに〈解釈〉のモチーフが忍ばせてある。音楽家は自慢の耳を、爆弾の飛来音を聞き分けて落下地点と自分との距離を解釈する用途に使用し、書店主は爆撃後の廃墟をポンペイになぞらえ、戦火が照らす石ころの輝きを見ては、『失楽園』（*Paradise Lost*）でミルトン（John Milton）が描き出した地獄の様子になぞらえる解釈に、しばし耽るのだった。

そして第三章では、主人公マティが、シムが営む稀覯本古書店の店先で、占い用のガラス玉を見つめながら「ものとものをつなぐ縫い目の見える側（the seamy side where the connections are）が示される」（Golding, *DV* 48）という異次元体験を経た後、自らを聖書の預言者に列する存在と信じ込むようになって、聖句――特に黙示録の記載――をまったく字句どおりに解釈しながら、世界の終末のヴィジョンを現実の現代社会に読み込もうと奮闘努力しはじめる。

小説はその後の展開においても、解釈行為を頻出させる。『可視の闇』とは、世界について、そして世界を裏側から操作している何ものかについて、登場人物たちが実践する解釈を読む小説だとも言える。つまりこの小説は、作中人物たちを解釈行為に携わらせ、その解釈行為について小説の読者がどう解釈するのか、さらには、読者は自分のその解釈行為をどう解釈するのかという内省を促すテクストだ、と見なせるだろう。『可視の闇』はいわば、メタ解釈についてのテクストなのだ。

そして、今しがた言及したマティの行為に見られるように、『可視の闇』の主要作中人物たちが実践する思惟や解釈行為の特徴的なところは、創造的行為の進展性というよりも、圧倒的に、正確な重ね合わせや復元のほうを志向している、という点である。第三部の主役を張る知識人シムは、その第三部の幕開きで、「第一のこと(First Things)」について哲学的に思考しようと精神を集中してみるが、それを彼自身「回帰(getting back)」(193)と呼んでいる。しかし、書店の業務や日常の些事に関する思いに邪魔されて、「第一のこと」への回帰は不可能と、なかば諦めてもいる——「そうさ。こんな喧噪のなかでも、思いをめぐらせることくらいはできるだろうさ、でも、第一のことについて思索するのは無理だ」(193)。それでもシムは、超越的な始原——「智慧のはじまり」(217)——への再到達を、完全には諦めきれないでいる。

ソフィもまた、現象的世界を裏側から支配していると思しき破壊原理を、知的にというより感性的に解読し、解釈したその原理を現実の世界に実現することに没頭していく。子供時代のソフィは、この原理を「〈コースどおりの進路〉を進むこと(‘Of course’ way)」(108)と表現した。これは、彼女が一〇歳の時に、何か不可解な運命に操られるようにして、石を拾ってろくに狙いもつけずに水鳥の雛に投げつけ、雛を撃ち殺した経験をしたときに感得した原理である。オリジナルの意図としてあらかじめ人知れず策定されていた計画を実現すること——換言すれば、規定のコースや計画を一分のずれもなくなぞる、という復元行為によって、この計画の意味を実現すること。もしくは、まだ表現をもたず、そのために意味ももたない意図だけがあったところに、その意味を寸分たがわず解釈することによって現実の表現を与えること。それが、彼女のいう「コースどおり」の進行に積極的に身を委ねることである。

そして幼少期に一度、完璧にこの「コースどおり」になぞって意図を解釈し復元することに成功した、という感覚を経験したことで、ソフィの一体化希求はいよいよ熾烈なパラノイアとなっていく。成人になってからのソフィはこれを、熱力学的エントロピーの法則にも似た「すべてが運動をゆるめていく。〔中略〕あらゆるものが元の姿から外へじわじわと滑り出てきては、もっと単純なものへ向かう（towards something that's simpler and simpler）」（167）方向だと解釈し、その方向性は、自分がトランス状態に陥ったときに垣間見える「光なき空間たちが奏でる原初的な反オーケストラ（the inchoate unorchestra）」（167）という暗黒空間において指し示されるのだ、と感得するようになる。ここで「原初・始原（inchoate）」という語が使用されていることに留意しておきたい。ソフィが瞥見した世界は、マティが見たのと同じ、「世界の縫い目が見える側」であり、そこは「始原」の「単一（simple）」さが志向される場なのである。

4

始原の回復という不可能に望みをかける行為の意義は、〈波〉のライトモチーフによっても提示される。周期性をもつ波は、再現や回帰といった概念の表象としては、ごく自然な選択といえるだろう。波のイメージはまず小説第二章に出現する。マティの教師だったペディグリー（Sebastian Pedigree）が抱えている、抑えきれない小児性愛衝動の周期性が、波のイメージで描かれるのである。その後、波のイメージがもつ定期的な再来という性質が、回帰や復元の希望をつなぐよすがとして機能するようになる。ソフィとトーニは幼い頃に海岸で高波にさらわれかける体験をするが（116）、その後ソフィは（トーニも同様らしいが）、リズムや波の感覚にきわめて敏感に反応するようになるし、そして小説の結末では、公園のベンチで息を引きとる寸前のペディグリーを、死んだはずのマティがどこからともなく訪い、金色の光と海でペディグリーを包み込み、力ずくで現世から連れ去るのだが、そこにも波のライトモチーフが現れる。ペディグリーはまず自分の体に当たる「波のような陽光」（263）を感じ、やがてそれが光の海であることを知り、マティが腰まで光の海に浸りながら迎えにくる幻視を見る。マティの波のような動きは、「マティ・ウィンドローヴを一つところにとどめるためにリズミカルに動かしている、この素晴らしい光と暖かさ」（264）の作用だと理解する。ここには、波の周期性に望みを託して、〈一〉なる始原へ回帰することの可能性が凝縮しているといえるだろう。

『可視の闇』で描かれる解釈行為においては、始原の〈単純・単一〉だったはずのものに重ね合わせるという作業が、第一義的な重要性を帯びている。第一部第一章で、戦火をものともせずマティ少年を救出する消防団長は、マティが救急車で搬送された後、頭のなかで救助の場面を再現してみる。そこで彼は時間関係と位置関係を「頭のなかで行う幾何学みたいなもの」（16）で正しく解釈し、自分が駆け出すタイミングがずれていたら、自分は遅延式爆弾の爆発にちょうど巻き込まれて命を落としていたはずだ、という事実を発見し、「物事の仕組みを覆い隠している幕がふるえてずれた」（16）と感じて、いまさらのように戦慄する。そして、「そんなことをあまり詳しく検分しても仕方がない」（16）と自分に言い聞かせ、おそらくマティやソフィが見た「縫い目の見える側」と同じであろう次元を見たという自分の体験を否定し、精妙な解釈行為の続行を打ち切る。

団長の幾何学的解釈行為は、『可視の闇』における解釈行為の雛形である。すなわち本小説においては、解釈という営みは第一義的に、オリジナルである事象に重ね合わせる再現・復元を求める行為として想定されているのだが、大半の人間にはそれを追求し続ける精神的集中力と持久力がない、ということも、同時に想定されているのだ。

ソフィがトーニを本当の意味で「お互いにとってすべて」であるものと見なして、一体化したがっていることは、先に見た。あの願望の裏には、じつは父親ロバート（Robert Mellion Stanhope）の愛を得たいという強烈な渇望がある。ソフィはトーニと父親を重ね合わせ、そして父親という自分の始原の一つに向かって、回帰しようと願っているのである。ソフィはトーニと父親のあいだに、自分にはない類似点を見出す。トーニは世事からまったく自分を隔絶する独特の人生態度をもつ少女だが、チェス評論家の父も同様の態度の持ち主なのだ、とソフィは気づく。そのことをソフィは、「パパはもっと遠くまで行ってしまうことだってできる、トーニと同じことをして、チェスのなかに姿を消すことができるんだ」（123）と表現している。また、トーニの透けるような白い肌にソフィは一種の劣等感をもっていたのだけれども、上半身裸の父を偶然見たとき、「ソフィはパパを見て、そしてなぜトーニは肌があんなに白いのかを理解」（131）する。ソフィにとってトーニは、渇望の源泉であり自分の起源でもある父親の複製品である。それも、自分のような、ある意味劣等な複製ではない。トーニは自分より精密度の高い複製なのである。ソフィはトーニをとおして、父ロバートを近親相姦的なほどに渇望する。

その態度は、『可視の闇』における復元と始原回復を願う希求の表象の一つである。ここにおいて、〈二〉と〈解釈〉と〈始原回復〉のモチーフが、〈複製（duplicate）〉という主題に回収される道筋が見えてくる。

『解釈学の成立』（*Die Entstehung der Hermeneutik*）を著し「理解の分析としての解釈学」を目指したディルタイ（Wilhelm Dilthey）は、「理解が、歴史的に自己を構築する生の文節化的表現としての法律の連関ないしは芸術作品がもつ意味を獲得しうるとすれば、それは作品の所定の（集団的あるいは個人的な）創作者へ心理主義的な仕方で立ち返ることによってではない」という点を強調した（ペゲラー、「歴史と現在」一三頁）。だがゴールディングが絶望的に目指してみせているのは、実はまさにその、創作者への心理主義的な立ち返り、という理解のあり方なのである。解釈行為にまつわる『可視の闇』の問題意識は、あえて「閉鎖的世界」内部にとじこもり、留まっている。そのうえで、再現や複製物、復元の成果物がオリジナルとぴったり重なり合わないというずれが、苦悩の根源として問題視されるのだ。

5

一九六六年六月六日、この日付が示す六という数字の連なりに、マティは黙示録のサタンを読みとって、周囲の人々に世界の終末への警告を伝えようと町を練り歩いた。しかし誰からも理解されず、しかも当日何ら大事件は起こらなかった。部屋に閉じこもったマティは自分の心境を日記につづっているが、そのことばはまさに、始原の意味を複製できなかった苦悩を端的に物語っている――「私は大いなる悲嘆を感じる悲嘆を感じないときは大いなる虚ろさを感じるそしてあの問いが舞い戻る。私は何のためにあるのか、私は自分に問う。徴を示すためなのならなぜその後に裁きが起こらないのだろう。他にやることもないからやり続けるけれども虚ろさを感じる」（Golding, *DV* 90）。

解釈行為がイコール〈再現・復元〉であるということは、論理的に考えると、原本たるオリジナルが、今はそのまま完全無欠のかたちで入手できない状態にある、ということを前提とするはずだ。解釈者を含む人間たちからは遠く隔てられているか、もしくはその不完全な複製しか手に入らない状態があるからこそ、オリジナルを再現なり復元なりするという手順を経る必要が生じるわけである。

ずれた二重性という主題を担うのは、この〈不完全な複製〉というモチーフである。そもそも複製は、ほぼ必然的に劣化を伴う。情報を伝達する際、エントロピーは増えることはあっても負の方向に進むことはないからだ。[3] そしてその劣化は、複製技術の普及と複製行為の頻発によって、いよいよ促進されてしまう。

もっと正確に言えば、すでに何らかの劣化をこうむった後のものが、進化した複製技術によって大量に吐き出され、劣化品が拡散し氾濫していくのである。そのプロセスも、『可視の闇』第三章において、マティが短期間勤務するフランクリー金物店の建物や在庫品の変遷のなかに、象徴的に描き込まれている。店舗は古い中世時代の漆喰と木造建築で、店内は「フランクリー金物店は、各時代各世代から、各製品ロットの、沈殿物というか売れ残りを抱え込んでいた」(38)という状態だった。そしてやがてそこに、金物店の「回避不能な没落」(41)と歩調を合わせるようにして、「釘、ピン、鋲、鉄器、真鍮のネジ、ボルト」といった金物を押しのけ、大量複製の権化とも言うべきプラスチック製品が「乱入」(41)してくるのである。

このあたり、ボードリヤール(Jean Baudrillard)が『象徴交換と死』(*L'Échange symbolique et la mort*)第二部第二章「漆喰の天使(L'Ange de stuc)」に書いた内容を、ちょっと連想させるものがある。ボードリヤールはプラスチックという材料のことを、「全宇宙を射程におさめる記号論をめざす野心が凝縮されている」「前代未聞のシミュラークル」(ボードリヤール、『象徴交換』一〇八頁)を可能にするものと見なしたうえで、漆喰に始まってついにはプラスチックに至る複製材料の変遷が、複製(シミュラークル)生産技術が進化し変質していく歴史を反映していると指摘し、深い感慨に浸っていた。その感慨は、『可視の闇』の問題意識と、部分的に共通の基盤をもっているように思われる。

右の引用で見た「製造ロット」という語が示唆するように、もともと在庫されていた金物ですら、大量生産された複製品であった。『可視の闇』においては、複製行為は、大量生産・粗製濫造のイメージと結びついている。そしてその大量複製は、オリジナルを忠実に再現するのではなく、ずれや歪曲を伴う行為として描かれる。

象徴的な場面が、小説も結末に近い第一六章の冒頭にある。ソフィとトーニが少女時代を過ごした元居室を使ってマティが交霊会を催した際、マティに心酔するようになった軽信家の友人エドウィン・ベル(Edwin Bell)に誘われて、シムも半信半疑で参加する。だが、札付きのテロリストとなっているトーニは警察当局にマークされており、警察はこの部屋の天井にも監視カメラを取りつけていた。監視カメラが記録した交霊会の様子は、トーニとソフィが誘拐事件を起こした直後、ニュース番組で全国に放映される。

交霊会では、懐疑的なシムは儀式に集中できず、おまけに途中で鼻がかゆくてたまらなくなった。両手をマティとエドウィンに握られていたので掻くことができず、窮余の一策としてテーブルに鼻を押しつけ動かし、必死でかゆみを散らした。ほっとした直後に、ようやく神秘的な幻聴体験らしきものを、うっすら味わった気持ちになったのだった。だがしかし、その様子を隠しカメラの映像で見た英国中の者たちは、シムのことを大いに嘲笑する。非科学的なオカルト行為に最初から手もなく騙されて、しまいにはエクスタシーに達するという痴態を演じたうすら馬鹿の老人、というわけだ。記録映像は何度も繰り返し放映され、第一六章冒頭は、電気店のショーウィンドウにずらりと並んだテレビ受像器が一斉に、シムがテーブルに突っ伏す映像を流すところを描いている。シムはそれを見て、「そんなんじゃなかったんだ」(Golding, *DV* 256)と思わず叫ぶ。十五台以上の画面が同一の絵を複製して提示しているが、それは本来的な真実を伝えない。大量生産の複製物たちはむしろオリジナルを歪曲するのである。

6

『可視の闇』に描かれる複製行為や、劣化した複製物の大量生産のなかでも、とりわけ重大な意味をもつのが、ことばの複製の問題である。キンケイド＝ウィークスとグレガーは、『可視の闇』が、『尖塔』以来の重要主題である〈言語の限界の感覚〉の問題を、さらに深く追究した作品と評しているが（Kinkead-Weekes and Gregor, 3rd ed. 239参照）、正鵠を射た指摘である。問題視されるのは、言語の表象機能のなかでも、複製や復元に関わる機能だろう。マティの姓がウィンドローヴ（Windrove）、ウィンドグレイヴ（Windgrave）、ウィンディ（Windy）、ワイルドワート（Wildwort）などと、作品中つねに不安定で定着しない、という奇妙な設定が示すように、言語による伝達や複製は、ずれや誤りの可能性をつねに含んでいる。

ハイデガーは、アリストテレスの『霊魂論』（*De Anima*）第三巻を読み解いて、次のように述べていた――

> 存在者が端的にそれ自身において志向されておらず、かくかくしかじかのものとして、というように、ひとつの「として」という性格において志向されている場合、直覚は**併せ取る**、**一緒に取る**という様態においてある。感覚的な直覚が、その対象を何々として言明し論述するという仕方で（語ること《レゲイン》において）遂行されるときにかぎり、対象は、**その際**、自らを自分が［実は］そうでないものとして呈示してくることがある。「として」において対象的に向かうこの思念傾向こそ、そもそも誤り《プセウドス》の可能性の基礎をなすものにほかならない。（ハイデガー、『アリストテレス』六二頁〔ルビや太字強調は原文のまま〕）

始原の姿を見ようとしても、そこに、誤りの可能性を必ず含んだ複製の姿を重ね合わせて、二つ同時に見るしかない――「一緒に取る」しかない、そしてそこにずれを見出すしかない――のが、人間の感覚の宿命なのである。

マティは成長するにつれて、ことばの複製がいかに無為な営みであるか、という理解をじわじわと深めていく。彼をおとなう聖霊が示す啓示に従って、人と言葉を交わす行為を神への捧げ物としてほとんど放棄し、やがて超俗的な一種の威厳さえ備えるようになったマティは、シムやエドウィンに向かって、複製されたことばに信を置かないよう無言で指示する。軽信の使徒ともいうべきエドウィンが説明した言い方を借りれば、マティの態度は、「プリントされ、ラジオ放送され、テレビで流され、テープに撮られ、レコードに保存されした、記録されたことばすべてから慎重に身を離すこと」(Golding, *DV* 200) というものである。

ちなみに、今見た引用の中に「プリント」という単語が出現していたが、print という語はここ以外にも小説の随所にちりばめてあって、これも一つのライトモチーフとなっているのだが、print は、忌避されるべきものというネガティヴなニュアンスをはっきり帯びている (Crawford 168 参照)。第三部第一三章で、シムはソフィの私室に入る機会を得るが、そこに置かれたロープつきの椅子などの道具を偶然発見し、ソフィには秘密のSM趣味があったのか、と深い幻滅を覚える。じつはこれはまったくの誤解で、ロープはソフィとトーニが計画した幼児誘拐のための装備だったのだが、このときのシムにとっては、ロープなどの道具は、ソフィの秘めた「真実」を「まるで活字体《プリント》でつづったように明快」(Golding, *DV* 246) に物語っていたのだった。ことほどさように、『可視の闇』における print とは、事実を語らず歪曲するメディアなのであり、劣化した複製物を、オリジナルに立ち返るという希求もないまま再生産し続ける営みの無益さを、強調するライトモチーフなのである。

あまたの複製物――シミュラークラといっても差し支えないだろう――がこれほど蔓延している現在の人間社会にあって、オリジナルを正確に複製したことばが手に入らない。そのもどかしい現状を、マティはエドウィンに、そしてシムに深く悟らせる。マティはエドウィンが持っていたペーパーバック本を没収する。本に書かれているとことばは「人間たちの果てしないガサガサした騒音を物理的に複製したもの（physical duplication）」（47）だ。それは、劣化版が仮のオリジナルとなって、機械的に複製されてきただけのことである。複製の複製は劣化しか生まず、さかのぼってオリジナルを指し示すこともない。そもそも、始原《オリジナル》の次元は人語では表せない。

ここで、マティとの交霊会におけるシムの体験についてもう少し詳しく検討しよう。隠しカメラに撮影されているとも知らず、交霊会に臨んだシムは、マティが彼の手相を調べるのに任せながら、時間が止まった次元に入り込んだような感覚を覚え、そして自分の手のひらが、文字ではないものが書き込まれた書物になった、と感じる――

彼は空間を通り抜けて落ちていき、自分自身の手を意識するだけになり、その意識は時間の周転を止めた。その手のひらは得も言われぬほど美しく、光でできていた。貴重なものであり、技芸を越えた確かさと巧緻さで、貴さを込めるようにして文字が刻まれ、十全な健やかさをもって、どこか別の場所に据えられているものだった。（231）

『尖塔』『ピラミッド』に続いて、またもや人体に微細な文字を「読みとる」というメタファーが出現しているわけだが、ここで描写されているのは、人語ならぬことばで刻み込まれたオリジナルのテクストである。複製と拡散の手段であるprintを離れた、オリジナルな状態のテクストが、垣間見えた瞬間である。消防団長やマティそしてソフィがそれぞれに一瞬体験した始原の次元を、シムもまた、束の間ながら体験した。

そして、小説の最後に、ペディグリーを現世から引き離すときも、マティは、ペディグリーに「自由（*Freedom*）」という死の宣告をする際、「人語ではないもの（not in human speech）」（265）で語りかけている。始原の姿がヴェールの向こうにきっと存在するという信念と、少なくとも自分はその始原を瞥見できたらしいという微妙な感覚が、マティとソフィとシム、そしてゴールディングを突き動かしている。

だが一方エドウィンは、マティを擁護する熱弁を揮うあまり、やれ「他者性の静謐な次元」(48)だ、やれ「原言語(Ursprache)」(204)だ、[4]「秘儀(Secrecy)」(206)だなどと、次々に解釈のことばをまとわせてしまう。マティやシムは、文字による複製や解釈のせいで「として」のレベルに引きずり下ろされる前の、始原の次元を体験しているのだが、それを伝達するのに、文字による複製や解釈を付してしまうのである。エドウィンの主張は「名前なんて使っちゃダメだ。〔中略〕言語のせいで僕らがどれほど〔中略〕ハチャメチャになったか、そして僕らが言語をどれほどハチャメチャな状態に追い込んだかを、考えてごらんよ」(199)というものだが、その主張を、ことばを駆使して展開してしまう。エドウィンは、いかにも「ほとんど語漏症(almost logorrhea)」(204)を自認する彼らしく、信頼できないはずのことばの描写力を振り回し、描写してはいけない始原の次元に、解釈という不透明なヴェールを幾重にもかぶせてしまっている。第一部第一章でマティを介護した看護師は、自分がふたりいるのではという微妙な感覚を、マティを通して獲得した際に、その感覚をことばにしようとすると、「彼女の頭が不用意にかぶせてしまったことばのせいで、それまで感知していたものが吹き払われてしまうか、芯の芯まで不正確なものへと変じてしまうかする」(18)と直観していた。まさにその、看護師が避けるべきだと考えた当の活動に、エドウィンはせっせと精を出している。[5]しかしそれは、むしろ始原から遠ざかる一方の営みなのである。

7

そのことは、ものを書くという行為には必ずつきまとう宿命であって、それはゴールディングが『可視の闇』という小説を書く行為においても同じだ。それゆえ、この小説の語り手は全知の語り手でありながらも、妙に、奥歯に物の挟まったような語り方をすることが少なくない。マッカロンもこの点には気づいていて、「『可視の闇』の語り手は時として、今何が起こっているのかについて奇妙なほど断言を避け、そして小説内の作中人物に関しても、不思議にあやふやにしかわかっていないように見える」(McCarron, *Coincidence* 8) と訝っている。それは、上で述べた宿命を表象しているからなのである。

第一章の締めくくりの二文を見てみよう——「マティの来歴については調査に調査が重ねられたけれども、成果は上がらなかった。しらみつぶしに丹念な身元照会がなされたものの、もしかしたら彼は、燃えさかる都市の純然たる惨苦 (the sheer agony of a burning city) から産み落とされた子なのかもしれなかった (might have been)」(Golding, *DV* 20)。「燃えさかる都市」に付された不定冠詞 a は、マティを世に送り出したのが、第二次大戦時のロンドンという特定の都市ではなく、古代ギリシャや旧約聖書期、そしてさらにさかのぼった太古の時代から現在に至るまでの、不特定のありとあらゆる「戦火に焼かれる都市」を一つに集約したような、非歴史的、普遍的かつ根源的存在がマティを生み出した、という解釈を示している。枝分かれした個別ではなく始原の次元へ肉迫することを願うかのような解釈と言っていいだろう。だが同時にそれは、might have been という陳述緩和効果をもつ法助動詞を使うことでしか、表現できないものでもある。

ここで想起したいのが、マティがオーストラリアの原生林の沼で、真夜中に自分に浸水式の洗礼を自分に施す場面である。マティがやってくる前のこの現場の描写は、人間がまったく入り込んでいないという点で、まっさらの自然に最も近いものだと言えるだろう。いわばここは、人間の解釈行為や言語による描写行為をこうむる以前の、始原の世界の次元に比することができる場所なのである。しかしそれでも、それを描写するには人間の言語を介在しなければならないのだ。その点で、この現場の風景描写はきわめて興味深い。左記に見るように、この場面においては、〈もしここに人間がいたら〉という暗黙の条件節を介した仮定法を用いないことには、描写が進まないのである。

だが視覚以外の感覚器官は、捉える対象には事欠かなかっただろう。人間の足を突っ込めば、半ば水で半ば泥の、〔中略〕柔らかく粘着性の感触が、足のぐるりへ押しのけられながらも、すばやく足首まで、そしてもっと上のほうまで昇ってくるのを捉えただろう。鼻は植物や動物の腐敗する黴をすべて感じとっただろうし、口とそして皮膚は、こういった状況では皮膚も味覚をもつようで、生暖かく濡れそぼった空気を、〔中略〕味わっただろう。耳は、蛙の鳴く轟きと夜鳥の苦悶の声で満たされ〔中略〕るのだろう。〔中略〕それから十分な時間が経って目が慣れ始めたら〔中略〕、やがて目も視覚のために用意されている黴を見出すだろう。〔中略〕しかし今は誰もその場所にいない。昼のうちに遠くからここを観察していた者にとっては、人類誕生以来ここを人間が訪れたことなどあり得ない、と思われた。（72–73）

〈人間〈による解釈を受ける〉以前の世界〉は、直説法では描写しきれない。〈もし人間が足を踏み入れたなら〉というような、人間的感覚経験に関する仮定法を介したwould have beenの世界でしかない。さもなくば、たとえばエドウィンによる釈義のような人語を付与するしかない。マティが日記に記したことばを借りれば、始原とは、楽器による演奏——解釈——を受けつけない音楽、すなわち「弦を擦り切れさせて断ち切ってしまうような音楽」（238）である。[6] だがそこには、演奏により復元されなければ人間の耳には届かない、というジレンマが常につきまとう。

8

小説第三部には「一は一（One Is One）」というタイトルが付されている。これは、個人がそれぞれに隔絶された現代社会のありさまを指摘するタイトルだ、というふうに解されることが多い。[7] その根拠は、シムが社会における人間関係の薄さと個人主義の蔓延を嘆きながら、ナーサリー・ライムの一節を引いてみせた「一は一、ただそれだけ一つきり、そしてずっとずっと一つきり」（225）ということばである。その理解に異を唱えるものではないが、それに加えて、むしろ統一や単一性の価値――「〈統一〉、すなわち唯一者、唯一にしてすべてである存在、個にして二面を有しない者」――を表現したことばだというマッカロンの観点（McCarron, *Coincidence* 68）を、強く支持したいと思う。解釈と複製によって無限分岐を開始する前にあった単一の始原を、「一は一、ただそれだけ一つきり」というフレーズは指し示している。その始原の単一性を、マティの場合は滑稽なほど純真に、ソフィの場合はグロテスクなほどの集中力をもって、そしてシムの場合は瑣事や邪念の妨害にさらされながら、追求していく。その行程が、『可視の闇』という小説を形作っているのである。

その小説を書くにあたって、ゴールディングも大いなる矛盾に突き当たっている。単一であり人語による表現や解釈を寄せ付けないはずの始原のありのままを、人語によって表現しようというのだから。そこで彼が頼った表現手法は、〈もし人語を解して表現するなら〉という仮定法での記述と、そしてライトモチーフを多用するという、大して目新しさのない手法だった。〈二〉〈解釈〉〈プリント〉〈波〉といったキーフレーズの反復や、複数場面の類似性を連想させる並列、登場人物間にある共通要素の前景化[8]――たとえば、書店主シムは、第一部第一章で消防団員だった匿名の書店主の複製なのかもしれない――などが、『可視の闇』の主な小説作法である。E・M・フォースター（E. M. Forster）考案の昔懐かしの用語で言うなら、〈反復と変奏〉である。

ライトモチーフをこれ見よがしに並べてみせて、読者の解釈を操作するというのは、作者の権力行使という意味合いをもつ行為である。と同時に、ゴールディングが『可視の闇』において〈反復と変奏〉という古色蒼然たる手法をとったのは、主題提示のためにそうせざるを得なかったからでもあるだろう。不完全な複製という主題を、みずからの文学作法にも反映させようとしたのだ[9]。何かと何かが、ぴったり重なり合いそうになっては結局ずれが見つかり、ずれのために二者は結局二者のままである。ダニエル・ガン（Daniel Gunn）は、プルースト（Marcel Proust）とベケット（Samuel Beckett）の作品を題材にして反復性の問題を論じた著作『精神分析とフィクション』（*Psychoanalysis and Fiction*）の序文で、「反復は、何らかの始原的合一の運動の方向を指し示してくれるのか、それとも、常に分離と喪失の方向を指し示すだけなのか？」（Gunn 5）と問うてみせ、「反復は、起源も目的も知らぬ力として自己の存在を主張する」（177）とした。個人が自分の物語を語る際にも、「この物語自体が、永遠に失われた始原の存在や楽園の亡霊に取り憑かれている」（192）ということを、宿命的に前提せざるを得ない。その宿命を、〈反復と変奏〉の手法が浮き彫りにする。

『可視の闇』に登場する作中人物名と数字の象徴性を論じるタイガーは、主要作中人物の名前や数字の〈七〉に関する解釈の可能性を網羅的に披露し、「本小説のネーミングや数つけの方略は、読者を物語生成の中心に連れ込み、そこで読者は不可解きわまりない謎に悩まされ、その結果、その謎の意味のいくつかを断定し、いくつかの意味は拒否――ある意味を拒否するということも意味生成の一様式だ――するように仕向ける」（Tiger,

"Namings" 289) と指摘する。けれども、ゴールディングが『可視の闇』で行っているのは、自由な解釈行為と意味決定への着手（あるいは拒否）を通して読者に「物語生成」への参画を促す行為、ではない。むしろ、物語の〈再製・復元〉を指向させることだ、と考えたほうが正確だろう。自由に意味を作製するのではなく、もともとあったはずのオリジナル・デザインを復元しようと望み、その手がかりを捜索すること。『可視の闇』の作者たるゴールディングは、その捜索活動の現場に、小説読者をも引っ張り込もうと奮闘している。

こう考えてみると、ゴールディングがこの作品の解釈について口を閉ざしていることにも合点がいく。作者本人によるものとはいえ、ゴールディングにとって解釈とは、オリジナルな意図の劣化版である。劣化したものの複製物を世間に拡散させることを、ゴールディングは忌避したのだ。ゴールディングは解釈と複製、復元に関する考察を、物語外の世界にまで持ち込んだ。すなわち、作中読者による実践の世界にとどめずに、現実の読者と作者ゴールディングやテクストが関係を切り結ぶ実世界にまで、持ち出したのである。[10]

『可視の闇』というメタ解釈の物語は、そのメタ解釈の構造を、この小説と読者のあいだにも持ち込んでいる。〈解釈の解釈〉というジレンマ構造を読者に迫り、深い内省に持ち込む。読者に体験を迫るのがゴールディングの本領だが、『可視の闇』はその傾向の極北である。読者は引き込まれ、解釈行為に自ら身を投じることになる。そしてその先には、読者が自分自身の解釈行為についても内省させられる、という展開が待ち受ける。たとえば本章においてさえも、さきほどエドウィンの解釈行為を説明するに際して、第一章の看護師のことばを引き合いに出すことで解釈を施した。始原の意味をダイレクトに示すのではなく、複製の原理に寄りかかった解釈行為を行ってしまったわけである。だがそうしないことには、解釈や釈意説明はそもそも不可能だった。このような皮肉な構造に対する読者の内省を、『可視の闇』は誘っている。

9

『可視の闇』を世に問うて間もない一九八〇年四月の講演「信条と創造力」において、ゴールディングは次に引用することばを残した。冒頭部は本書第一章第3節でも引いたが、ここではその後の部分も見ていただきたい——

人間とは何か、天の目から見た人間とはいったいどのようなものなのか、それを私は知りたくてたまらないし、そして、それを知ったあとはその知識に耐え抜く覚悟があります。今のことは、軽い気持ちで口にしたのではありません。〔中略〕一般的に、人間は、自分の似姿にあわせて神をこしらえる、と言われます。〔中略〕ここに私たちなりの記述を付け加えて、神とは、なによりもまずは、芸術家なのであって、それも、何ら強制を受けることもなく、自分自身の無限の創造力の赴くところにのみ従って、作品を作る芸術家なのだ、と言いましょう。私たちは、ある意味で、神が書いた小説なのではないでしょうか？ 私たちは神の似姿にあわせて作られたと言われています。だから、もし私たちが、ひとりひとりの心に宿っているそれぞれの創造力のきらめきを、理解することさえできたならば、究極の創造主のもつ創造力の一端を覗き見ることができるかもしれません！（Golding, "Belief" 199–200）

現代においてそれは滑稽な幻想なのかもしれない。ボードリヤールにいわせれば、「単一者を原則とする」根強い幻想に過ぎず、「世界は単一なのだから、その状態に戻る必要がある」と私たちに思い込ませ、「二重性に関するあらゆる幻想〔を〕異端」と見なすよう仕向ける全体主義的な暴走を招くとともに、たとえば善と悪の二重性が善の側に一方的に回収されるという「善によって、善の名において遂行される犯罪」に見られるような、「単一の原則による徹底的な統合」を容認する、悪しき幻想ということにもなるだろう（ボードリヤール、『不可能』一三二頁、一四二頁、一四二頁）。また、二〇世紀後葉の一般的な解釈学の構図に当てはめれば、ゴールディングの挑戦も、ゴールディングが神の視野をどのように「先行把持」しているのか、そしてそれに関わる解釈と理解をゴールディングという個人に固有の状況にどのように活かすのか、という解釈学的循環パターンの中に収めて捉えることだって、可能ではあろう。しかしゴールディングは、単一性を悪しき幻想と呼び二重性を称揚する風潮に、必死に抗って、もがいているのである。

その姿勢は、一九七〇―八〇年代の、作者から権威を剥奪する読者論に逆らうものでもあった。バフチンのダイアロジズムからインターテクスチュアリティの発想を得たクリステヴァは、「バフチーンにあっては、物語は禁止、独話関係であり、―神―へコードを服従させることなのである」（クリステヴァ、『テクスト』一四八頁）と述べ、その禁止というのは、すなわち「一（神、法、定義）のこと」(147) だとしている。バフチン同様クリステヴァも対話性を重視しており、意味の一元化を忌避する――「エクリチュールは個人を否定する」し、「一主体により包囲されることを拒絶する」（一六五頁）と説いた。しかし、その一なる神という一主体がもつ意図に肉迫することこそ、ゴールディングの切望するところなのである。彼は、非現実的な幻想家という誹りを甘んじて受けてでも、単一の神的原則を追求し、完璧に一致する復元という不可能を実現することに挑み続ける。

『可視の闇』にはエピグラフとして、「聞いてきたことを我に語らせ給え」という、ウェルギリウスの『アエネーイス』(*Aeneis*) から引かれた祈りの句が置かれている。これは、聞いたままを再現して語るという不可能な芸当を、なんとかして遂げさせてほしいという、ゴールディングのごく私的な、そして人間には到達し得ない次元をめざす覚悟をもったひと握りの人間たちを代表した、叶わぬ願いであり、絶望的で鬼気迫る祈りのことばなのかもしれない。

注

（1）イーザーが二〇〇〇年に提唱した「交流のループ」という考え方も、同じ系統にあると言っていいだろう。本書結びの第4節を参照されたい。一方、キェルケゴール（Søren Aabye Kierkegaard）は「キリストとの同時性」の思想を主張し、「それぞれの時代に存在する真のキリスト者はキリストと同時の存在としてキリストと直結する」という「宗教的な心理把握」を主張した、と氣多は解説している（氣多、九四頁）。ならば、あとに見るように、ゴールディングは前世紀のキェルケゴール的〈理解〉〈解釈〉論の側にいると考えていいだろう。

（2）オリジナルとまで言い切らずとも、少なくとも、「先行把持」の照準を向ける対象となる事象、とは言えよう。

（3）ノーベル文学賞受賞記念スピーチのなかで、ゴールディングはエントロピーという概念がほとんど神格化されてしまっている現状を嘆いている（Golding, "Nobel Lecture" 150）。また、一九六三年の雑誌『ホリディ』（*Holiday*）掲載の記事にも、ゴールディングは、「私たちの宇宙論における悪魔とは熱力学第二法則のことであり、それは、すべてが運動をゆるめていって、仕舞いにはゼンマイの切れた時計みたいに止まってしまう、という意味だ」と書いていた（Qtd. in Carey 182）。

（4）ちなみに、この「原言語」という言い方は、ベンヤミンが「翻訳者の課題」（"Die Aufgabe des Übersetzers"）で「純粋言語」とも呼んだ、シュレーゲル（Friedrich von Schlegel）らドイツロマン派の提示した概念（*Ursprache*）を意識したものかもしれない。Ponzi 132 参照。

（5）小説『自由落下』においてもゴールディングはことばの無力を嘆き、人間の内部に人類誕生時から巣くっている始原の存在と、言葉という発明品の古さ比べというかたちで表現していた――「人間の言語なんて〔中略〕、母の暗闇と暖かさに比べれば、数万年も幼い」（Golding, *FF* 16）。本書第四章第9節参照。

（6）音楽の複製および大量生産に対する嫌悪は、『ピラミッド』において、音楽教師バウンスの父親が、レコードと蓄音機を憎悪し、破壊して庭で燃やすという行為のなかにも、象徴的に示されていた。

（7）Crawford 153 や McCarron, *Coincidence* 68 によるまとめを参照。

（8）なかでもマティとソフィの共通点に関しては、特に Crompton 104, 113–114、Kinkead- Weekes and Gregor, 3rd ed. 248–249 や McCarron, *Coincidence* 36–37, 46–50 などが詳しい。

（9）『可視の闇』の小説作法は〈反復と変奏〉だけではなく、たとえばメタフィクションのようなポストモダニズム的趣向もある。だがそのポストモダニズム手法も、やはり単一に統合しない複数の解釈がもたらす無為の感覚を伝達するために使われている——

ゴールディングは〔中略〕、ポストモダニズム的手法の過剰が、認識論的な難題に対する均衡のとれた探究につながるどころか、競い合う解釈同士の行き詰まりと物語論的頓挫という不幸な結果につながる可能性があることを暴露する。(Crawford 168)。

（10）ケアリはゴールディングが沈黙する理由の一つとして、『可視の闇』の原稿を何度も書きなおしたために多くの「版（version）」が生まれてしまったことから来るゴールディングの「心中の当惑」を挙げている（Carey 378 参照）。ケアリの推察も、本章が問題視する〈複製の大量生産〉という論点と、同じ方向にある問題を見据えていると言える。

またジョンストンは、「『可視の闇』を何らかの反動的な作品と評するのであれば、反動の対象とはゴールディング自身のヴィジョンや手法である。なぜなら『可視の闇』には、彼の他の小説に含まれる要素の残響や作り直しや精錬が満ちあふれているからだ」(Johnston 109) と指摘し、ゴールディングが自分自身の過去の作品を変奏しつつ反復したと述べている。いわば、ずれた複製を意図的に実践したわけだ。この点には本書第一一章でもふれる。

第九章　読み手の革命の貧弱さ――ジェイムズ・コリーの手紙から読む『通過儀礼』

1

ゴールディングが一九八〇年に発表して大好評を博した小説『通過儀礼』は、一九世紀初頭のイングランドを出港して植民地オーストラリアを目指す老朽船の艦内を舞台として展開する物語だが、そのなかに次のような場面がある。航海が始まって四日目に、乗客の英国国教会牧師ジェイムズ・コリーが、勤務中の乗組員にみだりに話しかけた咎で艦長アンダソン（Anderson）に面罵され、甲板に突き倒される、という場面である。アンダソン艦長はコリーを一方的にさんざんなじったあげく、「暗記するまで艦長命令を読み返せ」と命じる――

「はた迷惑なのですよ、あなたは。何の断り書きもなくこの艦に持ち込まれてきた、厄介ものです。あか汲み柄杓や小樽を積み込むのだって、もうちょっと私にそれなりの挨拶があるものなのだが。しかもだ、あなただってせめて字くらい読めるだろう、と私は思っていたのに――」

「読める、ですって、アンダソン艦長？　もちろん字は読めますとも！」

「だのに、はっきり平明に書いた命令書があるにもかかわらず、あなたは船酔いから回復した途端、二度も士官に近づいてはうるさく邪魔をしたのだ――」

「そのことは何も知りません、何も読んでいないのです――」〔中略〕

「知らないことは理由になりませんな。〔中略〕行きなさい――命令書をしっかり読んでくるんだ！」

「私の職権〔my right〕として――」

「読んできなさいと言っているのです。そして、読んだらしっかり暗記するんだ」

「なんという口の利き方をなさるのです！　私を学童〔schoolboy〕扱いなさるおつもりですか？」

「私はやりたいようにやる。あなたを学童扱いしたいときはそうするし、鉄の足枷を嵌めたいときはそうするし、鞭打ちの刑に処したいときにはそうするし、桁端から吊したいときにはそうするのだ。〔中略〕私の権威〔authority〕を疑うのかな？」(Golding, *RP* 174)

この場面で注目したいのは、〈読む能力〉〈読む行為〉へ頻繁な言及がなされている点、そしてそのことが、艦長の「権威」の示威行動や、コリーの「職権」すなわち「権利」の問題と密接に結びついたかたちで提示される点である。

すでに多くの批評家の一致した意見があるとおり、『通過儀礼』という小説は、上下関係や階級にまつわる問題を正面から見据えた小説だが、(1) そのメイン・テーマである階級や支配・被支配関係の問題に取り組む際、この小説は、〈読む行為〉への言及を絡めることが少なくない。そしてその一つの側面として、『通過儀礼』は、〈作者（あるいは読書解釈における権威の保有者）〉対〈反逆する読者〉の構図を利用する。

それはまた、本小説が執筆された当時の読者論[2]、すなわち一九七〇年代に隆盛を極めた読者論が、本質的に抱えていた問題点をあぶり出す。この小説は、フランス革命直後の影響で民主化運動がイギリスの旧体制をじわじわ脅かしていた時代に設定されているが[3]、それは偶然ではないだろう。一九七〇年代頃に読書論が爆発的に発展したのも、一九六八年のヨーロッパにおける学生による革命運動の高まりが契機だったのだ[4]。

フリードマンは、『通過儀礼』の舞台となる一八一二―一三年という時代が[5]、「ゴールディングが頻繁に活用する、二つの世界のあいだにある境界域としての第二次世界大戦」（Friedman 141）に並列されている、と考えている。だが、ゴールディングが並べて見せたのは、第二次大戦期とではなく、一九七〇年代末となのである。キーワードは〈革命〉だ。『通過儀礼』は、フランス革命の向こうを張るような〈革命〉性を謳った二〇世紀中後期の読者論を、反省的に展望する一つの視点を私たちに提供しているのである。

2

乗員全員の命を預かる身として、艦長には、乗員に対する絶対的な命令権が付与されている。それを端的に表現するのが、艦内に掲示されている「艦長による永続命令書（the captain's Standing Orders）」である。本小説の主人公である青年貴族の主人公エドマンド・トールボットの言いぐさによれば、「艦長が、〈乗船を認められた紳士淑女の振るまいに関する命令書〉と題して掲示した、横柄で不躾な禁止項目一覧」（Golding, *RP* 40）だ。業務遂行中の士官に話しかけるなどといった、安全な航行に支障を生じるような行為は一切厳禁だ、と乗客に告示する内容である。しかし、コリーは乗船直後に極度の船酔いになってしまったため、これを読むのを怠っていた。そのためコリーはうっかり士官に会話をしかけ、それがアンダソン艦長の逆鱗に触れたのである。

永続命令書というテクストの書き手・作者であるアンダソンは、権威ある自分の意図を「平明に書いた」テクストを、皆がその意図に忠実に沿った読みをするよう、権柄づくに強要する。そして、それに従わなかったコリーを怠慢な読み手として蹂躙した。教師の言いつけどおりにテクストを読む「学童」の分際を、コリーに思い知らせたわけである。[6]

コリーの迫害劇は、ほとんど間を置かずに第二幕を迎える。アンダソンにどやしつけられたコリーはあたふたと自分の船室に戻り、ドアの横に掲示されていた「永続命令書」を読む。コリーは永続命令の「肝心な部分」を書き写し、それで「大切な文言を易々と素早く記憶にとどめた」(176)と自己判断する。

しかし、それは誤った思い込みであった。この場合「肝心な部分」とは、船尾甲板が艦長の勢力圏域であり、何ぴとたりとも招かれることなくこの領分を侵してはならないという部分だったのだが、コリーはそれを読み飛ばしてしまったのである。[7]結果、コリーはまたもや不用意に艦長の永続命令に違反することになる。コリーは艦長に対して謝罪のことばを述べようと船尾甲板にとって返し、そこでもう一度アンダソンの憤怒を浴びる。アンダソン艦長は、当直士官のいる前でコリーを突き飛ばし、甲板に這いつくばらせる。そして艦長はコリーに、先ほどの指示どおりちゃんと永続命令を記憶できたどうか、諳んじてみろ——“repeat your lesson, sir!”(177)——とどやしつける。

読者反応批評の礎石の一つと言える「交流理論(Transactional Theory)」を提唱したローゼンブラットは、一九六九年の論文において、昔ながらの読み行為における読み手の役割を「出来合いのメッセージを登録する空の録音テープ」(Rosenblatt 34)と表現したが、コリーは今、まさにその役割を強要されているわけだ。こうして、権力発動の場面において〈読む行為〉〈読む能力〉がまたも前景化される。そして、放恣な読み、あるいは書き手の意図を無視するだらしない読み方をしたせいで読み手が書き手から譴責される図が、続けざまに繰り広げられるのである。

作者の意図を読者に押しつける場面が、このように描き込まれているという点は、『通過儀礼』という小説が書かれた時代を思い返してみると、なかなか興味深いものがある。周知のとおり、そして本書次章でも見るように、一九七〇年代後半当時の思潮としては、右のアンダソン対コリーの構図が示すのとは逆の傾向のほうが、確実に優勢だった。すなわち、文章解釈における書き手・作者の意図の権威の絶対性が、かつてないほど大きく揺さぶられ、受容美学や読者反応批評が文芸批評界を席巻し、読者やテクストの地位がぐっと高められていた、そういう時代だったのである。だが、コリーとアンダソンが演じる〈作者—対—読者〉の関係図は、そうした時代背景とは正反対の構図で描かれている。

一九七〇年代読者論の隆盛の礎石を布いたバルトの主張を見てみよう。

〔注：多元的な〕エクリチュールはたえず意味を提出するが、それは常にその意味を蒸発させるためである。エクリチュールは、意味の組織的免除をおこなう。まさにそのことによって文学（というよりも、これからはエクリチュールと呼ぶほうがよいであろう）は、テクスト（およびテクストとしての世界）に、ある《秘密》、つまり、ある究極的意味を与えることを拒否し、反神学的とでも呼べそうな、まさしく革命的な活動を惹きおこすのである。というのも、意味を固定することを拒否することは、要するに、「神」や「神」と三位一体のもの、理性、知識、法を拒否することだからである。（バルト、「作者の死」八七—八八頁）

バルトの主張を踏まえて『通過儀礼』に戻ってみたい。コリーは、意図的にではないにしろ、アンダソン艦長が書いた「作品」の意味を「蒸発」させ、「意味の組織的免除」を行い、永続命令書というテクストを「エクリチュール」にしてしまったわけだ。

だがコリーの「革命的な活動」はすぐさま尻すぼみになる。艦長の暴威に震えあがるコリーに、革命家の雄々しさは微塵もない。コリーにとって艦内での生活は、乗客と乗組員の動向を一手に掌握する権限を揮う艦長と、宗教者として受けるべき敬意と尊厳を何とかして確保し続けようとする自分との、確執——コリーのことばでいうと「一種の抗争」(Golding, *RP* 175)——の場と化したわけだが、その抗争においてコリーは連戦連敗の体たらくである。コリーは、覚悟もないまま、艦長命令に対する革命家の位置に身を置いてしまった、貧弱な邪魔者でしかない。這々の体で泣きながら船室に帰るコリーの姿は、一七歳かそこらの士官候補生テイラー(Taylor)からさえも失笑を買う情けなさだ。

3

ゴールディングは、ある登場人物の口を借りるというかたちでも、作者の意図が権威をもつことの正当性を主張している。艦内で唯一バランスのとれた道徳規準の持ち主として描かれているチャールズ・サマーズ(Charles Summers)副艦長は、トールボットに向かって、永続命令の存在意義を以下のように諄々と説明する——

艦長の永続命令書は、艦長の人柄同様に無愛想だ、とあなたには思えるでしょうね。でもじつを言うと、あれはまったく必要なものなのです。乗客に向かって発せられている箇所も、他の箇所と同じだけの必要性と、同じだけの切迫性をもっているのです。〔中略〕あなたは、危機的状況に陥った船を見たことなどないでしょう。船は、ほんの一瞬のうちにまるっきり裏帆になって沈没したりすることだってあるのですよ。そんなとき、事情のわかっていない乗客がのこのこ出てきて、業務を妨害して、そのせいで乗組員が必要な命令を聞きとれなくなったりしたら——（116）

永続命令を書いた作者である艦長の意図が忠実に読みとられず、読み手である乗客たちが、てんでに勝手な動きをするようなことがもしあったならば、艦内は、戦艦にふさわしいことばで言うなら「反乱（mutiny）」に等しい無秩序状態となり、船全体が針路を見失って沈没という事態になりかねない。ドン・クロンプトン（Don Crompton）の言うように、水夫たちのあらゆる行動は、「水夫たちにとって、聖書にも等しい力のすべてを備えた権威ある文書によって、根拠づけられ、解釈されている。その文書こそ艦長の永続命令書であり、そこには艦内業務に関するありとあらゆるしきたりや慣行や禁止事項が銘記されている」（Crompton 144）のであり、艦内の無秩序状態を回避するためには、「永続命令」の書き手——〈作者〉——の意図を遵守することが必須条件なのである。(8)

このサマーズの分別ある論旨とあわせ見るとき、コリーの情けない姿には、ゴールディングの作者観・読者観の一端が、かなり意地悪なかたちで表出している、と思えてくる。ここには、読者が書き手の王位を簒奪することを唆すような、一九七〇年代後半当時の読者論全般に反旗を翻して、読者に冷水を浴びせてみようという、(9)ゴールディングの意図的もしくは無意識的な態度表明が、込められているのかもしれない。

本書でこれまで述べたとおり、一九六〇年頃から八〇年代中頃に至る期間のゴールディングは、作品解釈においては作者の意図が最重要な位置を占める、という考え方を、じつはなかなか完全には手放さなかった。ゴールディングは、一九七〇年代後葉当時の新説の重要性と、一定の説得力は感じていたものの、作者の意図を完全にないがしろにするような読みについては、その意義に疑念を抱いていた。その心情の揺れが、『通過儀礼』におけるコリーの描き方に見え隠れする。アンダソン艦長による二度のコリー迫害の場面には、作者の意図の重要性や、作者の権威に与する気持ちのほうに傾いだゴールディングが顔を出している。そして、彼はコリーいじめの描写において、一九七〇年代当時の各種読者論が転覆した作者と読者の力関係を、再逆転してみせるのだ。(10)

艦内のコリーいじめは、出帆後四十六日目の、赤道通過祭の無礼講で頂点に達する。艦長の黙認のもと、乗組員たちはコリーを衆人環視の甲板に引っ張り出し、小便や汚水を満載した即席の水槽にコリーの顔を何度も突っ込む。クローフォードはこの場面を、ゴールディング作品の特徴であるバフチン的カーニヴァル状態——階級や聖俗の価値観が逆転される儀礼的興奮の機会——の、非祝祭的な形態での現れを描いたものと見る(Crawford 214)。だが、〈書き手〉アンダソンと〈読み手〉コリーという関係において、アンダソン寄りの観点から見るならば、この場面はむしろ、カーニヴァル状態から正常な日常を回復する儀礼とも考えられるだろう。ゴールディングは、コリーを世の読み手たちの代表と見たて、アンダソンをいわばマウスピースとして、地位を簒奪され貶められた〈作者〉の側から、〈読み手〉にこっそり意趣返しをしているのではなかろうか。

4

艦長との抗争において敗北を重ねるコリーは、正面切って立ち向かって屈辱を味わうよりも、別の方面に慰めを見出すようになる。自分が艦長の暴威を耐え忍ぶことを、屈辱と解釈するのではなく、聖職者として当然の職分と解釈することにする、という自己正当化を行うのである——「隠忍こそ、私の職分のまさに本質に沿うものに違いない」(Golding, *RP* 176)。アンダソン艦長は、自分が書き記したテクストすなわち永続命令書の読み方の徹底的な遵守を強要し、その読み方は、艦長を頂点とした艦の乗組員には、完全に浸透している。[11]しかしコリーは、永続命令を読むコードを共有する共同体にとっては、完全に部外者なのである。この孤立無援状態にあって、コリーがすがるのは、自分が本来所属している共同体だ。それは、聖書というテクストを中心とし、その読み方のコードを強固に共有するキリスト聖職者の共同体である。

ここでいう「共同体」を、読者反応理論学者フィッシュの用語を使って「解釈共同体(interpretive communities)」と言い換えてもいいだろう。コリーは自分の所属する解釈共同体とそのコードの領域に駆け戻って、慣れ親しんだそのコードをフルに活用し、自分の屈辱に対して、キリスト教徒的「隠忍」の精神に沿った解釈を施すことにより、アンダソンの主宰する解釈共同体に対抗したわけだ。

フィッシュの言う「解釈共同体」とは、あるテクストを読むのに必要な解釈方略(もしくは、読者がテクストの意味を生成するための方略)を共有している、実在もしくは仮想の読者集団のことを指している(Fish, "Interpreting" 483 参照)。フィッシュは、一つの解釈共同体が別の解釈共同体の正当性を否定する傾向はあるが、それは誤った認識であること、そして、同時に複数の解釈共同体に身を置くことも十分に可能であることを、注意書きとして付言してはいる(483–484 参照)。しかし実態としては、自分の解釈共同体の解釈方略こそ万能で唯一正しいと信じたがり、その解釈コードを何にでも当てはめたがる傾向は、非常に強いものだ。[12]

皮肉にも、当のフィッシュ本人が、我知らずその好例を演じたことがある。一九八一年に『ダイアクリティックス』(*Diacritics*)誌第一一巻において、フィッシュとイーザーが交わした論戦のことである。フィッシュは、イーザーの主著『行為としての読書』(*The Act of Reading: A Theory of Aesthetic Response*)に対する書評を、「ヴォルフガング・イーザーなんて怖くないのはなぜか」("Why No One's Afraid of Wolfgang Iser") と題して第一一巻第一号に掲載した。これを受けてイーザーは同誌第一一巻第三号に、反論記事「小魚風情が鯨の大口―フィッシュ氏への回答」("Talk like Whales: A Reply to Stanley Fish") を発表したのである。[13] フィッシュとイーザーは、読書や解釈作業の土台になる「所与の現実」や「不確定要素」のとらえ方と、文学の読者の主観的読み行為が恣意に走るおそれについて、激しい批判合戦を繰り広げた。学説の方向性としては、このふたりは同じほうを向いていた。にもかかわらず、概念やことばの解釈について自分のほうこそ正しい、と不寛容に主張して譲らなかったのである。

このような、自分のもつコードの優位を信じ込み、コードの拘束力に喜んで身を置いた結果の独りよがりぶりが、コリーの人物造形のなかにも描き込まれている。たとえば、海の上の艦内であっても、それを統べる最高権威者は神であると自分に言い聞かせているところ――「主はあちらにおわすのと同様にこちらにもいらっしゃるのだ、というか、主の目には、ここもあちらも同じ場所なのかもしれない、と私は自分に言い聞かせる」(Golding, *RP* 165) ――そして、自分が正式な聖衣をまとってさえいれば、乗客も乗組員も艦長さえも敬意を示すに違いない、と無邪気に信じ込んでいるところなどには、コリーの解釈共同体コードへの心酔ぶりが如実に顕れている。この心酔ぶりには、本書第六章第5節で見た、『尖塔』のアダム神父の固陋さを連想させるところもある。

そしてコリーの解釈共同体とコードへの忠誠は、アンダソン艦長を頂点とする別種の解釈共同体と対抗する状況に置かれると、いっそう強度を増す。アンダソンの目を恐れるコリーは、船尾甲板だけではなく後甲板までも立入禁止を自らに課し、行動範囲を船室とサロンと中央甲板だけに制限する。士官デヴェレル (Deverel) に言わせると、「船尾甲板どころか――後甲板も船尾楼も全部ひっくるめてだ! おかげで奴さんは、上甲板中央部に監禁されたも同然になっているのさ」(78) という状態だ。これに伴い、コリーの視野も狭い範囲にいよいよ拘禁されてしまう。この拘禁という状況が、自分の解釈共同体コードを絶対視するコリーの傾向に拍車をかける。自分が拘禁された行動範囲をコリーは「わが王国」(181他)と呼び、絶対的独裁君主のようなアンダソンの価値体系に対し、自分も自分の圏域では王なのだぞ、と心中ひそかに反抗の火を燃やすのである。

アンダソン艦長の権力の圏域も、小説内では同様に「王国」と表現される。トールボットは、最初の会見でアンダソン艦長をへこませた後、アンダソンが「自分のちっぽけな王国に備わっているものと思い込んでいる架空の安寧」(28)を脅かされて苛立っていると見て、少々哀れに思ったものだ、と日記に書いている。コリーの圏域とアンダソンの圏域が同じ語で言及される点、しかもその権力域に限界があるという事実が共通して示されるという点は、アンダソンに対するコリーの反抗が、じつは似たもの同士の抗争であることを物語るものである。

5

ここには三つの問題が見てとれる。一つは、解釈共同体のコードと解釈共同体構成員とのあいだに支配の構造があるということが、コリーの姿のなかに描き込まれている点。次に、解釈共同体同士のあいだに覇権を争う関係が厳然と存在する点。そして第三点は、解釈共同体の内部における上下関係の問題である。

読者寄りの読書論が勃興する以前は、作者と読者のあいだには、〈講師—対—学生〉の関係を彷彿とさせるような、歴然とした上下関係があった。その上下関係を解消するための道具として〈作者の死〉概念が導入された。しかしまもなく、たとえばブースが一九七七年に発したような批判の声も聞かれるようになった。

ブースによれば、バルト流の〈作者の死〉宣言を称揚する潮流は、「珍妙で破壊的な新しい反コギト、すなわち、〈われ新しい読みを発明する、ゆえに汝作者は在ることを止める〉という原理」(Booth, "Preserving" 420) という独善的な原理を生み、作者と読者が作る共同体を一方的に破壊してしまうのだ。あらゆる読み手のあらゆる読みを等価値と見なすバルトらの、「〈意味作用を解放する〉という努力」の過激さは、「〈民主的〉そして反ブルジョワ的な批評の最悪のかたち、すなわち、平等主義的で還元主義的で自己中心的で好き勝手し放題で、それゆえに批評力を弱めてしまい、テクストを〈平均的人間には理解不能〉のレベルにまで貶めてしまうような批評」(423) につながるだけだ——ブースはそう非難した。

読者寄りの読書論は、自己中心的で放縦なテクスト解釈につながる、という非難は、ローゼンブラットがすでに予見していた批判でもある。彼女はテクストの作者の意図を尊重する読みを退け、代わりに、テクストと読者のあいだの能動的な相互の働きかけという「読みにおける動的交流」(Rosenblatt 43) としての〈読み行為〉を重視したが、そうした新しい姿勢が、「無責任な印象主義」(35) だとの誹りを受けることになるだろう、という懸念を、一九六九年にすでに表明していた。実際、ブライヒやホーランドなどは個々人の読みを最大限に容認する立場をとり、ローゼンブラットの懸念を体現することになった (Harkin 416 参照)。

フーコーも同じことに気づいていた。一九六九年の論考「作者とは何か?」を、一九七〇年にニューヨーク州立大学バッファロー校で読み上げた際、フーコーは結末部分を前年のフランス語版から少し書きなおしている。その改訂版の書きなおし部において彼は、機能としての作者を「意味の繁茂に対する倹約の原理」(Foucault, "What" 118) と定義し、それは、「われわれの文化において、人が限定を加えたり除外したり選択したりする際の、ある種の機能的原理であり、要するに、フィクションの自由な流通や自由な操作、自由な制作と破壊と再制作に、妨害を加える際の機能的原理」であって、つまり「われわれが意味の繁茂に対してどのような恐れ方をするか、その様態を人間の姿で表現するためのイデオロギー的形象」なのだ、と喝破した (118)。そしてそのうえで、〈作者の意図〉の権威は、なるほど歴史の経過に従って失墜し消滅するだろうが、それで読者の完全な自由が到来するというのは幻想――「純然たるロマンティシズム」――に過ぎず、〈作者の意図〉や「作者という機能」に代わって、また別の、新しい時代に応じたイデオロギー形象、すなわち、何かある別の様式とはいえ、あいかわらず何らかの「抑制のためのシステム」が出現するだけだろう（119）、と予言していた。

フィッシュの「解釈共同体」とは、〈作者の死〉概念を、アナーキー的で「無責任な印象主義批評」とする反論から予防するために考案された装置である。この装置は、〈作者の死〉宣言が目指す読みの完全な民主化を、一部制限する。フィッシュによれば、読者は完全に自由にテクストを知覚することはなく、常に解釈共同体のコードという「最大限に知覚可能なものに前もって制限をかけるような、一そろいの想定」に条件付けられているのであって、そのため、「観察者は、独自とか私的といった意味において個人であることは決してない。その人はつねに、当人が所有している理解のカテゴリーの産物なのであるが、そのカテゴリーを彼は、当人がある解釈の共同体の構成員だという理由によって、所有している」（Fish, “Why” 11）のだというのである。フーコーの予言は、フィッシュによる「解釈共同体」概念の案出というかたちをとって、的中したとも言えるだろう。[14]

ただ皮肉なことに、フィッシュがそういう対応をしたことで、作者と読者のあいだにあった支配・被支配構造の解消を図ろうとする試み自体が、解釈共同体コードとそこに従属する読み手という、別の支配・被支配構造に立脚することになったのである。

その支配構造の事例を『通過儀礼』のなかに探すなら、アンダソン艦長が「永続命令」などのコードによって統率する乗組員集団がまさにそうである。この集団は、単純にコードの強制力によって掌握されるのではなく、フーコーが監獄のイメージをとおして考える権力のあり方、すなわち、集団において規律が内面化するようになって、構成員相互の監視によって互いを牽制するという、複雑に発達した支配のかたちで統率される権力構造の場になっている。アンダソン艦長は、艦内には相互監視と情報密告のネットワークがあることをトールボットに明言している――「こういった艦に、一体どんな情報の経路があるものか、想像もつかないことでしょうな」（Golding, *RP* 216）、「召使いに耳あり、ですよ、ミスタ・トールボット！」（221）。また、『通過儀礼』の続編『密集』においても、副艦長サマーズがトールボットに、あっけらかんと「艦の中では、隠し事なんてできないのだよ」（Golding, *CQ* 243）と諭す場面が見られる。

解釈共同体という集団内の緊張した力関係のなかで構成員同士が相互に牽制する、という構図については、ブルデュー（Pierre Bourdieu）が一九八二年に出版した『話すということ―言語的交換のエコノミー』（*Ce que parler veut dire*）を用いて補足説明しておこう。ブルデューは、「言語的交換＝言葉のやりとり *échanges linguistiques* もまた、象徴的権力の錯綜した連関の束であり、そこでは発話者ないし発話者集団相互におのおの力関係 *rapports de force* が発現するものだ、ということを忘れてはならない」（ブルデュー、『話す』二三頁）と説いた。当該言語集団にとっての正統な言語能力に、集団のメンバーがそれぞれどれほど近いところにいるかによって、メンバーの価値は上下する、とブルデューは指摘する――「話者が占める社会的位置〔＝地位〕〔中略〕次第で、彼が制定の言語 langue de l'instituion〔制定行為を司る場合の潜在的文法体系〕、すなわち公式、正統な権威にして法的に正統な言行為＝発言〔権〕にアクセスできるかどうかが決まる」（二二一頁）。さらに逆もまた真であって、解釈共同体コードに比しうるそのメカニズムは、暗黙のうちに、メンバーにもそれと感づかれることなく、作用する――「さまざまに異なった地位＝位置に行為者たちを分散して配置させるメカニズム〔中略〕の能力が大きければそれだけ一層、この検閲は、何もいまさら制度化された権威によって強要されたり批准されたりした、あからさまな禁令、というかたちで発揮されるまでもないものとなるのである」（二〇二頁）。

このようなメカニズムが働いている言語集団とは、「（ほとんど）普遍的に、正統――つまり言語的生産物の価値原基――と認められた、一つの形の言説との関係におけるさまざまな偏差からなる階層化された領界」（五五頁）だというわけで、その「領界」では、「当事者となった、さまざまに異なる権威筋同士が、専門化された生産場のなかでやすみなき闘争を展開し、正統の表現様態の強要＝制定を独占しようと競合する」（五七頁）のである。解釈共同体も、まさに同様の「競合闘争」（六七頁）が繰り広げられる「領界」だ、と見なすことができよう。(15)

このように内部で「競合闘争」ないしは支配・被支配の構造をじゅうぶんに発達させた解釈共同体は、他の解釈共同体の存在を間近に感じたとき、ほぼ必然的に覇権争いを互いにしかけることになる。なぜなら、解釈共同体は、これまたブルデューが述べたことを借りるなら、社会的ゲームの参加者集団に比されるものであるからだ。その参加者たちは、ゲームの「賭金＝争点のためには死も辞さない」というほど、ゲームの価値を信じゲームに魅入られている人たちのことである（ブルデュー、『実践理性』一八四―一八五頁）。その魅入られた関係のことをブルデューは「イルーシオ」と呼んでいるが、しかしそのイルーシオは部外者には理解不能なのである――「ゲームにはまっていない者の視点からすれば、この賭金＝争点は利益のないもの、無関心でいるほかないもの」（一八五頁）だ。だから、ある一つの社会的ゲームにイルーシオ状態になっている者にとっては、他のゲームに「はまっている」者のイルーシオはまったく無意義なのだが、それが自分のゲームの圏域と境を接するようになったとき、相手のイルーシオの意義やゲームの価値を強力に否定しあう状況が自ずと発生して、競合関係ができあがってしまうのである。

このように、解釈共同体という概念の構築も、結局、読む行為にまつわる支配・被支配構造の根深さが立証することにつながるだけなのであって、コリーの姿は、このような実情を戯画化した素描だと見ることができるだろう。

6

加えて『通過儀礼』は、コリーと同様の機能を果たす人物をもうひとり盛り込むことで、戯画の効果を増強してみせた。それが、この艦に乗り込んでいる「危険人物」、空想的社会主義者の理神論者プレティマン(Prettiman)である。フランス革命に強く影響されたプレティマンは、クローフォードのことばを借りれば「万民平等の理想的共同体」(Crawford 208)の実現を使命と自任しているのだが、その彼があらゆる非合理的な迷信を極度に嫌忌する不寛容な人物として、滑稽に描かれているのだ。たとえば、コールリッジ(Samuel Taylor Coleridge)の長詩『老水夫行』(*The Rime of the Ancient Mariner*)を詩的・美学的に鑑賞する目を、プレティマンはまったくもたない。この詩が立脚する愚かな迷信などこの手で粉砕してやると宣言し、アホウドリを撃ち落とす機会をうかがって、古色蒼然たるラッパ銃を担いで甲板をのし歩いては、衆人の失笑を買うのである――「合理主義の哲学者が、実際にはどれほど非合理になれるものかを、思慮深い人間の目の前にさらけ出しております」(Golding, *RP* 64)。プレティマンは、自分にとって異質な解釈共同体コードを徹底して傲然と見下す。「民主化」運動の万民平等思想に陶酔しきっているくせに、自らは反リベラルで強権的な態度をとる。そんな彼の言行不一致には、解釈共同体間の覇権争いの構図が片腹痛いかたちで現れている。

〈作者の死〉宣言と新しい読者論は、〈読む行為〉における支配階級と被支配階級の抗争を、マクロ・レベルでは解消したかに見えた。けれども、それは決して民主的平等状態を生み出したりはせず、解釈共同体という構造のなかに、分散した局地戦としてこの抗争を持ち越したのだった。現実問題として、複数の解釈共同体は、互いを認め合う共存共栄的なあり方をとることはまずない。各人の心中において、複数の解釈共同体のあいだには、優劣の差がくっきりつけられているものだ。

そもそもが、アンダソン艦長があれほど苛酷にコリーの違反行為を面罵したのは、その直前に貴族トールボットが同様に永続命令を無視する行為――解釈共同体コードに背く読み――に及んだ際、トールボットの後ろ盾が超大物の貴族だという事情のため、トールボットには手出しができなかった、その腹いせだった。これはサマーズが指摘するとおりである（115 参照）。つまりアンダソンにとって、コリーの解釈共同体コードなど、いくらでも対抗可能で、こちらから同調圧力をかけていけば威圧できる程度の力しかないものだが、トールボットの解釈共同体コードに対しては、何とも悔しいことに平身低頭するしかない。アンダソンの頭のなかでは、そういう連続不等式ができあがっているのである。(16) そしてこの優劣差の認識は、権力抗争を解決するどころか、順送りの負の連鎖を作動させ、聖書解釈共同体の代表者コリーへの迫害は激化することになる。そのような屈辱とルサンチマンの連鎖こそが、一九七〇年代に読者論が盛り上がった機運の原動力の現実なのだ、とゴールディングはほのめかしているのかもしれない。

7

また、いったんは艦長をへこませたトールボットだが、獲得した自由を謳歌するように艦内を闊歩するトールボットは、相手方の解釈共同体コードの同調圧力を、不用意に挑発してもいる。調子に乗って軋轢を徐々に鬱積させているのである。

艦長に対峙するトールボットは、艦長の「永続命令」に関してだけでなく、アンダソン艦長が艦内の日々の出来事を記録する航海日誌に対しても、反逆的な解釈を実行し表現しようとする。艦内の迫害を受けたコリーが引きこもって食を絶った、くだんの真相の一端を知ったトールボットは、アンダソン艦長の捏造する〈真相〉解釈と張り合うための、自分なりの正しい解釈を別途につくり上げる作業を実行に移す。その実践の場が、トールボットの日記だ。ここにいたってトールボットとアンダソンの関係は、コリーの絶食と変死の顚末という事件——デリダ(Jacques Derrida)に従って一切をテクストと見なすのなら、[17] コリー変死という〈テクスト〉——に対する二とおりの解釈が繰り広げる、覇権争いの様相を呈してくるのである。[18]

トールボットは何気ない会話にかこつけて、自分も航海中の出来事に関する自分なりの記録をつけているのだ、ということを艦長に意図的に知らせ、艦長が「微笑んだものの、笑顔は震えており、それはまるで、拷問のような歯痛をそのままにするより抜歯したほうが苦痛は少なくて済むとわかっている人のような表情だった」(123)という反応を示すところをしっかりと確認する。自分の日記が、政界の大物貴族の目にゆくゆくは触れるものだ、という情報も巧妙に織り交ぜて、トールボットは自分の解釈の破壊力をちらつかせてみせる。

これに対してアンダソン艦長は、トールボットをアンダソン側の解釈——すなわち艦長の航海日誌——のなかの作中人物のひとりとして拘禁してやろう、そして意のままに操ろうと躍起になる。アンダソンは、絶食して衰弱するコリーに対し、艦長として必要な医学的配慮をきちんと施したと主張し、しかもその配慮の行為にトールボットを巻き込もうという企みを、トールボットに誇示してみせる——「患者を——あの牧師のことは患者と呼ばざるを得なくなったと思うんだがね——患者を君、サマーズ君と、あなた、ミスタ・トールボットが見舞った、と、そう航海日誌に記載することにしますよ」(141)。そして、トールボットが日記に記載する内容をコントロールしようとする。その企みをトールボットはちゃんと見抜き、日記のなかで名付け親に宛てて、「艦長が、あの男に対して自分はできるかぎりの手を尽くしたということを、私の日記をとおして私から閣下に報告させようとしている、その力ずくのやり口をとくとご覧ください」(142) と、自分と艦長との心理戦を実況報告してみせる。この時点のトールボットは、自分の解釈共同体の最高権威者の威を巧みに借りることにより、艦長の「航海日誌」という強大な権力の包囲網から身をかわしている。

だが最終的にトールボットは、アンダソンと結託することになる。ふたりの解釈共同体には、共通の保守的な基盤があることが判明するからだ。コリーの自殺の原因を探る調査のなかで、なんとしても真相を日記に載せてやると息巻いていたトールボットだが、アンダソン艦長はトールボットの一番の弱点とも言える階級制度保全の願望を逆手にとって、トールボットを制する。コリーの死の要因について、乗客や乗組員が事情聴取されるなかで、コリーへの性的暴行の中心人物だという嫌疑をかけられた水夫ビリー・ロジャーズ (Billy Rogers) は、不敵にも逆襲の一手に打って出る。艦内で男色癖のある人間たちのなかには高級士官も含まれている、という事実をすっぱ抜いてもいいんですよ、とほのめかしたのだ (219)。その発言は、アンダソンばかりでなく、トールボットをも震撼させる。アンダソンは、「あいつは、その度胸さえあれば私たちみんなを破滅に追い込むだけの材料を、手中に収めている」(220) と嘆息するし、トールボットも、「何か間違ったことをするか言うかしてしまいそうな恐れと、しかしその〈間違ったこと〉が、いわばより強い力に、つまり、怖さのあまり向こう見ずな振舞いを始めかねないほどの力にまで、達してしまいそうな」(219) 感覚を、必死に押し殺すのである。

「力 (power)」ということばの頻出が物語るように、これは、それぞれの支配権力をもろともに動揺させる問題提起だった。アンダソン艦長を頂点とする共同体も、トールボットの名付け親が最上層に鎮座する共同体も、同じように身分序列制度を存在基盤としている。そのため、ビリーの問題提起は、艦長とトールボットの共同体双方にとって、ゆゆしき脅威なのである。

共通の敵を目の前にしたトールボットは、階級制崩壊の危惧のため、コリーは熱病で死んだとする隠蔽工作を呑むことにする。ここがトールボットの限界である。ビリーが、高級士官の男色をばらしてもいいのか、と脅しをかけたことについて、トールボットはアンダソンに向かって「あの水夫は追いつめられて、最後の武器を引っ張り出したんですね。強請まがいの、虚偽証言という武器を」(220)と比喩的に描写する。じつは、この描写は、航海が始まったばかりの頃に、船尾甲板に闖入したことをアンダソンに叱責されそうになったときのトールボットの対応と、オーバーラップするものだ。あのときトールボットは虎の威を借る狐よろしく、後ろ盾の貴族の名前をアンダソンに突きつけたが、トールボットはその名前の威力を「二丁拳銃」(27)に喩えていた。自分の立場を守るために、目の前にある既存の権力構造を転覆させるような「武器」をちらつかせた点で、トールボットはビリーと相通じるのである。だが、かつて自分も、既存の権力構造の破壊者としてふるまったことをトールボットは想起することなく、居心地の良い権力構造の保全に荷担するばかりだ。

アンダソンのテクストに対しては革命的になることができても、その革命の波が自分のテクスト解釈を支える解釈共同体の基盤にまで伸びてきそうになると、泡を食って逡巡する。自由と解放と権力をめぐるこのようなダブル・スタンダードが、解釈共同体という概念が根源的に抱えている矛盾点であることを、トールボットは見事に体現している。

8

第三の問題点を見るために、もういちど視線をコリーの行動に戻してみよう。一個の解釈共同体内部における上下関係という問題である。艦長の永続命令書というテクストを取り巻く解釈共同体のコードに対抗するには、自分はなるほど非力だが、信仰心と、キリスト教の教えというテクストを中心とする解釈共同体コードの把握に関しては、自分は他人にそうそう引けをとらない地位を占めている——そうコリーは自負している。

私は聖職者で、対蹠地では、慎ましいものとはいえそれでも名誉ある地位に就く人間だ。その私に向かって偉ぶってみせることなど、主教様のテーブルで私が二回も同席し、まみえたあの大聖堂参事会員たちにも許されないのと同様、艦長にだって許されるものではない——いや、参事会員のお歴々ならまだしも、この艦長になど許されるわけがないのだ！（172）

この引用の興味深いところは、アンダソン艦長とその解釈共同体に対抗するため、英国国教会という後ろ盾にすがろうとするコリーの努力があからさまに見えるのと同時に、コリーが高位の聖職者に対して抱いているライバル意識が一瞬垣間見える点だ。自分が高位聖職者に「二回も」まみえた、と自慢げに述べるのは、権威に寄り添う事大主義のあらわれである。しかし反面コリーは、自分を実際に見下したのであろう教会内権力者たちに対し、恭順の姿勢も確かに見せてはいるものの、自分は決して高位聖職者にも畏れ入ってばかりではないぞ、という秘めた自尊心を示すのである。マッカロンがいうように、コリーには、「僧侶としての美徳をきらめかせ、現実との接触によってもまったく穢されていないコリー」という高潔すぎる自己像を抱く、きわめて「高慢（proud）」なところがある（McCarron, *Coincidence* 96）。そしてこの自負の供給源とは、権力の階級制に関わる遺恨なのである。

コリーの自負は、重大な問題をあぶり出す。〈読む能力〉に応じた位階が解釈共同体の内部に存在する可能性があること、そしてそこに〈秘法を口伝する権威ある教師〉と〈生徒・学童〉というような上下関係・支配関係が存在する可能性があることが、露わになるのだ。すなわち、作者・読者の関係を転覆してできたはずの読者論、およびその弥縫策ともいうべき「解釈共同体」においても、前節で見たブルデューが指摘したような団体内上下関係のヒエラルキーは、しっかり組み込まれているのであって、〈作者の死〉をスローガンとする民主化運動など、幻想に過ぎないことがすっぱ抜かれるのである。

乗客のひとり、薹《とう》がたった独身女性グレナム（Miss Granham）に目を向けてみよう。このグレナムは自らの経歴を屈辱と捉えている人物である。もとはエクセター大聖堂参事会員の娘だったのに、父親が零落してしまったため、今やはるかオーストラリアで家庭教師という職に就くことを余儀なくされている境遇が、無念でならないのだ。これは、聖書というテクストを核とする解釈共同体、すなわちコリーやグレナムの所属する解釈共同体のなかにも、れっきとした序列が存在し、しかもそこでの権力争いに敗れた者たちには遺恨が深く刻まれる、という現実を示すものだろう。(19)

話をコリーに戻そう。アンダソン艦長の書いたテクストとその一意的解釈の強制にあらがうために、コリーは教会という別の権威が信奉するテクストである聖書に頼る。そしてその過程において自分でも気づかないうちに、宗教的解釈共同体内の序列の上層に自分を置こうとしたのである。キンケイド＝ウィークスとグレガーは、『高慢と偏見』（*Pride and Prejudice*）の牧師コリンズ（Mr Collins）を引き合いに出しながら、コリンズと名前の綴りがよく似ているコリー（Colley）にも、コリンズを彷彿させる「社会的上位者に対する大仰な敬意」（Kinkead-Weekes and Gregor, 3rd ed. 257）を抱く癖があることを、正しく指摘している。このように、そもそもコリーは階級制にどっぷりはまった人間である。教会内の序列構造を転覆しようという気などさらさらない。既存の階層を維持したまま、その階梯をのぼっていきたいだけである。社会階級的な意味においてコリーが強い成り上がり志向をもつ者であることは、トールボットのみならず多くのゴールディング研究者たちも重々指摘しているとおりだが、聖職者集団という自分の解釈共同体内においても、コリーの上昇志向は強いのである。

これは、解釈共同体がデモクラティックなものなどではなく、そのなかに、権威をもった者たちを頂点とし、その解釈をありがたく押しいただく新米牧師——いわば「学童」に毛が生えた程度の存在——を底辺とするヒエラルキーが、厳然と残留していることを物語る。ハーキンは、読者反応理論が内包する階級制度を見抜き、読者反応等の理論を行使する専門家たちが、自分たちの読み手としてのエリート特権を固持するプロセス（「技能も学術的訓練も不足している読者を排除する経済システムの仕組み」（Harkin 417））を暴いてみせた——「作者の意図の権力が打ち砕かれた後になっても、特異的な読みを生産する（そして一般商品化する）能力をもつ人間に権力を帰するという、一種の階級制度は残っている」（417）。ハーキンによるこの二〇〇五年の指摘を、ゴールディングは一九八〇年以前にすでに先取りしていた。そして、その階級制の階梯を昇降することには強烈な虚栄や遺恨が伴うものだ、という現実も、ゴールディングはここに描き出したのである。

9

しかしコリーはある瞬間、聖書という絶対的な価値をもつはずのテクストと、キリスト教教会が規定する聖書の読み方からさえも逸脱するほどの、過激な放埒さをもった読み手へと変貌している。

艦内で迫害を受け続けたコリーは、聖書を手に取ると、思わず、「書物占い」——コリー自身が「一種の〈ヴァージル占い〉[20]というか、神託にお伺いを立てる行為で、神のしもべとしては、たとえ最も聖なる位にある者が行う場合でも、問題視されるものだと私が常々思っていた行為」（Golding, *RP* 192）と呼ぶ行動——に走ってしまう。そして、無作為に開いたページに、まつろわなかった非イスラエル人たちをソロモン王が奴隷にする箇所を見つけて、アンダソンたちを彼らになぞらえることで、心のなかで意趣返しをするのである。

その行為についてコリー自身は、「この軽微な違反」（192）と見なすことによって自己弁護している。だがこの違反は、「軽微」では済まされない。コリーが身を置く解釈共同体は、聖書を一意的に、教会の権威が指定したとおりに読むことを求め、コリーもこれまでは諾々と従ってきた。しかし、コリーは、たとえ解釈共同体の上層部であっても破るべきではないと彼自身考えているはずのコードから、逸脱してしまうという「違反」を犯したのである。しかもこの仕返しは、彼自身が自らに言い聞かせたはずの、キリスト教聖典が説く「隠忍」と赦しの精神にまったくそぐわない読みである。[21] コリーはすぐさまこの行為を反省し、神の赦しを請う。だが、一瞬のことではあるものの、コリーは、自分が本来所属するはずの解釈共同体のコードからも離れた部外者になってしまっていた。

さらに重大な侵犯行為もある。コリーは、艦内でたくましい水夫の肉体美を眺めているうちに、自分でも気づいていなかった同性愛的性向を滲出しはじめるのだ。もろ肌脱いで仕事に励む平水夫たちを、自分がときおり惚れ惚れと眺めていることを、コリーは妹宛ての手紙に書き綴っているのだが、その筆致たるや、「くびれた腰で、お尻はきゅっと引き締まっているのに肩幅は豊かな、海神ネプチューンの落とし子」だの、「真に英雄にふさわしいプロポーションの体躯を誇る、半人半神の者たち！」（186）だのと、エロティックなことこの上ない。コリーは、美丈夫の水夫ビリー・ロジャーズに目を奪われて以来、自分の「王国」の王座にビリーを据えたい、と考えはじめる――「私は喜んで退位し、彼の前にひざまずきたいと願った。この若者を、われらの救い主のもとへ連れて行きたいという燃えるような願望のさなか、私の心は彼に惹かれていった」（187–188）。

ここでコリーは、自分の欲望に対し、キリスト教のコードに沿うような文言で粉飾した解釈を施している。これがまたゆゆしき問題だ。キリスト教の聖職者が行う〈読み行為（もしくはテクストの意味生成行為）〉としては、解釈共同体のコードを大いに逸脱する侵犯だったと言わざるを得ないものだからだ。キリストの御前に新しい信徒を導くかのような宗教的修辞で隠しているが、コリーの動機は肉欲的エロティシズムである。その証拠に、コリーの「ビリーの前にひざまずきたい」という願望は、後にコリーがラム酒に酔っ払い、他の水夫たちが面白がって見物するなか、嬉々としてビリーの前に膝をつき口腔性交に及ぶというかたちで、実現するのである(Crompton 134 参照)。

バルト派なら、聖書のコードを利用しつつ放埒な逸脱を行うコリーについて、聖書というテクストをエクリチュールへと転じ、「ある究極的意味を与えることを拒否し、反神学的とでも呼べそうな、まさしく革命的な活動を惹きおこす」行為に身を投じているのだ、とでも評価するのだろうか。確かに、陶酔の只中にあるときのコリーは、自分の侵犯行為を大いに喜び、その解放感を謳歌してみせている。ビリーに口淫を施した後、コリーは船首楼から出て艦の全員の眼前にほぼ全裸の姿をさらし、「なんたる歓喜! 歓喜! 歓喜!」(100)と、自分の侵犯行為を賛美する。さらに念の入ったことに、淑女の目もはばからず放尿し、しかもそれを洗礼の聖水になぞらえ、これ見よがしに乗客全員に向かって神の恩寵を祈ってみせる、という嘲弄的な行動にまで及ぶのである。

だが、コリーの「革命」が長続きしないことを見落としてはならない。酔いが醒めて彼は自分がしでかした破廉恥な逸脱に気づくやいなや、すさまじい悔恨の念に駆られる。コリーの逸脱――反神学的革命――礼賛は霧散する。いまや彼はキリスト者の解釈共同体のコードへと駆け戻って、コードとその中のヒエラルキーを、全身全霊で信奉する姿勢を取り戻す。そして最終的には「自己堕落という最下層の地獄」(239)に自分は身を投じたと考え、自分の乱痴気をキリスト教のコードに照らして断罪する。ディクソンは、「皮肉なことに、彼の苦境は、彼が宗教的価値観に一意専心する姿勢から生じるのだ」(Dickson 124)と、正しく指摘している。コリーは、キリスト教価値観のコード――キリスト者たちの解釈共同体コード――に殉じた、とさえ言えるかもしれない。

フーコーは、初期のヘブライ的「司牧者権力」から「規律訓練型権力」の集団へと変貌したキリスト教の本質を、次のように描写した――「キリスト教は〔中略〕真理と教義と戒律にかんする非常に厳格な義務を、異教の宗教にもまして厳しく課している。〔中略〕一連の義務を受け入れるべし、ある種の書物を永遠の真理と見なすべし、真理にかんする権威ある決定を受け入れるべし、ある種の事柄を信じるだけでなく信じているのだということを示すべし、制度上の権威を受け入れるべし、以上の義務はことごとくキリスト教の特性である」(フーコー、『自己』五五頁)。コリーの所属する聖書＝解釈共同体は、構成員に個人的快楽を放棄することを強いるものなのだ――「キリスト教においては、修行生活は自己並びに現実の何らかの放棄とつねにかかわっている」(四七頁)。

キリスト教徒が皆、この特性を完全に受け入れているのかどうかはさておくとして、少なくともコリーの信仰姿勢はまさにこのとおりである。特定の書物を絶対的に正しいコードだと信じ、それを説法する権威者に無条件に追随するのである。

ところが、こと『通過儀礼』においては、コリーが身を置く解釈共同体が構成員をコードに従わせる拘束力は、元来さほど強くはないらしいのである。コリーを司祭に任じる聖職按手式で、主教はわざわざコリーに「几帳面さはほどほどに控えなさい」(Golding, *RP* 194) と忠告していた。主教は、コリーが自分にも他人にもコードの厳密すぎる遵守を迫ってしまう、その気質を案じていたようだ。コードの原理主義的過剰遵守というコリーの姿勢は、当時の共同体から圧力を受けた結果というだけではなく、コリーの側の個人的事情、つまり聖職者集団内での上昇志向と、艦内で受ける迫害に対する心理的防衛機制にも、起因すると思われる。

「制度上の権威」を個人的事情や性向によって倍加させ、それに殉じたコリーは、最終的に一切の食事を絶って自殺する。この自殺行為には、二つの相反する側面がある。解釈共同体コードに対する大きな違反という側面と、解釈共同体コードを貫徹する殉教という側面である。

聖職者コリーの自殺は、サマーズ副艦長も言うように、きわめて反キリスト教的な行為だ――「正気を失ったか、さもなくば、自分の宗教のことが何もわかっていないかですよ。〔中略〕キリスト者に絶望は許されないのですから！」(133)。キリスト者たるもの、とりわけ衆生を導く牧師たるものは、絶望することは許されない。人生というテクストのどのような状況を突きつけられても、それを絶望そして自害への道として読むことは許さないのが、キリスト教聖職者が作る解釈共同体のコードである。その意味では、コリーの自死は最大の違反行為である――「コリーの死は、地獄行きの大罪のなかで最も甚だしい罪である自殺に等しい」(Friedman 144)のだ。

だが、これは同時に、キリスト教聖職者の共有価値観というコードを極限まで重視した結果の選択でもある。トールボットが述べるように、余人、特にトールボットが所属する解釈共同体コードを共有する者たちであれば、「数日後には喜劇的な幕間狂言として笑い飛ばせる」(Golding, *RP* 132)武勇伝になって終わるところだ。[22]しかし、聖職者の規範に照らし、コリーはそれを軽んじる行為は断じて許容しなかった。これは一種の殉教行動でもある。

10

このようにコリーの自殺は、一九七〇年代読者論の語彙と文脈で表現した場合、違反と殉教という両義的二面性を備えてしまう。それは、当の読者論自体に二面性があるからだ。作者に対して読み手が仕掛ける革命・反乱・民主化運動というスローガンの裏で、読み手側の陣営に、権力を強要する階層構造と内部抗争を密かに保持させているせいなのである。

バルトは『テクストの快楽』において、新しい読書論はあらゆる「至高の価値」——フィッシュの「解釈共同体のコード」にほぼ相当すると考えていいだろう——の下落を目指し、ニヒリズムを志向するものだとしたうえで、「最も首尾一貫したニヒリズムは、おそらく仮面の下にある。何らかの形で、制度や順応的な言述や目的性の外見の内部に」（バルト、『テクストの快楽』八三—八四頁、強調は原文のまま）と書いた。

だが、実態は、仮面の内と外が逆なのではないだろうか。そしてコリーという読み手は、この内と外のあいだの亀裂に落ち込んで命を落とす。S・J・ボイドはこの小説における階級意識の扱い方を、「階級とは人生の有り様の現実であるが、命取りのものでもある」（S. J. Boyd, *Novels* 157）と正しく総括している。階級制度を安直かつ浅薄にしか扱わない〈作者の死〉概念が、作者から権力をもぎ取って革命を起こしたはずの読者に、自死をもたらしたのである。

『通過儀礼』が、イギリス人心理のなかで常態化している階級制度の問題を正面から扱った作品だと評されていることには、すでにふれた。これに私見を付け加えるなら、『通過儀礼』の階級制度の問題視という方向のなかには、〈読む行為〉にまつわる種々の階級間抗争の現象の戯画的素描と、その現象が新奇な読者論で解決可能だと思い込む学派の無邪気な姿勢に対する批判とが、取り込まれているのである。

艦内唯一の好漢サマーズは、平水夫から副艦長へ異例の昇進を遂げた男だが、その彼も、英国社会が執拗に保持する階級構造と差別意識について、「階級は、大英帝国の共通言語なのですよ」（Golding, *RP* 108）と嘆じた。イギリスにおいて、階級制度が存在するということは、万人の心理に深く根を張る共通認識であって、イギリス人の日常生活にあってどこまでもこの共通語はつきまとう。

サマーズのことばを借用して、『通過儀礼』が暗示する読み手の反乱の顛末を描写するとしたら、次のようにまとめられるかもしれない——階級こそが読者論の言語である、と。一九七〇—八〇年代の読者論がこれ見よがしに掲げる民主化宣言とはうらはらに、支配・被支配の階級構造と差別意識は、受容美学や読者反応批評を推進する際にも、どこまでもつきまとう。読み行為における権力抗争構図の解消であるかに喧伝された〈作者の死〉も、つまるところ実態は、権力構造の移転といった程度のことなのだ。

戯画的寓話として読まれるとき、ゴールディングの『通過儀礼』（*Rites of Passage*）は、この小説が出版された当時もてはやされていた読者論の本質が、単なる「権力の移動（passage of rights）」にすぎないことを暴露するのである。

注

（1）Crompton, 135–139 や S. J. Boyd, *Novels* 155–157, 162–164 や Friedman 139–146 また Kinkead-Weekes and Gregor, 3rd ed. 256–258 や Tiger, *Unmoved* 251–254, 262 さらには、Crawford 190–195, 201–203, 211–216 などを参照されたい。また、ゴールディング自身もベイカーとの対談で、階級問題がテーマであることを明言している（Golding, Interview with Baker 136, 160）。

（2）『通過儀礼』は、一九七六年七月から一九七九年一一月までの期間において、断続的に執筆された（Carey 339, 388 参照）。

（3）フランス革命直後の時代の特徴的風潮については、レッドパースが以下のように要領よくまとめてくれている——

歴史的に見て、一八世紀末と一九世紀初頭は、政治と社会において大変革が起こった時期である。アメリカ独立戦争のときであり、フランス革命のときであり、ジョン・ウィルクスと〈自由、四五号〉運動のときであり、ゴードン擾乱のときであり、クリストファー・ワイヴィルのヨークシャ連合運動のときであり、その他議会や選挙制度の改革を目指す数多くの運動のときであった。こういった運動のすべては、少数派である支配階級が確保していた権利にとって、脅威だった。政治的勢力として〈大衆〉が到来したのである。（Redpath, *Structural* 65）

また、小説の舞台設定としてこの動乱期を選択したことの意味については、ドン・クロンプトン（Don Crompton）がいち早く論じている（Crompton 140–141）。

（4）受容美学の開拓者ヤウスは、受容美学の機運について、「ドイツにおいて六〇年代に起きた『学生革命』の際、『市民的な学問理想』が批判にさらされることによって、この関心は促進された」、と『挑発としての文学史』の「日本語版への序文」に記している（ヤウス、vii頁）。

（5）『通過儀礼』の時代設定については、ゴールディングの明言がある。Golding, Interview with Baker 161を参照。

（6）当時の読書論の主流派の一つだった受容美学を知る日本人なら、この構図から、いっそう強烈な皮肉を読みとることができるだろう。受容美学の立役者イーザーは、著書『行為としての読書』に付した一九八一年一〇月三日付けの「日本語版への序文」のなかで、作者の地位を転覆する読者論の展開について、「問題は学問史ばかりか政治にもかかわっていた」と総括し、正典文学の解釈について「秘教を明かす調子で口授」する特権をもつ大学講師に対し、受容美学の礎となる「学生の反乱」が勃発した「一九六〇年代のドイツにおける大学の歴史状況」を、背景として挙げている（イーザー、『行為』iv頁、vii頁）。

さらにテリー・イーグルトン（Terry Eagleton）も、新しい読者論は「学生の暴動」を含む「大衆の参与という政治的関心」という風潮に深く根ざした動きの一つであることを指摘している（Eagleton 24, 53）。自由な読みの権利を要求する学生たちの民主化運動・解放運動が、権威者だった書き手と、その書き手の意図を金科玉条とする代弁者たる批評家とが享受してきた特権を突き崩す——読者を主役とする新しい読書論では、このような民主革命を推進する学生のイメージが利用されることが少なくないが、アンダソン艦長は、いわばその〈民主化学生運動〉以前の状態へ復旧させるべく、強権をふるっている、と言えるだろう。対するコリーは、旧態依然とした読み手——テクストの意味の決定権を握る講師たちの口授を畏れ入って受けとる「学生」あるいは「学童」——としての役回りを、アンダソンから押しつけられ震えあがっている。

またついでに言うと、序章で見たように二一世紀の現在、受容美学や読者反応理論の主な活用の場が、教室内の教育現場となっているという現実は、なんとも皮肉な展開だ。

（7）じつはその直前に、コリーはアンダソン艦長から、「乗客が船尾甲板に来るのは、艦長に招かれたときのみだ」（Golding, *RP* 171）と口頭で注意されていた。しかもコリーはその逸話を自ら記録までしている。コリーはこれをしたためて、いったんペンを置いてから、再び艦長のもとへ向かったのだった。自分で書いたものをしっかり記憶にとどめていなかった、という粗忽も、コリーの不幸の一因だった。

（8）『通過儀礼』の続編『密集』において、この永続命令への違反は、実際に惨事をもたらす。士官デヴェレル（Deverel）が命令に背いて当直業務を軽視したため、風の急変に対応できなかった船体は大打撃を受けるのである。

（9）ハッフェンデンとの対談においてゴールディングは、『通過儀礼』執筆にあたっては「読者を虐待するのに近いくらいの、読者に対するいくつかの企み」を抱いていた、と発言している（Haffenden 104）。作者としての意図性を言明した発言だ。また、ベイカーとの対談では、ゴールディングは、この本を「ただただ笑える」「娯楽」ととらえる見方がもっとあっていい、とも述べている（Golding, Interview with Baker 164 参照）。

（10）この点に関するゴールディングの姿勢の原形を、『ピンチャー・マーティン』に見ることができるかもしれない。本書第三章第4—5節で見たように、主人公クリスは捨てようとしても神を捨てきれない。自ら意味と世界を捏造する作業に勤しむクリスにしてからが、神という〈原著者〉の権威を拒否しきれず、否定しきれないのである。

（11）士官のカンバーシャム（Cumbersham）やデヴェレルなど、アンダソン艦長に個人的反感を抱く乗組員もおり、艦長が発令した服務命令をときに軽視することもあるが（Golding, *CQ* 260 参照）、制度としての艦長の「永続命令」の権威を疑う乗組員はいない。

（12）イーザーは二〇〇〇年になって、この状態を「解釈の市場」と表現し、次のように解説している——「解釈の市場に認められる〔中略〕ひとつの傾向は、かつてリクールが『解釈の葛藤』と名づけたものである。これは競争者として現われたそれぞれの型が、自らの重要性と洞察と範囲の広さと深さを実証するために、他の型を犠牲にして自己を主張しようとする」（イーザー、『解釈』一四頁）。無論このような傾向は、読者反応批評が根ざしているはずのポストモダン的思考とは対立する風潮なのだが、今はそれはさておくとしよう。また、聖書解釈の問題をたどるケヴィン・J・ヴァンフーザー（Kevin J. Vanhoozer）の著書『このテクストに意味はありますか?』（*Is There a Meaning in This Text?: The Bible, the Reader, and the Morality of Literary Knowledge*）——この書名は言うまでもなくフィッシュを意識したもの——で、「教会の歴史におけるふんだんな事例が示しているとおり、解釈の衝突とは解釈共同体間の衝突に過ぎない」（379）と明言していることにも、触れておきたい。

（13）無論このタイトルは、一八世紀後半に作家オリヴァー・ゴールドスミス（Oliver Goldsmith）がサミュエル・ジョンソン（Samuel Johnson）との会話のなかで発した有名な警句を踏まえたものである。

（14）読者の自由な読みに一部制限を設けるために案出された方策は、「解釈共同体」だけではない。たとえばイーザーの場合なら、読者の読みを誘導する「テクスト内の空白」「テクストの呼びかけ構造」というのが、これに相当する（イーザー、『行為』一一〇頁、二八六頁、二九一頁参照、また、本書次章第4節も参照されたい）。本章本文で触れたように、一九八一年に批判合戦を繰り広げたフィッシュとイーザーだが、読者の自由を制限する必要は、ふたりそろって感じていた。つまりふたりは、読者の自由を拘束する方策を競って張り合っているだけなのであった。

他にも、現実の読者の自由を一部拘束する仕掛けとしては、アーヴィン・ヴォルフ（Erwin Wolff）のいう「意図された読者」概念、そしてウンベルト・エーコ（Umberto Eco）の「モデル読者」などが挙げられる。ミカエル・リファテール（Michael Riffaterre）が一時期提唱していた「超読者」も、「読者反応を最大限に引き出す部分を特定するテクニック」（Riffaterre 12）のことだというから、イーザーの「呼びかけ構造」にかなり近い概念だ。どれも、「解釈の歯止めとして内密に作者の意図を再導入する」（コンパニョン、八九頁）方策といわれても仕方のないものだろう。

(15) さらにブルデューは、正統な言語用法に、「支配的な用法」という特殊な価値が付与されるプロセスを考察するにあたって、陥りやすい「誤謬」を二つ挙げている。一つは、「言語それ自体の特性」に価値の基礎があると見なしたがるあまり社会的条件に目を向けるのを怠り、その支配的な用法を「無意識のうちに絶対化する、という誤謬」。そしてもう一つは、第一の誤謬とは逆に、その支配的用法が社会で広く正統なものと認められているという現象に目を向けず、「この支配的な用法を恣意的に相対化することで、正統性という事実そのものをけしからん、といって拒絶」するという「学者風の相対主義という極めつきの幼稚さに陥ってしまう」という誤謬である（『話す』四九頁）。第一の誤謬を、作者の権威を絶対視する読みに、そして、第二の誤謬を〈作者の死〉一派の考え方になぞらえてみてもいいだろう。

(16) このような解釈共同体間の権威序列は、ゴールディングの遺作『二枚の舌』において、やや穏やかなかたちで再演されている。アポローンの神託を受ける巫女である主人公アリエカ（Arieka）は、彼女なりのやり方で神との交信を行い、そのメッセージを解釈し、ついにはアポローンにではなく女性神と対話する、という独自の読解コードを開発していく。だが、アリエカの教育係でもある神官イオーニデース（Ionides Peisistratides）は、アリエカの伝える「神託」を、もっと政治家的なコードに沿うよう内容を「書き換え（rig）」（Golding, *DT* 84）つつ読み、公表するのである。しかし、イオーニデースの政治活動はやがて露見し、ローマ兵に逮捕監禁された彼は、ギリシャの支配者であるローマ帝国に服従する方向のコードを強制され、拒否すれば舌を抜くとの脅迫を受ける。釈放後、すっかり落魄したイオーニデースは、アリエカを冷淡にあしらうようになる。

(17) 本書次章第1節も参照されたい。

(18) S・J・ボイドは、「トールボットは無邪気でごく自然な質問〈だあれが殺したコリー牧師〉を突きつけられるが、答えは曖昧模糊としてまったく単純には出せない。〔中略〕トールボットの抱える簡単な質問への答えは、事実の陳述ではなく、一つの解釈と、判断行為というかたちをとることになるだろう」（S. J. Boyd, *Novels* 159）と論じている。

(19) 所属する解釈共同体内部の序列に関して言うと、じつはトールボットには、単に貴族の子弟として片づけられない複雑な背景が与えられていて、この点は見過ごしにできない。トールボットが貴族階級の一員と見なしてもらえているのは、どうやら母親の身分のおかげらしいということが、『密集』以降ほのめかされているのだ。

航海の途中で出会った別の船の船長は、連れの女性にトールボットを紹介する際に「こちらはエドマンド・フィッツヘンリー・トールボットさんですよ。トールボット令夫人というのが、フィッツヘンリーの一族でしてね……」(Golding, *CQ* 314)と、母方の姓にこだわった言葉遣いをしている。また、トールボットの父親がかなり教養の低い、フィッツヘンリーとはおよそ不釣り合いな階級の男だったことが、父親の書いた手紙が「父の綴る、いつもながら誤字と非文法的な文章」(Golding, *FDB* 718)で書かれていた事実によって暗示されている。つまり、『密集』以降、トールボットが階級制度内の存在基盤があやふやな人間である、という点が付け加えられているわけだ。そうすることで、トールボットがコリーのことを成り上がり者と呼んで極度に嫌っていたことにも、同族嫌悪という新しい説得力ある根拠が生じる。さらに、その卑しい出自を隠さないサマーズにトールボットが敬意に似た友情を覚えたことや、トールボットが階級性の維持にこだわる反面、プレティマンの社会主義思想にも耳を貸してしまうという行動にも、納得がいきやすくなるのである。

また、内部序列の問題は、アンダソン艦長に関しても存在している。『通過儀礼』の終わり近くになって、艦長が聖職者を毛嫌いする理由が明かされる。アンダソンは、じつはある貴族の落とし胤だったのだが、その貴族は囲い女と非嫡出子の息子を厄介払いして、ある牧師に押しつけたのである。そして成長したアンダソンは、やがて後を継いだ新当主から疎まれ邪険な扱いを受けてきた。それでアンダソンは、かなりお門違いではあるが、聖職者全般に異常な嫌悪を抱くようになったという(Golding, *RP* 229–230)。貴族社会の共同体コードや内部序列からはじき出されてしまったことを恨み、新しく押しつけられた共同体のコード全体に対して、強烈な反発を覚えるようになったわけだ。

(20) ヴァージル占いとは、ウェルギリウスなどの古典や聖書をでたらめに開いて、ぱっと目にとまった文句をヒントに未来や運勢を占うというものだが、この行為自体、書いた作者の意図を誤読する、あるいは少なくとも、意図された文脈を無視して勝手に解釈するという反抗的・〈革命〉的読み行為だと言える。

(21) この逸脱行為に関する詳細かつ正確な分析については、吉田、「自己認識」二一〇―二一一頁を参照されたい。また、『後継者たち』において主人公ロークたちが、いったん肉食に耽った後に我に返って自己正当化する場面(本書第二章第7節参照)にも、通底する部分がある。

(22) すべての事情を解明できた後でも、トールボットは、コリーのフェラチオ行為について、「ばかばかしい、学童(schoolboy)のいたずら」(238)という軽い表現を使っている。コリーにしてみれば所属共同体コードに対する究極の背信行為であっても、トールボットのような部外者にとっては、さほど深刻なものではない。そういう価値観のギャップがここからは読みとれる。

さらに言うと、トールボットが何気なく使っている「学童」という言葉が、コリーの上にはきわめて皮肉に作用しうることも、私たちは見逃してはなるまい。あらゆる意味で「学童」の分際と考え方に立ち戻ったほうが、コリーにとっては身のためだったのである。

第一〇章　白紙から読む『ペーパー・メン』――〈作者の死〉が死なせたもの

1

小説『ペーパー・メン』は一九八四年二月、一九八三年のノーベル文学賞を受賞した四ヶ月後というタイミングで発表されたのだが、この作品の反響は芳しくなかった。マッカロンのまとめを借りて言うなら、「ゴールディング全作品中もっとも受けが悪かった」とのことで、特に小説発表当時の書評は、「学界に向けた、自伝的要素を含む貧弱な諷刺」という評価をこぞって与えるにとどまっていたようだ（McCarron, *Coincidence* 145 参照）。

この「自伝的」という評語にまず注目してみよう。レッドパースは、主人公ウィルフ・バークレイ（Wilf Barclay）をゴールディングと単純に同一視する読みを披露した英国の四名の書評者を挙げ、その浅慮を嘆じている（Redpath, *Structural* 182）。(1) しかし、ウィルフの気むずかしさ、批評家嫌い、大酒飲みなどの特徴には、確かにゴールディングを彷彿とさせる部分がある。また、右で見た「学界への諷刺」というもう一つの評語が指し示すところもあわせ見るならば、さらにやや広義の「自伝」性も感じとることができそうだ。この小説は、フィクションの隠れ蓑の下で、文壇・文学研究界の主潮に対する作家ゴールディング自身の当時の姿勢を、かなり直裁的に表明しているものと見ることができるのである。

では、その諷刺の対象とされた「学界」、特に文壇と文学研究界は、当時どのような状況だったのか。本書が既にふれてきた内容をいくぶん含めることになるが、読者論勃興時の様子を、その前後関係も一緒に素描しておこう。

読者論にとって一九六〇年代に起こった一大革命と言えば、本書がここまで何度か言及してきたバルトの〈作者の死〉宣言、そしてフーコーの〈作者とは何か〉という問題提起であろう。バルトは一九六七年、フーコーは一九六九年のそれぞれの論文において、テクストの意味は、多方向に解釈を開く読者による〈読み行為〉こそが創出するのであり、作者が専横的な権威をもって作品の意味を一義的に決定していた体制は転覆された、と宣言した。

これ以前にも、文学作品解釈において作者の執筆意図が最優先される大原則に対し、異議を申し立てる傾向の胎動はあった。フッサール（Edmund Husserl）がディルタイ流の「作者の想」回復なるロマン派的解釈学を批判し、論争となった一九一〇年代にも、〈作者の死〉概念の萌芽はあった。また、ニュー・クリティシズムの「意図に関する誤謬（intentional fallacy）」という考え方も、〈作者の意図〉を汲み取るタイプの読み方をはっきり否定したという点で、〈作者の死〉につながっていくものだった――外山滋比古が言うとおり、「一九二〇年代になって、作者からほぼ完全に絶縁された読者がはじめてはっきりと意識された。『読者』の発見である」（外山、一三頁）というわけである。また、一九八〇年に編まれた名論文集『読者反応批評―フォルマリズムからポスト構造主義へ』（*Reader-Response Criticism: From Formalism to Post-Structuralism*）の序文に、編者ジェイン・P・トンプキンズ（Jane P. Tompkins）は、「読者反応批評は、一九二〇年代にI・A・リチャーズが展開した〈感情的反応〉に関する議論、もしくは、D・W・ハーディングやルイーズ・ローゼンブラットの一九三〇年代の著述に端を発していると言えよう」（Tompkins x）と書いている。そして一九四九年には、ルネ・ウェレクとオースティン・ウォレン（René Wellek and Austin Warren）が、共著『文学の理論』（*Theory of Literature*）において、作品の意味について「個々の読者の心のなかで進行するプロセスの外には何もない」と捉えるアプローチのことを、「きわめてありふれた」営みだと指摘するほどになっていた（Qtd. in Booth, "Preserving" 409）。バルトやフーコーは、作者の意図の権威を脱却しようとする二〇世紀前半からの動きに、いわば人口に膾炙する決定的なキャッチフレーズと推進力を供給し、革命という色で彩りを加えたのである。(2)

ちょうどバルトに呼応するかのように、デリダが一九六七年の著述『グラマトロジーについて』（*De la grammatologie*）で、あの有名な、「テクストの外は何もない（il n'y a pas de hors de texte）」（Derrida 163）という挑発的宣言とともに、テクストを、〈書き手の言いたいこと〉の隷属物という身分から解放した。一九六九年には、クリステヴァがインターテクスチュアリティ概念を大々的に提示し、〈作者の意図〉という独創性を否定した――「どのようなテクストもさまざまな引用のモザイクとして形成され、テクストはすべて、もうひとつの別なテクストの吸収と変形にほかならない〔中略〕。バフチーンのいう〔中略〕対話関係に突き合わせれば、『個人＝エクリチュールの主体』という考えは明確さを失いはじめ」（クリステヴァ、『記号』六一―六五頁）る、というわけだ。そして同一九六九年にはローゼンブラットが、読書体験をテクストと読者のあいだの「交流」と捉える理論を提唱した。

こうした地殻変動の結実として、一九七〇年代から八〇年代にかけて、受容美学や読者反応理論が一世を風靡する。読みという行為における主導権・決定的権威を作者から奪いとり、読者の側へ譲り渡そうという運動である。ヤウスやイーザー、フィッシュらが代表格として挙げられるだろう。ブースのようにこの動きに難色を示す向きは少数派で、読みと解釈における意味の創出と決定の場は、作者の側にはなく、読者側あるいは読者とテクストの相互作用にある、という見方がおおむね定着したのである。

ただし一九八四年には、リンダ・ハッチオン（Linda Hutcheon）が『パロディの理論』（*A Theory of Parody*）を世に問い、「あらゆる叙述の状況には、テクストの受け手だけでなく言述する発信者とコード化する人が関わっている」（ハッチオン、一九六頁）と主張してもいる。ハッチオンによれば、インターテクスチュアリティに連なるパロディは、単なる引用ではなく、「独自の解釈学的機能」を備えた「批評的改訂」であるという（四四頁、四〇頁）。そしてハッチオンは、読者反応理論家の代表格のひとりであるミカエル・リファテール（Michael Riffaterre）との比較において、自説を次のように展開した——

> リファテールの〔中略〕相互テクスト性に対する見解では、文学の経験とは、テクスト、読者、その反応を含むし、反応は読者の心の中で連想により結合する言葉の体系という形をとる。しかしパロディの場合には、この連想による結合が注意深く管理されているのである。（五三頁）

ハッチオンは、パロディや引用的言説を行う者の「管理」力、すなわち能動的な主体性を否定しない——

> パロディは芸術家に、現在と過去に対するひとつの展望視座を与えてくれるように思われる。その展望に立てば、あるディスコースの内部にいながらも完全にそのディスコースに回収されることなく、そのディスコースに向かって語りかけることが可能になるのだ。（Hutcheon, "Parody and History," 206）

パロディを実践する芸術家は、先行テクストの内部に取り込まれつつも、自分という主体を巧みに保持し続ける、というわけだ。ハッチオンにより、作者の存在が部分的に復活するという、若干の揺り戻しも生じたと見ていいだろう。

ゴールディングの『ペーパー・メン』は、このような流れを経て確立された読者論の概要を踏まえたうえで、ハッチオンとはまた違って文学的諷刺というかたちで、ハッチオンと同じような揺り戻しを図ったという状況だ、と言えるかもしれない。ただし、ゴールディングが試みた揺り戻しは弱々しいものだった、と評価されているわけである。

だが私見によれば、本作におけるゴールディングの試みが弱々しいと読まれる原因は、別のところにある。この小説に潜在する諷刺の破壊力を、読者がいまに至るまで発掘し損ねていただけだと思うのだ。そしてその破壊力は、作品結末の強力な仕掛けに凝縮して封じ込まれている。

2

この作品の結末——いわゆる「ギミック」——の衝撃力に、早くから着目した批評家のひとりが、炯眼のデイヴィッド・ロッジ（David Lodge）である。ロッジは一九八四年の『ニュー・リパブリック』（*The New Republic*）誌の書評においてすでに、次のように正確な評価を下していた——「ゴールディング氏の書く小説は、最後の土壇場でプロットや暗示的意味が逆転することで知られている。今回の作品では、氏は文章のまさに最後の単語に至る時点まで、その効果を先延ばしにしたのである。その効果たるや、息をのむ出来映えだ」（Rpt. in Lodge 179）。その後、この作品を「学界を当てこする貧弱な自伝的風刺作品」と見なすことなく、本格的に議論しようという姿勢をとる批評は、必ずといっていいほどこの結末の工夫に言及している。

本章でもその結末の効果を扱うのだが、まずは小説のあらましを紹介しておこう。主人公は、自堕落で横柄、露悪傾向もある英国人有名作家である。このウィルフにしつこくつきまとっているのが、アメリカ人の愚鈍な若手文学研究者リック・L・タッカー（Rick L. Tucker）で、彼はウィルフの公認伝記作家になることを切望している。ウィルフは、恥ずべき過去の悪行――女性遍歴、車でのひき逃げ、作品の剽窃などなど――をあばかれてはかなわないと、世界中を逃げ回る。

しかし旅の途中でウィルフは、追う者と追われる者の関係を逆転しようと決心する。立ち寄ったイタリアのリパリ島の聖堂で、自分は「宿命的に呪われし者のひとり、というか、唯一の者」（Golding, *Pap* 124）なのだという決定的啓示を受けた、と確信したウィルフは、無慈悲な傍若無人さを自制することなどもうすっかり放棄してしまい、リックに伝記執筆を認める契約書をちらつかせては、代償に屈辱的な無理難題を吹きかけるようになる。たとえば、伝記作者としての認可をもらうひきかえにリックが新妻メアリ・ルー（Mary Lou）をウィルフの閨の相手として差し出したことも、包み隠さず伝記に記載せよと命じたり、リックを犬扱いして、ワインを皿から舐めることを強要したり。こうしてしばらくリックをさんざいたぶったあげく、結局、おまえには伝記は書かせない、代わりに自分で自伝を書くと言い渡す。その結果、激怒したリックがついにウィルフに銃口を向ける[3]――というのが小説のプロットだ。そしてこの顚末全体が、ウィルフの自身の筆による手記に記録されているという体裁で書かれている。

さて肝心の結末の工夫だが、小説の結句（つまり、ウィルフの自著による手記の結句ということにもなる）はこうなっている――「リック・L・タッカーの奴、一体どんな入手経路で、てっぽ（How the devil did Rick L. Tucker manage to get hold of a gu）」（191）。主人公兼語り手のウィルフはここでリックの狙撃を受ける。

リックが発砲したときウィルフは、「自分で書く」と宣言した自伝の縮約版としての手記を、タイプライターで作成している途中だった。その作業が暴力的に中断された様子を、「鉄砲（gun）」という単語の途中までタイプして途切れた文が、鮮烈に物語る。小説がここで終わることにより、u の文字までが印字された紙がウィルフのタイプライターに挟まっている、という画像を、読者はまざまざと思い浮かべるだろう。このイメージ喚起力が、『ペーパー・メン』という小説の結句のもつ効果の正体であることは言うまでもない。

加えて、ここまでのプロットが作者（ウィルフ）と読者・批評家（リック）の主導権争いを描いていた、という事実、そして作者ウィルフが死ぬという終わり方をふまえるなら、この結末の工夫により、ゴールディングが小説の読者を導いて、小説発表当時隆盛だった〈作者の死〉の概念に沿うかたちでこの作品を解釈させようとしている、という読みへと展開するのも、当然と言えば当然の流れではある。じっさい、この作品に取り組んだ先行研究の大半が、〈作者の死〉概念に、全面的もしくは部分的に依拠している。[4]

だが留意しておきたい点もある。ゴールディングを知る読者なら、『ペーパー・メン』を読む際にも、彼の過去の作品の残響を頭のなかに響かせることだろう。たとえば、主人公の人物造形は、『ピンチャー・マーティン』のクリスを強烈に連想させる。この点は多くの研究者が指摘するところである。[5] また、レッドパースが手際よくまとめているように、『ペーパー・メン』のなかには、『ピンチャー・マーティン』以外にも、『自由落下』や『蠅の王』、『通過儀礼』や『可視の闇』、『後継者たち』等々、これまでの彼の小説をほとんどあからさまに想起させる要素が、ふんだんに盛り込まれている（Redpath, *Structural* 196–201 参照）。[6]『ペーパー・メン』の不意打ちのような「ギミック」にしても、読者は、ああ、ゴールディングの伝家の宝刀がまた振るわれたのだな、と認識するはずだ。

このように、『ペーパー・メン』という小説は、読者に向かって、これでもかといわんばかりに、小説の作者は他ならぬゴールディングその人なのだ、という事実を突きつけてくる。しかもゴールディングは、この小説を批評家が「自伝的」と解釈するに任せているだけではない。みずから積極的に、この小説を作者と不可分なものとして印象づける手だてを尽くしているのである。「ギミック」を見せつけ、しかも自作への仄めかしを多数ちりばめることによって、読者は否が応でも、自分が今読んでいるのはゴールディング印《じるし》の本なのだ、という感覚を抱かされる。つまり、作者の存在感を感得せずにはいられないように、あえて仕向けているのである。

また、考えてみればこの小説は、右で見たように、ゴールディングの自伝的作品と見なされることがほとんどだった。つまり、英国の書評文壇・批評界では、小説を「自伝的」と見なすことが当たり前の読みとして通用していたのである。この事実は、当時の英国文学界においては、「作者」は死ぬどころか、しぶとく存在感を見せて読者や批評家を睥睨していた、ということの間接的な証拠とも見ることができよう。

そうなると、『ペーパー・メン』をタネにして〈作者の死〉を論じるというのは、一筋縄ではいかない営みであるはずだ。つまるところ、『ペーパー・メン』の結末が備えている潜在的な読みの喚起力は、まだまだ汲み尽くされていないのではないか。そして、〈作者の死〉概念を持ち出す読みは、その潜在力が顕在化するのを、むしろ妨げているのではなかろうか。本作品は、読みようによっては、そうした妨害現象をあぶり出す効果を発揮する可能性を秘めている。そうなったときこの小説は〈作者の死〉概念を相手に、巧みな抵抗を示すことになのである。

3

ゴールディングの十八番とされる「ギミック」は、『蠅の王』、『後継者たち』、『自由落下』、『尖塔』、『可視の闇』などに見られる手法だが、本書第三章でとりあげたとおり、おそらく『ピンチャー・マーティン』の「ギミック」が、ゴールディングの全小説の中で最大級の効果をあげたものだろう。だが、『ペーパー・メン』の「ギミック」であるguもまた、印象度においては『ピンチャー・マーティン』に迫るものがある。

この「ギミック」が強力に印象的なだけに、〈作者の死〉概念に依拠する評論はもちろん、〈作者の死〉をあえて前景化しない批評でさえも、(7)『ペーパー・メン』の結語guのuのキーを打った直後にウィルフが絶命した、と信じて疑わない。

だがそこでは、ある読みの可能性が切り捨てられている。それは端的に言うと、『ペーパー・メン』の結末においてウィルフが死なかった、という読みである。リックの放った弾丸はウィルフに命中せず、今ふたりはまだ睨み合いを続けている、という図を、小説の結末として思い描くことである。筆者の知る限り、まだこういう解釈を提示した先行研究は存在しておらず、それだけに奇想と思われるかもしれないのだが、理路を辿れば、これはそれほど突飛な読みではないはずだ。

「ギミック」に加えてゴールディングの得意技をもう一つあげるなら、本書第八章第8節でも言及したことだが、ライトモチーフのリズミカルな出現に代表される、〈反復と変奏〉の手法だった。変奏を加えつつリズミカルに反復される諸要素が響き合い、これによって主題が効果的に、あたかもクレッシェンドするようにして、読者に伝導されるのだ。たとえば処女作『蠅の王』の場合は、石投げのライトモチーフであり、また〈角張ったもの〉と〈丸いもの〉の対比イメージだった。(8)『後継者たち』であれば、本論文第二章で見たように〈丸太と架橋〉である。

『ペーパー・メン』という小説を構成する主要なリズムは、アンチクライマックスのリズムと笑劇《ファルス》のパターンだ。一例を挙げれば、アルプス登山中、ウィルフが濃霧の山道から谷底へ転落しかけたところをリックが身を挺して救ってくれた、というエピソードがある。その結果、ウィルフは癪なことにリックに恩に着せられる羽目になったのだが、のちに、あのときウィルフの足のすぐ下には、じつは安全な草原が広がっていた、という拍子抜けの事実が判明する。ウィルフは憤慨し、そして自分を「木馬にまたがる老ドン・キホーテ」や「道化」に見立てて、自嘲のことばを並べ立てるのだった（Golding, *Pap* 135 参照）。

じっさい、この手記に記録される最初の逸話においても、ウィルフは道化を演じる羽目になっている。小説の結末からさかのぼること十数年前、ウィルフはリックを自宅に泊めてやったのだが、翌朝未明リックは、ウィルフの破り捨てた書きものを入手するために台所のゴミ箱をこっそりあさる。ウィルフはそれをアナグマと勘違いして空気銃を向ける。なんのことはない、正体はリックだと判明するが、ウィルフは安堵した拍子にうっかり引き金を引いて発砲する。リックは自分が撃たれたと思い込み、悲鳴をあげてへたり込む。ウィルフは安否確認のためにリックに近づくが、ゆるかったパジャマのズボンがそのときずり落ちてしまう。ウィルフがリックの寝間着を脱がせて体をまさぐり、ほんのかすり傷だと確認しているところへ、ウィルフの妻リズ（Liz）が入ってくる。彼女はてっきりふたりが同性愛行為に及んでいるのだと思って、あきれ果てる。

この低俗な笑劇をもって、『ペーパー・メン』（そしてウィルフの手記）は開始され[9]、その後も同種のエピソードが繰り返されてきた。ウィルフ自身、「私専属の大敵《ネメシス》〔訳註：因果応報を司る女神〕」は「笑劇の霊」だと述べ（11）、自分が書いている手記のことを「道化のズボンがずり落ちたさまざまな場面の公正な記録」（189）と呼んでいる。くだんの断崖転落の一件についても、「何かの笑劇の連鎖に新しく加わったこの一環」（90）と見なし、そして「この生来の道化の人生は、だいたい十年おきに、純然たるサーカス芸を当たり前のようにやらせにかかるのだった」（135）と冷笑している。このように、ウィルフの人生の記録には、アンチクライマックスを原理とする笑劇が、ある程度の間隔を置いて演じられるというリズムがある。

そうであれば、小説冒頭の笑劇が、結末において多少のアレンジを加えられたうえで〈再演〉された、と考えることもできよう。レッドパースとフリードマンはそろって、リックをウィルフの「分身（alter ego）」だと表現するし（Redpath, *Structural* 188–189, Friedman 162）、安藤やマルガリタ・シュロワ（Margarita Chourova）は、リックがウィルフにとっての鏡像だという見解を示している（安藤、一五二―一五三頁、Chourova 94–95）。マッカロンによれば、小説の結末部でリックがウィルフを撃つことにより、ふたりは「役割交換（role swapping）」をしているのであり、「このラストシーンは、小説冒頭のシーンを逆転している」（McCarron, *Coincidence* 187, 193）のである。『ペーパー・メン』発表直後の書評で、早くもイーヴァ・ファイジズ（Eva Figes）は作品構造の対称性を指摘していたし（Redpath, *Structural* 196 参照）、タイガーも作品のシンメトリ性を指摘し、「アリストテレス的な意味において円環的（circular）な構造」だと述べている（Tiger, *Unmoved* 224）。ディックもまた、「バークレイによるエア・ガンでのタッカー銃撃とともに幕を開けた小説が、ぐるっと一周して元に戻り、タッカーによるライフルでのバークレイ襲撃とともに決着する」（Dick 142）、と指摘している。

ならば、この手記の締めくくりにもう一つ笑劇のエピソードが付け加えられ、ウィルフとリックの腐れ縁はこれからも続くことになる、というもう一歩踏み込んだ展開を考えたとしても、それほど不自然な読みではないだろう。ジュリア・ブリッグズ（Julia Briggs）は、ウィルフは小説の結末に至ってさえも、「神格的存在との遭遇でさえも、彼の気質や方向を変えることができないと思えるくらい、存在の様態に固定されている」（Briggs 174）と見抜いている。[10] そうであれば、ウィルフが「私専属のネメシス」と呼んだ「笑劇の霊」の力と方向性が、小説の結末でも変わらずに作用している、と考えてもいいはずだ。[11]

小説第一二章には、ウィルフが契約書を餌にしてリックを飼い犬扱いする場面があった。ウィルフはリックに命じてワインを平皿に注がせ、床に置いたその皿からワインを舐めさせる。屈辱に堪えかねてリックは皿を投げつけるが、狙いは外れる。ウィルフはこの皿が自分に当たらなかったことについて、「自分の本性（Who I was）」のせいだ、と考える――「彼は弾かれたように立ち上がり、平皿を私の顔めがけて放り投げたが、私には自分の本性がわかっており、皿は耳の横をかすめていったのだった」（Golding, *Pap* 150）。このエピソードを、リックの発射するものが命中しない前例、と読むことも可能だろう。また、その〈命中しない〉という成り行きが、笑劇的人物というウィルフの本質に由来するものだということを示す材料でもある。

さらに間接的な論拠を挙げてみよう。クローフォードは、ウィルフが『ペーパー・メン』の末尾で、自分に銃口を向けられていることの意味をなかなか飲み込めない点を、『後継者たち』の一場面に結びつけている。『後継者たち』の主人公ロークが、自分めがけて毒矢が今まさに飛んできていることを理解していないというあの場面を、強く連想させるというのだ（Crawford 178）。この興味深い読みが当たっているなら、『ペーパー・メン』の結末場面と、『後継者たち』で殺意をこめた毒矢が無邪気なロークを逸れて横の木にささる顚末とも、密接に結ばれることになる。そうなれば、〈発射物が命中しない〉と読むべき根拠が、インターテクスチュアルな前例を糸口にして見つかった、と主張しても、一定の妥当性があることになるだろう。[12]

結末は、リックによる弾丸が命中する悲劇ではない。小説の冒頭部をなぞるようなアンチクライマックスと泥仕合の笑劇がもう一つ、小説が終わった後に追加上演されているのである。小説冒頭では、ウィルフにとって不都合な伝記的事実の発覚という危機が、外れた弾丸という笑劇的展開のおかげでいったん回避された。他方、小説末尾では、今度はリックの不都合な伝記的事実――妻メアリ・ルーを用いた色じかけ等々――の暴露が、これまた外れた弾丸のおかげで、とりあえず今のところまだ実行されずにいる。そして残された手記の向こうでは、ほぼ無傷のウィルフとリックが、書類や手記の所有権と処遇をめぐって手記の隣で今もみ合っている最中である。

このふたりの〈トムとジェリー〉的腐れ縁は今後も継続し、同様のエピソードがこれからも永劫回帰のごとくまたもや上演されていく――こういう笑劇的円環構図も、読みとろうと思えば読みとれるのである。

4

しかし従来は、どの読者も例外なく、小説結句の gu の後の空白においてウィルフが絶命したのだ、と想定した。その読みを否定するつもりはない。ただ、『ペーパー・メン』は、〈作者の死〉概念と密接に関連づけて読まれ、〈作者の死〉概念をドラマ化した小説とさえ見なされることが多い作品である。それを考慮すると、結末に関してこれほど読者の読みが統一されていることが、少々奇異にも思えてくるのである。

本書序章でもすでに触れたように、〈作者の死〉とは、作者が専横的な権威をもって作品の意味を一義的に決定していた体制はいまや転覆され、多方向に解釈を開く読者による読み行為こそがテクストの意味を創出するようになった、とするフーコーやバルトの宣言が基礎になっている。「『作者』の死によってあがなわれ」るかたちで「読者の誕生」が生起する。その結果「王位を失った彼［作者］の人格はもはや作品に対して恐るべき父性を発揮することはない」（バルト、『テクストの快楽』八三頁）という状態が到来した、という宣言である。前章でも見たバルトの説明を再度紹介するならば、エクリチュールは、「テクスト（およびテクストとしての世界）に、〔中略〕ある究極的意味を与えることを拒否し、反神学的とでも呼べそうな、まさしく革命的な活動を惹きおこすのである。というのも、意味を固定することを拒否することは、要するに、『神』や『神』と三位一体のもの、理性、知識、法を拒否することだからである」（バルト、「作者の死」八八頁）。

だが、『ペーパー・メン』の結末の、少なくとも一つの様相に関しては、誰も「恐るべき父性」の強権発動など受けていないにもかかわらず、小説の読者はことごとく〈右へならえ〉の読みをしている。繰り返して言うが、『ペーパー・メン』という小説は、〈作者の死〉概念を劇化したものと見なすこともできる作品だ。そのような性質の作品だというのに、この一点においては、多方向への解釈が活性化されていないのである。

せっかく生まれたはずの新しい力をもつ読者が、その力を使わない。これはある意味で、読者の自死と呼べるかもしれない。リックを避けて世界中を逃げ回っていたころ、ウィルフは、自分をつけ回すリックと自分との関係を逆転させることを思いついたとき、「哲学的もしくは神学的に気の利いた」(Golding, *Pap* 130) やり方でリックを殺してやろう、と決意した。これは社会的に抹殺するというほどの意味なのだが、このウィルフのフレーズを借りるなら、解放されたはずの読者が画一的な読みしか行使できないとき、それは神にも等しい作者によって、「哲学的もしくは神学的に」死なされているようなものである。

ここでバルトから目を転じ、イーザーも参照してみることにしよう。イーザーはやはり作者の執筆意図の重要性を著しく減じ、読書を、書かれたテクストと読者(テクストの受容者)との相互作用の場として捉えている——「作品は、テクストと読者との間の潜在的な位置を占めるため、この両者が相互作用を起こした結果、初めて作品の顕在化がなされる。そこで、もしも作者の技法か、読者の心理かのいずれかに考察が集中すれば、読書過程そのものを明らかにすることはできなくなる」(イーザー、『行為』三四頁)。イーザーによれば、その相互作用の場においてフィクションのテクストは、伝達情報の「空白」を読者にわざと見せ、テクストと読者の対話関係に一種の白紙状態をこしらえるという戦略をとる。社会的コミュニケーションにおいて空白は、「偶発性と他者の経験の経験不可能性から生じており、結果的にコミュニケーションの原動力として働いている。同様に、テクストと読者との基本的な非対称は、読書過程でのコミュニケーション作用を起こす空白ととらえられる」（二八六頁）。そして「こうした白紙状態が、テクストと読者の間の対話関係では、原動力として働き、了解の条件を生み出し、テクストと読者とが出会う場面の枠を作り上げる」（二一〇頁）。

さらにこの白紙は、読者が読みとっていくことばを一つのイメージへと滑らかに統合していく作業を、あえて阻害し、読者の注意を引きつけ想像力をかきたてる。「テクストは遠近法的に構成されているために、そのさまざまな叙述の遠近法を絶えず相互に結合することを求めている」のだが、「空所は結合の可能性が除去されたところに生じる」（三一五頁、三一二頁）。そこで、

テクストは〔中略〕さまざまな組合せからなる一システムであるからには、組合せを具体化する読者のための場もシステム内に用意されているのが当然と考えられる。その場が空所であって、特定の省略の形をとってテクスト内の飛び地（enclave）を作り出し、読者による占有をまつ。〔中略〕空所は読者の想像活動をひき起こすが、その活動はテクストの示す条件に従うように求められる。〔中略〕空所はテクストにおけるさまざまな叙述の遠近法の間の関係を空白のままにしておき、読者がそこに釣り合いを作り出すことでテクストに入り込むようにする働きをもつ。（二九一頁）

こうした空白、空所や白紙状態を、イーザーは「テクストの呼びかけ構造」とも呼ぶ。たとえば、『尖塔』を読んだ本書第六章第7節で見た、ジョスリンの背中の「天使」や泥の「悪夢」などは、読みとりづらさと読みとりやすさを巧妙に計算したうえで仕掛けられた、「テクストの呼びかけ構造」の好例だったと言えよう。

『ペーパー・メン』の「ギミック」すなわち結句がguで途切れた後に残る白紙の部分は、この「呼びかけ構造」に他ならない。すなわち、フィクションを読むプロセスを起動させる機能を引き受ける重要な構造であり、

受容美学や読者反応理論にとって肝心かなめの鍵になる部分である。

しかしこれまでの読者は、この白紙の呼びかけに十分な注意を払わず、いわば惰性力に乗っかったかたちで処理するばかりだったのではないだろうか。イーザーはこう述べている――

テクスト受容に当って進行する意味形成過程は、つねにテクストの選択的な具体化でしかありえない。生起性が特徴となるテクストの多義性は、加工され選択を経るに従って一義的になる。〔中略〕つまり、生起性をもった多層的な意味のすべてが具体化されることはありえず、そのため、読書とともに進行するテクストの意味形成過程は、いつも顕在化しうる要素のなにがしかを見落すか切り捨てている。（xi頁）

まさにしかり、『ペーパー・メン』の結末がもつ読みの可能性も、じつは大きな切り捨てが行われているせいで、一義的になってしまっているのではないだろうか。

5

小説の最後にウィルフが落命したという読みは、もちろん可能だし、妥当なものである。一般に受け入れられている読みは、リックが発射した弾丸が、最後の聖痕としてウィルフの命を奪う、というものである。確かに説得力があり、魅力的な読みである。イタリアの教会で啓示を受けて以来、両手と両足の激痛に悩まされるようになったウィルフは、それを磔刑のイエスがこうむった聖痕に相当するもの――ただし赦しの救世主としてではなく、不寛容の神に呪詛で聖別された子として受けた聖痕――と思い込んでいた。そのウィルフにとどめの一撃を加えるべく、リックの銃弾が五つめの皮肉な聖痕として飛んできて、脇腹に命中する。(13) この解釈は多くの読者を満足させるに違いない。

しかしそれは、啓示の意味を、ウィルフが柄にもなく真剣に考えている姿勢を、読者もそっくり引き継いだ結果にすぎない、という可能性だってある。ウィルフは、自分が昔から非常に感化されやすい――「催眠術的暗示には非常にかかりやすい」(Golding, *Pap* 21)――性質だったことを何度も繰り返し述べている。ゴールディングがウィルフをこういう性向に造形したのは、これから小説『ペーパー・メン』を読む読者が、宗教的物語の枠組みに感化されるだろうと見越して、その読者の皮肉な鏡像をウィルフの性向に忍ばせておこう、という魂胆だったのかもしれない。

ロッジが言うように、この小説は深層に「精神の危機に関する寓話」および宗教的啓示の物語、という様相を秘めている(Lodge 174)。マッカロンも、この作品を「第一義的には文学にはまったく関心を寄せず、むしろ精神的なものに関心を抱いている寓話的作品」と捉え、書く者と読む者の二分法の解体を経て、最終的に善悪の二分法が解体される寓話として読むことを推奨している(McCarron, *Coincidence* 145–146)。それは的を射ている。

だが的を射ているだけに、深読みができる読者ほど、深層のそういった要素を感知し、そして自分が読みとった物語展開から影響を受け、感化されてしまいがちになる。そして、五つめの聖痕の皮肉な到来という宗教的物語の一貫性を期待し、期待が高じてリックの弾丸が命中したと思い込む。確かにそれも物語の構成にのっとった解釈ではある。だがその解釈は、やはり作品のもつリズムとパターン――すなわち笑劇のリズムとパターン――を根拠にする本章の読みと、妥当性ではどっこいどっこいなのではないか。

また、あくまでウィルフが死んだという前提は守りながらも、新しい読みの可能性を顕在化することだって、まったくできないというわけではない。シュロワは次のような読みを「かすかな可能性」として提案している——小説の結末まで終わった段階で、この手記は、人気小説家ウィルフに関する資料の一つとして、批評家たちの偏りのない客観的なコメントを付せられたうえで、アーカイブに収録されて公開可能な状態になっている、というのである（Chourova 99 参照）。

しばらくシュロワの解釈につきあってみよう。残念ながら、シュロワは右の可能性に軽く触れるだけで、具体的な論拠を示していない。ただ、道理に従って考えてみると、そういう読みをするなら、前提として、リックの心境がラディカルに転回している、という必要があるはずだ。

この手記には、彼にとって不名誉極まりない行状も記録されているのだから、リックが手記を保存するというのは、大変な覚悟を要する行為に違いない。リックは、この凶行に及ぶ数日前から、ウィルフ邸の屋敷の敷地内を徘徊しつつ、ウィルフの様子をうかがっていた（Golding, *Pap* 189）。だから、ウィルフがこの手記原稿をタイプライターで制作しつつあったことは知っている。そして、書かれている内容の性質も、以前ウィルフに見せられた契約書の記載と内容説明を通して、かなり正確な推測ができている。契約書に書かれる内容は、以下のようなものだった——

> 私は君に、何事も包み隠さず、私の人生の完全で率直な記録を渡すし、君はそれを元に、何でも好きなことを書いてよろしい。ただし君は、君が私にメアリ・ルーを差し出したときのことも、そして、ハリデイにメアリ・ルーを差し出して受け取らせたときのことも、明瞭に記述するのだ。じっさい、その伝記は二重唱になるんだよ、リック。ふたりして世間に見せてやろうじゃないか、私たちの実像を。いわば紙人間《ペーパー・メン》としての本性をさ。今のをタイトルに使うってのはどうだい？（152）

リックが妻メアリ・ルーをウィルフに差し出す色仕掛けを試みたことはすでに触れたが、そればかりか、彼は短気なアメリカ人富豪のハリデイ（Halliday）――ウィルフ作品の熱狂的愛読者で、リックがウィルフの伝記を書くための多額の調査研究費を支給してもいるが、作業の進捗については「厳しい作業監督（hard taskmaster）」（144）でもある――に、伝記プロジェクトの遅れを詫びるため、メアリ・ルーを囲い女として渡してもいた。こうした不名誉極まりないリックの行状もまた、今ウィルフがタイプしている手記に掲載されることは、リックにとって火を見るより明らかなことである。

ウィルフが絶命したとき、リックの眼前には、彼にとって極度に不都合な手記原稿と、それから庭に積み上げられて火を付けんばかりになっている書類の山がある。手記と日記等の紙の山、これら二種類の書きもののうち、リックが保存するのはどちらだろうか。後者であるのは自明の理だろう。リックは、ウィルフが紙の山を焼却処分したがっていたのとまさに同じ理由で、この手記を始末したくてたまらないはずだ。タイプライターの手記は、他人の目に触れる前にリックが処分する。そう考えるのが自然だろう。

だが、シュロワの解釈を成立させるのであれば、この先に更なるひねりがなければならない。なぜなら、『ペーパー・メン』という小説を読んでいる私たち読者は、今ウィルフの手記だけを読んでいるわけだからだ。つまり、本小説が描くプロットが終わった後にこうして残っているのは紙の山ではなく、手記原稿のほうだ、という事実と折り合えるような展開を、読者は案出せねばならないのである。

再度リックの身になって考えてみよう。いま殺人現場には自分とウィルフの死体しかいない。他人の目に触れる前に手記を即座に処分するのは、造作もないことだ。しかし手記は処分されなかった。とすれば、リックは手記の資料的価値を第三者的に冷静に判断し、自分の恥をあえてさらす道を選んだことになる。さらには、残された手記原稿の公開にあたって、彼はそのタイトルとして、ウィルフが彼（と自分）に向かって投げつけた痛烈な皮肉であるフレーズを選ぶことさえしたのである。リックは、伝記作家・批評家としての自己のあり方に誠実に殉じたわけだ。つまり、彼は唐突に高潔な人物へと劇的な変身を遂げたのだ。その変身は、たとえるなら、ウィルフがリパリ島で受けた啓示と再生の体験に匹敵するほど強烈な転回である。つまり、この愚鈍な伝記作家リックは、いま私たち読者が目にしているこのテクストを保存し読書に供するために、自己犠牲をも厭わぬ英雄となったのだ――そうとでも考えなければ、ウィルフの死後に手記が残ったことには、説明がつけられまい。

バルトの「作者の死」論文において、批評家に与えられた地位はそうとう低かった。批評家は「作品の背後に『作者』（または、それと三位一体のもの、つまり社会、歴史、心理、自由）を発見することを重要な任務としたがる」存在であり（バルト、「作者の死」八七頁）、「作者の死」が高らかに宣言される時代の到来とともに、作者と枕を並べて討ち死にするべき存在と規定されている。リックのような伝記作家とは、徹頭徹尾テクストの書き手（作者）を見据え続ける人間だから、バルト的な意味における批評家の一種と見なせるだろう。しかし、シュロワがついでのように示した読み方に従ってここまで展開してきた解釈によるならば、この批評家は、テクストを読まれるかたちで提供するために、我が身を捨てて活躍したということになる。〈作者〉の死後、批評家が批評家としての使命を完遂することで、読者ははじめて読書の場を得る、という構図が描かれていると読めるわけで、これまた相当にラディカルな読みとなる。

6

無論、これらの解釈が絶対だと強弁する気はさらさらない。従来の読みに比べて妥当性が高いと主張するつもりもない。ただ単に、妥当性の優劣は度外視したうえで、これまで見落とされ続けている潜在的な読みを、いくつか明るみに出してみた次第である。この企みの焦点は、こうした読みの顕在化を妨げていた障害物とは何なのかを、考察することにあった。

その障害物とは、皮肉なことに、他ならぬ〈作者の死〉という概念だった、ということになるのではないだろうか。〈作者の死〉概念においては、読者の読み行為がクローズアップされ、解釈の可能性が最大限に開かれる、とされる。しかし、その〈作者の死〉概念がある意味で金科玉条となってしまった状況では、作者ではなく、今度は〈作者の死〉概念が、いわば「恐るべき父性」を読者に対して発揮して、テクストの読みを一つの方向だけに導いてしまった。読者とテクストを作者の軛から解き放ったはずの〈作者の死〉概念の理論枠は、結果として、解釈の多様性が十全に発現することを妨害する軛となったのである。

本章が提示した読み、すなわちウィルフ（作者）が死ななかったという読みは、二〇一七年の今日に至るまで、まったく浮上していない。このことは、読者たちが〈作者の死〉概念に従おうとするあまり、異質な可能性を無意識のうちに完全に葬ってしまった、という事態を物語っているだろう。〈作者の死〉という狭い窓・視点に自分が拘禁されていることに読者自身が気づかないうちは、〈作者の死〉概念が喧伝する自由と解放に近づくこともできないのだ。

この小説が世に出た一九八〇年代中葉という、〈作者の死〉そして読者反応理論や受容美学の論議が華やかなりし時代においては、それも致し方ないことだったかもしれない。しかし、これらの学説の議論が一段落した観のある二一世紀の今に生きる私たちなら、この読みの可能性を、さほど無理なく引き出すことができるはずだろう。こうした現象や時代の事情についても今、内省させるような「呼びかけ」の力が、『ペーパー・メン』結末の「ギミック」である白紙の部分には潜在していた。その潜在を顕現させるには、〈作者の死〉概念の強力な磁力と拘束力を読者がまず意識し、そこからいったん自分を解放し、自分という読書の場を白紙に戻すことが必要だったのである。

本章の冒頭で紹介したように、『ペーパー・メン』の諷刺は貧弱だというのがこの小説に対する一般的な評価だった。だが貧弱だったのはむしろ、自分が属する依拠枠に閉じこもることを選択し、せっかく譲り受けた読みの権威と意味の自由な決定権をきわめて限定的にしか発揮しない、そういう読者のほうかもなのしれない。

注

（1）その四名とは、ダーウェント・メイ（Derwent May）、メルヴィン・ブラッグ（Melvyn Bragg）、ジョン・ベイリー（John Bayley）、デニス・ドナヒュー（Denis Donoghue）である。

（2）西川長夫の主張によれば、バルトが「作者の死」を宣言した背景にはパリ五月革命があったという。ただし、石川の指摘するところでは、「作者の死」をバルトが書いたのは、五月革命とも呼ばれるパリの学生運動が勃発する一年前のことであるから、バルトは革命を意識したわけではないし、そもそもこの五月革命の空気を疎んじていた、とのことである（石川、七八頁、八六頁）。「作者の死」論文に革命の色合いを帯びさせたのは、作者バルトの意向ではなく、論文を読んだ読者による意味づけだったというわけで、これはこれで、作者の意図を作品の意味から切り離せ、というバルトの主張が、バルトの意に沿うかたちではないやり方で実践された、一種皮肉な事例として興味深くながめることもできるだろう。

（3）このシーンは、ゴールディングが一九七九年一月にこの小説の着想をうっすらと得た際に、最初に書き留めた断片であったという。Carey 408 参照。

（4）マッカロン、安藤、クローフォード、マルガリタ・シュロワ（Margarita Chourova）などがその代表である。

（5）Redpath, *Structural* 199、Friedman 161、Crawford 178–179、Tiger, *Unmoved* 228 など、枚挙にいとまがない。

（6）また、ゴールディング自作品以外の作品への言及についても、レッドパースが詳しい（Redpath, *Structural* 198–199）。

（7）バルト的〈作者の死〉概念を、正面切って振りかざしていない批評として挙げられるのは、キンケイド＝ウィークスとグレガーやフリードマン、タイガー（*Unmoved*）やレッドパース（*Structural*）、杉村（Sugimura）など。

（8）石投げがエスカレートするリズムについては吉田の「光と闇」論文を、角と丸のリズムについてはデルベール＝ギャラン論文 "Rhythm" を参照されたい。

（9）キンケイド＝ウィークスとグレガーは、この冒頭のエピソードの笑劇性を、「このエピソードは、一級品の笑劇であることを保証する特徴をいくつも備えていて、今やゴールディングは笑劇において名人の域に達している」（Kinkead-Weekes and Gregor, 3rd ed. 275）と絶賛している。

（10）そしてタイガーは、多くの批評家や読者がブリッグズと同意見だという（Tiger, *Unmoved* 238）。なおブリッグズのいう「神格的存在との遭遇」とは、ウィルフがリパリ島の聖堂の中で、キリスト像とも冥界神プルートーとも知れぬ神像に向き合って、幻視体験を得たことを指している。

（11）ただしブリッグズもタイガーもその他の批評家も、ウィルフがまだ生きているという読みは、まったく念頭にない。

（12）ゴールディングの過去の作品への仄めかしが生み出すインターテクチュアリティについて指摘する先行研究も、これまた枚挙にいとまがない（たとえば Lodge 178、Redpath, *Structural* 196–201、安藤、一五三―一五六頁、一六一頁など）。

（13）吉田ははっきり「脇腹」と断言している。吉田、「小説家 Wilfred」二七〇頁参照。

第一一章　「雪の平原」としてのエジプト――自らを読み直すゴールディング

1

本書第七章第8節でもふれたことだが、ヒリス・ミラーは一九八七年発表の『読むことの倫理』において、「脱構築はニヒリズム的だ」として非難する向きに反論し、差延や撒種といったデリダの概念を擁護した。そして、言語が宿命として差延の作用をもっていること――「真正なる読みとは、ある種の誤読である。理屈に反することではあろうが、読むことの価値とは、読もうとするテクストから逸脱し相違していくというところにある」（Miller 118）――ことを踏まえたうえで、読みの倫理性を検討しなおすことを提唱した。

差延作用があるせいで、テクストの意味はつねに決定不能である。そのため、読者は再読のたびに、読んだテクストの意味から逸脱して新しい解釈を作り出すことになる。元のテクストに縛られないという意味では、読者は自由である。しかし、そのテクストが内包している（しかし決してありのままのかたちで顕現することのない）究極の意味に迫る試みを誠実に続行する、という責任には縛られている。読む行為とはその自由のなかでの責任を果たす倫理的行為なのだ――これがヒリス・ミラーの主張の要諦である。彼は巻末で、ベンヤミンの「真正な翻訳」の概念を援用し、次のように述べている——

翻訳者の仕事とは、新しい言語で原典に類似したテクストを制作することではない。〔中略〕原典における意味作用の様式を、すなわち妥当な書き方をされた文章ならどんなものであれ、またいかなる言語で書かれたものであれ、文章がみずからのうちに含んでいる「純粋言語」を原典がどう暗号化しているのか、その暗号化の方法を新しい言語のなかにとりこむこと。翻訳者の仕事とはむしろこれなのである。(124–125)

脱構築が権勢を誇る時代にあっては、おそらくこれは至極妥当な考え方だろう。

だが、ゴールディングは、「原典における意味作用の様式」を、「新しい言語のなかにとりこむ」というまだるっこしいことでは、満足しない。『可視の闇』を読む第八章で見たように、解釈を重ねるごとに、起源としての始原の意味から一歩また一歩と隔てられていくのは、ゴールディングにとっては、「非情(brute)」ということばを用いて表現したくなるほどの痛みだった。ゴールディングの切なる願いは、「純粋言語」に直接到達し、直接つながることだ。そしてそれは、狭義の翻訳という場にとどまらず、何らかを解釈し言語で表象するという営み全般についても言えることなのである。

しかし他方でゴールディングは、ヒリス・ミラーの言う倫理的行為としての再読という概念には、我知らず共感しているふしもある。小説『ピラミッド』を論じる第七章でも見たように、ゴールディングは、自分が過去に書いた書きものを読みなおして別のかたちに書きなおし、出来事の本質に新鮮な角度から迫ろう、という営みに何度か手を染めている。また、ジョンストンは、「『可視の闇』を何らかの反動的な作品と評するのであれば、その反動の対象とはゴールディング自身のヴィジョンや手法である。なぜなら『可視の闇』には、彼の他の小説に含まれる要素の残響や作り直しや精錬が満ちあふれているからだ」（Johnston 109）と指摘し、ゴールディングが自分自身の過去の作品を変奏しつつ反復した、と述べている。一九七一年出版の中編小説集『蝎神』（*The Scorpion God*）に収録された「全権特命大使」（"Envoy Extraordinary"）は、一九五八年初演の戯曲『真鍮の蝶』（*The Brass Butterfly*）をみずから小説化したものである。そしてすでに見たように、『ピラミッド』はいわば『男と女と今』を語りなおした成果だった。

こうした再読と再物語化の営みは、意味の宿命としての逸脱や撒種を肯定視するヒリス・ミラーら脱構築派の考え方と、皮肉にも軌を一にしている。(1) ヒリス・ミラーは言う――

差異や逸脱がある場合においてのみ、テクストが述べているものを単に知っているという知識のあり方と、テクストが表象あるいは寓話化しているもの、すなわち、当該テクストに然るべき真正性や価値や興味をもたせている「もの（thing）」もしくは「輝く物質（shining matter）」のことを承知しているという知識とのあいだに、区別を立てることができるようになるのだ。前者の知識は後者に比べて価値が薄いものでしかない。一方、後者の「もの」が与えている価値や関心は、まさに汲めども尽きない〔infinite〕ものなのである。（Miller 117）。

ヒリス・ミラーが使った「もの」もしくは「輝く物質」ということばは、ヘンリー・ジェイムズからの引用である。本書第七章末尾での言及も参照していただきたいのだが、ジェイムズは自選作品全集刊行に際して付した『黄金の盃』（*The Golden Bowl*）序文で、「透明な物質（clear matter）」と「平原を覆う一面の輝く雪（a shining expanse of snow spread over a plain）」（James, "Golden" 336）という比喩的表現を用いた。これらは、言語を用いた物語という表現形へ実際に起こす――あるいは書きなおしによって新たな表現形を試みる――以前の、物語になる素材としての物語本質のことを指していた。[2] ヒリス・ミラーは、この素材がもつ価値を称揚し、それを「汲めども尽きない」と表現したのである。

本書第四章冒頭で見たように、『自由落下』のサミーは、みずからの人生体験の回想をつづることを、「区切られた芝生」を「総ざらい」するようなものと見なしていた。そして、その「総ざらい」したつもりの有限の区画の外側から、総ざらいの目が行き届かなかった何ものかが姿を現し、回想の物語を突き崩していく、という必然の残酷と恩寵を、サミーは知ることになった。

ヒリス・ミラーそしてジェイムズの「平原」は、サミーが考えた「区切られた芝生」と、ちょうど対照をなしていると言えよう。そして、サミーの〈総ざらいの後のパターンづくり〉は、「平原」に一すじの足跡を刻む実践になぞらえられるだろう。汲めども尽きない価値の水源をもつ無限の平原が存在するという確信と、その水源が完全な把握なり到達なりを拒むものであるという宿命の理解――「汲めども尽きない」という性質は、この掌握不能性に立脚するものだろう――との両方を抱きつつ、ゴールディングは、自分や自作を振り返り再読する営みに何度も身を投じたのである。

本章では、一九八五年出版の旅行記『エジプト日記』を主に検討し、右に書いたような二重性をもつ〈自作・自分の再読〉という、ゴールディングの営みの一端を検証することにしよう。右に挙げた比喩を借用して、少々きざな言い方で結論を予告するなら、ゴールディングにとって〈エジプト〉は「雪の平原」だったのである。

2

一九七六年冬にゴールディング夫妻はエジプト旅行に出かけた。ゴールディングにとってはじめてのエジプト訪問であった。その旅行の様子は、一九七七年二月の「我が外なるエジプト」（"Egypt from My Outside"）と題した講演でまず報告され、そしてこの講演原稿は、一九八二年出版の随筆集『動く標的』（*A Moving Target*）に再収録された。

パックツアーを避けて敢行されたこの旅行は、自動車を駆ってアレクサンドリアからカイロ、ルクソールを通ってアスワン・ハイ・ダム上流のアブ・シンベルまで巡ったものだが、それがいかに苦難の連続であったか、ケアリの伝記にもかなり詳しく描き出されている。ホテルの予約もほとんど取れず、非衛生的な環境のなかで夫婦ともども四六時中下痢に苦しめられ、「とりあえず生きて身体を動かし、食べ物を口に入れ、どこか泊まる場所を探し回る、ただそれをするだけでふたりの時間と体力はすべて使いつくされた」（Carey 345）というありさまだった。ゴールディング自身もこの苦難の旅を克明に、かつユーモラスに「克明な日記」（Golding, "Outside" 56）に綴ったのち、それをもとに、右記の講演原稿「我が外なるエジプト」としてとりまとめている。(3)

だが、ゴールディングのエジプト体験はこれでは終わらなかった。一九八三年のノーベル文学賞を受賞したゴールディングは、レインバード（Rainbird）出版社から受けていた「何か旅行記を書いてほしい」との依頼を果たすべく、妻アンとともに一九八四年二月五日、つまり、「我が外なるエジプト」講演から数えて七年後に、二度目のエジプト旅行に旅立つことになる。およそ一ヶ月にわたるその旅程や印象を書きつづった読み物が、単行本『エジプト日記』である。そしてこの『エジプト日記』にも、「我が外なるエジプト」同様に、滑稽なフラストレーションが随所に描き込まれている。(4)

一九七六年の自動車旅行とは違って、今回は船を借りてナイル川をさかのぼる旅を計画するのだが、ゴールディングは一度エジプト旅行を経験していることもあって、旅行計画を立てているうちに、まだ出かける前だというのに、「じっさい、エジプトに行く必要なんてまったく必要ないままに、私はその旅行記をどう書くか構想していたのだった〔中略〕。砂漠のなかで、とりわけ人がまったく寄りつかないようなところで、何とも感動的な独白をものしている自分の姿がありありと見えた。身をかがめた私は、砂のなかから角の部分だけ顔を覗かせているパピルスの巻物を発見する――」(Golding, *EJ* 13)などと、ふとどきなことをやる。

ところが、実際にエジプトに到着してみると、やることなすこと全く期待どおりには進まない。一一ノットのスピードが出るというふれこみだった船ハーニ号は、その半分の速度でしか航行できず、無理にスピードを出そうとすると大量の黒煙をまき散らす始末。船室の水洗トイレはパイプ詰まりで使用不能。二月だというのに船には毛布一つ備わっていない。出航二日目にして排水ポンプが異常を来し、数時間後には舵を操作するためのシャフトがいかれてしまう。一〇日目にはスクリューのシャフトにまでガタがくる。そのため船はとんでもない振動に悩まされるが、トイレの詰まりがおかげで直るというオチがつく。ゴールディングは旅程の遅れにいらだち、このペースが「ナイル川のリズムなのか」と落ち着かない気分だが、ガイド兼通訳を買って出てくれた青年アラア(Alaa)は、「計画など立てても無駄なことです。起こることはどうしたって起こるのですから」(49)と、平然とほほえむだけだった。他の乗組員を見ても、船長のシャスリ(Shasli)は尊大で自分勝手な男で、ゴールディングにいくらせがまれても船の速度を上げなかったくせに、いざ自分の妻の待つ故郷が近づくと、スクリュー・シャフトなど砕けてしまえと言わんばかりに爆走する(じっさい、機関の一部は破損してしまう)。気が向いた時間にしか食事を出さない料理番のラシュディー(Rushdie)は、旅の途中で腎臓痛を訴えて病院送りとなる。船内での役割がはっきりしないヌビア人の老サイード(Saïd)は、元々イギリス人嫌いだったのだが、七日目エル・ミニヤに停泊したとき彼をうっかり取り残してハーニ号が出航してしまうという一件の後、ゴールディングに対する態度が一層とげとげしくなる。

船内のトラブルを別にしても、二十一日間にわたるこの船旅は退屈この上ないものとなる。二月とあって、ナイル川の水位は非常に低くなっているため、船からは両岸の土手と、ときおり粗末な煉瓦工場が見えるだけで、土手の向こうの景色は全くといっていいほど拝めない。仕方なく途中下船して自動車で遺跡をまわったりもするが、ルクソールで借りた自動車は船と同様エンジンがいかれてしまう。ハーニ号同様、盛大に黒煙を上げる車を見て、ゴールディングは「エジプトのゴールディングを表すのにうってつけのエンブレムかも?」(127)と独りごつ。観光地では土産物店に並んでいる品物にうんざりさせられ、また、そのなかでよりによって一番気に入らないと思っているものを記念品として贈呈されたりする。

遺跡を見てもゴールディングは、観光客を当て込んで修復が施されているありさまを見て、複雑な反感を抱く。一六日目に訪れたコム・オンボの神殿でその修復の跡を見ながら、ゴールディングは「なぜここの人間は、遺跡を自然に朽ちていくままにしておけないのだろう? わざわざ改修したりなんかして。そのくせ、ファトヒーの学校や住宅はみんな倒壊したままにしておくのだ」(136)とつぶやく。

ここでゴールディングが言及したファトヒー(Fathy)というのは、エジプトの革新的な建築技師の名前である。エジプトの貧農たちは、だらしなく傾いた泥壁にトウモロコシの軸を束ねたものを乗せて屋根とした、昔ながらの醜い家に住んでいる。川岸に並ぶこの手の家の壁の傾き加減も、ゴールディングの嘲笑の的となり、太古から連綿と続くエジプト民族の「投げやり精神(*Malesh*)」(169)が生み出した「悠久の角度」(29)と名付けられてしまうのだが、くだんのハッサン・ファトヒーは、こんな劣悪な住宅事情を改善しようと、安価な泥煉瓦を積み上げて壁とし、屋根部分はアーチ構造にすることで、高価な支え木を使わずにすむ建築法を考案した人物なのである。しかし、新しい物事を計画どおりに進めるという発想自体がないエジプト人たちから受け入れてもらえず、彼の計画したニュー・グルナ村の学校校舎や住宅は、ほとんど手つかずのまま放置されている。ゴールディングはこの経緯について、「ハッサン・ファトヒーは、エジプト人の生活を改善するための鍵をその手に握っていたというのに、エジプト人のエジプト人たるゆえんの気質のせいで、あらゆることにおいて挫折させられたのだ」(128) と嘆息する。後にゴールディングは旅行二五日目にファトヒー本人と会見し、ファトヒーの、自分の計画は「失敗でした——少なくともエジプトでは」(205) という慨嘆を聞くのだが、この、現代に生活している実際のエジプト人に対するファトヒーのフラストレーションのいくぶんかを、ゴールディングも痛感していると言えるだろう。

3

もともと今回の旅の目的は、遺跡巡りではなかった。現在生活しているエジプト人のなまの実態に近しく触れることこそ、ゴールディングの意図だったのである。だが、この意図はさっそく頓挫してしまう。文化人と交流しようとすると、文学専攻の大学生につきまとわれ、小説についておきまりの質問攻めにあう。エジプトの貧農たちや市井のエジプト人の暮らしぶりをみたいと所望しても、いざそういった人の前に立つとゴールディングのほうが後込みしてしまう。この気後れの意味をゴールディングが深く考えるのはかなり後になってからのことで、しばらくのあいだ、彼は「うち解けたいのはやまやまだが、それができない」という自分の「内気さ」(77) のせいだと解釈し、エジプト人からは距離をとって、しゃれのめすことを選ぶのである。

「エジプト人の人なつっこいうわべの下には、持ち前のぐうたらさ (habitual indolence) から脱け出すことなど決してするものか、という鋼の意志が潜んでいる」(72) という警句を自作して悦に入りつつ、ゴールディングは乗組員たちの変則的な仕事ぶりを観察し、案内されるまま砂糖工場や窯業工場などを見学して、そのあまりにもイギリスとは違った作業の進行ぶりを細かく揶揄する。その姿はときに『ガリヴァー旅行記』(*Gulliver's Travels*)――特にラピュタ編――さえ連想させる。また、ガタの来始めた船に乗り込み、その乗員の言動を物珍しげに高みから見物し、それを面白おかしく日記に記すという設定は、『通過儀礼』に始まるゴールディング自身の三部作『地の果てまで―海洋三部作』(*To the Ends of the Earth: A Sea Trilogy*) をも思わせる。(5)

旅の当初ゴールディングは、異文化であるエジプトを思う存分こき下ろしている。汚く澱んだナイル川を見ながら、ゴールディングはこの川が病原菌の巣窟と考える。だが、彼の予想に反して、ナイル沿岸のエジプト人はみな壮健そうだ。そこでゴールディングは、「足の不自由な者や盲人たちは、おそらくあの珍妙な泥の小屋に押し込められたり、あるいはトウモロコシの茎で作った屋根の下にひっそりと収容されたりして、震えているんじゃないか」(47) と、大して同情心も抱かずに想像する。また、これまた予想に反してナイル川にゴミなどが流れていないのを見て、ゴールディングは「たぶん家計に余裕がなくて捨てるものさえないんだろう」(33) と軽口を付け加える。また、二日目に通りかかったナイル川内の島がかつて「フィッシャーの島 (Fisher's Island)」と呼ばれていたことについて、名前の由来は、イギリス人フィッシャーがエジプト人の歓待精神につけ込んで超安値で島の半分を買収したことだ、と聞かされたときも、ゴールディングは心中、「エジプト人というのはいけ好かない間抜けだな。フィッシャーのほうはただ、いけ好かないだけだが」(28) というものだった。ここに見られるのは、『海洋三部作』の主人公トールボットが見せたのと同種の、悪意とまではいかないかもしれないが、なんとも優越感が鼻につくタイプのユーモアだ。

イギリス人とエジプト人の関係を例示するエピソードが出たところで、エジプトとイギリスの関わりの歴史を、過去百年間分だけざっと見ておこう。イギリスは、一八六九年に落成したスエズ運河の利権を確保するという目的で、一八八二年から四十年間エジプトを統治下に置いた。エジプトは一九二二年にイギリスから形式的な独立をはたすが、政府組織とスエズ運河の利権はまだイギリスが握っており、実質的には経済的植民地のままだった。本当の意味で独立できたのは一九五六年になってのことで、これは一九五〇年代前半に起こったムスリム同胞団やワフド党、そしてナセル（Gamal Abdel Nasser）率いる革命指導評議会らのアンチ・イギリス暴動や革命運動の成果だった。首相となったナセルは、エジプトの貧農を救うべくさまざまな事業を行ったが、一方その後ナセルやサダト（Muhammad Anwar al-Sâdât）体制の約三十年間にわたる軍部独裁という重大な問題も残した。やや西側寄りの姿勢を見せたサダトが一九八一年に暗殺され、後を継いだムバラク（Muhammad Husnî Mubârak）は東西両側へ門戸を開き、国内生活水準引き上げの策として、大々的にエジプトの観光業を促進した。そして一九八四年にエジプト旅行にやって来たイギリス人ゴールディングが、その観光地化に辟易しているというわけである。こうしてみると、一九八四年のイギリスとエジプトの関係は、まさにポストコロニアリズム批評に格好の舞台を与えていると言えるだろう。

そして、ゴールディングのこの旅行は、現実のエジプトの生の姿に直接触れたいという彼の意図にも拘わらず、やはりこの国家間関係のフィルターを通したものになるのであった。エドワード・W・サイード（Edward W. Said）は著書『オリエンタリズム』（*Orientalism*）で、「ヨーロッパ人またはアメリカ人は、まず最初にヨーロッパ人またはアメリカ人としてオリエントと直面し、しかる後に一個人としてそれと直面する」のであり、「このような状況のもとでヨーロッパ人またはアメリカ人であるということは、〔中略〕たとい漠然とではあっても、自分がオリエントに対して明確な利害関係を有する強国の国民だという自覚」（サイード、上巻三八―三九頁）をもっているということだ、と指摘した。『エジプト日記』においては、ゴールディングはまさにこうした支配者意識をもったうえでエジプトに乗り込んできた西洋人、という構図になっている。

そして、偶然にも『オリエンタリズム』の著者と同じ姓をもつ老サイードは、イギリスとエジプトの支配・被支配関係を体現する存在だと言える。何しろ彼のイギリス嫌いは、イギリス統治時代のスエズ運河で強制労働させられたことに起因しているのだ——「彼はスエズ地域に住んでいた、こうっと四十年前に。イギリス人の下で働いていたのだ。サイードはイギリス人を憎んでいる」(Golding, *EJ* 27)。老サイードがイギリス嫌いになった原因をこのように聞かされたあと、彼に対しては懐柔的な態度をとるようになったゴールディングだが、しかしエジプトのことを冗談めかしてこき下ろすことは止めない。このあたりのゴールディングの筆致は、コロニアリズムに凝り固まった書き方のパターンに綺麗にはまっている。

もちろん、この旅行記がエジプトをこき下ろす文章ばかりだというわけではない。毒舌を含まない箇所で、ストレートに読者の関心を呼ぶような記述もたしかに散見される。たとえば、数年前アスワンで、花崗岩でできた鎚矛にナイフを立ててみて、太古の石工と同一化できたような気分になったことを回想する場面がそうだ(21–22)。これなどは、さらに時期をさかのぼって、一九六三年にゴールディングが発表したエッセイ「絵を掘り出したくて」("Digging for Pictures") で活写された場面、すなわち、ゴールディングが発掘調査の手伝いをしているときに、人骨や燧石の鏃などに触れながら、太古へタイムスリップしたかのような感じを味わったという印象的な場面を連想させる。また連想は、一九八九年発表の短編小説「リスクは買い主のご負担で」("Caveat Emptor") へも広がりうる。この短編では、ひょんなことからゴッホの絵を不法に入手した画家コナン (Conan) が、その絵を隠蔽するために上から新しく絵の具を重ね塗りする際、ゴッホ (Vincent van Gogh) の筆致をそのままなぞっていくことでゴッホと一体感を味わい、新しい芸術の視点に目覚めるのだった。さらに、『エジプト日記』でゴールディングが、船上でナイルカワセミを発見しその生態を細かく観察しているところも (92)、『尖塔』のなかでカワセミが、重要なイメージの一つとして、臨終近いジョスリンの視界をよぎっていたことを思い出せば、なかなか味わい深い場面である。また、オクシリンコスで古文書のパピルスを発見する場面を克明に空想するくだりは（162–163）、幼少期のゴールディングが、博物館のミイラの包帯を取り外す作業の手伝いをするところを一部始終リアルに妄想する、という随筆「我が内なるエジプト」（"Egypt from My Inside"）に書かれた鮮烈な場面を、彷彿とさせる書きっぷりである。

だがこういった部分も、ゴールディングが自分の思い入れに沿って筆を走らせた部分でしかなく、生の現実としてのエジプトときちんと対面して生まれた記述ではない。そこが問題なのである。

4

西洋人が「『オリエント』として実在する事物のことごとくを排除し、駆逐し、邪魔物扱いにすることによってこそ、読者に対して一つの現前となる」（サイード、上巻六〇頁）ような、「総体的にオリエントから遠く離れたところに位置している」言説のことが、エドワード・サイードの考える〈オリエンタリズム〉だというのは今さら言うまでもないだろう。右のようなゴールディングの記述は、まさに〈オリエンタリズム〉的だ。ゴールディングは、「みずから一箇の観察者《ウォッチャー》であることを忘れず、決して巻き込まれず、常に超然と」（上巻二四四頁）しているオリエンタリストのポーズをとり続ける。

ゴールディングは、どこまで自分の優越意識に気づいていたのか。もちろん彼は、イギリスによるエジプト統治という歴史的事実を、旅行に出発する前から知っていた。旅行記の第一〇ページにもこう明記してある——

「大英帝国によるエジプト統治、という時代もあった」。しかし、今の文に続けて、すぐさまこういう文が言い添えられている――「エジプトにとっては裨益するところ大だっただろう」。確かに、経済的な発展や浄水施設の普及など、イギリスの植民地支配がプラスに働いた側面も無いわけではない。しかし、民族感情を考慮すれば、「よかった、よかった」では決してすまされない問題だろう。かつてゴールディングは一九六二年の講演「寓話」において、「歴史には二種類ある。一つは教科書どおりの机上の歴史（campus history）で、もう一つは、血と肉で感じる歴史（history felt in the blood and bones）すなわちキャンパス外の歴史（off-campus history）だ」と指摘し、そのうえで「キャンパス外の歴史」を意識することの重要性を力説した（Golding, "Fable" 91–95）。そのことを考えると、イギリスのエジプト支配に関する右記の感想は、ゴールディングらしくないものだ。

いや、これはむしろゴールディングらしいのだ、と考える向きもあるかもしれない。ゴールディングは同じ講演「寓話」のなかで、原爆投下やユダヤ人大虐殺について「これはニューギニアの首狩り族がやったことでも、アマゾン流域の原始的部族がやったことでもない。文明の伝統を背負った教養ある人間たち、博士や法律家たちが、自分らと同じ生き物に対して手際よく冷血に行った仕業なのである」（87）と述べていた。この言葉尻を捉え、「未開人なら非人道的な行為に走るのも当たり前だが、我々文明人は彼らより優れているはずだ」という意に解釈し、ここにゴールディングの〈人種差別〉を嗅ぎつけて、彼の〈帝国主義者〉的姿勢をあげつらう読者もいるだろう。『蠅の王』でジャックたちが顔に彩色したことに目を留めて、「なぜ子供たちは、残忍な本能に身をゆだねる前に、まず『蛮人』に自らを擬する必要があるのか」と問いかけ、ヨーロッパ人が非ヨーロッパ人に対してもっていた〈悪の権化〉というステレオタイプと利用しているという点で、「『蠅の王』は『さんご島』と何ら変わるところがない」（正木、一五四―一五五頁）と断罪する評論もじっさい既にある。そういった観念を頭に置いて『エジプト日記』の「エジプトこき下ろし」を読むと、これはゴールディングの〈帝国主義者〉ぶりを証明する格好の材料だ、と思えてしまうかもしれない。

だが、このジェスチャーがこの旅行記全体のあいだずっと持続されているのかというと、そういうわけではない。旅行記の第一一章から第一二章にかけての部分で、ゴールディングの姿勢にはかなり大きな変化が起こったことが読みとれる。じつは、『ガリヴァー旅行記』の場合も『海洋三部作』の場合もそうであるように、この『エジプト日記』の場合も、諷刺・揶揄されているのはエジプトという対象・客体だけではない。諷刺は、揶揄している主体であるイギリス人本人にも、跳ね返って向かってくる、という展開を見せるのである。

第一一章から第一二章にかけて書かれている大きな体験は、先ほど触れたファトヒーの住宅建築現場を見たこと、そしてコム・オンボの神殿に行く前にカラブシャ村へ立ち寄ったことである。カラブシャは、ナセルの治水計画によって、もと住んでいた村を追われたヌビア人たちに与えられた居住区である。ここでゴールディングは村長や学校長と会見する。そして、彼らが与えられた土地には一応満足しているし、ダムからの浄水の供給もありがたいことだ、という感想を聞く。しかしゴールディングから、人工湖の湖底に沈んだ故郷の村への思いを尋ねられたとき、彼らは、再度もとの土地で生活することはかなわなくてもせめて「いっときの訪問というかたちでもいいから、あそこへ戻る手はず」を整備してくれるよう、政府に口添えしてくれないか、と哀願するのだった（Golding, *EJ* 133）。ここでゴールディングは、彼らの強烈な民族意識を痛感する。

それは、今回アスワン・ハイ・ダム建設のために強制移住させられたということだけから生まれた感情ではなかった。そもそもヌビアは、紀元前一五七〇年頃にはエジプトに占領されてしまっていた、という根深い歴史があったのだ。ゴールディングは考えはじめる——

ヌビア人たちの境遇を、エジプトの一地方から別の地方への転居といってそれだけで済ませることはできない。そのことが私にもわかりかけてきた。

「〔前略〕ご自分のことをエジプト人というよりもヌビア人だと考えたい、と思うのですか?」

沈黙が続いた。その沈黙は私が自分で破らなければならなかった。

「失礼しました。もちろん、エジプト人とヌビア人の両方ですよね。私がイングランド人と英国人の両方であるのと同じで」

とは言ったものの〔All the same〕、ヌビア人たちが国民アイデンティティの深い感覚を抱いていることは、どんどん明白になってきた。その転居は移住ではなく、国外離散〔diaspora〕だったのだ。(132)

もちろん、エジプトとヌビアの支配・被支配関係は、大英帝国とイングランドの関係と同列に考えられるようなものではない。イングランドは大英帝国のなかの覇者なのだから。ゴールディングの質問は確かに浅薄に響く。しかし、だからといってゴールディングの言葉尻を問題視して、〈コロニアリスト〉的ジェスチャーとしてあげつらうとしたら、それもやはり浅薄であろう。「とは言ったものの」の後のゴールディングの真情を見落としてはならない。ここでゴールディングが選んだ「ディアスポラ」という語は、被支配者が味わわされる疎外感に対するゴールディングの理解が、ある程度の深さをもっていることを物語っている。

イギリスから支配・搾取され続けたエジプト。そのエジプトから数千年にわたって搾取されたヌビア。そしてここでイギリス人ゴールディングに向かって、元のヌビアの村まで通行できるバス路線を開くことをエジプト政府に進言してほしいと請願するヌビア人。この入り組んだ支配構造に触れたことが、ゴールディングの大きな〈目覚め〉の契機になっている。(6)

5

イギリスとエジプトの関係に対する考察は、支配の構造全般への考察へとつながっていく。別のエピソードを見てみよう。ヌビア人居住村を訪問した翌日、船で復路に着いたゴールディング一行はかなりのスピードでナイルを下っていくが、途中で川岸のタマネギ畑にいた若いエジプト人女性に水を跳ねかけてしまう。女性は怒りをあらわにして、叫び声をあげながら船めがけて石を投げつける（140–141）。このとき見た女の怒りの爆発を思いながら、ゴールディングは「数千年の長きにわたって、エジプトの大半の人々は無力で、搾取され、責めさいなまれ、死ぬまで酷使されてきた。〔中略〕彼らの心理の振れ幅が、ぐうたら（indolence）からヒステリーにまで拡がっているのも無理はない」（143）と沈思し、「近くを通り過ぎる私たちの船は、彼女の目にはお金持ちの遊興玩具のように見えたことだろうが、その船が波を跳ねかけて彼女の土地を侮辱したことは、一線を超える侮辱行為だったのだ」（143–144）と反省する。これまでの船旅の途中、女たちの水汲みの重労働を見かけるたびに、ゴールディングはこれを「残酷な仕打ち」（31）と感じていた。そして、「エジプトの男たちの精神はまだ見事なほど無知な段階にあるため、女性が社会のなかで限られた役割しか与えられていないのは彼女たち自身のためになることなのだ、と信じている」（107）という、男たちの身勝手な支配的思考様式に基づいて、この国の女性たちはあらゆる階層構造のなかでも最も低い地位に置かれているのだな、とゴールディングは思っていた。その最下層の人間が示した反抗のエネルギーは、ゴールディングに深い感銘を与えている。これも、支配の構造について内省する機会をゴールディングに与えた要素の一つだろう。[7]

では、この支配構造という問題に目覚めた後、それを解決するためのステップをどのようにとることができるだろうか。また、そもそも解決策など存在するのだろうか。

解決策があるとすれば、それはまず、対等のコミュニケーションを成立させる努力をすることから始まる、とゴールディングは考えているようだ。ヌビア人居住村カラブシャを離れるとき、ゴールディングはふと老サイードのことを思い出している――「ヌビアの人々の印象――そこにはサイードも含まれている、というか、私にフィッシャーの島の話を聞かせてくれた老サイード、私が人生の最後の日まで私の記憶にとどまり続けるだろうあの老人から、そもそも始まった印象だ」(132)。老サイードがイギリスとエジプトの複雑な支配・被支配関係を象徴する人物だということは既に述べたが、この老人はさらに、ヌビアという、もっと下層の虐げられた民族の代表という意味をもつようになった。そして、この彼とゴールディングが意志疎通できずにぎくしゃくしていることは、個人レベルの問題ではなく、もっと大きな国家間の齟齬を暗示する提喩となる。そして老サイードは、ゴールディングが自分の植民地主義的な支配者意識に気づくための触媒としても、機能することになる。

老サイードとゴールディングがはじめて通訳なしで意志疎通する場面が、ヌビア人居住村訪問から五日後にある。アラビア語をほとんど知らないゴールディングは、朝食に蜂蜜を添えてほしいとサイードに伝えるために、「両親指を耳に突っ込んで、残りの指をできるだけ素早く揺り動かしながら、ブーンという音を口で真似る」(169)という滑稽なジェスチャーを無心にやってみせる。サイードは「このジョークを全身全霊で受けとめ」(169)、ひとしきり笑い転げたあと、にこやかに蜂蜜をちゃんと持ってきてくれるのだ。権威意識などかなぐり捨てた身振りと、共通言語を手探りしながら意志を疎通させたいという純真な気持ちとが、サイードの心を開いたのである。この老サイードが、エジプトやヌビアの被支配状況を体現する人物として描かれていることを考えれば、これは単にゴールディングと彼という個人的レベルにとどまるエピソードとして読むべきではないだろう。

同日の午後、船旅が終わって乗組員と別れを告げるときになると、サイードはゴールディングと握手を交わすまでに関係を深めている――「賢く愉快な老人サイードは、私の両手を自分の手で包むように握り、深遠な真剣さを込めてこう言った――『イングランド人のごたごた、ずっと昔(English troubles all long time away)』」(170)。

サイードの最後のことばは解釈が難しいが、これを手放しでイギリスを赦し、過去のいきさつを水に流したしるしだと考えるのは、無邪気すぎるだろう。自分の嫌悪する国民のなかからゴールディングという一個人だけを免除した、という程度の赦しなのかもしれない。だがこの個人レベルの和解は、それでもやはり、解決への端緒なのではあるまいか。

しかし、別の見方をすれば、あくまで端緒は端緒、しかも、それは偶然のようにして見つかった端緒にすぎない。ゴールディングはその次のステップを発見できないでいる。旅行記の冒頭近くに置いた「苦痛を伴う引用」(16)、すなわち、「エジプトにあっては、英国人とはありとあらゆる異国人のなかでももっとも異質な者たちで、英国人の気質のせいで、この国の生活に同化することができないでいる」(16)ということの意味を、再確認してやっと半歩ほど前に進んだだけなのだ。旅行記の最後のページに至っても、ゴールディングは「畢竟するところ、二つの文化や二つの甚だしく異なる経験の束たちを、たまたま突き合わせてみたときに、そこから何が生じるのか見てみるという、挑戦のようなものだったのだ」(207)と感慨深げに述べるだけである。その先はまだ見えてこない。ここには、現実問題を前にした文学者の無力感と逡巡が感じられる。

ヌビアの村までバス道路を引くことを政府に進言してほしい、とカラブシャで頼まれたとき、ゴールディングは「私にはそんな権限はありません。私が書くものを、誰か権力をもつ人が読んでくれるもしれない。それしか言えません。〔中略〕私にできるのはせいぜいそこまでです。でもやりますよ」(134)。ファトヒーの建築法が顧みられなかった前例から見ても、自分の書くことばが実際的な影響力をもつことなど期待はできない、とゴールディングも感づいてはいるだろう。しかし、同時にゴールディングのこのことばは、それでも文学者はことばの力を信じて書くしかない、という決意も示している。(8)

6

二つの異なる世界や価値観のあいだに挟まれて、その摩擦から生じる問題点に気づきはするものの、その摩擦を解消し得るような方策を実行できずに逡巡している。これは、『自由落下』や『ピラミッド』、そして『海洋三部作』といったゴールディング小説の語り手兼主人公たちが共通してとる姿勢である。彼ら青年たちは、成長していくにつれて社会問題への認識をある程度深めるが、だがしかし有効な解決策を行動に移せないでいる。こうした共通のプロットをもつ作品を、ゴールディング流の〈教養小説〉と呼べるとするならば、この『エジプト日記』もまた、人生のたった一ヶ月間の体験を描いただけのものではあるけれども、ゴールディング本人の社会認識の成長とその逡巡を描いた、ゴールディング流の自伝的教養小説と呼べるのではないだろうか。

旅行記の最終章でゴールディングは、「認めたくないと思って何ヶ月も抵抗してきたけれども、私がどんなものを書くにせよ、その書く題材がエジプトではなくこの私、あるいはこう言ってよければ、平和なイングランドの一地方出身のわれわれ中流階級イングランド人、ということになるだろうということを、今や認めざるを得ない」(200)と述べている。この本が図らずも自伝的な内容を帯びることになってしまった、と述懐しているわけだが、じつはここにはフィクションの手法が効果的に使われている。この本が〈自分についての本〉になるということは、旅行に出発する前、出版社とエジプト旅行記を計画している場面で既に予告されていたのだ――「出版社には釘を刺しておいた。この本は信頼できる情報を伝える(authoritative)本にはなり得ないと。驚いたことに、それは織り込み済みですよという返事だった。エジプトについての本であるのと同じくらい、あなたについての本ということになるでしょうね、と彼らは考えていたのだ」(11)。そして最終的にこの本は、本人の執筆意図にかかわらず、本人を教養小説的主人公に据えた本となった、というふうに構成されている。つまり、この自伝的教養小説の〈作中人物〉ゴールディングは、周囲や読者の予想どおりの筋書きを無自覚に数ヶ月間たどらされていたという、一種の劇的アイロニーにしてやられた格好になっているわけだ。

そういう筋書きを、〈作者〉ゴールディングは計算して書いている。『エジプト日記』は、実際の旅程に忠実に基づきながらも、フィクションのように綿密に計算された配列構成をもつ。小説前半でゴールディングが、これでもかというくらい帝国主義者的な言動を披露しているのも、上で論じた劇的アイロニーと同様、後の〈主人公〉の成長ぶりを描くための意図的伏線である。また、本章第5節冒頭で触れた、貧農の女性に水を引っかけたエピソードは、ケアリの伝記によれば、どうやら架空のもの、あるいはゴールディングが「想像の力で再構築した記憶」(Carey 445–446) だという。ここにもフィクションとしての構想上の計算があったわけだ。

さらに思い出してほしいのは、『エジプト日記』の材源となった一九八四年の旅が、ゴールディングにとって初めてのエジプト旅行ではなかった、という事実である。先に書いたとおり、ゴールディングは一九七六年冬にエジプト旅行を経験している。しかも一度目と二度目の旅行は、交通手段こそ違うけれども、アレクサンドリアからカイロ、ルクソール、アスワン・ハイ・ダムそしてヌビア人居住区の村へという経由地もほとんど同じである。だから、ゴールディングが『エジプト日記』のなかで味わっている期待や期待外れや〈目覚め〉は、額面どおりに受けとるわけにはいかない性質のものなのである。

現に、「我が外なるエジプト」にも、同様の期待外れと一定の覚醒は描き込まれていた。一九七六年の旅では、ギザの大ピラミッド見学から戻った後に日記を読み返しながら、「これは私が子どもの頃に通っていた博物館のエジプトではない。ここは、無関心で人なつっこくってヒステリックな三千八百万のアラブ人が住む国なのだ」

婦は改めた。私たちはエジプト人の行動の大半を読み損ねていたのだ。〔中略〕その一因は、かつて私たち英国人は、そして今こうして旅行者としてやって来た私たちは、ここでは占領軍なのだという事実にある」(74)と理解し、そして「この旅が私にとってどういう意味をもったのか、そして見込みと現実の関係とはどんなものかについて、熟慮」(78)するという境地に達していたのである。旅の終盤に抱いた感慨として、ゴールディングは「実情を言うと、私が持ってきた携行品一式は、この旅にはふさわしくないものばかりだった。おめでたい単純さ、軽信、そして他人より目が利くと自負する人間が抱きがちな一種の怪物的うぬぼれ。どれも間違った装備品だった」(82)と嘆じ、「ある国に旅をしてその旅を楽しむ代わりに、私は、単純すぎるイメージのうえに、言いようのないくらい最悪の紛糾と混乱を描き足してしまったのだ」(82)と反省していた。

『エジプト日記』は、ゴールディングがエジプト体験の本質に迫るために、「我が外なるエジプト」という表現実践の後に、物語実践にもう一度取り組んだ結果である。ゆるい意味での〈再話〉と呼んでもいいだろう。だから、一度めに右記のような反省をすでに経たはずの本人が、同様の体験を目前にして、「おめでたい単純さ」や「怪物的うぬぼれ」といった「間違った装備品」をまたぞろ無反省に身にまとっている、などと想定するのは、あまりにも無理がすぎる。そんな不自然な想定はやめにして、それよりも、体験者の役回りを与えられているゴールディングと、物語作者のゴールディングとを区別して見る、という姿勢を私たちはとるべきだろう。『エジプト日記』という二つめの幻滅旅行記は、期待外れと幻滅を単に記録している本ではない。なぜ幻滅をするのか、その心理と意味を以前より深く考察し、それを読者に向けて効果的に提示するために、物語作者ゴールディングがエジプト体験という素材を〈再物語化〉した書なのである。

ゴールディングはじつは、これ以前にもエジプトを物語化したことがある。一九七一年発表の中編小説「蠍神」("The Scorpion God")は、第一回エジプト旅行の前に書かれた物語である。実際のエジプト体験を経ないまま、物語という表現形を与えられたものではあるが、ジェイムズの比喩で言えば、これもやはり雪で輝く平原につけた一すじの足跡と見なすことができよう。[9]そしてこの作品にも、エジプトを舞台にした民族間の支配関係にまつわる闘争が下地として描き込まれていた。この短編小説を書くにあたってゴールディングは、上エジプトと下エジプトの統一を果たしたとされるナルメル王を一つのモデルとして念頭に置いていた。そして編集者モンティース宛の手紙のなかで、ゴールディングはこのナルメル王を、ヒトラー(Adolf Hitler)やスターリン(Joseph Stalin)、ベトナム戦争の米国陸軍参謀総長ウェストモーランド(William Westmoreland)、さらにはズールー戦争の大英帝国軍総司令官ブラー(Redvers Buller)にもたとえていたのである(Carey 331 参照)。

そして、実際のエジプトを体験したあとのエッセイ「我が外なるエジプト」では、英国とエジプトの関係についてさらに直接的に踏み込んだ成果を言語化していた。『エジプト日記』[10]はそれに続く、エジプトという素材の言語化実践である。雪の平原に三すじめの足跡を残させるべく、ゴールディングをもう一度歩かせたのだ。

その三すじめの足跡が描き出す物語は、その主人公が、トールボットやオリーと同様に不完全な成長しか遂げないというタイプの、教養小説〈フィクション〉だった。だが今回ゴールディングは、オリーのような架空の登場人物――自伝的要素をたっぷり含んだ人物とはいえ――を介在させるやり方をとらなかった。自分自身に対する劇的アイロニーを仕込むことまでしながら、主人公たる自分自身を矢面に直接立たせることを選んだのである。

7

これでこの議論を締めくくることができたら、綺麗に収まりがつくのだけれども、この本に関してはもう一つ考えるべき問題がある。実在の人物を題材として書いた作家が、当該人物に対してどういう責任を問われるのか。この問題について、ブースが短く検討していることは本書第七章でも紹介したところだが、まさにその問題が、『エジプト日記』をめぐって現実世界で発生したのだ。

ゴールディング夫婦の旅行に随行した青年アラアとその身内は、出版前に『エジプト日記』の完成原稿を読んで、大いに憤慨した。アラアの言動に関する描写には、ゴールディングの事実誤認と悪意が含まれている、と読んだのである。アラア側は、この本のために旅行中撮影していた写真を提供することを断固拒否、ゴールディングとの親交も絶ってしまった（Carey 447–448）。

文学的構築物と現実とは区別して見てほしいとか、誠実さというものを芸術的なレベルでとらえてほしいとかいうふうに、書き手の側に立った擁護論も可能ではある。しかし、書かれる側に立たされた人間が書く側の支配下に自動的に置かれてしまうという問題と、書き手の意図を汲んで共鳴するよう読み手が強いられるという構造上の問題、そしてこれらに対する人間感情の現実は、そう簡単に解決できるものではない。相手がノーベル賞という権威を手にした作家ともなれば、今述べた構造の無言の威圧力はさらに高まってしまう。

ゴールディングの著述である『エジプト日記』がアラアを立腹させたこの一件は、ゴールディングの乗った船が貧農のエジプト人女性に水を引っかけて激怒させたという、『エジプト日記』のなかのあの場面とちょうど対応している、と私たちは読んでみてもいいのかもしれない。そう考えると、『エジプト日記』において「主人公」ゴールディングに劇的アイロニーを仕掛けていた書き手ゴールディングに、私たち読者が劇的アイロニーを仕掛ける読み方もできるというわけだ。書き手の意図を読み手がどう読むのかという、読まれ方にまつわる不可避的な倫理的問題の考察もまた、汲めども尽きぬ価値をもつ営みであり、私たちも検討の足跡を、これから幾すじでも、つけ続けなければならないということなのだろう。

注

（1）おもしろいことに、ヒリス・ミラー自身も、ゴールディングのオリジナル信奉と、あまり大差ない姿勢を見せることもあったらしい。一九九三年のある学会で、読みの倫理的責任が究極的にはどこにあるのかという問題について「誰に対し、誰のために、また誰の眼前で、〈私〉は責任を問われるというのでしょう?」と問われたとき、ヒリス・ミラーは「原典に対する忠実さ」を挙げたのである。Derek Attridge, qtd. in Fosso and Harp 91 参照。

（2）ジェイムズの「輝く物質」や「雪の平原」をロシア・フォルマリスト伝来の用語で表現するならば、「物語言説（sjuzhet）」に対立する「物語素材（fabula）」にちょうど相当し、クリステヴァの理論では、「フェノ-ノテクスト（pheno-texte）」に対する「ジェノ-テクスト（geno-texte）」にあたるもの、と考えると理解しやすいかもしれない。ただしヒリス・ミラーによれば、ジェイムズはこの「輝く物質」を、いつかはつかむことができるものと信じていたという。

（3）したがって、日記から講演原稿へというプロセスにも、〈自作・自分の再読〉や〈書きなおし〉テーマが存在していたわけである。

（4）『エジプト日記』の滑稽な諧謔味は、この本のペーパーバック版に付けられた宣伝文に見るように、デイリー・テレグラフ紙、ニュー・ヨーカー誌、タイムズ紙などのお墨付きである。なかでもデイリー・テレグラフ紙はこの本を「かってないほど笑えるアンチ旅行記（one of the funniest anti-travel books）」と言って激賞している。

（5）『エジプト日記』と『海洋三部作』のあいだにも、一種の〈書きなおし〉的関係がある、と見ることもできるわけである。

（6）ここで支配の複雑な階級構造を認識したことが、『海洋三部作』の中巻・下巻である『密集』と『底の燠火』の主人公トールボットに、『通過儀礼』では一切言及のなかった複雑な出自をもたせる契機になったのかもしれない。本書第九章第8節注19参照。

（7）この徹底的な被抑圧者という女性の立場についての検討は、遺稿『二枚の舌』に継承される。

（8）J・H・ステイプ（J. H. Stape）は『海洋三部作』を読み解き、主人公トールボットが、初めのころは言語で何でも表現できるし、言語の力ですべてをコントロールできると確信していたのだが、航海を経たことで、「語りの権威（narrative authority）」（Stape 229）が安定したものではないことを悟り、またそれと同時に、言葉とは「経験の輪郭や複雑さを把握するのには不可避的に失敗するものではなあるが、それでも言葉によらなければ表現されないままに放置されてしまうような本質を描き出し、情報を取り次いで伝えてくれる」（235）ものだということを知らされる、そういう物語だと論じている。この言語観は『エジプト日記』と通底する哲学であろう。

（9）ケアリの伝記には、この短編小説にゴールディングが着手し最初の草稿を完成させたのは一九六四年二月頃、つまり『尖塔』の後の時期だったと記されている。Carey 327–328 参照。

（10）あるいは、幼少期にミイラを媒介にしてエジプトの神秘に見せられた体験を記したエッセイ「我が内なるエジプト」を勘定に入れて、「四すじめ」と言ってもいいかもしれない。さらに言えば、「わが外なるエジプト」の材源となったゴールディング自身の日記もこの際算入するなら、『エジプト日記』は「五すじめ」ということになる。

（11）この件でケアリの伝記はゴールディングを擁護しているが、その際のケアリの言い分がこれである。また、本書第一三章第8節で見るように、ゴールディングは一九六一年発表の随筆「ビリー・ザ・キッド」（"Billy the Kid"）のなかで、「記録を書いているときに、でっちあげを盛り込まずにいられる人間などいるだろうか？」（Golding, "Billy" 162）という物書きの宿命に言及している。だが、文章にモデルとして取り込まれてしまった現実の人間にとっては、そうした言い訳で納得できるものではないだろう。

第一二章　『海洋三部作』に見る〈信頼できる語り手〉と〈読んで書くことの魔性〉

1

ゴールディングは、一九八〇年の『通過儀礼』に二つの続編——一九八七年の『密集』と一九八九年の『底の燠火』——を書き加えた後、一九九一年に、これら三つの作品を『地の果てまで—海洋三部作』と題した一冊にまとめた。この三部作では、第一巻から第三巻までずっと一貫して、青年下級貴族トールボットが語り手（書き手）を務めている。一八一三年とおぼしき年に、彼は、旅客船へと転用された老朽軍艦に乗り込んで植民地ニュー・サウス・ウェールズを目指して船出し、その約一年弱の航海の顛末をみずからのペンで綴っていく。

トールボットが船旅の詳細を記録するのは、自分の名付け親からそう指示されていたからである。この名付け親は英国内でも指折りの大物貴族であり、今回トールボットが植民地での高級官僚の職を得たのも、この名付け親の口利きによるものである。名付け親はトールボットの船出に際して、錠前付きの豪華な日記帳を贈り、「すべてを洗いざらい語ってくれよ！　何事も包み隠さずにな！　おまえをとおして人生をもう一度味わわせておくれ！（Tell all, my boy! Hold nothing back! Let me live again through you!）」（Golding, *RP* 10）と笑いながら命じた。これを忠実に守ろうと心に決めているトールボットは、航海終了のあかつきには高覧に供すべく、日記のページをせっせと埋めていく。やがて書くという行為は強迫観念に近いほどの習い性となり、トールボットは自分が「書魔の餌食（victim to the *furor scribendi*）」（39）になってしまったみたいだ、とまで感じる。そして、第一巻の末尾で日記帳の紙幅を使い切った後も、艦内で紙を調達し、延々と執筆を続けるのである。これが二つの続編にあたるわけだ。

ただし、トールボットの書きぶりには不満足な部分がある。生身の体をもつ第一人称語り手の宿命として、自分が直に体験したり伝聞したりしていないことは記述できない。それは致し方ない。だが他にも問題はあって、まだ大学を出て間もない若輩であること、[1] そして特権階級の恩恵にどっぷりつかっているため階級社会の弊害に目が届かないことが原因で、書き手トールボットの視野や洞察力はかなり限られている。その限界が、トールボット自身が書くテクストに、本人の意図を裏切るかたちでにじみ出る。この三部作の大きな読みどころはそこにある。

好例となる展開を一つ紹介しよう。第一巻でトールボットは、親しくなった副艦長サマーズから、下々の者たちの厚生に貴族として気を配るよう諭されたとき、つんとしながら「僕はフェア・プレイの信奉者だよ！」（112）と返答する。このやりとりが、のちに第三巻になってから、別の人物との会話のなかで言及される。今度の会話の相手は、移民や現地人からなる理想の平等社会をニュー・サウス・ウェールズで建設しようと企図する反政府活動家プレティマンである。彼は「ミスタ・サマーズは、君が〈フェア・プレイ〉を信奉する者だと少なくとも自認はしている人間だ、と教えてくれた。その言葉は青臭いものではあるが――」とトールボットに言う。それに対しトールボットは「その言葉はいい言葉ですよ、ミスタ・プレティマン。学童たちが〈フェア・プレイ〉と呼んでいるものは、大人の言葉で言うと〈正義〉にあたりますからね」（Golding, *FDB* 545）と応じる。

これを聞いてプレティマンは「君が正義を信じている、だと」（545）とつぶやいてことばを切る。プレティマンは、トールボットが享受する特権を、むしろトールボットが本当の意味での公正さや社会正義を学ぶうえでの「生まれや育ちがもたらす不利な点」(Golding, *RP* 237) だと見なしており、おまえは未熟な若造にすぎない、と言いたげなのだが、トールボットは、自分の世間知らずと無邪気さが暗黙のうちに非難されていることにまったく気づいていない。気づかない自分のその無邪気さを、プレティマンとの会話を記録するなかで、トールボットはこれまた無邪気に自分のペンで記録してしまっているのだ。

2

こうした点をもって、トールボットを〈信頼できない語り手〉と見なすことができよう。ディックは、『通過儀礼』におけるトールボットの行動半径と視野の限界だけを根拠に、「ヘンリー・ジェイムズの水準に照らせば、トールボットは信頼できない」(Dick 124) と断じている。[2] ディクソンもやはり、トールボットを「信頼できない語り手」(Dickson 117) と見る。

だが、語り手・書き手としてのトールボットの信頼度を評価するには、信頼度の測り方についてさらに細かい検討が必要であるように思われる。その理由の一つは、トールボットの執筆行為が、ある特定の人物に読まれることを明確に想定したものだからだ。語り手の信頼性をうんぬんする際には、それが誰にとっての信頼性なのかという問題を、まず考慮に入れなければならない。

一般論を述べるなら、〈信頼できない語り手〉の効果は、テクストを書く書き手（あるいは語り手）の現状認識と、そのテクストを読む読み手の解釈結果とのあいだに、小説の作者が意図的に齟齬を生じさせることで生まれる。〈テクストを読む読み手〉は、作品世界の外で生活している現実の読者であることがきわめて多いが、それなら問題はある程度単純だと言える。

だが『海洋三部作』のように、テクストを読む役回りの人間が作品中に配置されている小説の場合は、事態が複雑になる。私たち現実の読者は、自分の読みと解釈を進めるのに加えて、作中読者はどんなふうにこのテクストを読むのかを想像し、さらに、作中執筆者が作中読者にどう読まれることを予想しながら書いているのかを忖度する、という多重的作業を求められるからである。

また、語り手の信頼度を測るのには少なくとも二つの側面があることも、[3]考慮に入れておかねばなるまい。周知のとおり、〈信頼できない語り手〉という概念を世に送り出したのはブースだが、そのブースによれば、語り手の信頼性とは、語り手の「倫理的特質と知的特質」が「作品の基準（すなわち、暗示された作者の基準）に一致している」かどうかによって判定されるのである（Booth, *Rhetoric* 158 参照）。すなわち、語り手の信頼性の議論には、道徳の面と知性の面とがある、とブースは言っているのである。だが、この区別は往々にして看過されがちである。このことについてアンスガー・ニュニング（Ansgar Nünning）は、ブース以降に「信頼できない語り手」を研究する大半の学者は、「信頼できない」という性質が、「物語中の出来事を表象し損ねること」を指すのか、それとも、「語り手の判断や解釈に怪しいところがあること」の問題なのかを（Nünning 36）、厳密に区別することを怠っている、と苦言を呈している。

だが、読み手と語り手の関係に関するブースの設定がそもそも単純すぎる、と難を示す向きもある。たとえばラビノウィッツである。ラビノウィッツは、語り手の信頼度の検討に入る以前の問題として、読み手あるいは聴衆（audience）を、まず四種に分類してみせた。表にしてみよう――

①	②	③	④
現実の聴衆 (the actual audience)	作者が想定する聴衆 (the authorial audience)	ナラティヴを聞く聴衆 (the narrative audience)	ナラティヴを聞く聴衆の理想形 (the ideal narrative audience)
現実世界に生きる生身の読者	小説の作者が想定している仮説上の読者	語り手のナラティヴを聞く同時代の聞き手としてテクストが想定する想像上の読者 現実の読者が物語を体験するためには、この第③タイプに参加することが要請される	語り手のナラティヴを無批判に受容してくれる、と語り手が期待している読者

（①と②の間）論理面の信頼度　（②と③の間）事実面の信頼度　（③と④の間）論理面の信頼度

表３　ラビノウィッツによる聴衆の四区分

そのうえでラビノウィッツは、〈語り手のどこが信頼できないのか〉を検討する手順を指示する。彼によれば、ある語り手が、科学的事実や現実の出来事の有無の記載に関して信頼できない場合（つまりブースの言う、「知性」に関わる面での信頼性が欠如している場合）、それは「②作者が想定する聴衆」と「③ナラティヴを聞く聴衆」のあいだの認識の隔たりとして表出するのだ、という。他方、「③ナラティヴを聞く聴衆」と「④ナラティヴを聞く聴衆の理想形」のあいだの隔たりは、「解釈の倫理（ethics of interpretation）」（Rabinowitz 135）、つまり善悪や正邪の判断に関わる、というのである。

ただし、詳しく見れば、ラビノウィッツの分類も包括的図式とは言い切れない。たとえば①と②のあいだにも、信頼性の問題は表出しうるはずだ。本書第七章第5節で触れたフェランの議論によれば、①と②を一致させることが①の読み手の責任というわけだが、現実には話はそうそう単純ではない。前章末で見た、『エジプト日記』出版に際して持ちあがった倫理的問題、すなわち、ゴールディングが想定していた読者と、実際にこれを読んだアラアという読者の受けとり方の隔たりにまつわる倫理的問題は、それこそ①と②の齟齬に起因していたのだった。

また「①現実の聴衆」の読解力にしたって、現実的には、決して一様ではない。だから①の内部においても、ある読者は事実面において語り手を信頼するが、別の読者は事実面の信頼性の薄さを看破する、という不均一も当然起こりうる。たとえば『海洋三部作』から例をとるなら、サマーズ副艦長はトールボットに友情以上の好意を寄せているのだが、そこにある「チャールズ・サマーズの抑圧された同性愛傾向」（Carey 489）に、トールボットはまったく気づかず、それを文章化することもなかった。そのため、「現実の読者」の大半はこのことを認識し損ねている。ただし例外もあって、少なくとも書評家ピーター・ケンプ（Peter Kemp）は、サマーズの秘めた想いを読みとる眼力をもっていたという（Carey 488–489 参照）。かように、「現実の読者」の理解力にもばらつきはあるものだ。

とはいえ、ラビノウィッツが、ブースがほのめかした知性と道徳という二つの尺度の所在を、書き手と各種読み手の関係のなかにかなり明瞭に位置づけてくれているのは事実だ。よって、これを土台にして議論を進めることにしたい。

さて一九七〇年代読者論においては、テクストの読者についての概念分類や呼称が乱立され、百家争鳴のきらいがあった。とりわけ、現実世界の読者ではない ideal な読者を指すための術語は、ideal という語に「想念上の」と「理想的な」の両義があるせいもあって、混乱や混同を招くことが少なくなかった。

W・ダニエル・ウィルソン（W. Daniel Wilson）が一九八一年の論文「テクストのなかの読者たち」（"Readers in Texts"）で、その呼称を交通整理することを試みてくれた。ウィルソンのやり方はこうだ。作品・テクスト中に何らかのかたちで作中人物化されていてテクスト外には存在しない、というタイプの読者は、「作中人物化した（架空の）読者（characterized（fictive）reader）」と呼ぶことにする。他方、テクストが現実世界の読者に対して要請してくる「態度」や「判断」をそのまま表現するものを、「暗示された（架空の）読者（implied（fictive）reader）」あるいは「意図された（架空の）読者（intended（fictive）reader）」と呼ぶ――こういう方式を提唱したのである。「作中人物化した読者」が「暗示された読者」を兼ねるときも、もちろんある。だがそれは、語り手がその読者を特定個人のイメージで直接に呼びかけたりしていない場合のことである。特定個人として直接的に作中人物化されている読者のほうは、一種の煙幕となって、むしろ現実の読者に期待されている読みとは違った読みを展開する役割を与えられていることもある、とウィルソンは言う（Wilson 855–856）。

こうした図式化をもっと厳密化することは可能だろうが、本章の目的は、語り手の書いたテクストを読む役割をもつ作中人物が小説内に配置されている、というケースを検討することである。よってここでは、網羅的な図式化を試みるのではなく、当方の必要に応じた仕様でラビノウィッツの読者分類の枠組みに少々調整を施し、そして、右のウィルソンの成果も踏まえつつ、以下のような分類を示したいと思う。

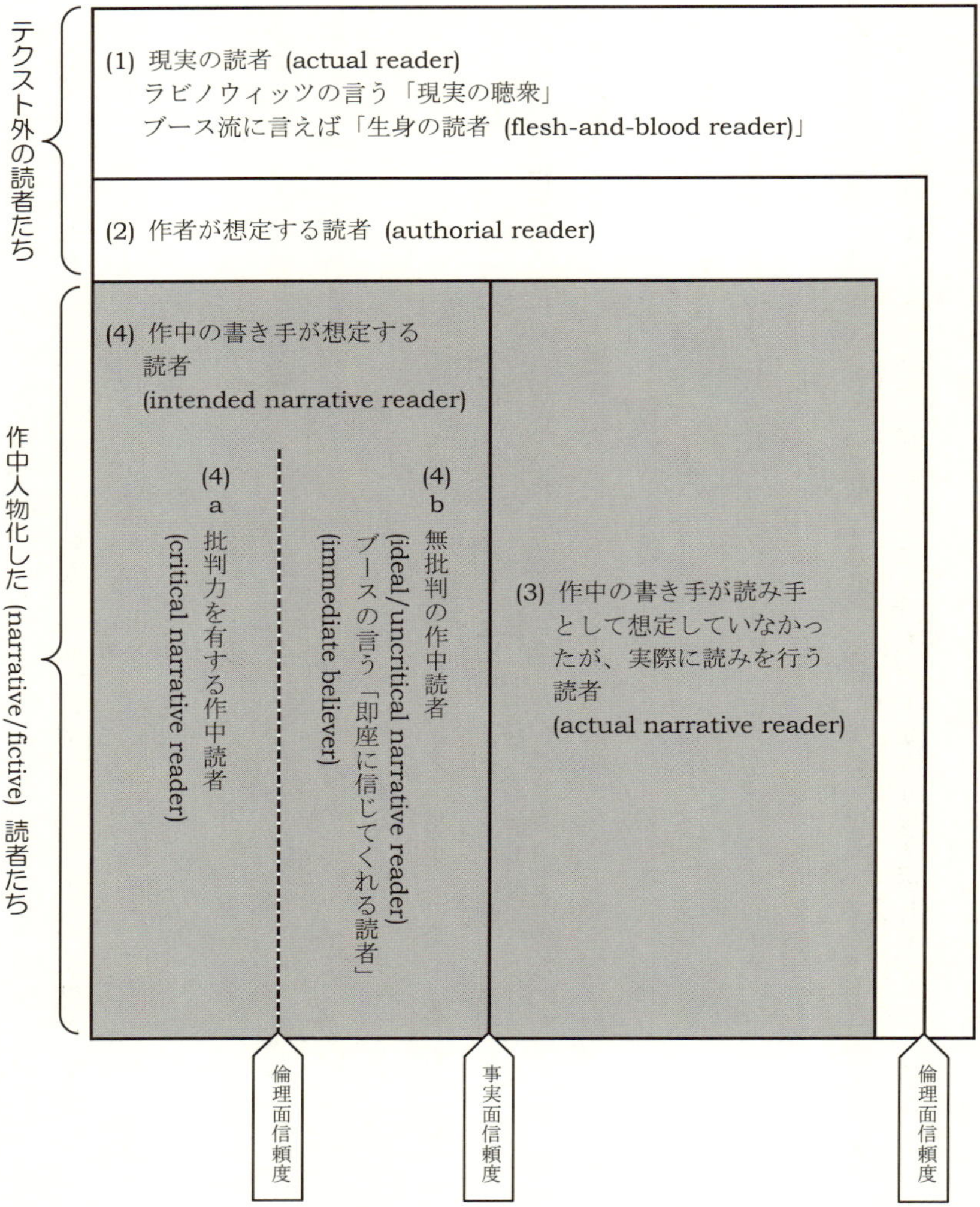

図２　作中に書き手と読者がいる場合の読者区分

灰色の部分が作品内世界である。なお、(2)と(3)は往々にして重なり合うし、また(3)と(4)aを同一人物が兼任することが少なくないことも、すぐに了解していただけると思う。そうした場合は、語りの事実面の信頼度と倫理面での信頼度が、二つとも一挙に争点化されうる構図になっている、ということになるだろう。

小説家ゴールディングが『通過儀礼』という小説を書いている、という外側の構造にいったん目を伏せて、トールボットがこの日記を書いているという内側の状況——つまり、図2中の灰色の部分——だけに視界を絞り込んでみると、〈語り手・書き手〉トールボットにとって、第一巻『通過儀礼』での「(4)作中の書き手が想定する作中読者」とは、トールボットが今書いている日記を将来献上する予定の相手、すなわち彼の名付け親ということになる。この名付け親以外には誰も存在しない。またトールボットは、この名付け親に心底心酔しており、それゆえまた、名付け親と自分とはまったく同じ価値観を共有していると信じて疑わない。つまりこの時点のトールボットの頭のなかでは、(4)イコール「(4)b無批判の作中読者」なのであり、「(4)a批判力を有する作中読者」の存在する可能性は、トールボットの念頭では皆無である。さらに言えば、彼にとって(3)という想定外の読者もまた、存在していない。書き手トールボットにとって、あらゆる読み手は、(4)bたる名付け親の影に覆い尽くされることになる。

そのために事情は込み入ってくる。「何事も包み隠さず、すべてを語り聞かせてくれよ」という要請に従って、トールボットはまず、出来事を正確に一つ残らず伝達するという意味での「信頼できる語り手」になることを目指す。ラビノウィッツの整理を転用するならば、事実関係にかかわる語り手の信頼性は、(3)と(4)のあいだのギャップとして表出し、他方、倫理的な意味での語り手の信頼性は(4)aと(4)bのあいだで表現されることになる。つまり、もしも作品中に(4)aという批判者がいるなら、その人物が、語り手の倫理的信頼性の指標となるわけだ。だがトールボットのケースでは、(3)から(4)bまですべてが同一人物に押さえられているから、ギャップの生じようがないのである。そのため、語り手の信頼性の問題がそもそも表面化しづらい構図になっているのだ(4)。

したがって、私たち「(1)現実の読者」が語り手の信頼性を検討するには、それ相当の洞察力と読解力が求められることになる。表面化しづらいだけでなく、事実を語るという意味での信頼性と、倫理や道徳という意味での信頼性とのあいだに、奇妙な混乱が生じかねない可能性が、ここには含まれているからである。

しかも、話はここで終わらない。このあと見ていくように、『海洋三部作』は、巻を追うごとにトールボットが「作中読者」相当者を交替させていく、という構成をとっている。これが問題をさらに複雑にする。事実面に関する信頼度の表現と、倫理面に関する信頼性の表現の、両方にとっての境界線を含む「(4)作中の書き手が想定する作中読者」が、変化してしまうのである。であれば、それに伴って、語り手の信頼度の性質も微妙に転換していくことになる。

信頼できる語りを展開するために、事実性と倫理性のどちらを選ぶか。いわばトールボットの執筆行為は、「書魔」・〈書くことの魔性〉と結託した「すべてを隠さず書き尽くす」という衝動と、「フェア・プレイ」精神が後押しする正義と倫理判断のあいだを、危ないバランスと難しい選択で揺れ動くのである。その動揺のなかにトールボットの人間性が立ちあらわれる。

3

第一巻では、トールボットはもっぱら名付け親に宛てて文章を綴ってきた。第二巻『密集』でもトールボットは日記をつけ続けるのだが、今度の日記は一転して私的なものとなる。トールボットは、サマーズ副艦長に次のように述べている――「これは前の続きじゃなくて、新しい試みなんだ。今度の日記は、航海の記録で一杯になったら、僕の手もとに置くだけにして、誰にも見せないつもりだ」(Golding, CQ 243)。

こうして「(4) 作中の書き手が想定する作中読者」の役は、『通過儀礼』での名付け親から、『密集』ではトールボット自身へ交替した。しかし、相変わらずその「作中読者」は、実情としては「(4) b無批判の作中読者」でしかないように見える。トールボットという書き手に対峙する読み手は、「無批判の作中読者」ひとりしかいない。そんな状況のままでは、倫理性の問題が表面化することは望み薄だろう。ベアトリス・ディディエ(Beatrice Didier)の『日記論』によれば、日記を書く者は自分の内部に向かって進んでいくのであり、その内部とは「日記のおかげで発見し発達させることができる――あるいは創造することができる、と懐疑的な人は言うだろう――幸福な内面性」という、自分にとって心地よい姿をした自我なのだが、「日記作者たちがおのれの自我を表現するとき、結局は誤った視点にとらわれている」のである。なぜなら、「問題は、隠蔽されているかのような自我を表現することではなく、言語活動、つまり書かれたもののおかげでひとつの統一性、ひとつの全体性を創造することにあるから」(ディディエ、一〇九頁、一三九頁)だ。

しかし、じつは『海洋三部作』はそのとおりには進まない。トールボットは必ずしも、「幸福な内面性」という「ひとつの全体性」のなかに安住し続けるわけではない。むしろ彼は、「(4) a批判力を有する作中読者」としての性格も、帯びるようになっていくのである。つまり、分類図のどこに固定的な位置を占めるかを見るだけではなく、図のなかのどこからどこへ向けて動くのかという移動方向を見ることによっても、トールボットの倫理性の度合いは測ることができるのだ。

ラビノウィッツの理屈を借用するなら、トールボットの語り手としての信頼度を倫理面において表現するには

――つまり、日記作者の「誤った視点」のどこが誤っているのかを表面化するには――「(4)a批判力を有する作中読者」を何らかのかたちで導入しておいて、「(4)b無批判の作中読者」しかいない場合の状況との相違点と、相違の程度を見せる必要がある。「無批判の作中読者」ではないタイプの「作中読者」が作品のなかに出現するときはじめて、語り手の語り行為の倫理性という問題に光が当たる。

アメリカのロマン派文筆家エマソン(Ralph Waldo Emerson)は、一八四一年の随筆「友情」("Friendship")に、「人は誰しも、ひとりのときは誠実である。ふたり目の入場とともに、偽善がはじまる」(Slater 119)と書いた。ほかならぬその変化を、逆向きかつ遡及的に観察することが、『海洋三部作』が第一巻から第二巻に移行する際に起こることである。

第一巻『通過儀礼』が名付け親宛ての日記で、第二巻『密集』がトールボット本人宛ての日記に切り替わったという変化は、「無批判の作中読者」の役割がバトンタッチされたことを示している。だが、単にそれだけではない。マッカロンは、その影響が「自分の文学的知識をひけらかしたい〈中略〉という持続的衝動からトールボットを解放し、さらに、自分が実際に面と向かっている媒体について、より深く沈思するようにトールボットを仕向けている」(McCarron, *Coincidence* 104)と指摘する。自分が書く書きものについて沈思するという行為には、解釈し、批判もする読者になるという側面がある。つまり、ここでトールボットには、〈読者〉としての役割が与えられたのである。そして第二巻冒頭のトールボットも、自分が書いた第一巻の記載内容に対し、批判的な読み手として内省的になっている。トールボット本人のことばに耳を傾けよう。

名付け親を楽しませそうな警句をひねろうと頭のなかを探し回ったり、婚礼用の肖像画を描いてもらうときの花嫁よろしく、映りのいい角度でしっかり顔を見せようと画策したり、そんなことをする必要はもうないのだ。名付け親閣下に宛てた日記では、ひょっとしたら僕は正直に書きすぎたのかもしれない。だから、僕がいかに高潔な人間であるかを閣下に納得させるどころか、僕が書いたことばの意味を閣下がそのまま真に受けて、自分の愛顧にはふさわしくないことが自ら露呈している、と確信させる結果になったとしても無理はない、と時には思えるくらいだ。〔中略〕僕は馬鹿だった。いやそうじゃない。計算違いをやらかしていたのだ。(Golding, *CQ* 252)

こうして、第二巻の冒頭において、第一巻のテクストに対し、トールボットという「(4)a批判力を有する作中読者」が新しく供給された。〈読み手〉トールボットは、第一巻に対する批判的な読みを展開し、名付け親からの愛顧を保持するための粉飾という、倫理的に問題のある行為をそこに読みとっていく。加えて、この段階のトールボットにはかなりの思考の深化も見てとれる。自分は、ある面では名付け親を(4)bとして配置し、無批判に自分の文章を読ませていたつもりだったのだが、かえってそのせいで、別の面すなわち倫理にかかわる面で彼を(4)aとして配置してしまうという愚行をしでかして、皮肉な結果を自ら招いてしまうところだった——トールボットはこのような洞察をめぐらせるまでになっているのである。

4

だが倫理問題は、さらにめまぐるしいほど複雑だ。トールボットは、事実伝達の点で信頼される語り手になろうと張り切ってしまい、書くことに我を忘れて夢中になりすぎたあまり、等身大ではない姿をさらす虚偽を働くことになった、と言っている。書き方が「正直すぎ（too honest）」であるが故に、等身大の人間像が隠されてしまった、という逆説的な表現は、トールボットの打算という非道徳的な性向の証左となるだけではない。そういったレベルを軽く超えて、書き手の身の破滅さえ招きかねない、〈書くことの魔性〉の力が、ここに作用していたことをも、物語っている。

この点を逆向きの事例からも観察しておこう。第一巻には、この日記とは別に、トールボットのペンによるテクストが、まもなくもう一つ産み出されることが示唆されていた。コリー牧師の死を彼の妹に知らせるために、上陸後トールボットが書く予定の手紙のことである。コリーは、乗組員から嘲罵と虐待を受け続けたあげく、赤道通過祭の無礼講のなかで無理に泥酔させられ、破廉恥な痴態を公衆の前で繰り広げてしまい、自分の恥辱に耐えられず食を絶って自殺する。その顚末をコリーの妹に手紙で知らせることになったトールボットは、事実をそのまま伝えるのはあまりに残酷だと考え、「一片の真実すらない手紙！」（Golding, *RP* 238）を書くことにします——と、名付け親宛ての日記に記している。

手紙の具体的な内容が小説中に明示されることはない。だが、この手紙を巡る書き手と読み手との構図なら明確に想像がつく。つまり、書き手トールボットにとって、彼が書く虚偽のテクストをそのまま真実として受けとるであろうコリーの妹が、「無批判の作中読者」である。そして、想定のうえでは、トールボットとコリーの妹のあいだのやりとりを(3)あるいは(4)aとして俯瞰的な立場から読み、そのやりとりが虚偽だと知る、そういう位置にいるのが、名付け親である。

これで書き手トールボットの倫理的問題点を糾弾するお膳立てが、構図のうえでは整ったわけだが、話は一筋縄ではいかない。ここでは、虚偽を語り事実をすべて伏せておく、という、事実関係の情報伝達という側面においては信頼の置けない行動をとった語り手トールボットが、まさにその非信頼性によって、コリーの妹へ対する気遣いという倫理面の気高さと信頼性を証明しているのだ。事実面の非信頼性と引きかえに、倫理的信頼性の高さを、トールボットの語りは獲得する。構図上に「(3)作中の書き手が想定しない作中読者」(および「(4)a批判力を有する作中読者」)を配置したことで、コリーの妹宛ての手紙というテクスト作成の場におけるトールボットの倫理性が、かえって浮き彫りにされるのである。

ここまでの議論を踏まえれば、第一巻『通過儀礼』において、トールボットが、航海中コリーが書き溜めていた手記をコリーの死後に発見し、これを読むという行為に及んだときの作中書き手・作中読み手の構図を、作者ゴールディングがどう作り上げていたのかも、おのずと了解されるだろう。あのとき、〈書き手〉としてのコリーは、第一義的には自分の妹や、そしてときには神を「(4)b無批判の作中読者」としていたが、作品世界の外側からゴールディングが、そこに想定外の(3)(および「(4)a批判力を有する作中読者」)としてトールボットを闖入させたわけだ。闖入者トールボットはコリーの文章から、コリー自身が気づいていなかった潜在的男色願望までを読みとり、深い感慨にひたる。[5]

トールボットは、コリーが死に至った経緯に対する判断を、自分の「無批判の作中読者」である名付け親にゆだねるため、コリーの手記を自分の日記帳に膠で貼付する。これが事実伝達のうえでも正義感のうえでも最善の方法だ、と考えたためである――「私はこれを隠蔽したりはしません。正義――英国法における自然正義、[6]という意味です〔中略〕――に向かう唯一の道を選びます。すなわち、この証拠を閣下の手に委ねようと思うのです」(158)。

ところが、である。皮肉にも、このコリー兄妹への配慮という点が、今度はトールボットの倫理的信頼性の欠陥を暴露することにもつながってしまう。そこに働く暴露の力はまたもや、「作中読者」の切り替えが生む力なのだ。

第二巻『密集』は、第一七章を最終章として、まだニュー・サウス・ウェールズへの航海途中という段階で終わるのだが、その直後に「追而書《おってがき》（*Postscriptum*）」と題された十ページほどの一節が添えられている。この「追而書」を執筆した時点は、「私の日記本体の末尾とこの追而書のあいだには、かなりの時間の隔たりがある」（Golding, *CQ* 477）というトールボットのことばが示すとおり、第一七章からかなりの時間――おそらくは三、四週間[7]――が経過した後である。ここでトールボットは、日記形式から回想録形式へと書き方を変えている。彼は、「あたかも艦内で書かれたものというふうに見せかけて、いわば回顧的に日記をそのまま書き続ける」という弥縫策は選択しなかったと証言し、その理由を、「時間の隔たりが大きすぎた。そのような試みは〔中略〕まったく不正直な行為だろう。〔中略〕文体も変わってしまうだろう。直裁性も失われてしまう。〔中略〕第一巻は、コリーの痛ましい未完の手紙を組み込んだことで、得られるものが大きかったのだ、と僕は気づいた」（477）、としている。語り手としての〈フェア・プレイ〉を強調しているわけだ。[8]

　一方「追而書」には、「読者は、少なくとも私は、航海を生きて乗り切ったということを見てとっていることだろう」（476）ということばも書かれている。この「読者」という呼びかけが示すように、航海が完了して「追而書」が書かれた時点で、「作中読者」はまた変更されているわけだ。トールボットは、「自分のためだけに書くと、何度か口にし、しばしばそのように考えていたのだけれども、それよりももっと頻繁に、私は自分がこれを誰に宛てて書いているのだろうと不思議に思ったことがあった」（478）と告白し、[9]「半分本気で、公刊したい、という気持ちになっている！」（478）と宣言、航海の残りの記載を第三の巻とする三部作をものして、それを「そこら辺の普通の物書き」（478）のように公刊する、という企画を意識しはじめる。トールボットは、自分が想定する作中読者について、「私に近しい人たちだけでなく、もっと広汎な読者層」（478）とも書いているから、じつは第一七章以前からすでにして、日記の読者を自分ひとりとは考えなくなっていた、という可能性すらある。

しかし、トールボットが三部作としての公刊を構想しており、しかも関係者が存命している時点なのに公開を企画しているという点には、[10] 眉をひそめざるを得ない。それは、第一巻『通過儀礼』に書かれている内容をも、公表するということになるからだ。『通過儀礼』に書かれているコリーに関する記述——そこには虐待を記録したコリー本人の悲痛な手記も膠で貼付されたままだ——がもたらすだろう衝撃を考慮すると、近日公表を企画するトールボットの倫理性は、非難されて然るべきレベルにある。実在の人物を書く際の倫理的問題——『エジプト日記』出版に際して生じたアラア青年とのトラブルに、遠くで通底しているような問題——が、ここには存在している。

トールボットは、想定する読者をすべて「(4)b無批判の作中読者」だと思い込んでいる。だが、コリーの妹が兄の手記を読むことになれば——すぐ後の節で見るように、トールボットは航海終了の数年後にはもう出版社探しを開始しており、コリーの妹が兄の死の記憶もまだ鮮明な頃に兄の手記を読まされる展開になる可能性は、決して低くなかった——その展開自体が、一種の「(4)a批判力を有する作中読者」として機能し、トールボットの倫理問題を暴く働きをしたことだろう。太平楽なトールボットはこの可能性にまったく思い至っていない。トールボットは第一巻ではコリーの妹の遺族感情を気遣っていた。第二巻第一四章末尾で、コリーが受けていた仕打ちの詳細を水夫ウィーラー（Wheeler）から聞いた後も、自分ではこれを書かない——「情報の性質からして、この日記に記すことは見送ることにする」（427）——と遠慮した。トールボットのそんな倫理的高潔さは、同じこの第二巻の末尾で姿を消してしまう。公刊に意欲満々のトールボットの態度には、「書くことの魔性」に取り憑かれ、体験したことをすべて吐き出さずにはいられない、事実伝達者としての信頼性のみを過剰に優先する姿しか見えない。

5

第三巻『底の燠火』は、「追而書」を引き継いだ回想録形式で書かれている。では、この巻をトールボットが書いた執筆の現時点とは、いつだろうか。じつはこの第三巻では、それを厳密に見定めることができないような書き方が採用されている。そして、テクスト執筆の現時点がいつなのかが曖昧、という問題に連動して、作中読者もめまぐるしく交代していく。その連動には、トールボットによる操作の痕跡も残っていることがあって、この痕跡もまた、トールボットの信頼性を判断する材料を私たちに提供してくれる。

この巻の第一九章が報告する内容の一つは、南極海航海中に遭遇した巨大氷壁のことを本に書く前にきちんと科学的事実の確認をしておきたいからと、トールボットが大学教授に問い合わせをした、その結果である。つまり、出版計画が進行中の頃だ。教授からは、南極に大陸が存在する可能性と、「君の書いた記述を出版するなんていう軽率な人間」(Golding, *FDB* 629) が存在する可能性を、まとめて一笑に付され、トールボットはその嘲笑を甘受している (692)。ちなみに史実によれば、南極大陸が西洋人に確認されるのは一八二〇年のことである。ここから、第三巻第一九章は一八二〇年よりも前の時点に書かれたものと設定されている、と推定できる。ということは、このときトールボットは二〇歳代後半、もしくはそれよりも若い、ということになる。前に見たように、出航時のトールボットは二一歳前後、そして航海には一年弱を要したということだから、航海終了からほんの数年後というわけだ。

そのあとの第二一章の冒頭には、出版が実現しないことについてトールボットが「イングランドの出版業者の腰抜けぶり」(709) をなじる言葉がある。さらに、つづく第二二章には、くだんの南極の氷壁に衝突しかけた冒険をトールボットが「つい先日」「再読」(726) し、その描写をやりなおしたいと感じた、と書かれている。第二二章も、一般大衆に宛てた公刊に向けて意気軒昂な時期の書きものだと見ていいだろう。

こうして、部分部分でなら執筆時期の推定は可能なのだけれども、いざ第三巻全体について、これをトールボットがいつ書いたのかを一々同定しようとすると、これがきわめて厄介なのである。その原因はまず第二三章にある。

トールボットはこの章でも、「つい先日」(736) に起こった出来事を、二件記録している。一つめは、あの航海をともにしたオールドメドウ (Oldmeadow) から手紙が届いたということ、もう一つは、航海の体験談をまたぞろ持ち出して首相を辟易させた――「なあトールボット、その航海の話をするときの君は、いまいましいくらいのうんざり野郎になってきたぞ」(736) ――一件である。この二つの「つい先日」の出来事が、混乱を招く元凶なのだ。

航海当時、オールドメドウはトールボットと同じ年格好の「長身の若い陸軍士官」(Golding, *RP* 41) だったが、航海後だいぶ経った今では「当然、孫もいる」(Golding, *FDB* 736) という年齢に達している。トールボットも相当の高齢に達していることが、これで判明する。

高齢者に似つかわしく、トールボットは自分の記憶力の減退を愚痴ってみせる。第二三章の冒頭は「それから後は？　最近は物忘れがひどくなって、それが困りものだ」(736) というものだし、「つい先日」読んだオールドメドウの手紙の中身でさえ、「オールドメドウが書いていたのは――ちくしょう、一体なんと書いていたっけ？」(736) という具合で、どうにも覚束ない。航海の乗客の名前もなかなか思い出せないし――「それよりも以前に手紙も来ていた、差出人は、ええと、ご老体のミスタ・ブロックルバンクだった」(737) ――オーストラリア大陸暮らしの記憶同様、航海の体験も、今では事実かどうか完全には確信が持てていない様子だ――「思うに、すべては実際に起こったことなのだろうし、あの航海も、現実だったのだろう」(736)。

このようにトールボットは、事実伝達の面で自分は「信頼できない語り手」になってしまった、と盛んに喧伝する。しかも、事実関係の正確さを点検するために再読する気力ももはや失った――「もう再読することはないだろう」(736)――と言い、読み手からの信頼を回避する姿勢を前面に押し立てている。

信頼性低下の原因は老齢だ、と主張するトールボットは、それを強調するかのように、「(4)作中の書き手が想定する作中読者」も切り替える。第二三章では、トールボットの「まだ生まれていない我が読者たち」(750)は、自分の末孫たちである。そして第二三章は、末孫というその読者(「(4)b無批判の作中読者」と呼んでもいいだろう)に向かって、自分と婚約者マリオン(Marion)の幸せな一瞬を活写してみせる。マリオンのことを「おまえたちの曾曾曾曾曾曾祖母」(751)と表現しつつ、彼女がトールボットの腕の中に飛び込んでくるという、絵に描いたように甘美なハッピー・エンディングをつづって、この第二三章は終わっている。

しかし、航海についてのトールボットの記憶が寄る年波のせいで衰えている、という点には疑義がある。確かに、第二三章のトールボットが第二二章のトールボットより年老いたことは間違いないだろう。しかし、航海の記憶は、第二三章を書きはじめる時点では、まだ鮮明だったはずだ。でなければ、「つい先日」航海についての長広舌で首相をうんざりさせることなど、不可能である。

トールボットは事実伝達面での自分の信頼性が低下していると主張したがっているが、その理由とされる耄碌というのは、口実にすぎない。これが口実であることを暴くには、トールボットが持ち込もうとしない「(4)a批判力を有する作中読者」になり代わって、私たち、すなわち「(2)作者(=ゴールディング)が想定する読者」と自分を重ねる「(1)現実の読者」の出番となる。

第二二章と第二三章のあいだにはかなり長い年月の隔たりがあり、そこでは「作中の書き手が想定する作中読者」が存在する時点を百数十年分変動させる、という大きな変更も生じていた。にもかかわらず、トールボットはこの章のあいだがスムーズに連続しているかのような粉飾を施していた。私たち(1)および(2)のタイプの読者は、その粉飾を見破らねばならない。

トールボットは、第二三章の幸せな結末について、「あの〈おとぎ話〉(the 'fairy tale') の結末」(747) というふうに、定冠詞と引用符付きで表現している。これは、第二二章冒頭で「おとぎ話が知らぬ間にはじまっていた、というわけだった！ (a fairy story had begun!)」(726) という文言を書いていたことを承けたからであり、その連続性を、定冠詞によって文法的にも読者に意識させるためだ。また、第二三章は「それから後は？ (And then?)」と、前章からの流れを意識させるセンテンスで幕を開けている。これもやはり連続性の演出である。第二巻「追而書」で「直裁性」の粉飾を避けていた高潔さはすでに姿を消している。第二三章執筆開始時のトールボットは、擬態という不公正に手を染めているのだ。

トールボットは、「(4)作中の書き手が想定する作中読者」と「(4)b無批判の作中読者」を区別しないという方略により、「(4)a批判力を有する作中読者」を除外した。(4)aと(4)bのあいだに浮かび上がったであろう倫理的信頼性の怪しさを、埋没させたのである。私たち(1)および(2)のタイプの読者は、その方略に惑わされてはならない。「(3)作中の書き手が想定しない読者」が存在しない場合、(2)と(4)のあいだで表現可能なのは、事実関係における「語り手」の信頼性の問題である。読者はまずそれを活用して、事実伝達者としてのトールボットの信頼性の低さを詳しく見抜く必要がある。高齢という口実を事実関係において否定し、そして次にその成果によって、今度はトールボットの倫理的問題を検証するのである。彼は、本人が申告するような、事実伝達面での「信頼できない語り手」というだけではなく、倫理面における「信頼できない語り手」なのだ。

6

しかし話にはまだ続きがある。第三巻『底の燠火』は、第二三章では完結していない。同章で粉飾的演出を凝らし、せっかく幸せな大団円を設けたにも関わらず、第三巻の最終章の座は、第二四章に譲っている。この、ごく短い第二四章が、きれいに整った結末をざわつかせる。

第二四章は、第二三章で言及されていたオールドメドウの手紙を受け取った当日のことと、そして、その夜にトールボットが見た夢の内容を記した章である。つまり、あのオールドメドウの手紙を読んだ日のことを、「つい先日」のこととして回顧できるようになる時点よりも、数日過去の時点のことが書かれているのである。時系列的に並べ替えるならば、第二四章は、第二二章と第二三章のあいだに置かれるべき章なのだ。

オールドメドウの手紙は、プレティマン一行が理想社会建設を目指してオーストラリア奥地へ分け入っていく最後の姿を、トールボットに伝えるものだった。トールボットは手紙を読んだ同日の夜、悪夢を見る。自分が首まで地中に埋められ、それを尻目にプレティマンのキャラバンが祝祭気分で密林へと進んでいく場面を見て、うなされて戦慄きながら目覚める。そして、航海中にプレティマンの活動への参加を促されたのに応諾できなかった、自分のそんな迷いを再体験する。

この夢と追憶の衝撃をトールボットは現在時制でこう記録する——「あれがただの夢以上のものであってほしくはない。もしそんなことになったら、私にとって正気や安全と同義であるこの宇宙とは、似ても似つかぬ宇宙の中で、人生を一からやり直さなければならなくなるからだ」(752)。『自由落下』のサミーにとっては、恐ろしくもあり恩寵でもあったパターンの積んで崩しという反復、あるいは、前章で多用した比喩を用いて言うなら、長年かけてせっかく刻んだ足跡をかき消されて、雪で輝く茫漠たる平原にまた連れ戻されること、これをトールボットはただただ恐れるのである。

第二四章に記録された内容は、彼の精神の「正気や安全」の基礎を脅かす性質と強度をもっている。それがトールボットに与えたショックが悪夢を招き、トールボットのペンを一時的に止め、トールボットの記憶力を一時的に減退させたのだ。あるいは少なくとも、記憶障害のふりをしてでもこの追憶を遠ざけたい、という強い欲求をトールボットに持たせる結果にはなったはずだ。昔書いたものを読み返す気持ちも、それで霧散した。トールボットは、第二四章を書くことをいったん回避して、第二二章のすぐ後に第二三章を配置し、継ぎ目をわからないように糊塗したうえに、「嘘っぱちのハッピーなエンディング」（Crawford 195）でこの本を一度締めくくった。そこに見えるのは、第二四章の悪夢の衝撃を前に、事実伝達もフェア・プレイの倫理性もかなぐり捨てる〈信頼できない語り手〉の究極の姿であるように思われる。このように、第二四章が、第二二章と第二三章のあいだに存在していない、という事実は、なるほど確かに、信頼できない語り手トールボットの欺瞞的操作の痕跡ではある。

しかし、秘匿されたはずの第二四章は、畢竟するところ第三巻の締めくくりとして現存している。そして、大団円を一部破綻させている。この事実もまた、私たちは重く受けとめてやる必要がある。トールボットが思い出させられたプレティマンに対する後ろめたさが、トールボットに恐怖をこらえさせ、第二四章を結局書き足させたのである。

これは、トールボットのフェアな精神が、ぎりぎりのところで顔を出した結果だと見てやってもいいのではないだろうか。

ひょっとするとそれは、制御不能な〈書くことの魔性〉がフェア・プレイ精神と合体したということかもしれない。ここにおいて、語り手としての信頼性の二局面——事実を漏らさず書き尽くすことと、書くことへの倫理的判断を適切に揮うこと——は、微妙にずれながらも重なり合う。フェランは信頼できない語り手の問題を、読者を語り手から心情的に遠ざける（estranging）効果をもつ非信頼性と、近づける（bonding）効果のある非信頼性に分類し（Phelan 9）、そのうえで、この二つが「組み合わせ」（20）で複雑に作用する事例を、ナボコフ（Vladimir Nabokov）の『ロリータ』（*Lolita*）に見出していた。これと同様の複雑な複合作用が、トールボットの語りにおいても発生していると言えよう。

『底の燠火』第二四章は、第二巻前半に戻ったかのような私的な日記体で書かれている。これは、第二三章のテクストが「親愛なる読者諸氏」「読者」「我が読者たちよ」などと（Golding, *FDB* 747, 749, 750）、作中読者への直接の呼びかけを連発していたのとは好対照をなす。第二四章には、その代わりに、日記体としての「直裁性」の感触がもたせてある。トールボットは、いったんはこの「直接体験性」「即時性」を恐れて第二四章を隠匿しようとしたものの、考え直して、この章の恐るべき「直裁性」をそのままに記録して対峙したのである。本書第一〇章第5節で、『ペーパー・メン』を読み解くうえでのかすかな可能性として、リックが、自分にとって不都合な手記をあえて保存した、という読み方にふれたが、トールボットは、いま述べたリックの仮説上のあっぱれなふるまいと同様の行為を、しっかり実行に移しているわけである。

ゴールディングは、日記という書きものの特性について考察した「内密の関係」（"Intimate Relations"）というエッセイを一九八二年に発表している。[11] そのなかでゴールディングは、サミュエル・ピープス（Samuel Pepys）の日記を評して、「不正直さの正直な記録、隠さねばならないことの自己暴露」（Golding, "Intimate" 110）と述べた。トールボットが書くことを選択した『底の燠火』最終章が日記体でつづっているのは、まさに「隠さずにはいられないことを自ら露呈する、不正直さの正直な記録」なのだ。

7

第二巻「追而書」で、私的な日記から脱却したときのトールボットは、「読者よ、私を責めないでほしい、だって、意思を交わすことを願わぬままに物を書く人間など、かつていたためしがあるだろうか？　読み手の存在を否定することばを書いているときでさえ、そのことばを読む読み手を想定しているものだ」（Golding, CQ 478）と書いていた。この理念は、バフチン流のダイアロジズムを強く連想させるのだけれども、これに従えば、きわめて私的な日記として書かれた三部作最終章にも、自分という「無批判の作中読者」とはまた別の、作中読者が想定されている、とは考えられないか。

そしてひょっとしたら、その作中読者とは、プレティマン夫妻なのではあるまいか。コリーは自分の手記の読者を妹と設定していたが、同時に、現世を越えた神に宛てて書くこともあった。ゴールディングがエッセイ「内密の関係」で述べたように、私的な日記の書き手と読み手の、「人が自分自身に話しかけているものと定義されることもあったほど、きわめて内密（intimate）な関係」は、「人間が神に対して抱く感覚（the sense that men have of God）」へとダイレクトに発展しうるものである（Golding, "Intimate" 110）。それと同じように、今では消息もまったく不明で、二度とまみえることもないだろうプレティマンたちではあるが、トールボットは、超越的な理念と化した彼らを「批判力を有する作中読者」として配置し、彼らがこの第二四章に対して突きつけるであろう批評と向き合って、彼らを相手にダイアログを試みている。その試みが、トールボットの人間性の基底に息づく、「信頼できる語り手」としての倫理的高潔さを、かろうじて証明する。

第一巻の作中読者だった名付け親は、出航前のトールボットに向かって「おまえをとおして人生をもう一度味わわせておくれ！」と依頼したが、一方でプレティマンから目を離すな——「ところでな、トールボット。〔中略〕あの男から目を離すなよ」（Golding, *FDB* 648）——と指示していた。かなり能天気なところのあるトールボットを密偵としてうまく利用し、階級秩序にとって不都合な危険分子プレティマンをこっそり監視しようという、謀略があったからである。

名付け親からのこの不公正な依頼を、トールボットは第三巻の結末第二四章において、大きく変質させたうえで実行している。トールボットは、プレティマン夫妻を相手にしてこの依頼を公正なかたちで履行し、プレティマンたちと対面し続ける。トールボットは第二四章を隠匿せず書き記し、明文化して自分の目の前に突きつけることで、プレティマン夫妻と、この夫妻の記憶が糾弾する自分の不公正な打算から目をそらせない状況に、我が身を置いている。そしてトールボットは、みずからの精神衛生を危険にさらしてでも、自分が書いたものがプレティマンたちに読まれることを思い浮かべ、彼らを「作中読者」とし、親密で内密な対話の相手とすることで、まさに自分の存在を「とおして」プレティマンたちをよみがえらせ——live again させ——そして生き長らえさせている。三部作を書き上げた〈語り手・書き手〉トールボットの「真正な倫理的自我の基盤」（Stape 226）を判断するというのであれば、私たち「現実の読者」が判断の指標とするべきなのは、〈書くことの魔〉、〈読むことの魔〉そして〈読まれることの魔性〉に導かれた、この行為の意義なのである。

（1）キンケイド＝ウィークスとグレガーは、航海開始時のトールボットの年齢を二一歳くらいと見積もっている。Kinkead-Weekes and Gregor, 3rd ed. 296 参照。

（2）ここでディックはヘンリー・ジェイムズを引き合いに出している。ジェイムズ流の視点観については、本書第一章第2節を参照されたい。

（3）フェランは語り手の「信頼性のなさ」を三種類に分類し、「事実や出来事の軸」と「理解・知覚の軸」と「価値観の軸」とに沿った分析を提唱する（Phelan 10）。妥当性のある提唱だが、読者選択との関係性があまり定式化されていない憾みがある。

（4）よって、ときおり印象が鮮烈な劇的アイロニーを仕掛けて、図2の白色部から灰色部に向け突破口をこじ開けるなどの必要が生じるのである。

（5）ここで、『海洋三部作』の「(1) 現実の読者」たちの多くが、サマーズの同性愛性向を読みとり損ねた、という、本章第2節でふれた一件を振り返ってみるのも興味深いことだろう。これはちょうど、トールボットがコリーの同性愛傾向をしっかり読みとったことと好対照をなす。つまり、事実関係に関する読解力において、「現実の読者」が「(4) a 批判力を有する作中読者」としてのトールボットに敗北した、という図が成立するのである。これでは、いちばん外側から諸事情を俯瞰してトールボットの信頼性をうんぬんする資格はないことになるわけで、「現実の読者」としては面目丸つぶれだろう。

（6）英国法における「自然正義（natural justice）」の原則とは、「利害関係にある者は裁きに参加しないという原則（*nemo iudex in causa sua*）」と、「双方の言い分を聞くという原則（*audi alteram partem*）」の二つを指す。

（7）『底の燠火』に書かれている航海部分の記述を点検すると、そこには「夜が明けた」「二日かかった」などと経過日数が明示されているところだけでも、合算すると十四日間分あり、他に「数日間」「かなりの日数」などの曖昧な記述が数箇所ある。

（8）その〈フェア・プレイ〉のもととなる認識は、読む行為が発動した省察である。

（9）本書第四章で取りあげた『自由落下』における作中読者の不明確な設定と、それに対する語り手の困惑ぶりについての議論を参照されたい。

（10）同乗の画家ブロックルバンク（Brocklebank）は下船間際トールボットに「ごきげんよう、ミスタ・トールボット。聞くところによると、この航海の記録を、挿絵無しで公刊するつもりだそうだね」（Golding, *FDB* 710）と挨拶している。トールボットは航海中のうちからすでに、早期の出版を目指していたのである。

（11）エッセイ「内密の関係」は随筆集『動く標的』（*A Moving Target*）に収められている。一九八二年に出版された『動く標的』は、ゴールディングが過去に発表した記事や講演録を一九八一年頃からとりまとめていって完成したものだが、「内密の関係」だけは、この随筆集のために書き下ろされたものである。Carey 410 参照。

第一三章　『蝿の王』とビルとビル・ゴールディング

1

ゴールディングは、『蝿の王』という小説においては、作者の意図や計算、細部や暗示的意味をすべてコントロールできているつもりだった。しかし、小説『尖塔』についての第六章の議論で見たように、意味作用をすべて手中に収めているなどという自負や傲慢はいつか突き崩されるものだ、というのが、ゴールディングがのちに到達した境地であった。『自由落下』は、パターン構築の試みは早晩破綻を迎えるという宿命を、正面に見据えて書かれた小説だった。『海洋三部作』はそれに恐怖し、たじろぎつつも、最低限の誠意だけは何とか示しながら宿命と向きあった主人公を描いていた。じつは、完全に作者の制御下に置かれている作品だとゴールディングが豪語した『蝿の王』のなかにも、破綻の芽は潜んでいたのである。

ゴールディング自身、この小説のなかに破綻が一つあったことは認めていた。一九六二年に「寓話」と題して行った講演のなかで、彼は、当初『蝿の王』は、他人に対して人はどれほど残虐な行為に及びうるものなのか、という絶望感を主題とし、それを子ども同士の遊戯の描写に投射した寓話として構想したのだが、サイモンという人物を造形し想像力の赴くままに動かしていたら、当初の作品構想が崩されていった、と述懐している（Golding, "Fable" 87–97参照）。ゴールディングによれば、〈寓話〉という形態は、「厳密に限度を設けたなかでこそうまく作用する」ものであり、そこには緻密な計算が要求されるわけだが、まさにそうした「厳密な統制下」にあるにもかかわらず、というか、統制下にあるからこそ、書き手の想像力が突っ走ってしまうという事態が生じることがあり、そうなるとその〈寓話〉の境界と枠組みは破綻して、「想像力は埒を外れていくことができるようになる」のだという（96–97参照）。そしてゴールディングは、自分としては後者の経験を歓迎するし大切にしたいのだ、と述べていた——「それこそが、小説家に体験してほしいと私たちが期待し願うものではないだろうか？」（97）。

ここでゴールディングの頭にあった「破綻」とは、「キリスト的人物」（97）としてのサイモンのことだった。しかし本章の目的は、右で見た歓迎される破綻とはまた別の、ゴールディングがまったく気づいていなかっただろう破綻を芽吹かせてみることにある。回想者であるゴールディング自身は、サイモンという破綻も含めて、『蠅の王』はこういう作品だったと総括して読みを作り上げたわけだが、『自由落下』で彼が用いた比喩を持ち出すなら、そうして作った「芝生の区画」に、その外から新たな破綻の一撃を加えてみようという魂胆である。ただし、これはゴールディングを嘲弄しようというだけの企みではない。この破綻の芽の根まで掘り下げて、そこにあるゴールディングの深い倫理意識と苦悩を探り当てたいからである。

2

『蠅の王』は、出版後次第に大きな反響を呼ぶようになり、文学研究者の耳目を集め、やがて英米の大学・高校などで教材として盛んに採りあげられるようになった。ニール・マキューアン（Neil McEwan）が一九八一年に報告したところによれば、「世界全体のなかで最も教材にされることの多い小説の一つに違いない」（McEwan 147）という状況だ。大きな要因としてマキューアンは、戦後文学としての「同時代的重要性を備えているという高評価」（147）を有している点とともに、そのテーマが「ヴィクトリア朝風価値観に対する反駁」（147）として提示されている点が挙げている。しかもそのヴィクトリア朝的価値観への論駁が、具体的にある一つの作品との意図的なインターテクスチュアリティを活用して提示されている。そうした点が、教育的読み物としての魅力を高めているのだろう。

周知のように、『蠅の王』の発想材源の一つはR・M・バランタイン（R. M. Ballantyne）による一八七五年の小説『珊瑚島』（*The Coral Island*）であり、『蠅の王』結末部には、この小説へのはっきりとした言及がある。[1] ラルフらを救助する海軍士官が、これまでこの島の子どもたちが体験したであろう「とっても楽し」げな孤島生活を、かのヴィクトリア朝期の少年冒険小説にたとえてみせ、二作品間の相互関連性を読者にまごうことなく伝えている――「わかるよ。とっても楽しくやってたんだね。珊瑚島みたいにね」（Golding, *LF* 223）。

つまり、『蠅の王』には、ゴールディングが『珊瑚島』をどのように読んでどのように解釈したのか、という結果から生まれてきた作品だ、という側面があるわけだ。そうして『珊瑚島』のうえにゴールディングが盛りつけた解釈に、ある種の作為を嗅ぎとる目利きの読者もいる。なかでもポストコロニアニズムに関する意識が高い読者は、特に鼻がきくようである。

右で引いたマキューアンは、『蠅の王』を賞賛するあまりに『珊瑚島』の価値観を過剰に単純視するナイーヴな読者の傾向――「過剰に単純視する強い傾向」（McEwan 150）――に対して警告を発した。また、坂本公延は当のゴールディング本人のなかに、『珊瑚島』の単純化という作為性を見てとっている。講演「寓話」でゴールディングは、一九六一年にカール・ニーマイヤー（Carl Niemeyer）が発表した『蝿の王』評を引き合いに出している。そのうえで、ゴールディングはニーマイヤーに便乗するかたちで、『珊瑚島』の楽天的価値観――子どもは無垢だとか、白人が非文明人より優越するとかいうことを、きわめて無邪気に信じる価値観――を指弾した（Golding, "Fable" 88-89 参照）。[2] けれども坂本の指摘によれば、実際には、ニーマイヤーは記事のなかで、「バランタインが子供っぽい性質に内包された或る暗い相に気付いていたことを暗示」（坂本、三五頁）する内容の一節も書いていた。しかしゴールディングはあえてバランタインの気づきには頬被りをし、『珊瑚島』の価値観を単純化して示したのだ、という。坂本はその作為を「不可解」と評し（三九頁）、「二人の作家の視力の広さと深度の相違は認めねばならないが、〔中略〕この二人の作家の目は同じものを眺めていた」はずだ、と書く（四一頁）。

この線にしたがえば、次のような考え方も導き出すことができるだろう。ゴールディングの意図のなかでは、『蝿の王』は『珊瑚島』の価値観を逆転させた作品である必要があった。その逆転した関係を成立させるために、ゴールディングは『珊瑚島』読解において、ある操作を行った。バランタインがもっていた作者としての意図（少なくとも意図の一端）を軽視するか、あるいは故意に誤読するという選択を、『珊瑚島』の読者として行使したのだ――と、そういう構図も、確かに読もうと思えば読みとれる。そのような理解のうえに立てば、一九五〇―六〇年代のゴールディングは、読者が自由に解釈を展開する権利に対しては、自分が「作者」の立場に立ったときは疎ましく思うくせに、読者という立場になるとその自由と権利を大いに享受し、バランタインやニーマイヤーのテクストに対して、彼らの作者としての権威を軽視している、ということにもなろう。そうなれば、ゴールディングのそのようなダブル・スタンダードと作為を指摘するのも、さして間違ったことではない、と言えるだろう――すでに語り尽くされた読み物教材の観さえ呈するようになっている『蝿の王』に対し、百戦錬磨の小説読みが、いま何か意義あるアプローチを試みるとしたら、少なくとも右で述べた程度には、テクスト外部の状況への目配りをしないと、話にならないということかもしれない。

だが、それでも『蠅の王』のテクスト内部には、小さな謎がまだ解明されないままに残っている。そして、この謎の呼びかけに応じて深い読解をはじめるとき、それは作者の意図の完全な埒外へと読者を運び去る可能性を顕現する。しかしまた同時にそれは、その意図を、作者の意表を突くかたちで裏書きもするのである。では以下、この謎を糸口にして、二重の読書体験へ入り込んでみよう。

3

謎の糸口は、舞台となる無人島にたどり着いた少年たちの総数にある。いや、その総数がはっきりわからないように書かれている、という点にあると言いなおそう。『蠅の王』の主要作中人物のひとりピギー少年が愚痴っているように、特に年少の子どもたちが一つところにじっとしていないものだから、全体の人数が明確に把握されることはない。名前すら記録してもらえない少年も、相当数いるらしいのだ。

バーナード・S・オールジーとスタンリー・ワイントラーブ（Bernard S. Oldsey and Stanley Weintraub）は、少年の人数を簡潔に「十八人以上」とのみ報告している（Oldsey and Weintraub 26–27）。では、彼らの調査結果に対し、愚直な追試をすることにしよう。作品中、名前や個別性が特定できる少年たちを、登場順に列挙してみる。まず主人公ラルフが登場、そしてほぼ同時に、ピギーというあだ名の少年が、島の海岸縁に姿を見せる。ラルフが吹き鳴らすホラ貝の音に誘われて、ラルフたち同様に遭難した少年たちが三々五々と集まってくる。そのなかで最初に名前が判明するのは、まだ親指をしゃぶる癖がなおっていない「おそらく六歳くらいの少年」（Golding, *LF* 18）のジョニー（Johnny）である。ピギーは他の子どもたちの名前も次々に聞き出している様子だが――「ラルフは、よく通る短い音を連続して吹き鳴らした。ピギーは集まった子供たちのあいだを動き回って、名前を尋ねては、それを暗記しようと顔をしかめていた」（19）――その名前はテクストには明示されていない。次に名前が出るのはサム（Sam）とエリック（Eric）の一卵性双生児である。そこへ今度は少年聖歌隊の一団が登場する。尊大な隊長の名はジャックで、最年長らしい一二歳のラルフと年齢はおそらくあまり変わらない。ピギーが、ホラ貝の合図の理由を説明して、「だからラルフがミーティングを招集したんだ。これから何をしたらいいか決められるようにさ。名前はもう聞いて回ったんだよ。あいつはジョニーだ。そこのふたりは、双子なんだけど、サムとエリックさ。どっちがエリックだっけ――君か？　あ違うのか、君はサムのほうなんだね――」と、すでに集まっていた面々の名前をだらしなく紹介しはじめると、それを承けてラルフもジャックに向かって、「みんな名前がわかってたほうがいい」と述べる（22）。ジャックがそれに応じて聖歌隊員の紹介を始め、モーリス（Maurice）、ロジャー、ビル（Bill）、ロバート（Robert）、ハロルド（Harold）、ヘンリーといった面々の名前が明らかになる。聖歌隊員のうち、ラルフたちの前に姿を見せるやいなや、疲労と熱気で卒倒してしまうのがサイモンである。第一章で人名が紹介されるのはここまでだ。

第二章には、印象的な少年が登場する。テクストが「約六歳のちびっこ」と紹介する、顔の片側に赤紫色の母斑（mulberry-coloured birthmark）のある幼児である（38）。この子が、島には不気味な巨大な「蛇っぽいもの（snake-thing）」もしくは「獣（beastie）」が棲んでいる（39）、と言い出す子である。しかしこの子は、名前の特定すらされないうちに、山火事に巻き込まれて焼死する。新しく名前が判明するのはパーシヴァル（Percival）で、彼は最年少の座をジョニーと争うほど幼い――「島じゅうでいちばん年少の子どもたちであるパーシヴァルとジョニー」

(65)——と第四章にある。ジョニーは「おそらく六歳」なので、少年たちの最低年齢は、ほぼ六歳だと推定できる。以後、年少の子どもたちは、「幼年組(littluns)」という呼び名で十把一絡げの扱いを受けることが多くなる。

第五章では、「幼年組」のフィル(Phil)が、会議で発言している姿が描かれている。第六章でジャックは、会議で発言させても何の役にも立たない人間として、サイモンやビルの他に、ウォルター(Walter)の名を挙げている。話は進んで、ラルフとジャックの決裂は修復不能となり、第一〇章になると、ジャックの「部族(tribe)」は、島の先端部にある岩場キャッスル・ロックに居を移している。そこで部族の掟に違反したとして、最初に殴打の刑を受けるのがウィルフレッド(Wilfred)である。間をおかずに開かれた部族の会議で、仕留めたはずの「獣」の生死について確認する発言をする少年は、名をスタンリー(Stanley)という。

名前がはっきりしている少年の数は以上で全部であり、しめて十八名。顔に母斑のある例の子を入れるなら、存在が個として確認された子どもは十九名ということになる。ただし、幼年組の一人ひとりについては、年長組の少年たちが普段ほとんど気にも留めないため、全体の人数は誰も把握できていない。こうしてオールジーらの指摘が正しかったことは、とりあえず確認できた。

面白いのは、第一章でラルフとジャックのどちらがリーダーになるか全員の挙手で決めたとき、「ラルフは数えた」(24)と明記されていることだ。この時点でいったんは、ラルフも子どもたちの総数を把握していたということなのだろうか。それとも、ラルフへの票が圧倒的多数だったので、数えるのを途中でやめたのかもしれない。ともあれ小説の最後では、ラルフは、救助に来てくれた海軍士官に「総数はわからない」と返答している(222)。島内の秩序維持のためには人員を掌握する必要があると、ことあるごとに力説していた「統率者」としては、何ともしまりのない体たらくである。この事実は、ラルフのリーダーとしての適性について判断材料を読者に提供している、とも言えようか。

だが、子どもたちの人数に関する話はそう簡単におしまいにはできない。子どもたちの行動を詳しくたどってみると、名前の出てくる者たちさえ、どうしても「十八人」と言い切れなくなってしまうのだ。原因はビルにある。

4

『蝿の王』の材源とされる『珊瑚島』にも、実はビルという名前の人物が登場しており、プロット上けっこう大きな役割を務めていた。

『珊瑚島』のビルは海賊の一味で、仲間からは「血まみれビル（Bloody Bill）」と呼ばれている大柄な男性である。『珊瑚島』において無人島に漂着するのは、一八歳のジャック・マーティン（Jack Martin）を頭とする三人の少年たちだが、そのうちのひとりで、語り手も務める一五歳のラルフ（Ralph）だけが、島にやってきた海賊に拉致される。ラルフは海賊たちからいくら脅迫されても、ジャックらの情報について頑として口を割らない。そんなラルフの根性に感心した海賊船の船長は、ラルフを殺さずに自分たちの仲間に取り込もうと考える。そんな船内の荒くれ海賊たちのなかにひとりだけ、思慮深さを感じさせる男がおり、ラルフはその男と親しくなる。それがビルで、身を崩して海賊になって三年、「血まみれ」の異名を頂戴してはいるが、海賊稼業に嫌気がさしている男だった。ふたりは船からの逃亡を図るが、ビルは船長に胸を撃ち抜かれて重傷を負う。それでもビルはラルフを助けて逃亡を成功させる。やがてビルは、ラルフから聖書の文句——「汝らの罪は緋のごとくなるも雪のごとく白くならん」（イザヤ書第一章）、「ただ信ぜよ」（マルコ福音書第五章、ルカ福音書第八章）——を聞かせてもらいながら、生前の罪を悔いつつ、他界していく。

　このように『珊瑚島』のビルは、ラルフの救出というプロット上の重要な転換点を演出するばかりでなく、しかも自らも聖書の教えにより改悛するという、なかなか印象的な変化を遂げる作中人物なのである。

　ひるがえって、『蝿の王』のビルの動きを追ってみよう。こちらのビルも、なるほど主役級ではないものの、脇役のなかではそれなりの存在感を放っている。なにしろ、あの悪の呪力の権化「蝿の王（Lord of the Flies）」——少年たちの恐怖心と秘めた暴力性を納受して〈怪物化〉した豚の頭——が、第八章末尾でサイモンと幻視的な対話をかわすなかで、ジャックやラルフ、ピギー、ロジャーらの名に並べて、このビルにもわざわざ言及するほどなのだ——

> 警告しておくよ。このままなら、私はキレるよ。わかるか？　おまえは要らない奴なんだ。わかったか？〈中略〉だから、私の我慢の限界を試そうなんて思って、刃向かってみせるような、心得違いはするんじゃないぞ、小僧。さもないと〈中略〉私らみんな、おまえをただではおかないよ。わかったね？　ジャックとロジャーとモーリスとロバートとビルとピギーとラルフとで。ただじゃおかない。わかるな？（159）[3]

　さて小説『蝿の王』このビルがはじめて登場したのは第一章で、そのときは、ジャックが率いる聖歌隊員のひとりとして名前を紹介されただけだった。しかしこの後ビルは、第四章では、ジャックが粘土と消し炭による「迷彩」を、自分の顔にはじめて施すという重要な場面に立ち会っている。この「仮面」のおかげでジャックは「恥の感覚と自意識から解放され」、興奮して小躍りし、「血に飢えたようなうなり声」のような笑い声をあげながら、ビルに近づいてみせる（69）。ビルは初めのうちこそ笑っていたものの、急に黙って、あたふたとジャックから逃げていく――「赤と白と黒に彩られた顔が、宙を揺れるように跳ね回り、ビルに向かって飛んできた。ビルはびくっとして笑い声をあげたが、すぐに急に口をつぐんで、茂みの中をあたふたと逃げ去った」（69）。つまりビルは、「仮面」の恐怖の呪力を最初に感知し、怖じ気を感じた少年なのである。

第六章ではジャックが民主的合議制を疎んじるようになり、会議での発言権を示すホラ貝を、役立たずの人間に持たせても意味がない、と言い出すが、その際ビルはその役立たずのひとりだと指弾される――「ホラ貝なんてもう要らない。発言していいのは誰かってことぐらい、みんなもう知ってるさ。サイモンとか、ビルとかウォルターが発言したって、何の役にも立ちゃしないだろう？」（111）。第七章では、サムとエリックが山上で目撃したという「獣」――実はパラシュート兵の死体――を確認する探険に、ビルも同行するものの、森へ単独で分け入るのを怖がったり、途中でもう帰るよと弱音を吐いたりしている（129, 131）。ここまでのビルは、正直かなり弱腰なところが目につく少年で、ジャックとの間には距離があることを感じさせる。

ジャックは第八章で、ラルフなどリーダー不適格だとして反旗を翻す。このときは支持が集まらず敗北したジャックは、屈辱の涙を浮かべながら「もう一緒につるんでなんかやるもんか。おまえたちとなんか。〔中略〕ラルフの仲間に入るつもりなんてないぞ――」（140）と言い捨てて立ち去る。その後しばらくしてからビルは、ジャックの部族に加わるためにラルフのもとから姿を消す。

じつはここからビルの動きが追いづらくなるのだが、詳述は後にして、今は物語の最後まで見ておこう。第一〇章では、すっかりジャックの配下に入ったビルが、ジャックに火をどうやって調達したらいいか質問している。

ビルが手を挙げた。
「酋長」
「何だ?」
「火をつけるのに、何を使えばいいんですか?」(178)

最終章である第一二章は、唯一残った非服従者のラルフを、ジャックの部族が総がかりで狩り出すところを描いているが、森に身を隠すラルフがちらりと見かけるビルは、茶と黒と赤の縞の迷彩を体中に施しており、「半ズボンとシャツ姿の少年という、遙か昔の姿とはどうしても一致しない」外見だった、と書かれている――

ラルフにはそのなかのひとりの姿も見えていたのだった。体に茶色と黒と赤の縞模様が施してある子で、そのときラルフは、あれはビルだな、と見分けたのだった。でも本当は、こいつはビルじゃないんだ、とラルフは思った。こいつは、大昔に見た半ズボンとシャツの男の子の姿とは、イメージがどうしても一つに混じり合ってくれない蛮人なのだ。(202)

第四章で迷彩の「仮面」に怯えた昔のビルとは、まさに好対照をなす姿だ。ジャックと「仮面」は、放縦なアナーキーに見せかけた専制的恐怖政治がもつ支配力を体現しているのだが、ビルはその力のバロメーターとして大切な機能を果たしている。

『珊瑚島』の「血まみれ」ビルは、いったんは海賊として殺戮などの暴行に手を染めたものの、ラルフの導きによって、胸中に眠っていた善なる資質を徐々に発現させ、キリスト教に帰依した。一方『蠅の王』のビル少年は、もともとキリスト教会の聖歌隊員だったのにもかかわらず、暴力と享楽の魅力に次第に目覚め、キリスト教的人生態度とラルフとから手を切るのである。

『蠅の王』は『珊瑚島』の価値観を（作為的に）逆転させた作品だったとするなら、あるいはその逆転操作と呼応するかたちで、二つの作品における各々のビルの姿も逆向きになったと読めるかもしれない。『珊瑚島』の頼れる好青年ジャック・マーティンと『蠅の王』のジャック・メリデューの対照ぶりは、ピーター・グリーン（Peter Green）の「ウィリアム・ゴールディングの世界」（"The World of William Golding"）をはじめとする諸先行研究によって何度も指摘されてきた。だが、このジャックほどではないにしろ、ビルという作中人物名もまた、『珊瑚島』と『蠅の王』の対称要素をなしているのである。ゴールディングはカーモードとの一九五九年の対談で、『蠅の王』と『珊瑚島』の関連性について「この小説〔『蠅の王』〕は、可能な限りのあらゆる面で非常に綿密に計画されている作品です」（Golding, Interview with Kermode, 10）と自慢していたが、[4] ビルの扱いについても、綿密に計画されていた可能性はある。であれば、ビルという人物は、ゴールディングの根源的な意図——人間は悪にこそ惹かれるものだという事実を読者に突きつけようという意図——を汲みとって表現する意匠として、それなりに大きな使命を担っていることになる。[5]

5

ただ、このようにある程度の重みをもつ人物であるはずなのに、『蠅の王』内のビルの出没にはどうにも解せない箇所がある。特に第八章と第九章に、筋の通らないところがあるのだ。詳しく見てみよう。

ビルは第八章で、ジャックの部族に加わるために、ラルフのもとからこっそり姿を消す――

「でもリストは必要だよ！　まず君だろ、僕だろ、サムネリックだろ、それから――」

ラルフはピギーを見ようとはしなかったが、さりげなくこう言った。

「ビルとロジャーはどこかなあ？」

ピギーは身を乗り出して、木ぎれを一つ火の中にくべた。

「たぶん行っちまったんだろう。あいつらも、つるむ気がなくなったんだろうさ」(145)

その後、部族に合流したビルの存在が確認されるのは数ページ後である。豚肉を焼くためにはジャックの部族もどうにかして火をおこす必要がある。そのため、着火に使う燃えさしをラルフの焚き火から強奪しようと、ジャックが計画を立てる場面である。ここでビルは、ヘンリー、ロジャー、モーリスと並んでジャックから任命を受けている――「俺たちは奴らを襲撃して火を奪う。四人要るな。ヘンリーとおまえ〔訳註：ロジャー〕、ビル、それからモーリスだ。迷彩を塗って、忍び寄るんだ。それから俺が、言いたいことを演説するから、そのあいだにロジャーが燃えさしを抜きとれよ」(150)。この指示から、ビルが、ピギーの推測どおりジャックの側に回っていること、そしてもうすでにジャックの信任を得ていることが推察できる。

さて、このへんからややこしくなる。燃えさし奪取作戦遂行班は、ヘンリー、ロジャー、モーリス、ビルの四名にジャックを加えた五人編成のはずである。襲撃はほぼ計画どおりに進行する。五名は、火を囲むラルフたちを襲い、威嚇するように一斉に森から飛びだし、そのうちふたりが燃えさしをつかんで、いち早く浜辺を逃げ去る――「二つの人影が火のほうへ突進し〔中略〕燃えかけの枝をひっつかむと、海岸を向こうへ走り去った」（154）。このふたりのうちひとりは、ロジャーであるはずだ。いっぽう残った三名は、酋長ジャックの威光を声高に喧伝してから立ち去るが、その三名を見て、ラルフは「あれはジャックとモーリスとロバートだった」（156）と述べている。これはおかしい。字面をそのまま信用するならば、いつの間にかロバートという少年が作戦チームに参入し、代わりにビルかヘンリーが外されていることになる。ビルは、燃えさしを持ったロジャーにくっついて走っていたのだろうか。それともその役はヘンリーに譲って、自分は作戦から身を退いたのか？ジャックの指示もないのに？

さらにややこしいことには、このときラルフ側に、ビルという少年の存在が確認できるのである。ラルフが「あれはジャックとモーリスとロバートだった」と言った、そのほんの一ページ後には、襲撃直後にショックもさめやらぬラルフたちが、善後策を話し合う場面がある。そこにはなんと、集会の規則どおりにホラ貝を抱えたビルがいるのである。

ラルフが話すのを止めたとき、誰も口をきかなかった。まさにこの場所で、これまでいくつもの素晴らしい演説がなされてきたのだが、それに比べると今のラルフの発言は、幼年組にさえ下手くそだとわかるような出来映えでしかなかった。

ようやくビルが、ホラ貝に手を伸ばした。

「もう山の上では狼煙の火を焚けなくなったんだから――だってもう山の上では焚けないだろう〔訳注：そこには「獣」が棲んでいるからだ〕――火を焚き続けるには、もっと人数が要るよ。ジャックの宴会に行って、そこで、残った僕らだけじゃ火を保つのは難しいって、言ってみたらいいんじゃないかな。それにさ、ハンティングとか何だとか、つまりさ、蛮人になってみるってことだけどさ、あれってきっと、とっても楽

しいよ」（157）

ジャックの部族に加わって蛮人になってみるのは、きっと「とっても楽しいよ（jolly good fun）」と言って、ビルはラルフを促す。結末部の海軍士官の台詞「とっても楽しくやってたんだね（Jolly good show）」を予示するような、印象的なことば遣いは、このビルの発言が、作品のプロット展開に一つの転機をもたらす重みをもっていることを暗示する。

「饗宴や肉なら僕たち自身で調達すればいいじゃないか」とラルフが反論すると、ビルは「僕らは、ジャングルに入っていくのはいやだもの。〔中略〕ジャックはハンターだよ。あいつらみんなハンターなんだ。そこが違うよ」（157）と返事している。ここを読むかぎり、ビルとジャック軍団との心理的距離感は、微妙ではあるがやはり大きいという印象だ。ビルはまだラルフ側の人間である。

はたしてその後も、ビルはしばらくラルフの集団と行動をともにし、第九章ではラルフやピギーより一足先にジャックの宴会に向かったことが書かれている。

「みんなはどこ?」

ピギーは体を起こした。

「たぶん小屋で横になってんだろ」

「サムネリックはどこに行った?」

「それにビルもだ。どこ行ったんだろ?」

ピギーは、〔訳注：集会所の〕演台の向こう側を指さした。

「あいつらが行ったのはあっちのほうだろ。ジャックのパーティさ」

「行きたければ行くがいいさ」不安げにラルフが言った。「知るもんか」(163)


そして最終的には、すでに見たようにビルはすっかりジャック側の人間として、まったく違和感なく、体に迷彩を施した蛮人のなかに位置づけられるのである。

素直にテクストを読むなら、ビルはラルフ・グループとジャックの部族とのあいだを複雑に行ったり来たりする動きをしており、その複雑さによって、ビルはより長くラルフ側に所属することになる反面、一回だけではなく二回もラルフを見捨てることにもなっているわけだ。これはいったいどういうことだろうか。

6

まずは、テクストに矛盾がないと前提する見地をとってみよう。ビルがふたりいる、と考えることはできるだろうか。つまり、もともと聖歌隊に在籍していたビルの他に、別のビルが存在する、と想定する説をたてることは可能だろうか。この説は妥当性を主張するのが難しい。『蝿の王』には、外見が瓜二つの双生児サムとエリックが登場するが、ふたりが双子であるがゆえの混乱と、ふたりひっくるめて「サムエリック(Sam 'n Eric)」そしてやがては「サムネリック(Samneric)」と呼ばれるようになる経緯とが、それなりにきっちり描写されている。ビルという同名の者がもしふたりいたと設定するなら、やはり、せめてサムネリックのケースに準ずる程度には、経緯説明や言及があるのが自然だろう。

では、第八章でビルは二重スパイのようなふるまいをした、ということなのか。ジャックの部族に加わり、いったんは特別任務を指導者ジャックから拝受しておきながら、ジャックにはだまって特務班からうまく姿をくらまし、ラルフ側に舞い戻った。そして、今度はできるだけ円満にラルフ側の少年たちをジャック側に引き込むような演説をぶった。だが同時にそのなかで、自分とジャックたちとは明らかに別種の人間だと主張もした、というわけなのだろうか。しかし、それだけの複雑な役割を果たしたにしては、テクストはビルについて、何ら特別な描写をしていない。この説もあまり説得力がなさそうだ。[6]

結局は、ゴールディングの単なる筆の誤り、とする説がもっとも妥当性が高い。第八章でこっそりラルフ陣営を離れ、ジャックから燃えさし奪取作戦の任を受けるのはロバートの役目であったのだが、それをゴールディングがうろ覚えで勘違いし、先走ってビルの心変わりと絡めて書いてしまった、と考えるのである。

間接証拠はある。そもそも、『蠅の王』のテクストからは他にも誤謬が見つかる。ピギーの近視用眼鏡で太陽光を集めて火をつけるのは、光学的に不可能な芸当だ、というのは、早くから指摘されていた矛盾で、ジュリアン・バーンズ（Julian Barnes）も『フローベールの鸚鵡』（*Flaubert's Parrot*）の第六章で言及している、有名な誤謬である。ゴールディングは、この点についてスティーヴン・メドカーフ（Stephen Medcalf）との対談で「ピギーは近視ではなく、凸レンズ眼鏡をかけねば遠くのものがぼやけるという特別な眼疾だ」などと強弁するふりをしながらも、結局は自分の勘違いを認めていることが、坂本公延によって報告されている（坂本、二三一―二四頁）。

いったい、ゴールディングはあまり周到な書き方をする人ではなかった。一九八〇年の長編小説『通過儀礼』では、トールボットらが乗り込むオーストラリア行きの艦の構造が、正しく描かれていない。この点についてはゴールディングもあっさり誤りを認め、『通過儀礼』を『密集』と『底の燠火』とあわせて『海洋三部作』にまとめたときには、該当部分を書き改めている。[7]それから、第二作『後継者たち』においても、筆者の見る限り、主人公のネアンデルタール人一家が春の住処とする崖地の登坂道の、滝に対する位置関係が、少なくとも一箇所で内部矛盾をきたしている。

こうした前歴ならぬ〈後歴〉から判断すれば、『蠅の王』のビルを書く際にも筆がすべってしまった、という可能性が最も高いように思われる。しかし、それでもこの説に決めて問題を片づけてしまうのに、いささかのためらいが残る。それはビルという名前のせいである。

ゴールディングの正式なファースト・ネームはウィリアムだが、ゴールディングは家族や親しい友人からは「ビル」（幼少期は「ビリー」）と呼ばれていた。彼の七五歳を記念した論文集『ウィリアム・ゴールディング―人と作品』（*William Golding: The Man and His Books*）所収の複数の友人による回想録や、ゴールディングの随筆集『熱い門』（*The Hot Gates*）に収められている自身の回顧的随筆「ビリー・ザ・キッド」、さらには、ジャック・I・バイルズとゴールディングの対談『談話―ウィリアム・ゴールディングとの会話』（*Talk: Conversations with William Golding*）などを読めば、私生活におけるゴールディング本人にとって、自分の名前は「ビル」だったことが容易に確認できる。実の娘ジュディによる回想録にも、「父は自分をビルもしくは〔訳注：ミドルクラス流の呼び方である〕ダディと呼ばれるもの、と見なしていた」（Judy Golding, *Children* 186）とある。

一般に、作家が自分と同名の作中人物を小説に描く場合、どのような心理状態になるものだろう。この点に絞った詳しい先行研究があるかどうか、筆者は寡聞にして知らないのだが、それでも想像するに、作家は自分と同じ名をもつ作中人物をあまりぞんざいには扱わないのではないだろうか。自分の分身だという意識を、少なくともいくぶんかはもちながら、その登場人物を描くのではないか。

だとすれば、たとえビルの不自然な出没が作者の書き誤りであったとしても、すべった筆の後ろに控えている作者の心理や思い入れに、もっと注意を払う必要があるだろう。ここでフロイト（Sigmund Freud）を持ちだすのは、ゴールディングの意には添わないかもしれない。彼はフロイトを「還元主義者（reductionist）」として毛嫌いしていたからだ（Golding, "Belief" 186参照）。しかしそれでも、言い間違いや書き間違いの裏にこそ、無意識的な願望や意図が隠れている可能性がある。必ずしも性的な要因に結びつけずとも、フロイト流の解釈をあてがってみてもいいはずだ。ビル・ゴールディングはなぜ、ビルがジャックとラルフの両方に、しかも同時に、与するかたちを無意識に書いてしまったのか。

7

パトリック・ライリー（Patrick Reilly）は、『蠅の王』という小説は「あらゆるものが二回出現するテクスト」（Reilly 98）だと指摘する。それは、「道徳的な乱視状態を矯正して」物事の真実を見極めるには、（別々の視座から）二回見ることが必要であり、二重のヴィジョンをもつことが肝要だという、ゴールディングの主張の表れだ、とする（92参照）。そうしてライリーはさまざまな再演の例を挙げているが、残念ながらビルの二重登場にはまったく触れていない。しかし、ビルがラルフとジャックの両陣営に同時に身を置いてしまったのも、つまるところ同じ原理に導かれて発生した現象と見なせるのではないだろうか。

『蠅の王』は、確かに一面においては、人間に本来的に備わっている邪悪さへの考察であり、道徳的な寓話である。この線に沿って『蠅の王』の寓話的側面を重視する人は、ときとしてゴールディングに超然とした道学先生ぶりを嗅ぎとって、鼻持ちならないと感じるようだ。ジャックの部族をナチスの寓話的表象と見て、そのうえで「ゴールディングが人間の邪悪さをすべてドイツ人に背負い込ませるやり口は、人類全体が邪悪さを病んでいるという主張と齟齬をきたしている」と考える向きもあるし、ジャックらがいったん迷彩を施して槍を持つ「蛮人」に扮したうえで残虐行為を楽しむという展開から、白人優越主義が作者に残っているしるしだ、と主張する向きもある（Tiger, *Unmoved* 27–28, 34–35）。本章第2節で見たような、ゴールディングはバランタインをあえて浅く読んでいると非難する一派も、このグループに入るだろう。

だが、これを否定する議論もある。クローフォードは、ジャックの部族の黒い制服が、ナチス親衛隊を仄めかすだけでなく、一九三〇年代のイギリスにおけるオズワルド・モズリー（Oswald Mosley）の〈英国ファシスト連合〉の衣装も示唆していることを指摘し、ゴールディングが邪悪を自分たちの外部に投影して頬被りしているわけではない、と主張している（Crawford 13, 55–57）。

思うに、おそらくそちらが正解だろう。一九六三年、「小説の置かれた状況」（"The Condition of the Novel"）と題してレニングラードで開かれた「ヨーロッパの作家による会合」（"Conference of European Writers"）の席で、ゴールディングはこう述べていた――

私はいよいよ確信を強めているのですが、人間は――私たち人間、私たちが日頃会っているような人間という意味ですけれども――人間は、恐るべき病に冒されつつあるのです。私はこの病を調べてみたいと思っています、というのは、この病を知ることによってのみ、病を抑制できるようになる見込みも生まれるからです。そして、この病の症例を見つけようと周りを見渡すとき、私は私にとって最も入り込みやすい場所を探すことにしています。その場所とはつまり、私自身のことです。（"Condition" 34）

また、ゴールディングの実娘ジュディが発表したエッセイでも、ゴールディングは「自分自身も冷酷になりうるということを認めながら」、『蝿の王』を執筆したのだ、という点が強調されている――「父は、人間がいかに無情になりうるかを痛感しつつ、そして自分もまた無情になりうることを認めつつ、『蝿の王』を書いたのである」（Carver, "Harvour" 51）。

それは、ゴールディング自身の戦争体験を通じて得られた認識でもあるが、それ以前に、ゴールディングが、別の女性（妻となるアン）と結婚するために、その前の婚約を、女性側にとって相当に残酷なかたちで破棄した体験も、きわめて大きく影響しているらしい。この婚約破棄に伴う罪悪感は、悪夢となってゴールディングを長期間にわたって苦しめた、とジュディは報告している――

婚約破棄は不面目きわまりないかたちで行われ、父の両親を憤慨させた。父は婚約者の惨めな気持ちと、自分の両親の失望と不興を感じ、そしてその結果生じた罪悪感は、後に自分で原罪と呼ぶことになる自分内部の意識と相俟って、一九七〇年代になってもなお、思考や悪夢のなかに幾度となくよみがえった。（47–48）

婚約破棄の一件は、長編第四作『自由落下』の主人公サミーの人物造形に影響した、というのがジュディの説明だ（48）。だがじつはサミーのみではないだろう。一九六七年の『ピラミッド』に登場するヘンリー・ウィリアムズ（Henry Williams）――ウィリアムズ、である――さらには一九七九年の『可視の闇』のジェリー――ジェリー（Gerry）とは、ゴールディングのミドルネームであるジェラルド（Gerald）の一般的な愛称だ――らの姿にも反映されている、と考えられるのではないだろうか。サミーもウィリアムズもジェリーも皆、恋人を非道な手口で見捨てる男たちである。(8) ゴールディングが、我が身を顧みず高みから道徳を説く寓話家――講演「寓話」

でゴールディング自身が用いた表現で言えば、「自分が読者よりものをわきまえている、という許しがたい僭越（an unforgiveable assumption; namely that he knows better than his readers）を決め込んだモラリスト」（Golding, "Fable" 86）――として、のうのうと筆を執っていた、とする見方は、どうもあたっていないようだ。

ビルは、ピギーやサイモンほどではないにしろ、サムネリックと並んで、かなり後の段階になるまでラルフに味方する人物である。そうしながら、これまたサムネリックと並んで、結局はジャックに惹かれて部族に身を投じてしまう人物でもある。しかもラルフからジャック側へ鞍替えするにあたっては、このビルのほうがサムネリックなどよりもはるかに積極的に見える。

ここには、『珊瑚島』の「血まみれ」ビルの逆転も念頭に置いたうえでの、〈自由からの逃走〉の寓意ともいうべき姿があるのだろう。だが、その寓話的計画より先にゴールディングは、テクストの内部矛盾さえもたらすかたちで、ビルをジャックの部族に加えてしまったのだ。この勇み足は、ビル・ゴールディングが自分のうちに見いだしていた邪悪さ・弱さを、ビル少年の行動に、フライング気味に思わず書き込んでしまった結果、とは読めないだろうか。

先に見た、サイモンと「蠅の王」の対話場面を思い出そう。「蠅の王」はサイモンに向かって、少年たちの名前のリストを示していた――「ジャックとロジャーとモーリスとロバートとビルとピギーとラルフとで。ただじゃおかない」。いつも受け身のサムネリックがリストから抜け落ちているのはそれなりに象徴的だが、そのことよりも、このリストが形成する序列におけるビルの位置に注目したい。ビルはロバートとピギーのあいだに入っている。もともとビルは、ジャック部族とラルフ・グループのはざまに立って、どちらにもくっついてしまいそうな、微妙な位置取りをしている作中人物だったのである。

ビルは、邪悪さからさほど隔たっていない人間だ。そのビルの立ち位置は、サイモンの「獣は本当にいるのかも。〔中略〕黙って、もしかしたら、ただ僕たちのことにすぎないのかもしれないよ〔中略〕。僕らだっていくらかは……」(Golding, *LF* 97) という洞察を、ゴールディングがまさに我が身のこととして捉えている、ということを示している。しかもそのことを、ゴールディングの意図する領域の埒外で――またぞろ『自由落下』での比喩を使うなら「総ざらいしたはずの区切られた芝生」の外からの一撃によって――表現しているのである。

8

『蠅の王』の少年集団は、ゴールディングが教師として勤務していたグラマー・スクール――主に、ソールズベリのビショップ・ワーズワース学校――で観察した生徒たちの姿の反映だ、と見なされることが多い。しかし、年齢層を考えるなら、一一歳から一八歳を対象とするグラマー・スクールよりも、むしろゴールディングが八歳の頃から通ったモールバラの女教師学校 (a dame school) がモデルになっていると見てもいいだろう。ゴールディングが回想記「ビリー・ザ・キッド」に描いたこの学校は、五歳から一一歳の子どもを二十人くらいひとまとめにして教えた学校である。ここで少年ゴールディングは、みずからの征服欲を思い切り発露させ、他人の気持ちなどお構いなしの横暴さで「人を痛めつけるのに喜びを感じ」、気づかぬうちにクラスの鼻つまみ者になってしまったという (Golding, "Billy" 161–163 参照)。グラマー・スクール教師として、少年たちを上から監督するビル・ゴールディングの態度ならば、大人君子然と筆を進める道徳寓話家のイメージに、確かにつながるのかもしれない。だが、女教師学校時代の生徒ビリーとしての認識は、自らも邪悪な専制への憧れを胸に抱く罪深い人間のひとりだという痛感につながっている。その過去を詳細に告白するゴールディングは、単なる道学先生ではない。上で見たように、「獣とは、私のことかもしれない」という自己認識をしっかり胸に刻み込んだ人間である。

ついでに言えば、「ビリー・ザ・キッド」の幼いビリー少年が、クラスから総スカンを食って驚き、「憤慨と侮辱、恥辱と挫折感」(162)を抱えて、泣きじゃくりながら学校から独りで帰る描写には、[9]興味深い洞察が添えられている。まず書き手ゴールディングは、帰宅途中の少年ビリーの悲嘆が、「長く響く咆吼」から「空にとどろく巨大な悲しみのセレナーデを歌う声」へ、さらには「サイレンのように甲高く一定した悲嘆」へと、胸中でどんどんエスカレートしていく様子を描きかけておいて、急に中断し、そこへ自分の執筆行為に向けたコメントを挿入している——「記録を書いているときに、でっちあげを盛り込まずにいられる人間などいるだろうか?」(162)。[10]

ここでゴールディングは、当時の心理の分析をやりなおす。そして実際は、悲しみは歩いているうちに募ったのではなく、むしろ、やや減じたのだ、と明かす。悲嘆はまぎれもなく本物だったが、その悲嘆を自分で取り扱える程度のレベルにする低減措置を講じる冷静さも一方にはあって、さらには傷ついた哀れな少年を演じて、いじめの被害者をよそおう打算さえ、ビリー少年の胸には生じていたことを、長じたゴールディングは告白するのである——

いまだに憤慨し、いまだに屈辱を感じ、いまだにジグザグ歩行を続けながら、ひっきりなしの衝動と時おりやってくる中断の瞬間に誘われて、私は自分の悲嘆を、手に持って眺める——ほらこれを見てみてよ!という具合に——ことができるような場所に運び込んでいた。人間の本性の何らかの複雑な仕組みが、私の心中に巣くう七匹の悪魔〔訳注:自分の邪悪な七つの性格のこと〕にもう三匹を加えていた。というか、七匹のうち三匹を、私に見えるところまで連れ出した、というべきかもしれない。一匹目は、心の底まで打ちひしがれ悲嘆に暮れるビル。もう一匹は、この悲嘆を延々おうちまで持ち帰ってママにじっくり検分してもらう羽目になったことに、不当さを感じているビル。そして最後の一匹は、それに関するノウハウを素早く身につけつつある科学者ビルである。(162)

このときの語り手ウィリアム(ビル)・ゴールディングは、第一二章第6節で見た『海洋三部作』の語り手トールボットと同じことをやっている。語りのうえで綺麗にかたちを整えるため捏造行為に手を染める、という不道徳に走りつつ、ふと心に浮かぶ声に導かれ、捏造の事実を告白しそれをフェアに記録に残すことによって、語り手としての深い信頼性を獲得するというわけだ。この自発的内省のプロセスの記録が、ビル・ゴールディングを、教訓的寓話作家という固定したイメージから解放する。

ビル・ゴールディングが『蠅の王』のビル少年のふるまいを書くときの描写には、揺らぎが見られる。この揺らぎは、たぶん意図的なものではなかっただろう。それでも、その揺らぎがもたらす二重のヴィジョンは、人間の邪悪という真実に至る道筋を示すとともに、根本のところでは作者ゴールディングの意図と同じ方向を目指しながらも、それと同時に、彼の実人生における実像までを、彼が意図した以上に垣間見せてしまう。ビルという名を背負った少年は、その重層的な像に向かって開いた、想定外の覗き窓である。

その窓は、ゴールディングが『蠅の王』を構築しているとき念頭にあった設計意図――「芝生」あるいは「雪の平原の足跡」――から、期せずして逸れていく踏み出しへの展望へとつながる窓だった。さらに、この窓からの展望は、十年以上後に講演原稿「寓話」を準備していた頃に、ゴールディングがもう一度「総ざらい」をしたつもりで新しくこしらえた「芝生」――それは、マッハの描画「内側からの展望」が示すような有限の視野でしかないのだが――からも、やはり意図せぬまま外れていき、新しい足跡を刻む歩み出しへと、つながったのである。

注

（1）ゴールディングは講演「寓話」のなかで『珊瑚島』を「ヴィクトリア朝の独りよがりと無知と繁栄の絶頂期に書かれた作品」(Golding, "Fable" 88)と紹介している。また、『蠅の王』第二章でジャックが口にする台詞も、いかにも帝国主義的な独りよがりの典型的表明として注目されてきた――「僕らはちゃんと規則を作って、それに従わないといけないよ。なんたって、僕らは野蛮人じゃないんだから。僕らはイングランド人で、イングランド人っていうのは、何ごとにおいても抜きん出てるんだから」(Golding, *LF* 47)。

（2）ジョンストンは逆に、ゴールディングが、自作において西洋の文明人を糾弾する舌鋒を強めたい、と願うあまり、『珊瑚島』に見るような「蛮人」像の書かれ方を否定しロマンティックな無垢の「蛮人」像を思い描きたがるという偏向がある、と指摘する(Johnston 9–10)。

（3）この場面で「蠅の王」は、サイモンに対して「学校教師のような声で(in the voice of a schoolmaster)」(Golding, *LF* 158)話しかけた、と書かれている。共同体のコードを攪乱する部外者を「学童」扱いして脅している、という点において、本書第九章冒頭で示した『通過儀礼』でのコリー牧師とアンダソン艦長の会話場面に関連づけて読める場面だと見ていい。

（4）これは、ゴールディングが読者の解釈やテクストの自立性を軽視し、作者の意図を最優先する見解を示したという、本書第五章第1節で見たくだんのインタヴューである。またゴールディングは、ジョン・ケアリとの一九八五年の対談で「『蠅の王』のことはわかっています。あの本はとても綿密に計画したのです」(Golding, Interview with Carey 187)と再度言い切っている。

（5）この性悪説的思想については、講演原稿「寓話」のなかにゴールディング自身が書き記した言葉を見るにしくはない――

第二次大戦前後の時代を生きてきて、それで、人間はまるでミツバチが蜜を作るのと同じように邪悪を作り出すのだということが理解できていないような人がいるとしたら、その人はきっと盲目なのか、もしくは頭がどこかおかしいのだ、と言わざるを得ません。〔中略〕人間は堕落した存在です。原罪に首根っこを押さえられています。人間の本性は罪深く、人間の生の状況は危険なものです。(Golding, "Fable" 87–88)。

(6)『珊瑚島』の「血まみれ」ビルが、船長についていく気になれず、船長を欺いて裏でラルフ側についていたことを考慮に入れると、この説も無碍に切り捨てるには、少々惜しい気がしなくもないのだが。

(7)『海洋三部作』序文 viii–ix を参照。

(8) ついでに言えば、『可視の闇』のジェリーは強盗を生業としているが、その相棒の名前はビルである。また、『海洋三部作』にも美丈夫の平水夫ビリー・ロジャーズが登場する。ベイカーとの対談でゴールディングは、この水夫ビリーの命名に、メルヴィル (Herman Melville) の『ビリー・バッド』(*Billy Budd*) の主人公との好対照性という意図を込めたことを明かしているが (Golding, Interview with Baker, 162–163)、ゴールディングのビリーは同性愛者コリー牧師に口淫をさせ、それを笑い事として水夫たちに吹聴し、恥辱のあまりコリーが自殺した後も、毛ほども罪の意識を感じない男である。その点でビリー・ロジャーズもまた、サミー―ウィリアムズ―ジェリーの系譜のなかに位置づけていい人物かもしれない。

(9) また、このときのビリー・ゴールディング少年の外見的行動は、『蠅の王』第八章でジャックがリーダーに再立候補したとき、誰の支持も受けられず、「屈辱の涙」を流し、ひとりで走り去る姿にぴたりと重なる。そしてビリーの内心の動きに対する詳細な分析もまた、『蠅の王』の読者にジャックを連想させ、「屈辱から立ち直ろうとするジャックの胸中も、まさにこのようだったのではないか」と読者に思わせるだけの説得力をもっている。『蠅の王』においてゴールディングは、〈分身〉ビルをこしらえるだけにとどまらず、その向こうのジャックにさえも自己投影して、「ジャックって、私のことにすぎないのかもしれない」と内心つぶやいていたのかもしれない。

(10) ここでゴールディングが示した問題意識は、とりわけ『自由落下』を読む際にも非常に重要なものとなる。〈書き手〉だったサミーが、自分の書いているものに対する〈読み手〉として省察を働かせる解釈行為に携わったとき、同様の問題意識が浮かび上がっていた。サミーのこの意識を、『自由落下』という小説を読む読者も、しっかりもっておく必要がある。

結び――知られざる神〈読魔〉との遭遇体験を読者へ

1

本書第六章の冒頭で示したように、『自由落下』の語り手、そして自叙伝の書き手であるサミーは、自分が今書いているテクストを将来読むことになる人間を想像しながら、「これを読んでいるあなたは、そもそも誰なのか」と問いかけた。その相手となる作中読者とは、本書第四章における分析に従えば、自伝を書きながらそれを読む「第三モード」の自分自身のことだった。『海洋三部作』のトールボットなどは、「これを読んでいるあなた」を数百年後の子孫に見立てることで、問題との直面を先送りにしようと画策したりしたけれども、「想定外の読者」とは、彼の場合もやはり、畢竟するところ自分のことだった。つまり、第一二章第2節で示した図2に即した議論中の用語で表現すれば、そのときはまだ知らなかった未来の自分自身が、「作中の書き手が読み手として想定していなかったが、実際に読みを行うことになる読者」となって、読むわけである。サミーは自分の人生のパターンを意図的に創作してみたものの、そのパターンは必然的に破綻を迎え、彼はそのパターンの終わりをなすすべもなく見守るしかない。その破綻をもたらすのは、「作中の書き手が想定していなかった読者」としての自分自身だ。しかし、破綻に突き落とされつつも、その破綻のおかげによって、自分の人生をまた解釈しなおす――読みなおす――という自由も、獲得できるのだった。本書第四章第7節で見たカーモードの言葉を思い出してほしい。あらゆるプロットは「決定論的パターン」を下敷きにしているが、そのパターンは、「個人が選択を実践できるという自由とのあいだ」で内部「葛藤」を起こすものであり、その葛藤こそが私たちの関心事となるのであった。

この考え方は、田中実が論考「消えたコーヒーカップ」で述べている論旨とも調和するところがある。バルトらがもたらしたアナーキーな価値相対主義に異を唱えた田中は、「百景、万景に変容する対象富士と格闘する太宰も、睡蓮の花を見続けるモネも、対象である〝表れ〟が等価だとすると、彼らの行為は全て空しいことになる」（田中、九頁）と例示し、相対主義を諫めた。「表れ」を受けとる主体は、確かにフィッシュの言う解釈共同体の戦略などに染めあげられているものであるが、本来の読みとは、そのような染まった主体を自己変革すべく格闘しながら、「表れ」の彼方――これを田中はプレ〈本文〉と呼んだ――を目指すものだ、と田中は主張している。田中の「プレ〈本文〉」が、本書がヒリス・ミラー経由でヘンリー・ジェイムズから借りてきた比喩で言う「雪の平原」と同じものを指していることは、すぐに了解してもらえるだろう。この「プレ〈本文〉」を目指すという志向によって、主体はまた世界の中で活動を続けることができる、と田中は説明する――「主体を生かすにはその主体自体を瓦解させること、〈自己倒壊〉を生きることである。〔中略〕〔文化共同体によって形成され〕〈わたしのなかの他者〉にしか生きることのできない私たち読み手は動的過程を辿り、行きつ戻りつの繰り返しのなかで〈自己倒壊〉を生きるしかないのである」（九―一〇頁）。

そうした積んで崩しのプロセスが、カーモードの理論で言う「アエウム」を提供してくれるわけだが、その「アエウム（＝純粋持続）」のなかで将来の自分と共同作業を行うためには、まずそれまでの自分と対話を交わす必要がある。そのダイアログを開始するべき相手としての、それまでの自分自身。つまり、一つあるいはそれ以上の既存の解釈共同体コードに染まっていた自分自身。この〈自分〉に向かって、サミーは呼びかけていた。そして、このように二人のサミーすなわち二つの自分が出会うとき、読むことと読まれることは表裏一体の営みとなる。

前章末では『蠅の王』のビル少年を覗き窓にたとえてみた。これも、覗き窓と呼ぶ代わりに、イーザーの用語を借りて、「テクストの呼びかけ構造」あるいは「空白」と呼ぶこともできただろう。この「空白」の呼びかけに応えるとともに、そうした「空白」を作者（過去の自分）の意図の届かないところで作ることまでしてしまうのが、二重の自分自身というわけだ。そして、その〈自分〉を突き動かしている力とは――『通過儀礼』でトールボットが言及した〈書魔〉（Golding, *RP* 39 参照）に引っかけて戯れに言うなら――〈読むことの魔（*furor legendi*）〉の力であり、そして〈読まれることの魔（*furor legitur*）〉の力なのである。この際、二つをひっくるめて〈読魔〉と呼ぶことにしよう。この〈読魔〉の力は、「純粋持続」の魅力と忘我の呪力を供給する原動力として働いている。〈読魔〉は、書いたものを読む（あるいは再読する）行為をとおし、読者に向かって、書いてあるものの内容について考察したり、あるいは書いた主体の性質について省察したりする機会を突きつける。[1] そうして「純粋持続」を突き崩す。そしてまた新たに「純粋持続」構築を目指すよう、読者を仕向ける。この一連の作用力――「行きつ戻りつの〈自己倒壊〉」という「動的過程」の力――が、〈読魔〉の力だ。そしてゴールディングにとって、その〈読魔〉の実体でありまた同時に形象でもあったのが、彼が恐れた（想定外の）「現実の読者」なのである。

読む対象テクストの内容が何であれ、読む主体としての自分のあり方は「純粋持続」のなかで「倒壊」の作用を受ける。そうして、自分というものが外界や他者とのあいだにそれまでもっていた境界線を引きなおすよう、仕向けられることになるものだ。だが、そのテクストが自分に深く関わる内容であるとき、「自己倒壊」作用の規模はいや増しになる。その際〈読魔〉は読み手に、自分自身による読みなおし行為、あるいはその裏返しで、自分自身が読みなおされることを要請する。『自由落下』のサミーは、この一種神格的な〈読魔〉の思いがけない介入によって、キリスト教的回心物語のパターン成就を妨害されるが、そのおかげをもって、〈書魔〉という力の恩寵にもう一度身をゆだねることになった。〈書魔〉と〈読魔〉は、サミーの人生（物語）を締めくくりの部分で逆転させるべく、二段構えで働く〈機械仕掛けの神〉あるいは「ギミック」なのだと言えるだろう。

2

魔的存在がふたり連れというのは、『可視の闇』でマティをおとなう二人組の精霊をちょっと連想させたりもするが、この二段構えの展開は、ゴールディングの遺作となった『二枚の舌』へもつながるところがある。主人公で語り手のアリエカ（Arieka）は、アポローンの神託を受ける巫女としてスカウトされる前、父親の取り決めた縁談を不履行にするという、男性原理の支配体制をかき乱す規則違反を犯した。当時一五歳のアリエカは、アポローンやその他の男性神たちが自分に背を向けてしまった、と痛感し、その向こうの空間には、今や暗い「さっきまで神々がいらっしゃったのにくるりと背を向けて立ち去ってしまった後の空虚（a void）」（Golding, *DT* 23）しか残っていない、と悲嘆した。そして男性神との和解を切望したのだった。しかしやがて、彼女は男性神への回心を目指す気持ちを失っていく。一時は「空虚は空虚よ。ただの虚無だわ」（125）と思いこんでいたアリエカだが、この自叙伝の末尾近くになって、その「空虚」に関する認識を改める――「あの空虚を思い出し、奇妙なことに、そこに一種の優しさがあったと私は感じている」(165)。[2] この「空虚」を、『自由落下』のサミーが拘禁された掃除道具入れに相当するもの、と見立てることは無理なくできるだろうし、これを、サミーの母親の存在様態になぞらえることも十分可能だろう。彼女は、「暗い中心」と表され、多くの虚言を用いてパターンを紡ぎ出す源泉の原型だったのだから。さらにはこの「空虚」を、パターン構築作業が延々と続けられているサミーの心の中の、うつろだが意味創造の可能性が充満してもいる「アエウム(=純粋持続)」の時空にも、結びつけていいだろう。この時空を召喚するのが、本章が〈読魔〉という比喩で呼ぶものの力である。

その「純粋持続」のなかにこそ、それまで信じ切っていた帰属の解釈共同体コードをひっぺがされた、むき出しの新しい自分が誕生する可能性も生じる。このむき出しの、自分でも知らなかった自分自身とは、レヴィナスの表現を借りるなら、自分自身という家の壁に浮かび上がる他者の「顔」にあたるだろう。あるいは、ゴールディングが『蠅の王』執筆時の仮題としていたフレーズを借用して、「自分の内なる他者(Stranger from Within)」と呼んでもいいかもしれない。[3] 解釈共同体コードをもはや共有しない読者となった自分、すなわち、まったく「想定外の読者」と化した自分、と呼ぶこともできよう。そして、むき出しになった新しいアリエカが感じとった「優しさ」は、「純粋持続」とその「純粋持続」が消えたあとの空虚が束の間もたらした、〈自分〉からの自由という恩寵なのである。

『二枚の舌』の結末においてアリエカは、新造される祭壇に刻む碑銘として、「知られざる神へ(TO THE UNKNOWN GOD)」というフレーズを指定した(165)。このフレーズは、彼女が、いっとき和解を求めた相手であるアポローン神とは違った、別の神との交信を念頭に置いていることを示している。それは、「空虚」の「優しさ」を与えてくれる神である。『二枚の舌《ダブル》』において自伝作家アリエカが交信を試みる相手の神とは、〈読魔〉と

〈書魔〉のことであり、そしてそれは、〈読魔〉と〈書魔〉のダブルの語りかけによって裸になった新しい自分自身という姿へ化身もする。ひとまずそう総括してもいいだろう。

3

ゴールディングは、『蝿の王』で一九五四年にデビューして以来しばらくのあいだ、作品の意味に関しては、作者本人の意図が絶対的な権威をもつと信じていた。「想定外の読者」たちの存在をずいぶん軽く見ていたわけだ。信念は自信を生み、その自信を後ろ盾にして、ゴールディングは、作者による操作という痕跡をまざまざと残す「ギミック」——結末部の視点転換——を堂々と駆使する小説作法を磨きあげ、『後継者たち』や『ピンチャー・マーティン』といった衝撃作を矢継ぎ早に世に送り出していた。

ところが、『自由落下』に対する読者の苛烈な無理解に直面したのを契機に、その信念は大きく揺らいだ。『ピンチャー・マーティン』や『自由落下』で、意図的パターン構築が構築者の意に反して崩壊する様を描いてしまったことも、下意識かどこかに引っかかっていたのかもしれない。以降ゴールディングは、作者の権威に反抗する読者という、彼にとっては〈新奇〉な信条を、全面的にではないにせよ受け入れるようになった。その受容を、時代も後押しした。神権政治的な作者の絶対王政に対して革命を仕掛ける読者、というバルト派の考え方に、ゴールディングも同時代人として影響され、一定の共鳴も覚えるようになったらしい。

だがゴールディングは作者至上義信仰の残滓も引きずっていた。〈革命〉に全面的に身を投じることには逡巡していた。読者革命を揶揄する「貧弱な」風刺作品と評された『ペーパー・メン』は、その逡巡が抵抗というかたちをとって現れた結果と言えるだろう。なるほど〈作者〉は神に等しい力などもってはいない。しかし、神の創造力や意図の絶対的貫徹力には及ばずとも、そうした力の複製物――この不完全なコピーのことを「神の燠火」[4]にたとえても許されようか――なら有していて、だから〈作者〉にも、読者から尊重されるべき意図構想について一定の権能はあるのだ――そう考えたい未練を、ゴールディングは抑えられなかった。

そこには、彼が、神経を削るようにして自分の人生を材源に作品を書くという、痛々しいまでの構えをもってしまった作家だったという点も、大きく作用しているだろう。彼がみずからの人生という「雪の平原」に刻んだのは、そのときそのときに自分と真剣に向きあったうえで踏み出した、重い足跡のすじであった。

本書第九章第5節でも見たように、フーコーは〈作者〉のことを、フィクションの自由に対して妨害を加える抑制のためのシステムが、イデオロギー的形象をまとったものにすぎぬ、と見破った。だが、ならばあるいは、この〈作者〉の妨害力を否定する〈作者の死〉という考え方も、また別の「抑圧のイデオロギー的システム」だと見なしてもいいのではないか。結局のところ、〈作者の死〉の概念は、読む行為において働く抑圧を取り除くどころか、本書第一〇章で見たような自由な読みの可能性を低減する方向に作用することもあるのだ。あるいは、また別種の抑圧を持ち込むことだってある。たとえば、言語の宿命たる〈撒種〉作用には決して抗えないものだという想定を、読者に刷り込むことによって、〈作者の意図どおり〉という方向にだけは向かわせない、という妨害行為をはたらいたりする。

さらに『可視の闇』などの作品では、作家至上主義の残り火や未練にはとどまらない、もっと直裁的で切羽詰まった志向が、真摯な顔を覗かせる。造物主という原〈作者〉のオリジナルの意図に迫りたい、もしかしたらそれは可能なのではないか、なんとしても一体化したいという、消しがたく圧倒的な渇望が、そこにはあった。一歩間違えば、アダム神父の盲信やコリー牧師の偏狭さへと陥りかねない姿勢ではある。けれども、ある意味でこ

の渇望こそ、ゴールディングという作家の比類なき特質なのかもしれない。(5)

しかし一方でゴールディングは、その渇望を自ら打ち消すような心情を吐露することもある。究極の〈作者〉たる神への敗北宣言と読めるようなものを、ときに表明したりするのである。表現者たる人間を超えた、何らかの存在――本書第一章第3節や第八章第9節で引いたゴールディングの講演「信条と創造力」の一節で見たフレーズで言えば、「天の目」――がいて、それが「オリジナル」の筋書きを〈雪の平原〉に刻みこんでいった。だが、刻まれたその〈足跡〉は、人間にはついに知り得ないものでしかなく、これを完璧に再現して描き出すことはかなわない。本書第四章第8節にも書いたが、こうした諦念は時として、ゴールディング作品のなかに作品構成の特徴的パターンとなって表出する。すなわち、封殺された記憶の一場面が物語末尾の断章となって襲来し、それまで人知で作り上げてきた物語の枠組みを脅かす、という構成パターンである。『ピラミッド』の第三部や、『底の燠火』、そして遺作『二枚の舌』の結末部には、そのパターン構成が明確に認められる。さらに『ピンチャー・マーティン』も、おそらく無自覚だった表出例としてリストに加えることができよう。クリスは、ブーツという死の標示物を神から突きつけられ、おまえは、〈物語〉の〈作者〉としては死んでいるのだ、と宣言されたのだった。

そして遺作『二枚の舌』では、「神が立ち去ったあとの空虚」に意義を読み込み、「知られざる神」――〈読魔〉と〈書魔〉あるいはこの二つの力を受けて生まれる見知らぬ自分――のもたらす、間歇的な「純粋持続」の効能に帰依する姿勢に、ゴールディングは舞い戻っている。こうした想いの相克の連続に、彼は翻弄され続けたのだと言えよう。(6)

4

サミーやアリエカのように自分を突き詰め、突き崩し、そして意外な自分を目にするというプロセスを、精神分析学的な文脈に置いて捉えてよければ、このプロセスを、二〇〇〇年にイーザーが提示した、解釈活動の範型《パラダイム》の一つに連結させることができるだろう。イーザーは、リクールが一九六五年に『フロイトを読む――解釈学試論』で展開した理論を借りつつ、精神分析学的解釈について次のように説明する――被験者が自分自身に到るためには、「被験者は、なりえない者と同一視される。同一視されるのは自分自身、つまり『始原《アルシェ》』と『目的《テロス》』のみのはずだからである」（イーザー、『解釈』一〇〇頁）。リクールの言う始原とは、「始まりにして、被験者の目的を現実化する努力においてずらされたものを示すもの」（一〇〇頁）であり、よって『始原』とは起源であり、かつずれの貯蔵庫である」（一〇一頁）のだ。ずれがあるからこそ、始原を元の姿のまま回復したいという欲求も再生産される。一方、「目的」のほうも、「始原」と同じく二重的な構造になっていて、内部に「始原」志向をはらむ――「『目的』とは、『始原』に埋め込まれた無意識の目標であり、かつ奮闘の継続への誘因でもある」（一〇〇頁）ものであるし、「かつ始まりへの回帰である」（一〇一頁）。そうイーザーは述べている。

精神分析学的な範型における解釈とは、この始原と目的の「交流《トランズアクショナル》のループ」（三頁）――リクールの用語なら、「『考古学と目的論』〔中略〕の絡み合い」（一〇〇頁）――というかたちをとる。(7) このループが生じる場のことをイーザーは、解釈される主題が、主題を処理するための「レジスター〔登録域〕」に「転置」される際に、二者のあいだに生じる「閾空間」と呼んでいる（四頁、八頁、一七頁、一九一頁）。その閾空間は、空白でありながらもパターンを次々に産出する創造性を有している。というのである。――「結局、閾空間は空虚〔原語：empty〕であるしかし何かがそこから生じるように思われる。〔中略〕閾空間には、自分自身を放出して何かになろうと苦闘する力動性が充塡されている」（一九二―一九三頁）。これは、サミーの母親が体現する闇のイメージを彷彿とさせる。このようにイーザーが説明する構図は、『自由落下』や『可視の闇』そして『二枚の舌』などの作品が感じさせるゴールディングの〈解釈〉観と、非常によく合致するものだし、〈読むこと〉をめぐってゴールディングの作家人生がたどった苦闘の軌跡を説明する図式としても、じつに適切と言えよう。この「闕空間」が強いる「自分自身を放出」する体験と「力動性」を、ゴールディングはあるときは恐れ、あるときは恩寵と感じながら、揺れ続けたのだった。

5

「純粋持続」あるいは「交流のループ」は、書いて読む体験のなかに自分を一時的に拘禁し、没我の状態に自分を追い込むことを要求する。ある意味で、確かにそれは自閉的な行動ではある。読者が蜂起する〈革命〉や、意味を創造・決定する主権の〈民主化〉といった、華々しい読書観がもつ社会参加性――ゴールディングの同時代人サルトル（Jean-Paul Sartre）にならって、「アンガージュマン」と言ってもいい――に比べれば、そういう読書のあり方は、没交渉的であり、個に耽溺するマスターベーションのように見えるかもしれない。

しかしそれは、安穏とした経験になるとは限らない。「純粋持続」の拘禁状態のなかで、自分のかつて生み出したテクストと向き合ううちに、それまで自分が信奉してきた解釈共同体のコードが、果たして万能かつ正当なものなのか、根源的な疑念をもつよう追い込まれることが、往々にして起こる。その疑念がバネとなり、意図的に、もしくは、やむにやまれぬ事情に背中を強く押されるようにして、コードから我が身を引きはがす顚末へと、ひたすら追いやられることもある。解釈共同体コードというものが一種の「パターン」や固定的視点と同義だと考えられるなら、そのコードに疑義を抱きそこから身を離すという行為は、パターンの崩壊を意味し、固着した視点から断絶されてしまった寄る辺なさを意味する。

なるほど確かにこれは、自由をもたらす解放という側面をもってはいる。すでに本書前章の冒頭で見たように、一九六二年の講演原稿「寓話」においてゴールディングは、寓話の綿密な計算や計画性と、そこから埒外に飛びだしていく想像力との緊張関係を描いたうえで、自分は後者の力を尊重する、と述べていた。ここでの前者、すなわち寓話という緻密な計画や意図設定のことを、〈作者・書き手〉としての自分が〈執筆意図〉のもとに読み手をある視点に拘禁する、という行為と同列視するのは、さほど牽強付会ではなかろう。であれば、後者、すなわち意図を飛び出す奔放な想像力とは、〈作者の意図〉に逆らって破綻させ、硬直した視点から飛びだす〈読み手〉としての〈自分〉のことを指している、と位置づけてもいいだろう。そして、講演「寓話」を書いた時点のゴールディングは、後者の体験に大きな価値を見出していた。このように、そしてサミーの場合のように、パターンの崩壊は、新しい解釈と（読者＝書き手としての）意味創造に向けて常に自分を開いておく自由の構えにつながることもある。そしてそれは、読者の「期待の地平」は読書活動によって常に更新されると説いたヤウスの考えや、テクストの交流によって読者も自己変革を繰り返すと考えたローゼンブラットの発想と、大きく隔たっていないように見える。

だがゴールディングは、その自己変革や更新に伴う痛みが生半可ではない、という点を執拗に強調する。そこがゴールディングのきわめて大きな特徴である。その痛みはついには自分を崩壊へ追い込むおそれさえあるものだ、とゴールディングは考えている。

こうした考え方は、たとえば『通過儀礼』のコリーの姿に現れている。コリーは、それまで夢中で書きつづってきた自分の手記をある時点で読み返してみる。そして、これは妹には見せられない内容だと判断する。

親愛なる妹よ——

でもこれは変だ。これまで書いてきたことだけだって、もうおまえの——いや彼女の——目には、あまりにつらすぎる内容だろう。修正や書き換え、表現を和らげるような手を加えなければならない。だがしかし——

妹に宛ててでないとしたら、誰に宛てているのだろう？　主よ、あなたにか？　主の聖人たち（とりわけ聖アウグスティヌス）と同じように、私もまた、あなたに直接語りかけているのでしょうか、ああ、誰にもまして慈愛に満ちた救世主たるあなたに？（Golding, *RP* 179–180）

同様の読み返しは、その後にも実行されている。そしてそれは、「作中の書き手が想定する作中読者」の変更にとどまらず、将来の書きなおしに向けて道を開くことにもなる。

だが、これをおまえに読ませるわけにはいかない！　状況はますます逆説めいてきた——いつか私は、自分が書いたものを自分で検閲することになるかもしれない！（207）

いま引用した箇所において起こっていることを整理してみよう。コリーのテクストはそれまで、コリーの妹を「無批判の作中読者」の役割にあてていた。だが、疑問の発生と同時にその役割は神へ振り替えられる。「無批判の作中読者」という概念を、スタンリー・フィッシュの用語を使って定義しなおすとしたら、「解釈共同体のコードを完全に共有できる者」ということになるだろう。であれば、「無批判の作中読者」を変更するということは、それまで信奉していた解釈共同体コードを、ある程度棄却することを意味するだろう。そのうえでコリーは、新しい（より先鋭化された）解釈共同体コードに我が身を置く。

しかしまもなくコリーは、法悦の境地で水夫ビリーへ口淫を施すという、自分でも意外な経験によって、そのコードからも自分自身を放逐しなければならなくなってしまう。聖職者から迫害に対する抵抗者へ、そして同性愛者へと、次々に自分でも知らなかった自分に転身していき、自己否定を繰り返すなかで自分と折り合いがつかなくなり、ついにコリーの自己は倒壊せざるを得なくなった。

そしてその自己倒壊は、過去に自分が書いたテクストを棄却するというかたちで実行された。まず、酒と同性愛行為の興奮のため酩酊状態にあったコリーが、宗教心を綴った自分の日記を便所で尻を拭くのに使うという行為（101参照）。そして次に、正気に返ったあと、自分のしでかした破廉恥におののき、「自分の全存在を現世からぐいぐいと引き離し、死を願う気持ちしかなくなる」（135）心境になって、日記の全ページを人目につかぬところに始末するという行為。こうした行為に至る前にコリーが実際に自分のテクストを手にとって読みなおす、という場面は書かれてはいないのだが、それでも、コリーは頭のなかで自分が綴ったテクストの内容を反芻したのは間違いないだろう。そうやってコリーは、自分の書いたテクストそして、自分という〈テクスト〉に対し、自分自身が「想定外の読者」（あるいは「現実の読者」）の役割を担うことによって、〈読魔〉を召喚したのである。

前に述べたことの繰り返しになるが、読むこと（あるいは、読むという意味創成行為）がもたらす「純粋持続」の獲得は、自己の致命的壊滅の危険と隣り合わせでもあるのだ。たとえば『自由落下』のサミーが好例である。サミーは自由を犠牲にして執着の対象を手にしたが、読む行為にひたる者は、ときに、自由を得る代償として、執着の対象（自分が信奉する解釈共同体のコード）を犠牲にすることを強いられるのだった。

その未練の苦痛は、『可視の闇』の結末部でセバスチャン・ペディグリーが死を迎えるときの様子を連想させる。このペディグリーは、自分の行動や人生そのものが、小児同性愛衝動に支配された反復パターン——「周期(his 'times')」(Golding, *DV* 21)や「リズム」(22)——の虜であることに終生苦悶し続け、秘匿していた衝動の場面が、自分の意志に反して立ち戻ってくる感覚におびえ続けた人物だった——

> でもたびたび私は、そんな時が自分に向かって忍び寄っているのを感じることがある。〔中略〕必死になって、やるまいと考えても、それでもやってしまうのだろうと、ああそうとも、やってしまうに決まっている! とわかってしまっている状態なんて、君たちにはわからないんだ。終局が、恐ろしいクライマックスが、破滅が、こちらへ動いて、動いて来ているのを感じる状態なんて。(260)

そのペディグリーは、臨終に際して、色つきゴムボールに象徴される罪深い執着の対象をマティから強奪されるかたちで、ようやく最後に人生から解放され、「自由(*Freedom*)」(265)を与えられる——「〔マティの〕両手が彼の手をすり抜けてふところに入ってきた。その手は鼓動しているボールを取りあげ、ボールを引きはがしたので、ボールを彼につなぎとめていた紐がちぎれ、彼は悲鳴をあげた」(265)。だが、ペディグリーにとってそれは究極の苦痛でしかない。彼は「なぜだ? なぜ?」そして「いやだ! いやだ! いやだ!」(265)と絶叫と悲鳴をあげながら、自己を失って「自由」のなかに融解していくのである。[8]「純粋持続」への間歇的かつ周期的な帰依は、自由と引き替えにアイデンティティが消滅する危険と苦悶を伴う、大変革でもあるのだ。それゆえ、〈読魔〉の恐るべき訪れをともかく受け入れ、その体験を受けとめるということは、それだけでも、そこに一定の誠意や高い倫理意識がないとできない難業なのである。〈読魔〉体験が認識され、描出されている。それは、読む行為の倫理が機能したことを物語る痕跡である。

6

ページ上の文字に向き合って意味を解読・解釈していくときに、拘禁状態に置かれる読み手と〈作者〉とテクストとが協働して形成する「内密の関係」が、書く者と読む者に、読みの自由を与える原動力を提供することがある。しかしその自由は、自分というもののアイデンティティの核を構成していた既存の解釈コードを、棄却する代償としてしか得られない。自ら書き綴り、そして自分も痛感したその体験を、ゴールディングは結果的に、私たち小説読者にも同じことを体験させようとしていたのではなかろうか。

一九七〇年頃以降の受容美学や読者反応理論を承けた読者論においては、読者は意味の創作や決定に積極的に関わるという意味において、作者の機能をもつ（少なくとも作者機能の一端を担う）という考え方が普及した。つまり機能の面においては、読者も作者と肩を並べたのである。であれば、作者に対して権威の独占を責め立てた読者論の非難は、巡りめぐって今度はテクストの読者にも向けられることになった、と考えても、非論理的なことではないだろう。(9)〈読み手の意図〉の権威は、〈作者の意図〉の権威が浴びたのと同じ譴責にさらされることを、深く自覚すべきだし、前章末尾でも見た「記録を書いているときに、でっちあげを盛り込まずにいられる人間などいるだろうか?」（Golding, "Billy" 162）という反省のことばを、「読んでいるときに、でっちあげを盛り込まずにいられる人間などいるだろうか?」と読み替えたうえで、読者も自らの意味創成行為の怪しさや覚束なさを思って悩むべきではないのか。ゴールディング作品を読むという体験は、そのような批難と反省の鏡を、〈革命〉的読者論の信奉者たちに向かって掲げている。

　ゴールディングは――特に『自由落下』以降のゴールディングは――読者の権利と自由について、なるほど譲歩はしたものの、一方でこの読者という新しい〈作者〉に対して、獲得した解釈・解読の自由を安易に行使するばかりでなく、作家が権威とひきかえに背負っている苦難と、積んで崩しの自己変革を強いられる苦悶を、応分に味わうことを求めているのではないか。ゴールディングは自分の文体について、「私は何かを単に描写するようなことはしない。私は読者を導いて鼻面を引っ張り回し、新しく発見させるように書くのだ」と説明したことがある（Qtd. in Tiger, *Dark* 18）。エレーヌ・シクスー（Hélène Cixous）も一九六六年の論文で、次のように正しく指摘している――「ゴールディングは、われわれが知りたくなかった事を教えようとする。ゴールディングは、自己に対して偽りを行った時間と場所を再び見出すために、もと来た道を戻る。ゴールディングは、黒い太陽の周囲を回るように、この考えの周りをぐるぐると回る」（Cixous 310）。[10] ゴールディングは読者に詰め寄り、今や〈書く作者〉ともなった読者に覚悟を迫る。書く者すなわち創造主であるとはどういう体験なのかを、恐ろしいほど深いレベルで知る覚悟と、それを知った後に「その知識に耐え抜くという、軽い気持ちでは向き合えない覚悟」（Golding, "Belief" 199）。これを読者の鼻先に突きつけるべく「読者を導いて」、新しいむき出しの状態のなかに拉致するための手綱を、ゴールディングは手放さない。

　こうしてゴールディングは、作者の権力圏域から解き放たれたはずの読者に、獲得した自由の意味を考察するよう強いる、という操作を行使する。それは、自分自身が作者として苦悩しそして享受もした「純粋持続」にまつわる経験を読者に移譲することである。この移譲は、なるほどある意味では、苦痛の意趣返しという側面をもっている。〈作者の死〉宣言によって死に追いやられた作者が、今度は先達として、読者に死の運命をほのめかすのだから。しかしまたある意味では、解放をもたらし、始原の意味をいっときなりとも回復する、神秘的合一にも似た秘儀の伝授でもある。

『ピンチャー・マーティン』のナットは、主人公クリスに死に方のレッスンを手ほどきしようと、しつこく付きまとっていた。ちょうどそのナットのように、ゴールディング作品は読者に向けて、〈作者〉としての「死に方」の技法に関するレッスンを課してくる。そのレッスンという希有な体験もまた、私たちがゴールディングによって〈読まされる〉ものの一つなのである。

注

（1）そうして考察なり省察なりの行動が実際に誘発されるわけだが、それを、イーザーらは、読み手がテクストの意味を〈書く〉行為と表現したのだ、と言えよう。

（2）本書第九章第6節の注16における議論と、宮原論文「押し隠された声」を参照されたい。

（3）その他者の役割は、ときとして、小説の作者ゴールディング本人のみならず、「想定外の読者」や、ひいては私たち現実の読者にも割り当てられるのである。本書第一三章で『蠅の王』を題材に私たち読者が実践してみたのは、まさにこの役割だった。

（4）本書第三章第4節の注3を参照されたい。

（5）コリーの書いた文章は、偏狭な専心から生まれたものではあるが、トールボットの言うように、それでも〈読者〉に深い感銘を与え、大きな学びをもたらすこともあるのだ。

（6）ブースに倣って考えるなら、そうした生身の作者の苦難の姿を読者として受けとめることも、読者の倫理なのである。

（7）リクールはこの絡み合いを「弁証法」と呼ぶが、同時にそれがヘーゲル的な意味での弁証法とは異なるものだということも強調しているし（リクール、『フロイト』五一一―五二二頁参照）、イーザーもその相違については了解している。イーザー、『解釈』一〇三―一〇四頁参照。

（8）この場面において、テクストは第二六四ページまではずっと、彼のことを「ペディグリー氏」という名で言及していたが、彼が臨死の幻影のなかでマティに向かって「助けておくれ！」(265) と叫ぶと、次にテクストは「セバスチャン・ペディグリー」

とフルネームを用い、その五行後からはしばらく「セバスチャン」という呼称を使うようになり、執着対象のボールに向かって手が伸びてきた後は、名前もなくなってheとのみ言及されるように変化していく。こういうところにも、アイデンティティの変化と消滅が表現されている。

（9）これは読者論に限らず、個の自由と蜂起を基盤とする文化・思想についての〈理論〉全体についてもいえる顚末だったのではないか。エリオットとアトリッジ（Jane Elliott and Derek Attridge）は、二〇一一年に次のように概観している――

一九八〇年代から九〇年代初頭にかけて、理論と政治的実践の関係は絶えまない葛藤の関係であった。〔中略〕政治的主体に関する啓蒙主義的なモデルに取って代わるモデルとして、左派がよく提示してきたマルクス主義からアイデンティティ・ポリティクスに至る各モデルは、多くの人の目には、その新モデルも、旧モデルと同じく全体主義的で目的論的な作業過程を再生産する傾向があり、その傾向によって価値が貶められていると思われた。そもそも理論とはそうした全体主義的・目的論的な操作に反抗することを目指していたはずなのに。（Elliott and Attridge 6）

こういう状況が、ちょうどゴールディングの作家人生末期と重なる時期に、存在していたのである。

（10）シクスーのこのフランス語論文には公刊された日本語訳がまだ存在しない。ここにあげた邦訳文は、横川晶子氏に個人的に翻訳をお願いして作成していただいたものである。

あとがき

本書は、九州大学大学院人文科学研究院に提出した博士学位論文「20世紀後半におけるウィリアム・ゴールディングと読むことの意味」を土台に、加筆修正を施したものである。論文審査をしていただいた鵜飼信光先生、吉井亮雄先生、高野泰志先生には、この場を借りて心からの感謝を申し上げたい。またその際、先生方から議論の構成などについて貴重なご助言やご指摘を頂戴した。今回の修正にあたっては、そうした点についてできるだけ改善しようと努めてみた。それでも生煮えの議論やその他の瑕疵が残ってしまったかもしれないが、それらに対する責任は、もちろんひとえに筆者にある。

本書の各章のうち、発表済みのものについては、初出時の書誌情報を左に記すことにする。ただし、すべてにかなりの加筆修正がなされていることをお断りしておきたい。

第二章　「*The Inheritors*: 「獣」に向けての架橋」『英文学研究』（日本英文学会）第七四巻第一号（一九九七年）一五―二七頁

第三章　「捨てきれないもの ― *Pincher Martin* 論―」吉田徹夫・宮原一成編著『ウィリアム・ゴールディングの視線―その作品世界―』（東京：開文社出版、一九九八年）六三―七六頁

第四章　"The Tripartite Time-Structure and the Patternlessness of *Free Fall*". *Studies in English Literature*:

第六章　*English Number 46* (2005)（『英文学研究英文号46（2005）』（日本英文学会）一三七―一五六頁

第七章　"Pride and Prejudice of Readers in and of *The Spire*". 国際学術会議 The William Golding Centenary Conference（英国エクセター大学コーンウォール校にて）二〇一一年九月一七日、口頭発表

第一〇章　「*The Pyramid* の非倫理的な読み手から学ぶ《読むことの倫理》」『英語と英米文学』（山口大学）第五〇号（二〇一五年）一―一八頁

第一一章　「William Golding の *The Paper Men* を白紙から読む」『The Kyushu Review』（「九州レヴュー」の会）第一四号（二〇一二年）一一―二四頁

第一二章　「植民地意識の検証に関する教養小説的スケッチ―*An Egyptian Journal* 論」吉田徹夫・宮原一成編著『ウィリアム・ゴールディングの視線―その作品世界―』（東京：開文社出版、一九九八年）一六一―一七七頁

第一三章　論文「『蠅の王』管見―ビルのふるまい―」『英語青年』（研究社）第一五一巻第一号（二〇〇五年四月号）二八―三二頁

およそ三十年前、田島松二先生の導きを得て、英文学研究者としてよちよち歩きを始めてまもなく、吉田徹夫先生が主宰する福岡現代英国小説談話会に加えていただけた。その当時、ちょうどこの談話会がゴールディング作品を集中的に読んでいるところだったということで、筆者もゴールディング作品研究に足を踏み入れた。以来、両先生の鞭撻とひとかたならぬ薫陶を受けながら研究者生活を続けるなか、この比類なき作家について考察する営みを、間欠的なかたちではあったけれども、そして手を出すごとにアプローチをひっかえとっかえしてはいたけれども、曲がりなりにも継続してきた。

そうした雑多な考察の結果を一つのテーマのもとにいったん集約してみようか、という気になったのは、ゴールディング生誕百周年を記念して二〇一一年に行われた国際学会に参加したのがきっかけだった。この学会で、英国ソールズベリにあるビショップ・ワーズワース・スクールの元教員ジョン・コックス氏と知り合い、学会終了後、氏の好意で、同校の構内を見せてもらえたのである。氏の案内で校舎内の礼拝堂に入り、かつてここで教鞭を執っていたゴールディングの写真が壁にかかっているのを見ながら感慨に浸っていると、氏が小さな窓のほうへ手招きしてきた。まさにこの窓から、往時のゴールディングは日頃、校庭を歩く少年たちを見下ろし眺めていたのだよ、という。言われて筆者も、同じ窓から、今の生徒たちが行き交う姿を見下ろしてみた。その瞬間、筆者がこれまでゴールディングについて書き散らしてきたいくつかの論文を、まとめあげる一つの着想が忽然と立ち上ったのである。

と、こんな演出過剰な導入をしたわりに、その着想の中身はというと、なんとも凡庸なものであったことを白状せねばならない。それは、建物の壁に空いた窓から外を眺めるヘンリー・ジェイムズ流視点観のイメージを援用しよう、というアイディアで、醒めた頭で振り返れば、何のひねりも発想の独創的飛躍もない代物でしかなかったのだ。本書第四章で、『自由落下』の主人公サミーが味わったペンテコステ的体験の感動が、じつは上げ底だった、というアンチクライマックスを紹介したが、見かけ倒しという点では、筆者の着想も五十歩百歩というところか。それでも、自分の凡庸さとしっかり向き合い受けとめるしかなかろう、と覚悟を決め、〈読みの視点〉という視点から、議論を整理する作業を進めることにした次第だった。

〈視点〉という論点に〈読み〉という要素をとり交ぜようという判断の背景には、〈読み手の自由〉という概念の隆盛に対して、ある種の危機感を訴える気運が近年高まっており、筆者個人もその危惧を共有するようになっていた、という事情があった。

二〇世紀の終わり頃には、マリオリーナ・リッツィ・サルヴァトーリとパトリシア・ドナヒュー（Mariolina Rizzi Salvatori and Patricia Donahue）の表現を借りれば、読者側に注目する読書論が「ソフト」な縮小版で受けとられるようになり、読み方や意味の生み出し方なんて人それぞれで、「何でもあり（anything goes）」なのだとする姿勢を正当化する理論にすぎない、と考える短絡的傾向が主流になっていた（Salvatori and Donahue 205 参照）。それは短絡するのが悪い、本来の理論はそんな単純なものではない、と主張することはできようが、しかし、理論をさらに精緻化するといった方策では、この短絡的思考の蔓延を食い止めることができなかった、というのが現実だろう。

ことばの意味には確固たる拠りどころなどない。「何でもあり」だ。そこで居直ってニヒルを決め込む作家もいる。そうした作家もそれはそれで、スリリングな読書体験を提供してくれる。だがそれよりも、ことばに拠りどころがない状況の〈怖さ〉、その怖さを人にわからせようとするにも、それを伝える肝心のことばにもやっぱり拠りどころがないという一層の〈怖さ〉、それらを心の最深部で受けとめ、そしてそんな状況下でも、最上位の拠りどころを求めてあがきもがく姿勢をさらけ出してくれる、そんな作家と真剣に向きあうことのほうが、今という時代にあっては重要であり、かつ必要であるように思われたのである。

そんな思いでゴールディングを読み直したとき、彼はまさにそういう作家だったのだということが、読めば読むほど実感された。今、あるいは今一度、ゴールディングの読者になること。その意義を何とか周りの人たちにも感じてほしい。拙い出来ではあるけれども、本書はそうした願いのあらわれである。

先に、お世話になった先生方のお名前を挙げたが、他にも感謝を捧げたい相手は数え切れず、すべての名をこここに網羅することは、大変失礼ながら断念せざるを得なかった。ただ、ともにゴールディングと格闘してきた福岡現代英国小説談話会の会員諸氏と、本書の出版を快諾してくださった開文社出版株式会社の安居洋一社長には、ここでどうしても感謝のことばを述べておきたい。どうもありがとうございました。

二〇一七年　七月

宮原一成

引用文献一覧（特に断りのない場合は、印刷媒体の資料を使用）

Aarseth, Inger. “Golding’s Journey to Hell: An Examination of Prefigurations and Archetypal Pattern in *Free Fall*.” *English Studies* 56.4 (1975): 322–333.

Al-Saji, Alia. “The Memory of Another Past: Bergson, Deleuze and a New Theory of Time.” *Continental Philosophy Review* 37 (2004): 203–239.

Augustine. *The Confessions*. Trans. Edward Bouverie Pusey. *The Confessions, The City of God, On Christian Doctrine*. Great Books of the Western World 18. Chicago: Encyclopædia Britannica, 1952.

Babb, Howard S. *The Novels of William Golding*. Ohio: The Ohio State UP, 1970.

Baker, James R. *William Golding: A Critical Study*. New York: St. Martin’s, 1965.

Barthes, Roland. “An Introduction to the Structural Analysis of Narrative.” Trans. by Lionel Duisit. *New Literary History* 6.2 (1975): 237–272.

Bergson, Henri. *Time and Free Will: An Essay on the Immediate Data of Consciousness*. 4th ed. Trans. F. L. Pogson. London: George Allen, 1921.

Biles, Jack I. *Talk: Conversations with William Golding*. New York: Harcourt Brace Jovanovich, 1970.

Bleich, David. *Readings and Feelings: An Introduction to Subjective Criticism*. Urbana: National Council of Teachers of English, 1975.

Booth, Wayne C. *The Company We Keep: An Ethics of Fiction*. Berkeley and Los Angeles: U. of California P, 1988.

——. “The Limits of Pluralism: ‘Preserving the Exemplar’: or, How Not to Dig Our Own Graves.” *Critical Inquiry* 3.3 (1977): 407–423.

——. *The Rhetoric of Fiction*. 2nd ed. Chicago: U of Chicago P, 1983.

Boyd, S. J. “‘There Are No Foundations’: *The Spire*, the Lexicon and the Interpretation of Scripture.” *Fingering Netsukes: Selected Papers from the First International William Golding Conference*. Ed. Frédéric Regard. Saint-Étienne: Publications de l'Université de Saint-Étienne, 1995. 83–92.

——. *The Novels of William Golding*. 2nd ed. Hemel Hempstead: Harvester Wheatsheaf, 1990.

Briggs, Julia. "*The Paper Men* (1984)." Don Crompton, *A View from the Spire: William Golding's Later Novels*. 1985. Oxford: Basil Blackwell, 1986. 157–184.

Brooks, Wanda, and Susan Browne. "Towards a Culturally Situated Reader Response Theory." *Children's Literature in Education* 43 (2012): 74–85.

Burke, Seán. *The Death and Return of the Author: Criticism and Subjectivity in Barthes, Foucault and Derrida*. Edinburgh: Edinburge UP, 1992.

Burroway, Janet. "Resurrected Metaphor in *The Inheritors* by William Golding." *Critical Quarterly* 23.1 (1981): 53–70.

Butterworth, G. E., and N. L. M. Jarrett. "What Minds Have in Common is Space: Spatial Mechanisms Serving Joint Visual Attention in Infancy." *British Journal of Developmental Psychology* 9 (1991): 55–72.

Carey, John. *William Golding: The Man Who Wrote* Lord of the Flies: *A Life*. London: Faber, 2009.

——, ed. *William Golding: The Man and His Books: A Tribute on His 75th Birthday*. London: Faber, 1986.

Carver, Judy. "Harbour and Voyage: The Marriage of Ann and Bill Golding." *Living with a Writer*. Ed. Dale Salwak. Basingstoke: Palgrave Macmillan, 2004. 44–55.

Chourova, Margarita. "'The Death of the Author' and the Tragicomic Allegory of William Golding's *The Paper Men.*" *Theme Parks, Rainforests and Sprouting Wasteland: European Essays on Theory and Performance in Contemporary British Fiction*. Eds., Richard Todd and Luisa Flora. Amsterdam: Rodopi, 2000. 89–101.

Cixous, Hélène. "L'Allégorie du mal dans l'œuvre de William Golding." *Critique* 2339 (1966): 309–320.

"The Condition of the Novel: A Selection from a conference of European Writers at Leningrad, Summer 1963." *New Left Review* 29 (1965): 19–40.（Golding を含む８名の作家の講演原稿が、個別のタイトルなしで収められている。ゴールディングの分は 34–35

ページに所収）

Cox, John, ed. *William Golding at Bishop Wordsworth's School*. N.p.: n.p., 1993. （教職を退いたゴールディングと入れ替わるようにしてビショップ・ワーズワース・スクールに勤務するようになったジョン・コックス氏が、ゴールディング逝去に際して私家版として作成・頒布したパンフレット）

Crawford, Paul. *Politics and History in William Golding: The World Turned Upside Down*. Columbia: U of Missouri P, 2002.

Crompton, Don. *A View from the Spire: William Golding's Later Novels*. Ed. Julia Briggs. 1985. Oxford: Basil Blackwell, 1986.

Delbaere-Garant, Jeanne. "Rhythm and Expansion in *Lord of the Flies*." *William Golding: Some Critical Considerations*. Eds. Jack I. Biles and Robert O. Evans. Lexington: The UP of Kentucky, 1978. 72–86.

——. "Time as a Structural Device in Golding's *Free Fall*." *English Studies* 57.4 (1976): 353–365.

Derrida, Jacques. *Of Grammatology*. Trans. Gayatri Chakravorty Spivak. Baltimore: John Hopkins UP, 1976. （フランス語原典：*De la grammatologie*［1967］）

Dick, Bernard F. *William Golding*. Rev. ed. Boston: Twayne, 1987.

Dickson, L. L. *The Modern Allegory of William Golding*. Tampa: U of South Florida P, 1990.

D'hoker, Elke, and Gunther Martens, eds. *Narrative Unreliability in the Twentieth-Century First-Person Novel*. Berlin: Walter de Gruyter, 2008.

Eagleton, Terry. *After Theory*. 2003. New York, Basic, 2003.

Elliott, Jane, and Derek Attridge. "Introduction: Theory's Nine Lives." *Theory after 'Theory.'* Eds. Jane Elliott and Derek Attridge. Oxon: Routledge, 2011. 1–15.

Emerson, Ralph Waldo. "Friendship." 1841. Digital Emerson: A Collective Archive. Manuscripts, Archives, and Special Collections Library at Washington State University. 12 Feb. 2014 <http://digitalemerson.wsulibs.wsu.edu/exhibits/show/text/first-series/friendship> Online.

Epstein, L. L. "Notes on *Lord of the Flies*." 1959. Rpt. in *Lord of the Flies: Casebook Edition*. Eds. James R. Baker and Arthur P. Ziegler,

Jr. New York: Pedigree, 1983. 277–281.
Everett, Barbara. "Golding's Pity." *William Golding: The Man and His Books: A Tribute on His 75th Birthday*. Ed. John Carey. London: Faber, 1986. 110–125.
Fish, Stanley E. "Interpreting the Variorum." *Critical Inquiry* 2.3 (1976) 465–485.
——. "Why No One's Afraid of Wolfgang Iser." Rev. of *The Act of Reading: A Theory of Aesthetic Response* by Wolfgang Iser. *Diacritics* 11.1 (1981): 2–13.
Flynn, Elizabeth A. "Louise Rosenblatt and the Ethical Turn in Literary Theory." *College English* 70.1 (2007): 52–69.
Forsyth, Neil. *The Old Enemy: Satan and the Combat Myth*. Princeton: Princeton UP, 1987.
Fosso, Kurt, and Jerry Harp. "J. Hillis Miller's Virtual Reality of Reading." *College English* 75.1 (2012): 79–94.
Foucault, Michel. "What Is an Author?" Trans. Josué V. Harari. 1979. *The Foucault Reader*. Ed. Paul Rabinow. 1984. New York: Vintage, 2010. 101–120.（フランス語原典：講演 "Qu'est-ce qu'un auteur?" ［1969］）
Friedman, Lawrence S. *William Golding*. New York: Continuum, 1993.
Frye, Northrop. *Anatomy of Criticism: Four Essays*. Princeton: Princeton UP, 1957.
Gindin, James. "'Gimmick' and Metaphor in the Novels of William Golding." *Modern Fiction Studies* 6 (1960): 145–152. Rpt. in *William Golding: Novels 1954–67*. Ed. Norman Page. Basingstoke: Macmillan, 1985. 66–75.
——. *William Golding*. London: Macmillan, 1988.
Golding, Judy（Judy Carver と同一人物). *The Children of Lovers: A Memoir of William Golding by His Daughter*. London: Faber, 2011.
Golding, William. "Belief and Creativity." 1980. *A Moving Target* 185–202.
——. "Billy the Kid." *The Hot Gates* 159–165.
——. *Close Quarters*.1987. *To the Ends* 241–479.
——. *The Double Tongue*. London: Faber, 1995.
——. *Darkness Visible*. London: Faber, 1979.

——. "Egypt from My Outside." *A Moving Target* 56–83.

——. *An Egyptian Journal*. London: Faber, 1984.

——. "Fable." 1962. *The Hot Gates* 85–101.

——. *Fire Down Below*. 1989. *To the Ends* 481–753.

——. *Free Fall*. London: Faber, 1959.

——. *The Hot Gates*. Comp. William Golding. London: Faber, 1965.

——. "Intimate Relations." 1982. *A Moving Target* 104–124.

——. *The Inheritors*. London: Faber, 1955.

——. *Lord of the Flies*. London: Faber, 1954.

——. *A Moving Target. Comp*. William Golding. London: Faber, 1982.

——. "A Moving Target." 1976. *A Moving Target* 154–170.

——. "Nobel Lecture 1983." Baker 149–157.

——. *The Paper Men*. London: Faber, 1984.

——. *Pincher Martin*. London: Faber, 1956.

——. *The Pyramid*. 1967. London: Faber, 1969.

——. *Rites of Passage*. 1980. *To the Ends* 1–239.

——. *The Spire*. London: Faber, 1964.

——. *To the Ends of the Earth: A Sea Trilogy*. Comp. William Golding. London: Faber, 1991.

——. Interview with Frank Kermode. "The Meaning of It All." *Books and Bookmen* 5 (Oct. 1959): 9–10.

——. Interview with James R. Baker. "An Interview with William Golding." *Twentieth Century Literature* 28.2 (1982): 130–170.

——. Interview with John Carey. "William Golding Talks to John Carey: 10–11 July 1985." Carey, ed. *The Mam* 171–189.

Green, Peter. "The World of William Golding." 1963. Rpt. in Page 76–97.

Gunn, Daniel. *Psychoanalysis and Fiction: An Exploration of Literary and Psychoanalytic Borders*. Cambridge: Cambridge UP, 1988.

Haffenden, John. *Novelists in Interview*. London: Methuen, 1985.

Halliday, M. A. K. *Explorations in the Functions of Language*. London: Edward Arnold, 1973.

Hallissy, Margaret. "Christianity, the Pagan Past, and the Rituals of Construction in William Golding's *The Spire*." *Critique* 49.3 (2008): 319–331.

Harding, Jennifer Riddle. "Reader Response Criticism and Stylistics." *The Routledge Handbook of Stylistics*. Ed. Michael Burke. Abingdon: Routledge, 2014.

Harkin, Patricia. "The Reception of Reader-Response Theory." *College Composition and Communication* 56.3 (2005): 410–425.

Henry, Avril. "Time in *The Pyramid*." 1969. Rpt. in Page 166–173.

Higdon, David Leon. *Time and English Fiction*. London: Macmillan, 1977.

Hodson, Leighton. *William Golding*. Edinburgh: Oliver and Boyd, 1969.

Hutcheon, Linda. "The Politics of Postmodernism: Parody and History." *Cultural Critique* 5 (1986–1987): 179–207.

Hynes, Samuel. *William Golding*. New York: Columbia UP, 1964.

Ingarden, Roman. *The Literary Work of Art*. Trans. George G. Grabowicz. Evanston: Northwestern UP, 1973.（ドイツ語原典：*Das literarische Kunstwerk: Eine Untersuchung aus dem Grenzgebiet der Ontologie, Logik und Literaturwissenschaft*［1931］）

James, Henry. *The Art of the Novel: Critical Prefaces*. Comp. Henry James. 1934. New York: Charles Scribner's Sons, 1962

——. "Preface to 'The Golden Bowl'." James, *The Art of the Novel* 327–348.

——. "Preface to 'The Portrait of a Lady'." James, *The Art of the Novel* 40–58.

Jay, Betty. "The Architecture of Desire: William Golding's *The Spire*." *Literature & Theology* 20.2 (2006): 157–170.

Johnson, B. R. "Golding's First Argument: Theme and Structure in *Free Fall*." Baker 61–72.

Johnston, Arnold. *Of Earth and Darkness: The Novels of William Golding*. Columbia: U of Missouri P, 1980.

Kermode, Frank. "Golding's Intellectual Economy." 1962. Rpt. in Page 50–66.

——. *The Sense of an Ending: Studies in the Theory of Fiction*. 1966. New York: Oxford UP, 2000.

Kinkead-Weekes, Mark. "The Visual and the Visionary in Golding." Carey, ed. *The Man* 64–83.

Kinkead-Weekes, Mark, and Ian Gregor. *William Golding: A Critical Study*. 2nd ed. London: Faber, 1984.

——. *William Golding: A Critical Study of the Novels*. 3rd ed. London: Faber, 2002.

Lodge, David. "Life between Covers." 1984. Rev. of *The Paper Men*, by William Golding. Rpt. in David Lodge, *Write on: Occasional Essays 1965–1985*. 1986. London: Penguin, 1988. 174–179.

Mach, Ernst. *Innenperspektive*. Wikimedia Commons. 2 Feb, 2014 <http://commons.wikimedia.org/wiki/File%3AErnst_Mach_Inner_perspective.jpg> Online.

McCarron, Kevin. *The Coincidence of Opposites: William Golding's Later Fiction*. Sheffield: Sheffield Academic, 1995.

——. *William Golding*. Plymouth: Northcote House, 1994.

McEwan, Neil. *The Survival of the Novel: British Fiction in the Later Twentieth Century*. London: Macmillan, 1981.

Mendilow, A. A. *Time and the Novel*. 1952. New York: Humanities, 1972.

Miller, J. Hillis. *The Ethics of Reading: Kant, de Man, Eliot, Trollope, James, and Benjamin*. New York: Columbia UP, 1987.

Morson, Gary Saul. *Narrative and Freedom: The Shadows of Time*. New Haven and London: Yale UP, 1994.

Nünning, Ansgar. "Reconceptualizing the Theory, History and Generic Scope of Unreliable Narration: Towards a Synthesis of Cognitive and Rhetorical Approaches." D'hoker and Martens 29–76.

O'Donnell, Patrick. "Journeying to the Center: Time, Pattern, and Transcendence in William Golding's 'Free Fall'." *Ariel* 11.3 (July 1980): 83–98.

Oldsey, Bernard S., and Stanley Weintraub. *The Art of William Golding*. New York: Harcourt Brace Jovanovich, 1965.

Page, Norman, ed. *William Golding: Novels, 1954–67*. Basingstoke: Macmillan, 1985.

Parker, Robert Dale. *How to Interpret Literature: Critical Theory for Literary and Cultural Studies*. 2nd ed. New York: Oxford UP, 2011.

Peter, John. "The Fables of William Golding." 1957. Rpt. in Page 33–45.

Phelan, James. “Estranging Unreliability, Bonding Unreliability, and the Ethics of *Lolita*.” D’hoker and Martens 7–28.

——. *Narrative as Rhetoric: Technique, Audiences, Ethics, Ideology*. Columbus: Ohio State UP, 1996.

Ponzi, Mauro. *Nietzsche’s Nihilism in Walter Benjamin*. Cham, Switzerland: Springer (Inscript: Palgrave Macmillan), 2017. <http://www.springer.com/kr/book/9783319392660 > Online.

Rabinowitz, Peter J. *Before Reading: Narrative Conventions and the Politics of Interpretation*. Ithaca: Cornell UP, 1987.

——. “Truth in Fiction: A Reexamination of Audiences.” *Critical Inquiry* 4.1 (1977): 121–141.

Redpath, Philip. “‘Dogs Would Find an Arid Space round My Feet’: A Humanist Reading of *The Inheritors.*” Baker 31–41.

——. *William Golding: A Structural Reading of His Fiction*. Totowa: Barnes and Noble, 1986.

Reilly, Patrick. *Lord of the Flies: Fathers and Sons*. New York: Twayne, 1992.

Ricoeur, Paul. *Time and Narrative*. 3 vols. Trans. Kathleen McLaughlin and David Pellauer. Chicago and London: The U of Chicago P, 1983–88.（フランス語原典：*Temps et récit*［1983–85］）

Riffaterre, Michael. “Interview.” *Diacritics* 11.4 (1981): 12–16.

Rosenblatt, Louise M. “Towards a Transactional Theory of Reading.” *Journal of Literacy Research*. 1.1 (1969): 31–49.

Salvatori, Mariolina Rizzi, and Patricia Donahue. “What Is College English? Stories about Reading: Appearance, Disappearance, Morphing, and Revival.” *College English* 75.2 (2012): 199–217.

Schieble, Melissa B. “Reading between the Lines of Reader Response: Constructing ‘the Other’ through the Aesthetic Stance.” *Changing English* 17.4 (2010): 375–384.

Shepherd, Valerie. *Literature about Language*. London: Routledge, 1994.

Slater, Joseph, ed. *The Collected Works of Ralph Waldo Emerson*. Vol. 2. Cambridge, Mass.: Belknap Press of Harvard UP, 1979.

Stape, J. H. “‘Fiction in the Wild, Modern Manner’: Metanarrative Gesture in William Golding’s *To the End of the Earth Trilogy.*” *Twentieth Century Literature* 38.2 (1992): 226–239.

Stock, Brian. *Augustine the Reader: Meditation, Self-Knowledge, and the Ethics of Interpretation*. Cambridge, MA: Belknap P, 1996.

Sugimura, Yasunori. "Psychic Tragedy amidst Farce in Golding's *The Paper Men*."『小樽商科大学研究報告 人文研究』第一〇二輯 二〇〇一年、四一―五七頁。

Surette, Leon. "A Matter of Belief: Pincher Martin's Afterlife." *Twentieth Century Literature* 40.2 (1994): 205–225.

Teske, Roland J. *Paradoxes of Time in Saint Augustine*. Milwaukee: Marquette UP, 1996.

Tiger, Virginia. *William Golding: The Dark Fields of Discovery*. London: Calder and Boyars, 1974.

——. "William Golding's *Darkness Visible*: Namings, Numberings, and Narrative Strategies." *Style* 24.2 (1990): 284–301.

——. *William Golding: The Unmoved Target*. London: Marion Boyars, 2003.

Tompkins, Jane P. "An Introduction to Reader-Response Criticism." Introduction. *Reader-Response Criticism: From Formalism to Post-Structuralism*. Ed. Jane P. Tompkins. Baltimore: Johns Hopkins UP, 1980. ix–xxvi.

Vanhoozer, Kevin J. *Is There a Meaning in This Text? : The Bible, the Reader, and the Morality of Literary Knowledge*. Grand Rapids, Michigan: Zondervan, 1998.

Wilson, W. Daniel. "Readers in Texts." *PMLA* 96.5 (1981): 848–863.

Wood, Pamela J. "Historical Imagination, Narrative Learning and Nursing Practice: Graduate Nursing Students' Reader-responses to a Nurse's Storytelling from the Past." *Nurse Education in Practice* 30 (2014): 1–6.　<http://dx.doi.org/10.1016/j.nepr.2014.05.001/> Online.

アウグスティヌス『アウグスティヌス著作集　第5巻Ⅱ』宮谷宣史訳　東京：教文館、二〇〇七年。

聖アウグスティヌス『告白』上下巻　服部英次郎訳　東京：岩波書店、一九七六年。

安藤聡『ウィリアム・ゴールディング―痛みの問題―』東京：成美堂、二〇〇一年。

池園宏「Goldingの小説における結末のあり方とバランス意識」吉田・宮原、『視線』三五二―三六九頁。

ヴォルフガング・イーザー（Wolfgang Iser）『解釈の射程―〈空白〉のダイナミクス』伊藤誓訳　東京：法政大学出版局、二〇〇六年。（英語原典：*The Range of Interpretation*［2000］）

W・イーザー（Wolfgang Iser）『行為としての読書―美的作用の理論―』轡田収訳　東京：岩波書店、一九八二年。（ドイツ語

原典：*Der Akt des Lesens. Theorie ästhetischer Wirkung*［1976］）

石川美子『ロラン・バルト―言語を愛し恐れつづけた批評家』東京：中央公論新社、二〇一五年。

石原千秋『読者はどこにいるのか―書物の中の私たち』東京：河出書房新社、二〇〇九年。

F・キュンメル（Friedrich Kümmel）『現代解釈学入門―理解と前理解・文化人類学』松田高志訳、東京：玉川大学出版部、一九八五年。（本論文で用いた箇所を含むドイツ語原典：“Verständnis und Vorverständnis—Subjektiv Voraussetzungen und objektiv Anspruch des Verstehens”［1965］）

ジュリア・クリステヴァ（Julia Kristeva）『記号の解体学―セメイオチケ 1』原田邦夫訳　東京：せりか書房、一九八三年。（フランス語原典：*Séméiôtiké: Recherches pour une sémanalyse*［1969］）

――．『テクストとしての小説』谷口勇訳　東京：国文社、一九八五年。（フランス語原典：*Le Texte du roman. Approche sémiologique d'une structure discursive transformationnelle*［1970］）

氣多雅子『ニヒリズムの思索』東京：創文社、一九九九年。

小沼孝志「ウィリアム・ゴールディング試論―「自由なる転落」の構造と意味をめぐって」、『人文学報』（東京都立大学）86号、一九七二年、一―二五頁。

ウィリアム・ゴールディング（William Golding）『可視の闇』吉田徹夫・宮原一成（代表）＋福岡現代英国小説談話会訳　東京：開文社出版、二〇〇〇年。

――．『尖塔―ザ・スパイアー―』宮原一成・吉田徹夫訳　東京：開文社出版、二〇〇六年。

アントワーヌ・コンパニョン（Antoine Compagnon）『文学をめぐる理論と常識』中地義和・吉川一義訳　東京：岩波書店、二〇〇七年。（フランス語原典：*Le Démon de la théorie: littérature et sens commun*［1998］）

エドワード・サイード（Edward W. Said）『オリエンタリズム』上下巻　板垣雄三・杉田英明監修　今沢紀子訳　平凡社ライブラリー 11　東京：平凡社、一九九三年。

坂本公延『現代の黙示録―ウィリアム・ゴールディング』東京：研究社出版、一九八三年。

坂本仁『ゴールディング研究』東京：鳳書房、二〇〇三年。

サルトル・ジャン＝ポール（Jean-Paul Sartre）「文学とは何か」加藤周一・白井健三郎訳、『シチュアシオンⅡ』サルトル全集第9巻　京都：人文書院、一九六四年、四七―二六一頁。
田中実「巻頭言　消えたコーヒーカップ」、『社会文学』（日本社会文学会）第16号　二〇〇一年、二―一三頁。
メアリ・ダグラス（Mary Douglas）『汚穢と禁忌』塚本利明訳　東京：思潮社、一九九五年。（英語原典：*Purity and Danger: An Analysis of Concepts of Pollution and Taboo*［1966］）
ベアトリス・ディディエ（Béatrice Didier）『日記論』西川長夫・後平隆訳　京都：松籟社、一九八七年。（フランス語原典：*Le Journal intime*［1976］）
外山滋比古『近代読者論』東京：みすず書房、一九六九年。
西川長夫『パリ五月革命私論―転換点としての68年』東京：平凡社、二〇一一年。
マルティン・ハイデガー（Martin Heidegger）『アリストテレスの現象学的解釈―「存在と時間」への道』高田珠樹訳　東京：平凡社、二〇〇八年。（ドイツ語原典：*Phänomenologische Interpretationen zu Aristoteles*［1922］）
マルティン・ハイデッガー（Martin Heidegger）「解釈学的循環の問題」溝口兢一訳　ペゲラー編、『解釈学の根本問題』一一九―一三九頁。（ドイツ語原典："Verstehen und Auslegung / Die Aussage als abkünftiger Modus der Auslegung" from *Sein und Zeit*［1927］）
リンダ・ハッチオン（Linda Hutcheon）『パロディの理論』辻麻子訳　東京：未來社、一九九三年。（英語原典：*A Theory of Parody: The Teachings of Twentieth-Century Art Forms*［1985］）
ミハイル・バフチン（Mikhail Bakhtin）『ドストエフスキーの詩学』望月哲男・鈴木淳一訳　東京：筑摩書房、一九九五年。（ロシア語原典：Проблемы поэтики Достоевского 第2版［1963］）
ロラン・バルト（Roland Barthes）「記号学の原理」沢村昂一訳、『零度のエクリチュール』渡辺淳・沢村昂一訳　八五―二〇六頁。（フランス語原典論文："Éléments de sémiologie"［1964］）
――.「作者の死」、バルト『物語の構造分析』七九―八九頁。（フランス語原典論文："La Mort de l'auteur"［1967］）
――.『テクストの快楽』沢崎浩平訳　東京：みすず書房、一九七七年。（フランス語原典：*Le Plaisir du texte*［1973］）

——・『物語の構造分析』花輪光訳　東京：みすず書房、一九七九年。
——・「物語の構造分析序説」、バルト『物語の構造分析』一—五四頁。（フランス語原典論文："Introduction à l'analyse structurale des récits"［1966］）
ミシェル・フーコー（Michel Foucault）「作者とは何か」清水徹・根本美作子訳、『ミシェル・フーコー思考集成Ⅲ　歴史学／系譜学／考古学』小林康夫・石田英敬・松浦寿輝編　東京：筑摩書房、一九九九年、二二三—二六六頁。（フランス語原典論文："Qu'est-ce qu'un auteur?"［1969］）
——，他『自己のテクノロジー—フーコー・セミナーの記録』田村俶・雲和子訳　一九九〇年、東京：岩波現代文庫、二〇〇四年。（英語原典：*Technologies of the Self: A Seminar with Michel Foucault*, by Luther H. Martin, Huck Gutman, and Patrick H. Hutton［1988］）
ピエール・ブルデュー（Pierre Bourdieu）『話すということ言語的交換のエコノミー』稲賀繁美訳　東京：藤原書店、一九九三年。（フランス語原典：*Ce que parler veut dire: L'économie des échanges linguistiques*［1982］）
——・『実践理性—行動の理論について』加藤晴久・石井洋二郎・三浦信孝・安田尚訳　東京：藤原書店、二〇〇七年。（フランス語原典：*Raisons pratiques: sur la théorie de l'action*［1994］）
O・ペゲラー（Otto Pöggeler）編『解釈学の根本問題』現代哲学の根本問題第7巻　瀬島豊他訳　京都：晃洋書房、一九七八年。（ドイツ語原典：*Hermeneutische Philosophie*［1972］）
——・「解釈学の歴史と現在」瀬島豊訳　ペゲラー編、『解釈学の根本問題』一—九七頁.（ドイツ語原典："Einführung" in *Hermeneutische Philosophie*［1972］）
ベルクソン（Henri Bergson）『時間と自由』中村文郎訳　東京：岩波書店、二〇〇一年。（フランス語原典：*Essai sur les données immédiates de la conscience*［1889］）
ジャン・ボードリヤール（Jean Baudrillard）『象徴交換と死』今村仁司・塚原史訳　東京：筑摩書房、一九八二年。（フランス語原典：*L'Échange symbolique et la mort*［1976］）
——・『不可能な交換』塚原史訳　東京：紀伊國屋書店、二〇〇二年。（フランス語原典：*L'Échange impossible*［1999］）

正木恒夫『植民地幻想』東京：みすず書房、一九九五年。

宮原一成「押し隠された声―ゴールディングの *The Double Tongue* について」、『*The Kyushu Review*』（「九州レヴューの会」）2号、一九九六年、七―一六頁．

――．「William Golding 関連文献書誌（原則として一九九六年度末まで）」吉田・宮原『視線』三七〇―四一九頁。

H・R・ヤウス（Hans-Robert Jauss）『挑発としての文学史』轡田収訳、東京：岩波書店、一九七六年。（*Literaturgeschichte als Provokation der Literaturwissenschaft*［1967］）

山口昌男『文化と両義性』東京：岩波書店、一九七五年。

吉田徹夫「自己認識への言葉の旅―*Rites of Passage* 論」吉田・宮原、『視線』二一四―二二七頁。

――．「小説家 Wilfred Barclay の自画像―*The Paper Men* 論―」吉田・宮原、『視線』二五八―二七五頁。

――．「光と闇の逆転の構図―*Lord of the Flies* 論―」吉田・宮原、『視線』二七―四六頁。

吉田徹夫・宮原一成編『ウィリアム・ゴールディングの視線―その作品世界』東京：開文社出版、一九九八年。

ポール・リクール（Paul Ricoeur）『現代の哲学 II』坂部恵・今村仁司・久重忠夫訳　東京：岩波書店、一九八二年。（英語原典：*Philosphy*［1978］。この書は、Unesco による *Main Trends of Research in the Social and Human Sciences* 刊行事業の成果第2巻として、英語版とフランス語版が同時出版されている。翻訳は主に英語版に基づくもの）

――．『フロイトを読む―解釈学試論』久米博訳　東京：新曜社、一九八二年。（フランス語原典：*De l'interpretation, essai sur Freud*［1965］。なお英訳版 *Freud and Philosophy: An Essay on Interpretation* は一九六九年の刊行）

エマニュエル・レヴィナス（Emmanuel Levinas）『全体性と無限』合田正人訳　東京：国文社、一九八九年。（フランス語原典：*Totalité et infini*［1961］）

Morson　100, 102, 383
モズリー，オズワルド　Oswald Mosley　344
『モニター』（ラジオ番組）　*Monitor*　118–19
物語言説　sjuzhet　294
物語素材　fabula　294
モラリスト　343, 346
モンティース，チャールズ　Charles Monteith　3, 292

［や］

ヤウス，ハンス・ロベルト　Hans Robert Jauss　100, 114–15, 242, 249, 363, 389
山口昌男　68–69, 389

［ゆ］

雪の平原　179, 273–74, 292, 294, 319, 349, 354, 359–60

［よ］

横川晶子　370
吉田徹夫　1, 11, 150, 245, 269, 386, 389

［ら］

ライトモチーフ　34, 191, 193–94, 200, 205–06, 255
ライリー，パトリック　Patrick Reilly　343, 384
ラビノウィッツ，ピーター・J　Peter J. Rabinowitz　155, 181, 300–03, 305, 307, 384

［り］

『リア王』　*King Lear*　67
リクール，ポール　Paul Ricoeur　80, 84, 114, 184–85, 188, 243, 361, 369, 389
リチャーズ，I. A.　I. A. Richards　248
リファテール，ミカエル　Michael Riffaterre　244, 250
倫理（非倫理）「道徳」の項目も参照　4, 33–34, 58, 72, 132, 159, 161–62, 168, 171–80, 182, 271–72, 294, 300–02, 304–313, 317, 319–22, 326, 366–67, 369

［れ］

レヴィ＝ストロース，クロード　Claude Lévi-Strauss　78, 111
レヴィナス，エマニュエル　Emmanuel Levinas　52, 75, 115, 132, 186–87, 357, 389
レッドパース，フィリップ　Philip Redpath　47, 166–67, 191, 241, 247, 253, 257, 268–69, 384

［ろ］

ローゼンブラット，ルイーズ　Louise Rosenblatt　8, 216, 224, 248–49, 384
ロッジ，デイヴィッド　David Lodge　251, 263, 383
ロビンソン・クルーソー　Robinson Crusoe　67
ロレンス，D. H.　D. H. Lawrence　118

［わ］

ワイントラーブ，スタンリー　Stanley Weintraub　76, 329, 383
枠組み、枠　「パターン」の項目も参照　91, 99, 103, 112–13, 145, 164, 186, 263, 267–68, 326, 360

ブリッグズ，ジュリア　Julia Briggs　257, 269, 378
プリント　print　200, 206
ブルックス，ワンダ　Wanda Brooks　130, 378
ブルデュー，ピエール　Pierre Bourdieu 226–27, 244, 388
プレーローマ　*pleroma*　82, 85, 88–89, 95, 103, 108, 114
プレ〈本文〉 354
ブレモン，クロード　Claude Bremond 78
フロイト，シグムント　Sigmund Freud 342–43, 361
プロップ，ウラジミール　Vladimir Propp 181

［へ］

ベイカー，ジェイムズ・R　James R. Baker　119–20, 241–43, 351, 377, 381
ペゲラー，オットー　Otto Pöggeler　184–85, 195–96, 388
ベルクソン，アンリ　Henri Bergson　83, 85–87, 89, 102, 114–15, 377, 388
ベンヤミン，ヴァルター　Walter Benjamin 210, 271
ヘンリー，アヴリル　Avril Henry　181, 382

［ほ］

ボイド，ウィリアム　William Boyd　11
ボイド，S. J.　S. J. Boyd　121–23, 151, 167, 240–41, 244, 377–78
ボードリヤール，ジャン　Jean Baudrillard 197, 208–09, 388
ホーランド，ノーマン　Norman Holland 8, 224
ポストコロニアリズム　7, 128, 280, 327
ホドソン，レイトン　Leighton Hodson 59, 73, 136, 382
ホルクィスト，マイケル　Michael Holquist　69

［ま］

マキューアン，ニール　Neil McEwan 327, 383
正木恒夫　283, 389
マッカロン，ケヴィン　Kevin McCarron 46, 90, 184, 203, 205, 211, 233, 247, 257, 263, 268, 308, 383
マッハ，エルンスト　Ernst Mach　20, 349, 383
窓　12–13, 17–22, 25, 28, 69, 73, 150, 153–54, 267, 349, 355, 373

［み］

宮原一成　1, 369, 389
ミルトン，ジョン　John Milton　191
民主化　215, 225, 228, 239, 241–42

［む］

無批判の作中読者　304–05, 307–11, 316–17, 321, 364–65

［め］

メドカーフ，スティーヴン　Stephen Medcalf　341
メルヴィル，ハーマン　Herman Melville 351
メンディロー，A. A.　A. A. Mendilow 80–81, 98, 383

［も］

モーソン，ゲーリー・ソール　Gary Saul

322–33, 344
ハリシー，マーガレット　Margaret Hallissy　135, 382
ハリデイ，M. A. K　M. A. K. Halliday　54, 382
バルト，ロラン　Roland Barthes　7–8, 10, 78–79, 111, 115, 128, 148, 167, 170, 175, 181, 217, 223–24, 237, 240, 248–49, 259, 266, 268–69, 354, 358, 377, 387–88
バロウェイ，ジャネット　Janet Burroway　39, 54, 378
パロディ　66, 108, 250–51
反復と変奏　206, 211, 255

[ひ]

ピーター，ジョン　John Peter　75, 383
ピープス，サミュエル　Samuel Pepys　320
ヒグドン，デイヴィッド・リオン　David Leon Higdon　91, 382
ビショップ・ワーズワース・スクール　Bishop Wordsworth's School　123, 347, 373, 379
ヒトラー，アドルフ　Adolf Hitler　176, 292
表意的構成　ideographic structure　31–32, 54, 60
ビリー、ビル　Billy /Bill　231–32, 236–37, 295, 332–51, 355
ヒリス・ミラー，J.　J. Hillis Miller　178–80, 182, 271–74, 294, 354, 383

[ふ]

ファイジズ，イーヴァ　Eva Figes　257
ファウスト　Faust　91
ファトヒー，ハッサン　Hassan Fathy　277–78, 284, 288
笑劇　farce　255–59, 263, 269
フィッシュ，スタンリー　Stanley Fish　8, 115, 127, 132, 221–22, 225, 240, 243, 249, 354, 364, 380
フーコー，ミシェル　Michel Foucault　8, 224–25, 238, 248–49, 359, 380, 388
諷刺　247–48, 251, 268, 284
ブース，ウェイン・C　Wayne C. Booth　8, 171, 173–75, 177–78, 182, 223–24, 249, 293, 300–02, 369, 377
フェア・プレイ　298–99, 312, 323
フェイバー・アンド・フェイバー　Faber and Faber　2
フェノ－テクスト　pheno-texte　294
フェラン，ジェイムズ　James Phelan　171–73, 175, 178, 302, 320, 323, 384
フォーサイス，ニール　Neil Forsyth　92, 380
フォースター，E. M.　E. M. Forster　206
復元　184, 186, 188, 192–97, 199, 205, 207, 209
複製　195–202, 205–07, 210–11, 359
双子　189–90, 340
フッサール，エトムント　Edmund Husserl　248
ブラー，レッドヴァーズ　Redvers Buller　292
フライ，ノースロップ　Northrop Frye　94, 380
ブライヒ，デイヴィッド　David Bleich　8, 127, 224
ブラウン，スーザン　Susan Browne　130, 378
フリードマン，ローレンス・S　Lawrence S. Friedman　90–91, 181, 215, 239, 241, 257, 269, 380
プリダム，コリン　Colin Pridham　123

ドゥルーズ、ジル　Gille Deleuze　86
読者反応批評（読者反応理論）　Reader-Response Criticism/Theory　7–9, 127–31, 171, 173, 182, 216–17, 221, 235, 241–43, 248–50, 262, 267, 367
読魔　322, 355–58, 360, 365–66
トドロフ，ツヴェタン　Tzvetan Todorov　78
ドナヒュー，パトリシア　Patricia Donahue　374, 384
ド・マン，ポール　Paul de Man　178
外山滋比古　248, 387
トンネル　26–29, 110, 190
トンプキンズ，ジェイン　Jane P. Tompkins　248–49, 385

［な］

ナボコフ，ウラジミール　Vladimir Nabokov　320

［に］

ニーマイヤー，カール　Carl Niemeyer　328
西川長夫　268, 387
二重のヴィジョン　26, 343, 349, 355
ニュー・クリティシズム　New Criticism　7, 170, 248
ニュー・サウス・ウェールズ（オーストラリア）「オーストラリア」の項目を参照
ニュニング，アンスガー　Ansgar Nünning　300, 383

［ぬ］

ヌビア　276, 284–88, 290

［の］

ノーベル賞　2, 210, 247, 275, 293

［は］

パーカー，ロバート・デイル　Robert Dale Parker　8, 383
ハーキン，パトリシア　Patricia Harkin　8, 128–29, 224, 235, 382
バーク，ショーン　Seán Burke　10, 378
ハーディング，ジェニファ・リドル　Jennifer Riddle Harding　128–29, 382
ハーディング，D. W.　D. W. Harding　248
バーンズ，ジュリアン　Julian Barnes　341
排泄　62–63, 69, 73
ハイデガー（ハイデッガー），マルティン　Martin Heidegger　183–88, 199, 387
バイルズ，ジャック・I　Jack I. Biles　50, 59, 119, 132, 342
ハインズ，サミュエル　Samuel Hynes　135, 382
白紙　「空白」の項目も参照　260–62, 268
バターワース，G. E.　G. E. Butterworth　21, 378
パターン　「枠組み」の項目も参照　42, 44–45, 74–75, 82–113, 209, 255, 263, 274, 281, 318, 325, 353–54, 356–61, 363, 366
バックシャドーイング　backshadowing　102
ハッチオン，リンダ　Linda Hutcheon　250–51, 382, 387
ハッフェンデン，ジョン　John Haffenden　34, 123, 157, 243, 382
バッブ，ハワード・S　Howard S. Babb　76, 136, 377
バフチン，ミハイル　Mikhail Bakhtin　69, 75–76, 209, 220, 321, 387
バランタイン，R. M.　R. M. Ballantyne

［し］

［す］

索　引

[あ]

アイデンティティ・ポリティクス　370
アウグスティヌス　Aurelius Augustinus　83–89, 91–92, 94, 98, 104, 112–13, 157, 364, 377, 385
アエウム　*aevum*　83 ,85, 89, 113, 354, 357
『アエネーイス』　*Aeneis*　209
足跡　118, 160–61, 179–80, 274, 292, 294, 319, 349–50, 359–60
アトリッジ，デレク　Derek Attridge　131, 294, 370, 379
阿部義雄　1
アラア　Alaa　276, 293, 302, 313
アリストテレス　199, 257
アル＝サジ，アリア　Alia Al-Saji　86, 377
アンガージュマン　engagement　182, 362
アンチクライマックス　105–107, 255–258, 373
安藤聡　1, 2, 11, 257, 268–69, 385

[い]

イーザー，ヴォルフガング　Wolfgang Iser　8, 210, 221–22, 242–44, 249, 260–62, 355, 361–62, 369,385–86
閾空間　liminal space　361–62
池園宏　32, 385
石川美子　10, 268, 386
石原千秋　115, 386
イルーシオ　illusio　227
インターテクスチュアリティ　209, 249–250, 258, 327

[う]

ヴァージル占い　235, 245
ヴァンフーザー，ケヴィン・J　Kevin J. Vanhoozer　243
ヴィクトリア朝　327, 350
『ウィリアム・ゴールディング—人と作品』（記念論文集）　*William Golding: The Man and His Books*　342, 378
ウィルソン，アンガス　Angus Wilson　59, 73
ウィルソン，W・ダニエル　W. Daniel Wilson　303
ウェストモーランド，ウィリアム　Wiliam Westmoreland　292
ウェルズ，H. G.　H. G. Wells　45–47
ウェレク，ルネ　René Wellek　249
ヴォルフ，アーヴィン　Erwin Wolff　244
ウォレン，オースティン　Austin Warren　249
ウッド，パミラ・J　Pamela J. Wood　130, 385

[え]

エヴェレット，バーバラ　Barbara Everett　94, 380
エーコ，ウンベルト　Umberto Eco　244

著者紹介

宮原　一成（みやはら・かずなり）

1962 年生まれ。福岡県出身。博士（文学）。

専門分野は英国・英連邦の英語現代小説。

九州大学文学部文学科卒業。

九州大学大学院比較社会文化研究科修士課程修了。

現在、山口大学人文学部教授。

主要業績に『尖塔—ザ・スパイア』（共訳書、ウィリアム・ゴールディング著、開文社出版刊）や “Why Now, Why Then?: Present-tense Narration in Contemporary British and Commonwealth Novels”（論文、2009 年）、“A Case of/for ‘Sad Black Names and Dates’: Sebastian Barry’s *The Secret Scripture* as a (Post-) Postmodernist Detective Novel”（論文、2017 年）がある。


ウィリアム・ゴールディングの読者　（検印廃止）

2017年10月20日　初版発行

著　者	宮　原　一　成
発 行 者	安　居　洋　一
印刷・製本	創 栄 図 書 印 刷

162-0065　東京都新宿区住吉町 8-9
発行所　開文社出版株式会社
TEL 03-3358-6288 FAX 03-3358-6287
www.kaibunsha.co.jp

ISBN 978-4-87571-089-9　C3098